© Alexandra Potter, 2020
© Buzz Editora, 2024

Publicado originalmente em 2020 por MACMILLAN, um selo da Pan Macmillan, uma divisão da Macmillan Publishers International Limited.

Citação da página do Facebook de Elizabeth Gilbert
Copyright © Elizabeth Gilbert, 2014, citada com permissão de The Wylie Agency (UK) Limited.

Título original: *Confessions of a Forty-Something F**k Up*

PUBLISHER Anderson Cavalcante
COORDENADORA EDITORIAL Diana Szylit
EDITOR-ASSISTENTE Nestor Turano Jr.
ANALISTA EDITORIAL Érika Tamashiro
ESTAGIÁRIA EDITORIAL Beatriz Furtado
PREPARAÇÃO Thaís Carvas
REVISÃO Natália Mori e Carolina Kuhn
CAPA E PROJETO GRÁFICO Estúdio Grifo
ASSISTENTE DE DESIGN Júlia França

*Nesta edição, respeitou-se o novo
Acordo Ortográfico da Língua Portuguesa.*

Dados Internacionais de Catalogação na Publicação (CIP)
(Câmara Brasileira do Livro, SP, Brasil)

Potter, Alexandra
Confissões de uma fodida de quarenta e tantos / Alexandra Potter; tradução Bonie Santos. — 1ª ed., São Paulo: Buzz Editora, 2024.
512 pp.

Título original: *Confessions of a Forty-Something F**k Up*.
ISBN 978-65-5393-398-9

1. Ficção inglesa I. Título.

24-228113 CDD-823

Índice para catálogo sistemático:
1. Ficção: Literatura inglesa 823

Eliete Marques da Silva, Bibliotecária, CRB-8/9380

Todos os direitos reservados à:
Buzz Editora Ltda.
Av. Paulista, 726, Mezanino
CEP 01310-100, São Paulo, SP
[55 11] 4171 2317
www.buzzeditora.com.br

Alexandra Potter

CONFISSÕES DE UMA F*DID# DE QUARENTA E TANTOS

Tradução **Bonie Santos**

Para todo mundo que já riu na cara da coisa toda.

As mulheres que eu amo e admiro por sua força e sua graça não são assim porque alguma merda deu certo. Elas são assim porque alguma merda deu errado e tiveram que lidar com a situação. Lidaram de mil maneiras diferentes, em mil dias diferentes, mas lidaram. Essas mulheres são minhas super-heroínas.

— Elizabeth Gilbert

Prólogo

Olá e sejam bem-vindas a Confissões de uma fodida de quarenta e tantos, o podcast para todas as mulheres que se perguntam como diabos vieram parar aqui e por que a vida não é exatamente como imaginaram que seria.

Este programa é destinado a qualquer pessoa que já olhou para a própria vida e pensou que o rumo que ela havia tomado não fazia parte do Plano. Que já se sentiu como se tivesse deixado a peteca cair, ou como se tivesse perdido o barco, e ainda está tentando desesperadamente entender o que está acontecendo, enquanto todo mundo ao redor está assando brownies sem glúten.

Mas primeiro, um aviso: não pretendo fingir ser uma especialista em nada. Não sou uma guru de estilo de vida, nem uma influencer, o que quer que isso seja, e não estou aqui para promover nenhuma marca. Nem tentar vender nenhum produto. Nem lhe dizer o que fazer, porque, francamente, eu também não faço a menor ideia. Sou apenas uma pessoa se esforçando para reconhecer a própria vida bagunçada em um mundo de vidas perfeitas de Instagram e se sentindo meio que uma fodida. Pior ainda, uma fodida de quarenta e tantos. Uma pessoa que lê uma frase otimista e se sente exausta, não inspirada. Que não está tentando conquistar novos objetivos, ou impor mais desafios a si mesma, porque a vida já está desafiadora o suficiente. E que não se sente #abençoada ou #vencedora, mas principalmente #nãofaçoideiadequeporraestoufazendo e #possodarumGoogle?

E foi por isso que comecei este podcast... para falar a real, pelo menos para mim. Porque o Confissões é um programa sobre as atribulações e os testes diários de como é se ver no lado errado dos quarenta, só para descobrir que as coisas não saíram como você esperava. É sobre o que rola quando a merda acontece e ainda ser capaz de rir do caos. É sobre ser honesta e dizer a verdade. Sobre amizade e amor e decepção. Sobre fazer as grandes perguntas e não obter nenhuma resposta. Sobre recomeçar quando você achava que já teria terminado.

Nos episódios, que serão apresentados em forma de confissões, vou compartilhar com vocês todas as partes tristes e as engraçadas. Vou falar sobre me sentir inadequada e confusa e solitária e com medo, sobre encontrar esperança e alegria nos lugares mais improváveis, e sobre como nem todos os livros de culinária de celebridades e avocado toasts serão capazes de te salvar.

Porque se sentir uma fodida não tem a ver com ser um fracasso, tem a ver com fazerem você se sentir um fracasso. É a pressão e o pânico para dar check em todas os itens da lista e alcançar todos os objetivos... e o que acontece quando você não consegue fazer isso. Quando você se vê do lado de fora. Porque, em alguma medida, em algum aspecto da sua vida, é muito fácil sentir que você está fracassando quando todos ao seu redor parecem ter sucesso.

Então, se houver alguém por aí que também esteja passando por qualquer uma dessas situações, tomara que este podcast faça você se sentir menos solitária.

Porque agora somos duas. E duas pessoas já formam um grupo.

JANEIRO

#queporraeutôfazendocomaminhavida

Ano-Novo

Como diabos eu vim parar aqui?

Não aqui *aqui*, tipo em janeiro, esse mês interminável tomado de cinza e sombra que parece durar para sempre, cheio de segundas-feiras tristes e deprimentes, tentativas fracassadas de resoluções de ano-novo e um feed do Instagram transbordando de famosos se gabando tipo "Ano-novo! Projetos novos e empolgantes!" — o que não me faz sentir #inspirada nem me dá a menor vontade de clicar num vídeo de exercícios ou no Livro de Conquistas da pessoa (ops, eu quis dizer Bênçãos), mas tem o efeito oposto: me faz desmoronar de volta no sofá, me sentindo #sobrecarregada com um pacote gigantesco de salgadinhos de queijo.

Não, eu quero dizer *aqui* tipo logo vai ser o meu aniversário, estou prestes a fazer quarenta *e tantos*, e as coisas simplesmente não estão como eu havia imaginado. Quero dizer, como foi que isso aconteceu? É como se eu tivesse perdido alguma saída em algum lugar. Como se houvesse uma placa indicando "Quarenta e tantos" e meus amigos e eu estivéssemos todos indo naquela direção, com a juventude em uma mão e os sonhos na outra, empolgados e cheios de possibilidades. Mais ou menos como quando você desce do avião nas férias e passa por aquelas esteiras rolantes do aeroporto que te empurram para a frente com todo mundo, seguindo as placas para a área de restituição de bagagem, ansiosa para ver o que há do outro lado daquelas portas automáticas.

Só que não são as Bahamas e as palmeiras tropicais; é o Destino Quarenta e Tantos, e contempla um marido amoroso, filhos adoráveis e uma casa linda. *Vuf.* É uma carreira de sucesso e portas duplas na cozinha e roupas de marca. *Vuf.* É se sentir feliz e contente, porque a vida é um sucesso e tudo está bem e você está exatamente onde sempre imaginou que estaria, e tem um perfil no Instagram cheio de #abençoada e #vidaperfeita.

Não é, repito, não é #ondefoiqueeuerrei e #queporraeutofazendocomaminhavida.

Sentada na minha cama de pernas cruzadas, olho ao redor do quarto, reparando nas caixas de papelão em um canto e duas malas grandes fechadas. Ainda não terminei de desfazer as malas. Eu as encaro, tentando reunir o entusiasmo necessário, então afundo outra vez nos travesseiros. Isso pode esperar.

Meu olhar recai sobre o caderno novo em cima da minha mesinha de cabeceira. Comprei hoje mesmo. De acordo com um artigo que estou lendo, o segredo da felicidade é escrever uma lista diária de gratidão.

Escrevendo todas as coisas pelas quais você é grata, vai se sentir mais positiva, sairá dos padrões de pensamento negativos e transformará a sua vida.

Alcanço o caderno, pego uma caneta e abro na primeira página. Encaro a folha em branco, minha mente está vazia.

Se precisar de um pouco de inspiração, aqui vão algumas dicas que podem te ajudar:

Estou respirando.

Você está de sacanagem? Respirando? Existe "grata" e existe "praticamente morta se isso não estiver na minha lista".

Não estou me sentindo inspirada.

Não se preocupe se não souber o que colocar no papel. Apenas escreva algo e trabalhe para chegar em cinco itens por dia.

Tá, certo. Vou só escrever a primeira coisa que me vier à mente.

1. *Minhas milhas de viagem*

Ok, talvez esse não seja *exatamente* o acontecimento abençoado e espiritual que a autora do artigo tinha em mente, mas, acredite em mim, eu estava me sentindo abençoada pra caramba por ter todas aquelas milhas quando voei de volta para Londres na semana passada.

Morei nos Estados Unidos nos últimos dez anos, cinco deles passei na Califórnia com meu noivo norte-americano. Eu amava a Califórnia. O sol brilhando o tempo todo. Usar chinelo em janeiro. Nosso pequeno café/livraria no qual investimos todas as nossas economias, com um brunch delicioso e paredes cheias de livros. Eu estava feliz, apaixonada e prestes a me casar. O futuro se estendia à minha frente como bandeirinhas em tons pastel. Tudo iria acontecer exatamente como eu sempre tinha esperado.

Mas aí o nosso negócio faliu e a nossa relação foi junto e — *puf* — tudo voltou a ser abóbora. Eu não ia mais me casar com o príncipe e viver feliz para sempre com nossos filhos fofos e nosso adorável cachorro resgatado. Em vez disso, eu ia empacotar o que tinha sobrado da minha vida, resgatar todas as minhas milhas para ter um upgrade no voo e chorar de soluçar durante todo o trajeto sobrevoando o Atlântico. Caramba, se eu ia ficar quebrada e de coração partido, precisava fazer isso em um assento que vira cama com uma tábua de queijos e bebida à vontade, obrigada.

No meu cérebro intoxicado de gim e repleto de queijo e biscoitinhos, eu planejava voltar a Londres, alugar meu próprio apartamento, enchê-lo de velas perfumadas e recompor minha vida. Meu visto de imigrante estava prestes a expirar, e eu precisava de um recomeço, um que não me lembrasse o tempo todo aquilo que eu não tinha mais. Além disso, meu pai generosamente ofereceu um empréstimo para ajudar a me reerguer. Meu sonho americano tinha chegado ao fim: era hora de voltar para casa.

Mas as coisas tinham mudado desde que eu saíra de Londres, e logo descobri que os aluguéis tinham dobrado; aliás, não, quadruplicado. E já não existia mais o meu grupo de amigas solteiras com quartos de hóspedes e garrafas de vinho barato que beberíamos até o dia amanhecer dizendo uma para a outra em alto e bom som que "ele era um baita de um cretino", "você está melhor sem ele" e "nada de pânico! Ainda tem bastante tempo!", tudo isso enquanto recitávamos uma longa lista de famosas muito mais velhas que nós e que tinham conseguido encontrar o homem, parir um bebê e sair na revista OK! falando sobre o nascimento milagroso Antes Que Seja Tarde Demais.*

Agora todas as minhas amigas estão casadas, e os quartos de hóspedes delas estão ocupados por bebês e beliches e adesivos de canções de ninar, e elas bebem xícaras de chá herbal e vão para a cama às nove e meia. O que significava que eu tinha duas opções: dormir no sofá de alguém com uma xícara de chá de camomila ou voltar a morar com Os Pais.

Olha, não me leve a mal. Eu amo meus pais. Mas isso nunca foi parte do Plano. Em nenhum momento durante os meus vinte e poucos ou meus trinta e poucos a minha visão de futuro envolveu estar solteira depois dos quarenta e dormindo no meu antigo quarto. Mesmo que minha mãe tivesse trocado a cama de solteiro por uma de casal e redecorado o quarto com abajures elegantes.

Meu quarto antigo era para quando eu os visitasse com O Noivo Americano, que em breve seria O Marido Bem-Apessoado. Para reviver os Natais da infância no campo com nossos filhos de bochechas rosadas. Para finais de semana em que Os Pais cuidariam de seus netos amados enquanto nós escapávamos rapidinho para um daqueles hotéis butique chiques e caros demais com lâmpadas decorativas penduradas sobre o bar, um cardápio orgânico cheio de "isso, aquilo e aquilo que foi criado livre" e massagens que nunca são fortes o suficiente.

2. Alugueumquarto.com

Na verdade, foi minha melhor amiga, Fiona, que me falou sobre isso, depois que a babá *dela* comentou a respeito.

— Você deveria tentar, Nell! Parece muito divertido! — ela disse alegremente sobre a bancada de mármore Carrara da cozinha de conceito aberto recém-reformada, onde eu estava

---

* Também conhecido como AQSTD. Costumava ser trinta e nove. Aí passou para quarenta e dois. Agora é qualquer idade em que você ainda consiga sair bem em fotos.

debruçada, deprimida e com jet lag, segurando uma xícara de chá fraco de gosto duvidoso, depois que ela se ofereceu muito gentilmente para me abrigar por alguns dias quando eu voltasse para Londres.

Fiona sempre acha que minha vida parece divertida. E provavelmente deve parecer, quando observada da segurança da vida feliz em família de Fiona. Fazer bungee jumping ou morar numa quitinete de dezoito metros quadrados ou pintar o cabelo de roxo sempre parece divertido quando não é você que está vivendo aquilo.

Quer dizer, não me entenda mal. Em parte, tudo isso foi mesmo bem divertido. Mas não é mais.

— É uma maneira de enxergar a situação — observei, lançando um sorriso para Izzy, minha afilhada de cinco anos, enquanto ela devorava o mingau orgânico. Pessoalmente, eu tinha várias outras palavras em mente, mas a Tia Nell não pode dizer a palavra feia com M.

— Sua afilhada acha divertido, não acha, meu amor? — falou Fiona, entusiasmada, pegando para si mesma uma tigela e despejando ali alguns mirtilos frescos, sementes de chia e um pouco de mel de manuka.

Eu amo a Fiona — somos amigas desde a faculdade —, mas ela vive em um universo completamente diferente do meu. Está em um casamento feliz com David, um advogado bem-sucedido, e leva uma vida confortável de classe média alta no sudoeste de Londres, com seus dois filhos adoráveis que estudam em escolas particulares. Ela tem uma casa chique de bom gosto e um cabelo loiro cheio de movimento que obviamente é feito com escova profissional e tingido por um ótimo cabeleireiro.

Antes de se tornar mãe, Fiona viajava o mundo por causa de seu trabalho como curadora de museus, mas deixou a carreira para trás quando Lucas, seu primeiro filho, nasceu, e agora os dias dela são preenchidos com milhares de eventos escolares, reformas na casa, férias em família em resorts cinco estrelas e aulas de pilates.

Enquanto isso, no planeta Que Porra Eu Vou Fazer com a Minha Vida:

— Talvez você conheça pessoas realmente interessantes.

Ela estava sendo tão gentil e otimista que eu não tive coragem de contar a ela que a ideia de conhecer pessoas interessantes de pijama me deixava toda empolada. Eu não queria dividir minha geladeira com desconhecidos. Ou, Deus me livre, o banheiro. Era divertido quando éramos jovens, mas agora não. Agora é deprimente e destrutivo e um pouco assustador. Quero dizer, eu poderia ser assassinada na cama por algum colega de apartamento esquisitão e acabar em pedacinhos, com meu corpo espalhado nos canteiros de gerânios.

MULHER DE QUARENTA E TANTOS TEM FIM SOMBRIO AO DIVIDIR O APARTAMENTO

"A vida dela parecia tão promissora", dizem em choque os pais vítima, que esperavam ter pelo menos um neto.

Expressei meus medos, mas Fiona não me levou nem um pouco a sério. A babá tinha dito que era maravilhoso e que tinha feito muitos novos amigos. Eu não mencionei para ela que a babá era uma garota brasileira de vinte e poucos anos, então é claro que era maravilhoso. Tudo era maravilhoso naquela idade. Especialmente se você tivesse a aparência da babá de Fiona.

— Ah, vai, eu te ajudo a procurar — insistiu ela, sacando o iPad e fechando a página de ofertas da John Lewis.

Em segundos, estava passando as fotos com empolgação, como se estivesse fazendo compras na internet. O que, tecnicamente, era o que estava acontecendo. Só que Fiona não estava procurando uma bela luminária de mesa nem uma manta de caxemira, e sim um lar para sua pobre amiga imprestável.

— Ahhh, olha! Achei! Esse aqui é perfeito!

3. Arthur

O quarto vago ficava em uma casa eduardiana em Richmond, um subúrbio arborizado de Londres conhecido pela atmosfera de vilarejo e vida familiar. Eu esperava encontrar algo mais próximo da cidade e menos "casada e com filhos", mas a acomodação estava disponível e eu podia pagar por ela. Além do mais, quando fui visitar, o quarto parecia ainda maior que nas fotos e tinha uma varandinha. Só tinha um pequeno problema.

— E este é o banheiro compartilhado.

Depois de me mostrar o quarto, Edward, proprietário do apartamento e meu possível locador, parou na frente da porta do banheiro.

— *Compartilhado?*

— Não se preocupe, eu sempre abaixo a tampa. É uma das regras da casa — brincou ele, abrindo a porta e puxando a cordinha que acendia a luz.

Eu achei que ele estivesse brincando. Até ver a escova de dente dele na caneca ao lado da pia e ficar completamente decepcionada.

— Ah, ótimo. — Tentei não pensar na minha suíte lá da Califórnia. Lembre-se: essa experiência vai ser divertida. Seria como em *Friends*, só que aos quarenta e tantos, e eu não me parecia nem um pouco com a Jennifer Aniston. Forcei um sorriso amplo. Eu poderia fazer isso.

— Então, alguma pergunta?

Edward parecia mais velho que eu, com cabelo escuro e ondulado que já estava ficando grisalho nas têmporas e óculos de armação quadrada, mas eu tinha uma leve suspeita de que na verdade ele era da minha idade. Isso anda acontecendo muito comigo. É a coisa mais esquisita. Leio artigos sobre pessoas de meia-idade como se elas fossem meus pais ou algo do tipo, e de repente percebo: espera aí, a gente tem a mesma idade! Mas como é possível? Eu não me pareço nem um pouco com elas. Pelo menos, acho que não.

Pareço?

— Ahm... alguma outra regra? — brinquei fracamente enquanto o seguia de volta para a cozinha.

— Sim, eu imprimi para você dar uma olhada... — Ele abriu uma gaveta, tirou de lá um fichário e me entregou.

— Ah. — Havia cerca de vinte páginas, com várias seções destacadas com marca-texto. — Uau, são muitas regras.

— Acho melhor deixar tudo às claras, você não acha? Aí não temos problemas de comunicação.

Passei os olhos por algumas das regras. Era apenas o de sempre sobre música alta, organização e respeito, lembrar de trancar as portas.

— Também tem uma seção sobre consciência ambiental e economizar energia.

— Ah, sim, claro. — Tudo bem, estávamos de acordo em relação a essa parte. Eu tinha passado os últimos cinco anos morando na Califórnia. Meu carro era um Prius. Eu comprava alimentos orgânicos (quando podia pagar). Usava sacolas reutilizáveis feitas de bambu para carregar as frutas e verduras que comprava. — Eu sou super a favor de proteger o meio ambiente — respondi.

— Então precisa apagar a luz quando sair de um ambiente, tomar chuveiradas em vez de banhos de banheira...

— Nada de banhos de banheira? — Senti meu peito apertar.

— Uma chuveirada de cinco minutos usa mais ou menos um terço da água de um banho de banheira, é muito mais ecológica.

— Ah, claro. — Assenti, e ele tinha razão, certamente, mas não estávamos mais na Califórnia, onde havia uma seca. Estávamos na Inglaterra, onde nunca para de chover. No ano passado, a casa dos meus pais alagou duas vezes.

— E eu preferiria que você não mexesse no termostato do aquecimento central.

Instintivamente, apertei mais o casaco ao redor do corpo. Estava congelando, mesmo lá dentro. Encostei em um dos aquecedores de parede. Estava gelado.

— Mesmo em janeiro?

Quer dizer, puta que pariu. Quem é que não liga o aquecedor em janeiro?

— Está ajustado em doze graus e meio, que é a temperatura mais eficiente.

Foi nesse momento que eu pensei: *Dane-se.* Desde o término com O Noivo Americano, *Dane-se* passou a ser minha nova abordagem em relação à vida. Na verdade, é melhor que *Foda--se.* Requer menos esforço.

— Bem, muito obrigada. Ainda tenho mais alguns quartos para visitar...

Chega. Ok, minha vida estava uma bagunça. Nada tinha funcionado. Meu tempo estava acabando e as coisas simplesmente não estavam dando certo. Eu ainda estava do lado de fora, esperando pelo meu final feliz, qualquer que fosse ele. Eu não era esposa nem mãe. Tampouco uma *mulher com uma carreira bem-sucedida*, que, de acordo com um Jornal Cujo Nome Me Recuso a Dizer, é o motivo pelo qual todas as *mulheres de certa idade* chegam a essa posição. Eu era uma editora de livros fora do mercado de trabalho que tinha depositado todas as economias em um negócio que faliu,assim como seu relacionamento. (Falando nisso, alguém pode me explicar por que não se fala em um *homem com uma carreira bem-sucedida*?)

Eu não fazia sucos, nem bolos, nem cozinhava refeições nutritivas e saudáveis na minha bela cozinha, provavelmente porque no momento eu *não tinha* uma cozinha nem minha própria casa e porque, francamente, eu sou uma inútil mesmo. Eu não fazia a menor ideia do que estava acontecendo no Brexit e, mais que isso, não me importava. Eu não praticava mindfulness. Nem fazia ioga. Caramba, eu nem sequer tinha condicionamento físico para me alongar encostando as mãos nos pés. E não tinha um perfil nas redes sociais cheio de fotos com muitas curtidas documentando minha vida perfeita.

— Foi um prazer. — Eu me virei para a porta.

— Na verdade, tem mais uma coisa...

Eu me preparei.

— Eu não fico aqui nos finais de semana.

Parei para ouvir.

— Como?

Nesse momento, Edward começou a me contar que era casado e tinha dois meninos gêmeos. Casado? Ele deve ter notado que meus olhos voaram para seu dedo sem aliança, porque me explicou algo sobre ter esquecido o anel na pia do banheiro de casa. E a "casa" ficava no interior, para onde a família se mudou "por causa das escolas", mas durante a semana ele ficava em Londres para economizar no transporte até o trabalho.

— Eu saio na sexta de manhã e não volto até segunda à noite, então você ficaria com o apartamento só para você.

Espera aí... fiz as contas rapidamente. Isso significava que eu só precisaria dividir o apartamento com ele por três dias? Por quatro dias inteiros eu teria o apartamento só para mim?

— Exceto pelo Arthur.

— *Arthur?*

Ao ouvir o nome, um animal enorme e peludo entrou correndo na cozinha, quase me derrubando com seu rabo enorme balançando.

— Arthur, senta. *Senta!*

Arthur não deu a mínima e continuou pulando empolgado e me lambendo inteira, enquanto seu dono tentava forçá-lo a ficar sentado.

— A Sophie, minha esposa, tem alergia, então ele fica aqui comigo — Edward ofegou. — Mas nos finais de semana ele ficaria aqui com você... O aluguel foi reajustado levando isso em consideração.

Olhei para Edward. Seus óculos estavam meio tortos e o moletom estava coberto por uma fina camada de pelo branco, que voava por todo o cômodo, transformando a cozinha em um globo de neve gigante de pelo de cachorro, enquanto a manga do moletom quase desaparecia dentro da mandíbula de Arthur.

— Ok, ótimo. Quando posso me mudar?

4. Não morri de hipotermia

Dos males o menor, e coisa e tal, mas meu locador foi esquiar. Ele veio de Kent para me encontrar no fim de semana com as chaves e Arthur, depois se apressou para o Heathrow para ir comemorar o Ano-Novo em Verbier com a família. Assim que ele saiu, aumentei o termostato para vinte e quatro graus. Agora o clima está agradável e quentinho e estou deitada na cama só de roupa de baixo. Quase posso fingir que estou de volta à Califórnia. Na mesma hora, reviro os olhos. Não, não quero pensar nisso. Não choro faz alguns dias e não quero começar a chorar de novo. Fungo profundamente e olho para Arthur, que está dormindo no tapete perto da janela, então olho de volta para o caderno. Ainda tenho que escrever mais um item na lista da gratidão para chegar ao quinto do dia, mas estou cansada. O jet lag não passou. Nada me vem à mente. Coloco o caderno de volta na mesa de cabeceira. É por isso que chamam de prática diária. Amanhã tenho certeza de que vou me sentir bem mais otimista e inspirada.

Sim, este ano vou mudar minha vida completamente. Ano novo, vida nova, e tudo mais. Na verdade, a essa altura no *ano que vem* minha lista da gratidão vai ser mais ou menos assim:

Sou grata por:

1. *Meu marido amoroso, que diz todo dia o quanto me ama me dando flores frescas e sexo de tirar o fôlego.*

2. Fazer carinho no nosso pequeno milagre, que mostrou aos avós orgulhosos que a mamãe não era uma fodida de quarenta e tantos para quem o tempo finalmente acabou.

3. Uma carreira meteórica de sucesso que proporciona tanto satisfação quanto um salário anual de seis dígitos, que gastarei em roupas maravilhosas que vejo em revistas, sem ter que passar horas tentando encontrar versões mais baratas no eBay.

4. Uma casa digna do Pinterest onde posso oferecer muitos jantares maravilhosos e maduros para todos os meus amigos, que ficam impressionados com meu tino para design de interiores e para preparar refeições deliciosas e nutritivas, e que me chamam, para me provocar, de Deusa do Lar.

5. Essa sensação de força e calma que surge quando faço ioga usando minhas roupas novas da Lululemon e de saber que finalmente estou onde gostaria de estar e que não vou morrer sozinha usando sapatos de jornal.

A sexta-feira seguinte

Ai, meu Deus, é meu aniversário.

Lembra da época em que você *mal podia esperar* pelo seu aniversário? De quando acordava se sentindo toda feliz e empolgada e planejando seu look de pré-aniversário? E as comemorações terminavam às duas da manhã em uma balada qualquer, bebendo vodca com todos os seus amigos e berrando bêbada no ouvindo de algum cara aleatório: "Puta que pariu, eu fiz vinte e seis anos. Estou tão velha!".

Agora eu estou *mesmo* velha.

Hoje, assim que acordo, sinto-me como se realmente tivesse bebido uma garrafa inteira de vodca. E quando me estico para pegar meu celular que está tocando, vejo meu braço no espelho de corpo inteiro ao lado da cama e percebo: é isso. Aconteceu. Preciso de uma manguinha.

Todo mundo fica falando sobre chegar aos "enta", mas a verdade é que fazer quarenta anos não é lá grandes coisas. Os quarenta são fáceis. Os quarenta são um festão e um vestido novo. Aos quarenta, você ainda está pertinho dos trinta e tantos e nada parece ou soa diferente. Mas aí alguma coisa acontece da noite para o dia e, de repente, você tem *quarenta e tantos* e as coisas começam a... como devo dizer?

Decair seria uma palavra. Enrugar seria outra. *Enrugar e decair.* Parece até nome de filme ou livro, mas não é nada disso. É essa coisa estranha que está acontecendo com o seu corpo e da qual você não gosta nem um pouco. Você tira do armário seu biquíni preferido para as férias de verão e começa a pensar seriamente em um maiô. Você encontra um cabelo branco e *não é na cabeça.* É a coisa mais esquisita.

Parece que o tempo está acelerando. E acabando. Você começa a olhar para trás, tentando entender como foi que chegou naquele ponto, em vez de olhar para a frente, porque, sejamos honestos, fazer isso te mata de medo. Você passa em disparada da marca da metade do percurso, *se tiver sorte*, e nada é como imaginava que seria quando estava gritando no ouvido de desconhecidos em baladas questionáveis.

Mas, pensando bem, talvez seja assim que todo mundo se sente em relação a fazer aniversário nesta idade. Embora, a julgar pelas fotos postadas no Facebook de fins de semana passados comemorando em chalés aconchegantes em Cotswolds e selfies de família em que todo mundo está com o mesmo sorriso no rosto e usando botas iguais — até o labrador —, não estou muito convencida disso. As pessoas não parecem chocadas e impressionadas com o fato de que isso esteja acontecendo com elas. Parecem ter saído de um catálogo de uma loja de roupas.

Mamãe e papai são os primeiros a me ligar para desejar feliz aniversário.

— Então, mais alguém já ligou? — pergunta mamãe, depois que papai terminou de cantar e foi para seu canto.

Mamãe está me sondando. Ainda não entrei em detalhes sobre o que aconteceu com O Noivo Americano, só disse que o casamento estava cancelado e que estava voltando para Londres.

— Ahm... são sete e meia da manhã, ainda está meio cedo.

— Que horas são na Califórnia?

Sabia.

— Onze e meia da noite passada.

— Sério?

Em todos os anos em que vivi nos Estados Unidos, mamãe e papai nunca conseguiram entender o fuso horário. Nossas conversas sempre começavam com "Que horas são aí?" e emendavam com reações de choque absoluto quando eu respondia, e o tempo todo eu era acordada por ligações do FaceTime no meio da noite. Porque é claro que eu não podia desligar o telefone, *vai que acontece alguma coisa*. E essa é outra questão quando você chega a certa idade. É como se os polos magnéticos se invertessem, e depois de seus pais passarem anos se preocupando com você, você começa a se preocupar com eles. É como ter filhos, só que eu pulei a etapa dos bebês fofinhos e meus filhos têm setenta e setenta e dois anos.

— Então ainda não é seu aniversário lá?

Coitada da mamãe. Acho que ela está se agarrando à esperança de que esse término não seja definitivo e de que logo retomemos os planos para o casamento.

— Não, ainda não.

— Ah, que bom. — Ela parece aliviada. — O que vai fazer para comemorar?

— Vou sair com minhas amigas para tomar uns drinks.

— Ah, parece bom.

— Sim, vai ser bom ver todo mundo de novo e botar os assuntos em dia.

— Porque, sabe como é, seu pai e eu estamos um pouco preocupados com você...

— Mãe, eu tô bem. Sério, não precisa se preocupar. Assim que eu organizar algumas coisas por aqui, vou pra casa passar uns dias com vocês.

— Seria ótimo.

— Então, tá, mãe, tchau...

— Ah, lembrei o que eu queria te dizer!

Sabe como certas palavras têm significados diferentes para pessoas diferentes? Bem, a palavra "tchau" para minha mãe não significa o fim da conversa. Ao contrário, significa que estamos começando um novo tópico e normalmente envolve me contar sobre alguém que não conheço, que é parente de alguma outra pessoa que também não conheço, que é vizinho de alguém de quem eu realmente nunca ouvi falar, que morreu.

Eu me preparo.

— Se você quiser vir nos visitar, precisamos só que avise com um pouco de antecedência agora que estamos no Airbnb.

Encaro o celular. Eu devo ter entendido errado.

— *Airbnb?*

— Sim, não comentei? Seu pai e eu assistimos a um programa de TV sobre isso e decidimos dar uma chance. Fizemos o seu antigo quarto de Airbnb e estamos cheios de reservas.

Agora entendi para que eram os novos abajures do quarto.

— Estamos hospedando um jovem casal adorável esta semana. Eles estão em lua de mel, imagine!

Aí está. Bem quando você pensou que sua vida não poderia piorar, tem sempre a possibilidade de descobrir que um casal recém-casado está transando no seu antigo quarto para fazer você afundar ainda mais.

— E o quarto do Richard?

— Ah, ele vem pra casa com mais frequência.

Travo a mandíbula conforme a faca se crava ainda mais no meu corpo. Richard é meu irmão mais novo, ele nunca faz nada de errado. Mora em Manchester e tem uma start-up de cerveja artesanal com uns amigos. A cada duas semanas ele visita meus pais, levando sacolas de roupa suja para lavar e uma namorada diferente. Rich tem trinta e nove anos e diz que ainda não está pronto para sossegar, mas ninguém se preocupa com isso, muito menos ele. Richard é homem. É diferente. Não tem AQSTD.

— Entendi. Bom, eu realmente preciso desligar.

— Claro, você deve estar ocupada. A gente se fala mais tarde. Um ótimo dia pra você!

Depois que desligo o telefone, sinto-me um pouco culpada. Eu não precisava realmente desligar. Não é como se eu tivesse um compromisso inadiável; como crianças para aprontar para a escola ou um emprego ao qual chegar. Penso sobre a minha carreira, e então tento não pensar. Faz dez anos que me mudei de Londres, com meu emprego de tempo integral como editora de livros no escritório de Nova York da editora onde eu trabalhava. Era uma oportunidade muito boa e o timing foi perfeito — tinha acabado de terminar um relacionamento e estava ansiosa por uma mudança de cenário —, então mergulhei de cabeça no meu novo emprego, e também no clima de paquera de Nova York.

Mas, cinco anos depois, eu ainda estava solteira e rapidamente perdia a esperança de encontrar alguém algum dia. Então, quando conheci um chef gato de olhos escuros em um bar, eu o segui e segui meu coração para a Costa Oeste, onde ficamos noivos, pedimos demissão dos nossos empregos e nos mudamos para Ojai, uma cidadezinha a noroeste de Los Angeles, para abrir nosso pequeno café/livraria. Meus pais ficaram encantados, mas preocupados. Eu estava ganhando um noivo, mas deixando para trás um bom emprego, e meu pai me recomendou cautela.

A questão é que eu não estava no clima de cautela. Tinha trinta e muitos. Havia encontrado O Cara. Nós íamos nos casar, ter bebês e passar o resto da vida juntos. Montar nosso próprio negócio era a cereja do bolo. Combinava meu amor por livros e o amor dele por comida, e trabalhamos dia e noite para fazer do lugar um sucesso. E daí que metade dos negócios vai à falência no primeiro ano? Nós estaríamos na outra metade.

E, por alguns anos, estivemos — mas, em algum momento, os aluguéis cada vez mais caros, as horas extras, as economias minguando e um monte de outras coisas finalmente cobraram seu preço, tanto no negócio quanto no nosso relacionamento. Então, aqui estou eu.

#solteiradesempregadaecomquarentaetantos

Meu celular apita. É minha amiga Holly. Holly é casada com Adam, e eles são pais da Olivia, que tem três anos.

Não vamos conseguir ir esta noite. A babá está doente! ☹☹
Desculpa!! Te ligo mais tarde. Feliz aniversário e aproveita hoje!
Bjo

Meu celular apita de novo. Desta vez é Max, que conheci em um hostel em Roma quando eu tinha dezoito anos; passamos o verão fazendo mochilão pela Europa juntos. Agora ele é casado com Michelle, tem três filhos e mais um a caminho, mas continuamos bons amigos. Eu sou até madrinha do filho mais velho dele, Freddy.

Feliz aniversário, Stevens! Esqueci completamente que tem reunião de pais e professores hoje à noite. Se eu não for, Michelle vai arrancar minhas bolas. Vem jantar com a gente na semana que vem. M

Dois a menos. Falta uma.
Fiona me liga uma hora depois.
— Você vai me matar...

*

No fim das contas, todo mundo cancelou. O que não era um problema. Eu entendi completamente. Essas coisas acontecem. Vidas corridas em família e tudo mais. É só que, bom, eu estaria mentindo se dissesse que não fiquei um pouquinho decepcionada.

Ah, quem eu estou tentando enganar? Eu fiquei completamente arrasada. Mas não com meus amigos; com a minha situação. Então fui à terapia.

Do tipo compras.

Quando chego à rua principal, sinto-me imediatamente animada. Quem é que precisa de um parceiro romântico para levá-la a um jantar romântico em um restaurante lindinho quando tem um macacão rosa-choque com manguinhas minúsculas fofas? Ou filhos para fazer cartões de aniversário que vou manter para sempre pregados na geladeira quando em vez disso posso encontrar jeans skinny brancos que não deixam meus quadris enormes? E daí que eu não tenho emprego nem minha própria casa quando tem um par maravilhoso de sapatos listrados de salto agulha que posso pagar com o dinheiro que mamãe e papai me deram de aniversário?

Onde exatamente vou usar um jeans skinny branco, macacão rosa-choque e sapatos de salto agulha no clima geladíssimo de Londres em janeiro, não faço ideia. Além do mais, eu nem experimentei nenhuma das peças, porque as filas estavam enormes. Mas quem se importa com detalhes insignificantes como esses? É o que decido mais tarde quando estou no ônibus, a caminho de casa, olhando pela janela e bebericando alegremente uma latinha de gim-tônica. Um mimo de aniversário, sabe como é.

Por um momento, passa pela minha cabeça que talvez seja assim que tudo começa. Em um momento é o seu aniversário de quarenta e tantos, e você está na Zara procurando uma blusa de manga curta e desfrutando de um drinquezinho comemorativo no transporte público. E aí, antes que se dê conta, você está se entupindo de uísque de um saco de papel e está tudo acabado. De repente, sinto-me como a garota no trem, só que num ônibus.

Ai, meu Deus. Pelo menos não estou prestes a começar a assassinar meus ex.

Penso no Noivo Americano e saco meu celular.

Nada.

E nesse momento meu humor alegre se despedaça. Lágrimas fazem cócegas nos meus cílios e, piscando forte para afastá-las, enfio o celular de volta no bolso e mergulho a mão na sacola de compras.

Dane-se. Pego outra lata.

Sou grata por:

1. *Minha mãe e tudo o que ela faz por mim, e mal posso esperar para encontrar uma data disponível para ficar no meu antigo quarto.*

2. *A Zara, embora o jeans não suba além dos meus joelhos e o macacão rosa-choque tenha ficado medonho em mim.*

3. Quem quer que tenha tido a ideia genial de inventar um gim-tônica pronto e colocá-lo em uma latinha bonita.

4. O desconhecido em cujo ombro eu adormeci e babei, que me acordou antes que eu perdesse meu ponto.

5. Não ter um saca-rolhas e meu ex morar a oito mil quilômetros de distância.

O dia seguinte

Parece que minha cabeça vai explodir.

É isto: nunca mais vou beber. Vou passar janeiro sem uma gota. Ok, estou um pouco atrasada, considerando que já se passou uma semana, mas antes tarde do que nunca, né?

Né?

O plano era ficar a noite passada em casa e tentar preparar meu próprio jantar chique de aniversário, mas quando cheguei em casa meu desejo de ser uma Deusa do Lar já havia evaporado. Era muito trabalho para uma pessoa só. Além do mais, depois que a empolgação causada pelo gim-tônica começou a passar, tudo pareceu um pouco triste.

Então, em vez de cozinhar, levei Arthur para passear. Eu ainda não tinha tido a oportunidade de explorar minha nova vizinhança, e nós ziguezagueamos por ruas desconhecidas iluminadas por postes de luz. Era meio esquisito estar de volta a Londres, embora a cidade não fosse nada parecida com a Londres de que eu me lembrava. Antes de ir para Nova York, eu alugava um apartamento que ficava no andar de cima de uma loja, bem no meio da cidade, com trânsito, barulho e poluição por todo lado — mas agora eu vivo num subúrbio bem mais tranquilo, com fileiras organizadas de chalés sem janelas salientes e varandas vitorianas com piso quadriculado.

Enquanto eu caminhava, meus olhos passavam por todas as diferentes janelas, como se folheasse um livro ilustrado. Dentro das casas, eu tinha vislumbres da vida em família. Uma mãe no andar de cima penteava o cabelo da filhinha depois do banho; um casal assistia à TV agarradinho no sofá, e a tela se refletia no rosto deles; um homem de mochila nas costas fechava a porta ao entrar e ouvia gritinhos de "O papai chegou!". Parei. Se em algum momento houve uma metáfora para a minha vida, era esta. Eu do lado de fora, olhando para todo mundo do lado de dentro. Todas essas cenas aconchegantes de felicidade familiar. Senti um arrepio e puxei o gorro de lã sobre as orelhas. Eu estava, bem literalmente, levando um gelo da vida.

E ainda assim...

Ok, se vamos ser abertos aqui, tenho algo a confessar. Embora uma parte de mim queira muito essa vida, tem outra parte que tem medo. A parte de mim que jurava no diário que nunca terminaria como os pais. Que lia livros à luz da lanterna debaixo das cobertas e sonhava com romances apaixonados e viagens para terras distantes. Que estava determinada a levar uma vida menos comum, cheia de liberdade e empolgação e aventura, *com algo diferente...*

Sou puxada para trás pela coleira de Arthur, então me viro e o vejo agachado no caminho de entrada de uma casa enorme, fazendo uma bela obra de arte.

Essa era minha realidade: pegar merda de cachorro.

Tentei não pensar em mais nenhuma metáfora, e em vez disso enfiei minha mão com a luva no saquinho de cocô e comecei a remover. Uso a palavra "remover" porque o intestino do Arthur está sempre um pouco solto, então nunca é o caso de simplesmente pegar o cocô do chão, e sim de ter que literalmente raspá-lo do asfalto. Estava me forçando a não vomitar quando o dono da casa apareceu na janela e tanto ele quanto Arthur ficaram parados me observando. Juro que tem alguma coisa muito errada nesse aspecto da relação humano-cachorro. Se os extraterrestres um dia pousassem na Terra, quem será que eles iam achar que estava no comando? Com certeza não seriam os humanos.

Continuei raspando... pronto, achei que tinha pegado tudo... usei a lanterna do iPhone para conferir o chão. Veja, sr. Dono da Grande Casa de Adulto. Posso me sentir uma fodida, mas sou uma pessoa muito responsável! Senti uma leve onda de triunfo.

Seguida de um horror repugnante quando a luz da lanterna passou do asfalto para o saquinho de cocô.

Ai, meu Deus. Tinha rasgado! Meus dedos tinham encostado na coisa! Estava por toda a minha luva de caxemira brilhante que eu tinha ganhado de Natal! Arranquei a luva. Merda! *Merda!* MERDA!

Eu poderia ter chorado. Poderia literalmente ter me deitado no chão e chorado. Isso realmente me passou pela cabeça. Eu conseguia até imaginar o dono da casa chamando a esposa na cozinha: "Amor, tem uma mulher desconhecida deitada na entrada, coberta de cocô de cachorro e chorando histericamente. Não consigo ouvir muito bem através do nosso vidro duplo, mas acho que ela está dizendo alguma coisa sobre hoje ser aniversário dela. Talvez a gente devesse chamar a polícia. Ela vai assustar as crianças".

Mas Arthur tinha outros planos. Viu um esquilo, soltou um uivo e disparou, arrastando-me junto enquanto corria pela calçada e eu me agarrava para salvar minha vida. Ele não conseguiu pegar o esquilo, claro. O animal subiu em uma árvore e desapareceu lá em cima, e Arthur ficou parado ao pé da árvore, latindo até não poder mais. Coitadinho, fiquei realmente com um pouco de pena. Seria de se imaginar que ele já tivesse aprendido a essa altura. Mas, pensando bem, quantos anos eu levei para aprender que quando um homem desaparece e não te liga de volta, latir até não poder mais, ou seja, mandar zilhões de mensagens para ele, também não vai funcionar?

E isso é praticamente a mesma coisa. Mais ou menos.

Demos meia-volta para retornarmos para casa, e eu já estava mentalmente enchendo a banheira e indo para a cama com meu iPhone para ficar olhando fotos do pôr do sol e as postagens do que todo mundo tinha comido no jantar quando senti um cheirinho de peixe e batata frita vindo de um pub na esquina. Bom, era meu aniversário.

*

Dentro do pub parecia haver alguns moradores do bairro tomando uma bebida tranquilos. Amarrei Arthur à perna de uma mesa no canto do salão enquanto fui lavar as mãos e pedir uma taça de vinho e uma porção de peixe e batata frita no bar. Quando voltei, cinco minutos depois, eu meio que esperava que ele tivesse arrastado a mesa até o outro lado do pub. Em vez disso, Arthur estava sentado lá obedientemente, e havia um garotinho de gorro fazendo carinho nas orelhas dele.

— Ele gosta quando fazem isso. — Sorri.

O garotinho olhou para cima, como se tivesse sido pego fazendo algo que não deveria.

— Ah, esse cachorro é seu?

Eu estava prestes a dizer que não, que o dono dele era o proprietário do apartamento onde eu morava, mas alguma coisa me fez mudar de ideia.

— Sim, é meu.

— Qual é o nome dele?

— Arthur.

O garotinho sorriu ainda mais, revelando que havia perdido um dente de leite.

— Tipo o rei Arthur?

— Exatamente. — Assenti, olhando de relance para Arthur, que estava sentado de um jeito bem régio enquanto recebia carinho na cabeça. Não era um título ruim, levando em consideração quem parecia estar no comando por aqui; certamente não era eu. — Rei Arthur.

Os olhos do garotinho se iluminaram e ele enterrou as mãos ainda mais no pelo de Arthur.

— Eu quero um cachorro, mas minha mãe não deixa. Ela disse que eu só posso ter um hamster.

— Ah, hamsters podem ser divertidos.

Ele não pareceu convencido.

— Mas não é a mesma coisa que o Rei Arthur — respondeu.

— Não, não é — admiti.

— Oliver, olha você aí!

Uma voz masculina atraiu nossos olhares.

— Eu estava me perguntando onde você tinha se metido...

Atravessando o pub, um homem veio em nossa direção, e parecia ter acabado de entrar no estabelecimento. Estava usando uma jaqueta acolchoada, cachecol grosso e luvas, tinha cabelo escuro e curto, e era a cara de Oliver. Provavelmente era o pai dele.

Oliver puxou a manga do homem, empolgado.

— Adivinha o nome dele! É Rei Arthur! Como no filme que a gente viu!

— Ele não está incomodando você, né?

— Não, não... nem um pouco.

Os olhos do sujeito eram mesmo bonitos. Azul-claros, da cor de jeans desbotados.

— Que bom. — Ele sorriu, então piscou para o filho. — Vamos lá, estamos atrasados.

O homem era atraente, bem, do jeito que um pai pode ser atraente.

— Faz carinho nas orelhas dele! Ele ama!

O pai obedientemente se agachou, tirou uma das luvas e fez carinho nas orelhas do cachorro. Arthur estava adorando toda aquela atenção.

— Você acha que ele vai fazer carinho nas minhas orelhas? — perguntou, com o rosto impassível, virando a cabeça de lado e fazendo Oliver dar risadinhas. — Ok, agora vamos, realmente precisamos ir, senão sua mãe vai me matar. Ela está nos esperando no cinema.

— Tchau, Rei Arthur... Tchau. — Oliver acenou para nós dois.

— Tchau. — Acenei de volta. — Bom filme!

— Obrigado. — O pai sorriu e pegou a mão do filho.

Observei enquanto eles saíam do pub juntos, e por um momento não pude evitar desejar ser a mulher sortuda que esperava por eles no cinema. Não só porque os dois pareciam muito fofos, pai e filho de mãos dadas. Mas porque eu não pude deixar de reparar como ele preenchia bem aqueles jeans...

Uau, Nell!

Isso me pegou de surpresa. Era o primeiro homem em quem eu reparava desde O Noivo Americano, quanto mais achava atraente. Isso seguido pela resignação por ele ser o marido de alguém, o que infelizmente *não* me pegou de surpresa, pois na minha idade todos os bons candidatos já estão comprometidos.

Mas em algum lugar, lá no fundo dessa minha alma ferida, também acendeu uma pequena faísca de esperança de que talvez, só talvez, ainda não fosse o fim da linha para mim.

Sou grata por:

1. *Meu vinho, que estava tão delicioso que precisei pedir mais duas taças.*

2. *O fato de que Arthur sabe chegar em casa.*

3. *Ibuprofeno.*

4. *O flashback da noite passada, caso contrário eu não teria me lembrado que, na confusão do cocô de cachorro, larguei na calçada a sacolinha e a luva ofensivamente suja de cocô e vou ter que voltar lá para pegar de volta e deixar um vergonhoso pedido de desculpas.*

5. *O fato de que ainda não tem cartazes de "Procurada" com o meu rosto espalhados pelo bairro.**

---

* Mas, só por precaução, vou sair de chapéu.

Almoço de domingo

De manhã, acordo com uma mensagem de WhatsApp dos meus amigos em um grupo, convidando-me para almoçar em um restaurante italiano no centro da cidade. Comemoração de aniversário atrasada, aquela coisa toda.

Top! Que horas?

Holly
Pode ser às 11h30? A Olivia tira uma soneca às 14h.

Max
O Freddy tem futebol antes. A gente não consegue chegar antes das 13h.

Fiona
A natação é das 12h às 14h, mas qualquer hora depois disso dá.

Fico tentada a dizer que tenho uma soneca às três, o que não é mentira, considerando que ainda não saí completamente desse jet lag terrível, mas em vez disso fico em silêncio e deixo que eles se virem entre sonecas e aulas de natação e futebol. O que, a julgar pelo número de mensagens que chega, faz até o Brexit parecer uma negociação fácil.

Finalmente chegamos a uma solução e, satisfeita, vou para o chuveiro. Estou realmente ansiosa para encontrar todo mundo, mas, ao ver Arthur observando eu me aprontar, de repente me sinto culpada de deixá-lo sozinho.

— Não se preocupa, não vou demorar — prometo, fazendo um carinho nas orelhas dele enquanto ele me encara com aqueles olhões castanhos.

Vou para o centro da cidade. Quase não saí desde que voltei para Londres, por isso estou toda arrumada. Coloquei até um saltinho. Bom, é a comemoração do meu aniversário, ainda que atrasada. Então fico um pouquinho decepcionada quando chego no restaurante italiano e vejo um monte de carrinhos de bebê duplos na porta e uma placa dizendo que tem uma área de recreação infantil no andar de baixo. Não me leve a mal, eu amo crianças, mas estava esperando alguma coisa um pouco mais...

Abro a porta e o barulho é ensurdecedor... *calmo?*

Um garçom me resgata e me leva até a nossa mesa, onde peço uma garrafa de vinho e sirvo uma taça cheia.

— Que aniversariante linda!

Levanto os olhos e vejo Fiona vindo apressada pelo restaurante, as crianças logo atrás. Ela me agarra e me dá um abração de urso.

— Desculpa mesmo por ter cancelado na sexta, eu me senti péssima...

— Não se preocupa, tá tudo bem, eu sei que você é ocupada — respondo, abraçando-a também.

— Eu esqueci completamente que tinha prometido ajudar Annabel com os convites...

— Annabel?

— É uma das mães da escola nova da Izzy. Ela está organizando um evento de caridade enorme para arrecadar dinheiro.

— Isso parece muito mais importante que o meu aniversário — digo, rindo. — De todo modo, fiquei feliz que todo mundo pôde vir hoje.

— Eu também. Então, como você está?

— Velha. — Sorrio.

Ela me dá um tapa.

— Nada a ver! Você está igualzinha a quando tinha vinte e cinco.

Fiona é uma querida, mas já estava naquela fase de precisar segurar os objetos um pouco longe do rosto e apertar os olhos para enxergá-los. Provavelmente eu também estou um pouco borrada para ela. O que não é um problema. Minha teoria é que é justamente por isso que nossa visão piora conforme envelhecemos: para nos proteger de nos enxergar nitidamente.

— Izzy, vem dar o nosso cartão para a Tia Nell.

A menina está usando um par de asas de fada e pula no meu colo, enfiando um cartão na minha cara com os dedos gorduchos.

— Obrigada, fadinha. — Sorrio, abrindo o cartão. — Uau, que letra mais bonita.

— Posso ver? — Ela afasta os cachos loiros dos olhos, que são grandes e azuis e têm os cílios mais longos do mundo, alcançando até as bochechas dela. Izzy tem pele de pêssego e não tem por que temer ser vista com nitidez. Mas tem apenas cinco anos.

— Obrigada, Izzy.

— E Lucas, você pegou o presente?

Lucas tem sete anos e está agarrado a seus carrinhos como se todo mundo no restaurante quisesse roubá-los. Ele balança a cabeça.

— Ai, não, deve ter ficado na mesa da cozinha — resmunga Fiona. Ela olha para Lucas. — Você esqueceu de pegar, amor? — Ele assente. Lucas é um homem de poucas palavras, assim como o pai.

Por sorte, nesse momento David entra no restaurante depois de estacionar o carro, exibindo uma caixa lindamente embalada que encontrou no banco de trás. Fiona sempre faz presentes realmente bonitos. Quando nos conhecemos, ambas vivíamos completamente duras, e nosso presente preferido era uma vela perfumada, mas aí ela casou com David e as coisas mudaram. Em muitos aspectos, ela ainda é a mesma garota, mas agora seus presentes vêm de butiques caras nas quais eu nem me arriscaria a entrar, porque lá tudo cai dos cabides espontaneamente quando me aproximo, e as vendedoras me lançam olhares de desaprovação, já que é bastante óbvio que não tenho condições de comprar nada.

— Ah, uau, é lindo. — Gaguejo quando desembalo um cachecol de caxemira extremamente macio. — Não precisava...

— Gostou?

— Gostar? Eu *amei*! — solto um gritinho, abraçando Fiona e as crianças.

Ela parece satisfeita.

— É da loja da Annabel; ela me ajudou a escolher. Ela tem muito bom gosto. Mal posso esperar pra vocês se conhecerem. Você vai amá-la!

— Mal posso esperar também. — Sorrio, mas a menção do nome da mulher outra vez me dá um leve desconforto. Eu me repreendo. O cachecol é lindo. Estou sendo ridícula.

— Ah, olha, está todo mundo aqui!

Esqueço completamente a história da Annabel quando a porta se abre, e Holly e Adam chegam com Olivia ao mesmo tempo em que Max e Michelle entram com seus três filhos, e passamos os cinco minutos seguintes nos beijando e abraçando e comentando como todas as crianças cresceram e como é maravilhoso nos vermos novamente.

Porque é mesmo maravilhoso. De verdade, não tem nada melhor do que estar com velhos amigos. Você simplesmente continua de onde parou, como se estivesse no meio de uma conversa. Só que não nos vemos desde o verão passado e temos um monte de coisas para conversar. Novas casas, promoções, novos bebês.

— Bebê número quatro, a gente deve ter ficado maluco! — Max e Michelle riem, sorrindo um para o outro enquanto comemos penne arrabbiata e Adam tenta arrancar consultoria jurídica gratuita de David sobre a casa de veraneio na França que eles estão pensando em comprar, oferecendo a ele o salame da pizza, e Fiona e Holly tiram das mochilas pilhas de Tupperwares cheias de bolinhos de arroz e mirtilos que saem voando para todo lado.

Peço mais uma garrafa de vinho.

— E você, Nell?

Depois que os garçons tiram nossos pratos, as crianças descem para brincar lá embaixo, supervisionadas por Freddy, que foi subornado com o iPhone novo do pai, e a mesa fica mais tranquila.

— Quais as novidades? — pergunta Holly, que conheci no meu primeiro estágio em Londres. Nos aproximamos de cara, cercadas por batatas assadas no micro-ondas e planilhas de Excel. Arrumando o cabelo curto atrás da orelha, ela olha para mim com expectativa do outro lado da mesa.

Hesito. As únicas novidades que tenho para contar são um noivado rompido, um quarto alugado e meu recente desemprego. Não exatamente a mesma coisa que promoções e bebês.

— Quero saber tudo sobre o café...

— E os planos para o casamento?

— Quando você volta?

Enquanto meus amigos me bombardeiam com perguntas, eu me preparo para lhes contar minhas novidades. Quando contei para Fiona, a fiz jurar segredo. Eu me sentia uma grande fracassada. Mas eles são meus amigos mais antigos. Não vão me julgar.

Quem faz isso sou eu.

— Bem, essa é a questão. Quando eu fiz aquela brincadeira sobre ter esquecido de trazer meu anel, não era realmente uma brincadeira... — Hesito, perguntando-me como dizer, e então solto de uma vez. — A gente se separou e eu voltei de vez pra cá.

Vejo algumas expressões de choque ao redor da mesa.

— Você sabia disso? — acusa Holly, olhando de relance para Fiona, que fica vermelha e enterra o rosto na taça de vinho. — Nell, por que não me contou?

— Eu tô contando agora, não tô?

Não quero lembrar a Holly de que sempre que tento ligar para ela, ela está ocupada. Holly é meio que uma Mulher-Maravilha. Quando não está levando Olivia para algum compromisso, está treinando para a próxima prova de triatlo ou correndo para uma reunião importante no hospital onde trabalha como gerente, lidando com questões de vida ou morte todo dia. Ela é tão bem-sucedida e no controle e *capaz* que eu não quis incomodá-la com minhas histórias patéticas de sofrimento amoroso.

— Não brinca! Outra mulher? — pergunta Max.

— Max! — exclama Michelle, dando-lhe um tapa no ombro.

— Como você sabe que não é outro homem? — replico.

— Porra. Ele tem outro homem?

— MAX! — a mesa toda grita, e David joga um guardanapo nele.

Esse é o Max. Sempre piadista.

— Nell, não precisa contar os motivos pra gente — diz Michelle, olhando feio para o marido. Michelle pode ter só um metro e meio de altura, mas herdou um temperamento feroz de sua minúscula avó siciliana, o que pode ser assustador. Max parece devidamente disciplinado.

— Tudo bem, não foi nada de mais — minto casualmente, tentando tratar aquilo como banal. — Foi só um caso de... frieza e falta de confiança.

— Frieza na Califórnia? — questiona Holly.

Isso me faz sorrir, embora por dentro me sinta destruída.

— Bom, ele é um belo de um idiota por perder você — afirma Max, leal.

— Ele sai perdendo e nós saímos ganhando — acrescenta Fiona, apertando minha mão de leve. — Sei que Izzy com certeza vai ficar empolgada por ver mais a madrinha.

— O Freddy também — diz Michelle —, contanto que você não se importe de congelar na lateral de um campo de futebol. Ele está obcecado.

— Mal posso esperar. — Sorrio.

— Ele não está *obcecado*, ele tem talento — corrige Max —, assim como o pai. Você sabe que eu poderia ter me tornado jogador profissional se não fosse pela minha lesão no joelho...

— Afe, Max, não! Não a história do joelho outra vez! — A mesa toda explode, barulhenta, e a conversa rapidamente passa para tirar sarro de Max por sua insistência de que ele poderia ter sido melhor que David Beckham se não fosse pelos joelhos não tão bons. O que francamente é bem mais interessante do que o desastre que é minha vida amorosa.

Então as crianças voltam e aparece um bolo de chocolate com uma vela em cima, e todo mundo canta "Parabéns pra você" e se enche de bolo, que está realmente delicioso. Depois disso, David muito generosamente paga a conta antes que qualquer um de nós veja, e todos nos despedimos conforme cada família entra em seu respectivo carro, Fiona e Max se desculpando por não poderem me dar uma carona por causa de todas as cadeirinhas no carro.

— Estamos indo para o outro lado, mas podemos deixar você no metrô — oferece Holly.

— Está tudo bem, não se preocupe. Preciso caminhar pra fazer a digestão dessa pizza. — Sorrio, acenando enquanto eles partem com o aquecedor no máximo.

Fico sozinha na calçada, e de repente tudo parece muito silencioso. Esta é outra coisa sobre estar sozinha: você não tem ninguém com quem fofocar no caminho para casa. Com quem rir do novo cavanhaque de Adam, ou para contar outra vez a coisa engraçada que Izzy disse para o garçom, ou para se perguntar exatamente qual terá sido o tamanho do bônus de David no ano passado.

Ou para te olhar de lado quando você estiver rindo, com um olhar que diz "Eu te amo" apenas pela simples razão de que você pertence a ele.

Automaticamente eu verifico o celular. Nenhuma mensagem. Bem, não tenho motivos para ficar aqui de pé congelando até os ossos.

Coloco meu lindo cachecol novo e minha única luva e começo a caminhar em direção ao metrô.

Sou grata por:

1. Meus amigos maravilhosos.

2. A escolha do restaurante, porque pude comemorar meu aniversário com todos os filhos deles também, dois dos quais são meus afilhados e eu não chego nem perto de ver o suficiente. Isso foi realmente divertido.

3. A área de recreação no térreo (para o momento em que ficou um pouco divertido demais).

4. Pastilhas para a garganta, porque a minha está doendo de tanto gritar.

5. Arthur, que estava me esperando na porta de casa para me dar as boas-vindas.

A Batalha do Termostato

Ai, meu Deus, ele voltou. O dono do apartamento. Senhor do termostato.

O apartamento está CONGELANTE.

Está assim desde que ele chegou, na segunda-feira. Sem dúvida, essa é a maneira de Edward compensar a emissão de carbono causada por levar uma família de quatro pessoas até Verbier de avião. Ele chegou tarde na segunda-feira, mas não o vi, pois já estava enfiada na cama assistindo a *The Crown* na Netflix no meu laptop.

Eu amo essa série. Quando eu era pequenininha, era obcecada pela princesa Diana e suas blusas de gola franzida, mas agora estou fascinada pela princesa Margaret. Toda aquela afetação, a bebida, o cigarro e os homens inadequados que ela namorou. Eu era assim quando mais jovem. Embora eu tema ser agora mais parecida com a rainha: parada por aí com os braços cruzados, parecendo reprovar tudo, vestindo um cardigã e sapatos confortáveis.

Enfrentando a temperatura congelante, aventuro-me até a cozinha para preparar algo para comer. Além de assistir a *The Crown*, passei as duas últimas semanas disparando e-mails para vários contatos antigos perguntando (na verdade, implorando) por oportunidades de trabalho. Não acredito que já estamos no meio de janeiro e ainda não terminei de desfazer as malas, nem consegui um emprego, nem consegui mudar minha vida de Fodida para Sucesso Total. Preciso me apressar.

Estou colocando o pão na torradeira quando ouço o barulho da chave do proprietário na fechadura. Arthur também escuta e corre até a porta da frente. Praticamente não nos vimos desde que ele voltou, exceto por algumas trocas de gentilezas quando ele está saindo apressado de manhã. Ele chegou tarde todo dia esta semana, quando eu já estava na cama, exceto hoje.

— Penelope, oi. — Ele sorri, entrando na cozinha carregando sua bicicleta dobrável Brompton, com Arthur nos seus calcanhares. Edward sempre insiste em me chamar pelo meu nome inteiro.

— Oi, Edward. — Sorrio. Tentei usar Eddie, mas ele não foi muito receptivo.

— Como está a adaptação?

— Tudo bem — respondo educadamente. — Ainda preciso desfazer algumas malas, mas estou chegando lá... Como foi a viagem?

— Excelente. Condições perfeitas.

Seu rosto está bronzeado sob o capacete, exceto por dois grandes círculos brancos ao redor dos olhos, onde os óculos de esqui deviam ficar. Se ele fosse meu amigo, eu tiraria sarro dele por causa disso. Mas ele não é. Então não digo nada.

— Que bom. — Eu me mexo meio desconfortável do outro lado da bancada da cozinha.

— Você esquia?

— Não, na verdade não. Fui uma vez, em uma excursão da escola.

— Ah, que pena.

A conversa dá uma pausa e eu me volto para a torradeira. É realmente muito esquisita essa coisa de dividir uma casa aos quarenta e tantos. Aqui estamos nós, dois completos desconhecidos, cada um com sua vida e sem nada em comum, exceto o fato de que agora nós dois vivemos debaixo do mesmo teto. Pensando bem, era exatamente assim que estava o meu relacionamento perto do fim.

— Está parecendo uma sauna aqui dentro, você aumentou a temperatura?

Olho para cima e vejo Edward tirando o capacete e a jaqueta com refletores. O olhar dele vai direto para o termostato.

— Eu não toquei nisso — protesto, de repente parecendo uma adolescente que vive com os pais. Meu rosto fica vermelho. Eu minto muito mal.

A expressão de Edward parece relaxar quando ele confirma que o termostato ainda está no modo Ártico, e ele continua removendo camadas de roupa até estar só de camiseta. Enquanto isso, estou parada aqui com cara de quem está tentando evitar pagar para despachar a bagagem no balcão da easyJet, usando todas as roupas da minha mala.

O que há com homens e mulheres e a eterna batalha pelo aquecimento central? Lembro-me que, quando eu era criança, meu pai se transformava no Inspetor-Chefe Stevens da Polícia do Aquecedor durante o inverno, verificando o termostato o tempo todo e diminuindo um pouco a temperatura. Só para mamãe aumentar um bom tanto quando ele saía para o trabalho. Foi assim durante toda a minha infância.

— Acho que a sua torrada está queimando...

A voz de Edward interrompe meu devaneio e me viro rapidamente, encontrando uma nuvem de fumaça.

— Ai, merda! — Rapidamente aperto o botão para cancelar ao mesmo tempo em que o alarme de incêndio começa a disparar.

— Não se preocupe, eu cuido disso.

Termino de arrancar os pedaços carbonizados da torradeira e vejo Edward abanando o alarme com uma toalhinha e abrindo uma janela.

— Obrigada. — Sorrio me desculpando e sigo até a lixeira para jogar tudo fora e recomeçar, então Edward me interrompe.

— Eu como, adoro torrada queimada.

— Adora?

— Sophie era viciada nisso quando morávamos na França e ela estava grávida dos gêmeos; toda hora eu fazia para ela.

Sinto-me relaxar. Veja só. Edward é realmente um cara legal. Ele não pretende congelar a locatária até a morte.

— Você morou na França?

45

— Sim. Sophie é francesa; foi lá que a gente se conheceu. Voltamos pra cá quando os meninos entraram na escola.

— Os gêmeos têm quantos anos?

— Quinze... mas parece vinte e cinco. — Ele sorri com os dentes pretos de torrada queimada. — Não são mais meus garotinhos.

— Você deve sentir saudade deles durante a semana.

— Sinto. — Edward assente, então dá de ombros. — Embora eu não tenha certeza de que eles sentem saudade de mim. Mais provável que estejam ocupados demais com a cara enfiada no celular para perceber que não estou ali.

Por um momento, sinto um pouco de pena de Edward. Apoiado na banqueta de bar, comendo minha torrada queimada. Não deve ser muito legal para ele também. Pedalar até em casa depois de um dia longo no escritório e encontrar uma desconhecida na sua cozinha, disparando o alarme de incêndio.

Um vento gelado vem da janela aberta e estremeço.

Quer saber? Deixe a torrada para lá, estou morrendo de frio.

— Bem, boa noite... — Enfiando o pão de volta na geladeira, pego duas latinhas de gim-tônica (comprei um fardo inteiro) e subo rápido as escadas de volta para o quarto. Vou passar o resto da noite quentinha debaixo do cobertor, bebendo gim-tônica e imaginando que sou a princesa Margaret.

Sou grata por:

1. *O "Comprar agora" da Amazon, já que meus dedos viraram pedra.*

2. *Meu novo cobertor elétrico.*

3. *Gim e a princesa Margaret (não necessariamente nessa ordem).*

46

Para: Caroline Robinson – Editora Shawpoint
Assunto: Projetos de edição

Cara Caroline,

Espero que esteja bem! Já faz um tempo que não nos falamos, porque eu estava morando e trabalhando nos Estados Unidos, mas agora estou de volta a Londres e em busca de projetos novos e empolgantes. Como você sabe, desde quando trabalhamos juntas, adquiri diversas habilidades e bastante experiência no meu cargo de editora, e adoraria a oportunidade de agregá-las às suas publicações. Também tenho algumas ideias interessantes sobre as quais adoraria conversar com você. Por favor, avise-me quando for um horário conveniente para eu ligar, ou talvez possamos marcar um café?
Aguardo seu retorno.

Tudo de bom,
Penelope Stevens

Para: Penelope Stevens
Resposta automática: Projetos de edição

Caroline Robinson-Fletcher está em licença-maternidade.

Dane-se este domingo

Desde que terminei com O Noivo Americano, passei a temer os fins de semana.

Era diferente quando eu fazia parte de um casal; eu ansiava pelas noites de sexta-feira, aconchegados no sofá com um filme e uma garrafa de vinho; pelos sábados passados batendo papo com amigos depois que fechávamos o café; e pelos domingos... bem, os domingos sempre foram meus favoritos. Acordávamos cedo e íamos de bicicleta até a feira local, de onde voltávamos com sacolas cheias de ingredientes frescos, a partir dos quais ele criava receitas na cozinha enquanto eu relaxava no jardim lendo um livro e cumprindo meu papel de degustadora oficial.

Agora, quando a noite de sexta se aproxima, fico frente a frente com mais um fim de semana sozinha. Engraçado, eu costumava achar que a solidão era uma coisa que só afetava pessoas idosas. Uma senhora velha e frágil sentada em uma poltrona. Não alguém com quarenta e tantos anos e cento e quarenta e sete amigos no Facebook.

Tentei reunir o pessoal, mas, como sempre, todo mundo já tinha planos. Max e Michelle iam visitar os pais dele, e Holly e Adam iam fazer uma social com o padre em um evento local da igreja. Desde que descobriu o preço das escolas particulares, o ateu Adam de repente "aceitou" a religião. Nadinha a ver com o fato de que a escola primária da igreja do bairro deles tinha sido avaliada como "excepcional" pelo departamento nacional de educação. Um comentário que agora sempre ouço mencionado casualmente por todas as minhas amigas com a mesma urgência sem fôlego que costumava ser reservada para "ele dirige um conversível".

Quanto a Fiona, ela e David tinham sido convidados para um jantar na casa nova de Annabel e do marido, Clive. Annabel não só organiza festas de arrecadação de fundos para caridade e tem um ótimo gosto para cachecóis de caxemira; aparentemente ela também é a melhor anfitriã de todas. Não que eu esteja com ciúme. Bom, talvez um pouquinho, mas só porque parece que ela acrescentou a tarefa "roubar a melhor amiga da Nell" à sua longa lista de conquistas.

*

— Você precisa conhecer gente nova.

Estou no FaceTime com minha amiga Liza, de Los Angeles. São oito da noite e já estou de pijama. Sentada na cama, encaro a tela do iPhone. O rosto dela aparece enorme contra o céu azul e ensolarado ao fundo. A chuva bate na minha janela e de repente sinto saudade da minha antiga vida.

— Faça amigos novos — ela continua.

— Eu tenho um monte de amigos.

Rapidamente me recomponho. Quem é que precisa da luz do sol otimista e de pés bronzeados enfiados em chinelos de dedo quando tem um cobertor elétrico?

Determinada, aumento o aquecimento de um para três.

— Todos eles são casados e têm filhos. Você precisa de amigos solteiros. Alguma atividade...

— Você quer dizer, tipo um trabalho?

Liza descarta essa afirmação com um gesto, como se fosse uma mosca irritante.

— Você só está passando por um momento ruim. Precisa praticar a paciência.

Eu sei que ela tem razão, mas voltar para Londres foi caro e, embora o empréstimo do meu pai tenha sido bastante generoso, não vai durar para sempre: estou praticando o pânico, não a paciência.

— Não, o que você precisa é conhecer pessoas com a mesma mentalidade que a sua...

— Não vou fazer ioga — eu a interrompo.

Liza é uma instrutora de ioga foda e acabou de voltar de um retiro na Costa Rica, onde estava dando aulas. Nos conhecemos assim que me mudei para Los Angeles: ansiosa para adotar o estilo de vida local, inscrevi-me em uma de suas aulas. Por sorte, ela não se importou com isso e somos amigas desde então. Hoje é a primeira vez que temos uma oportunidade de pôr a conversa em dia desde que voltei para Londres.

Ela solta uma gargalhada.

— Ninguém vai ser seu amigo se te vir fazendo ioga, meu bem.

— *Namastê* pra você também.

— Que tal um clube do livro? — ela sugere, animada.

Sinto uma pontada de decepção. Para mim, tem alguma coisa em "clube do livro" que grita "mulheres de meia-idade". Um pensamento me atinge. *Eu sou uma mulher de meia-idade.*

— Como vão as coisas entre você e Brad? — mudo de assunto.

Brad é o professor de ioga que trabalha com Liza, e eles têm um rolo. Mas atualmente o lance está meio morno.

Ela dá de ombros.

— Ele disse que está confuso.

— Em relação a quê?

— Se quer um relacionamento sério.

Realmente não entendo o que Liza vê no Brad. Ela é engraçada, bondosa e inteligente. Tem aquele tipo de "corpo de ioga" que faz a gente querer chorar. E é millennial. Acabou de fazer trinta anos! O que quer dizer que ainda tem muitas vagas para ela nas cadeiras musicais do romance, e não há necessidade alguma de namorar um insignificantezinho inseguro que tenta tratá-la mal e controlá-la enquanto usa pulseiras budistas de miçanga e finge ser o sr. Espiritualizado.

Namastê.

— Nosso terapeuta de casal disse que ele tem problemas com intimidade. — Liza parece envergonhada. — Eu sei o que você está pensando.

— O que estou pensando?

50

— Que eu sou uma idiota e deveria terminar com ele.

— Você não é uma idiota. O idiota é ele.

Ela sorri, agradecida.

— Ei, tenho uma ideia! E se você for a um daqueles banhos sonoros? Você vai conhecer um monte de gente incrível.

— Vou? — pergunto, em dúvida.

— Deve ter um em Londres...

Mas, antes que ela tenha tempo de procurar no Google, meu celular apita com uma mensagem. É de Sadiq, um velho amigo jornalista. Abro para ler.

Stevens, seu e-mail foi parar no spam!
Me liga. Tenho um trabalho pra você.

Vida e morte

— Você quer que eu escreva sobre gente morta?

Nós nos encontramos esta manhã perto do escritório dele, em uma daquelas cafeterias artesanais. Com mesas de madeira rústica e lousas verdes e brownies recém-assados deixados em cima do balcão, onde todo mundo pode tossir e espirrar em cima.

Sadiq parou por um instante de mastigar sua tortilha com halloumi.

— Bom, é meio que a regra num obituário, Nell. As pessoas precisam estar mortas.

Conheço Sadiq há quase vinte anos. Ele foi um dos meus colegas de apartamento assim que me mudei para Londres, e naquela época estava começando sua carreira de repórter em um tabloide. Hoje ele é editor de estilo de vida em um jornal de grande circulação.

— Nosso frila regular acabou de mudar para a seção de viagem, e eu pensei em você logo de cara.

Sorri. Embora eu não tivesse certeza de que deveria encarar aquilo como um elogio.

A garçonete colocou mais dois cafés com leite diante de nós. O de Sadiq tinha o desenho de um coraçãozinho na espuma. O meu não.

— Eu não ganhei um coração.

— Hein? — Sadiq terminou de engolir a tortilha e tomou um gole do café.

Senti aquilo como um aviso do destino. Era um sinal. Eu tinha chegado no fim da linha. Nada de amor. Só esperar a morte.

Observei enquanto ele engolia o coraçãozinho sem sequer perceber. Mas por que ele perceberia, afinal? Sadiq não está procurando por sinais do universo. Tem um casamento feliz,

52

com dois filhos lindos e uma carreira impressionante. É bem-
-sucedido em todos os aspectos da vida. Aposto que nem sequer
lê o horóscopo.

— Ah, nada — respondi rapidamente, balançando a cabeça
com um sorriso constrangido. — Realmente agradeço por ter
pensado em mim.

— Então, está interessada?

— Totalmente. — Assenti. — Mas tem certeza de que eu tenho
a experiência necessária? Sou editora de livros, não jornalista.

Sadiq afastou minha preocupação.

— É basicamente editar a vida inteira de uma pessoa para caber em mil palavras. Você é perfeita para a vaga. Além do mais,
a coisa boa dos obituários é que o trabalho nunca vai acabar —
acrescentou, animado.

— Acabei de me lembrar por que somos tão amigos. — Sorri.

— E, de todo modo, estou lhe devendo um favor.

— Está?

— Se não fosse por você, eu não estaria com o Patrick. Lembra que você me disse que ele era a melhor coisa que tinha me
acontecido quando eu não conseguia enxergar?

Minha mente voou para vinte anos atrás; Sadiq e eu sentados
no meu futon todas as noites, conversando a madrugada inteira
com uma garrafa de vinho barato e um maço de Marlboro Light.
Foi durante uma dessas conversas que ele saiu do armário para
mim, embora eu já soubesse. Assim como sabia que ele estava
apaixonado pelo rapaz irlandês tímido e de olhos azuis que trabalhava no bar do pub que frequentávamos.

Sorri.

— Você só precisava de um empurrãozinho.

Ele pagou a conta no cartão de crédito, então pegou a jaqueta
do encosto da cadeira.

— Bem, agora sou eu que estou te dando um.

*

Combinamos o valor, que não é muito, mas, junto com o empréstimo de papai e meu aluguel barato, dá para viver. Então agora estou no metrô a caminho da minha primeira entrevista com a viúva de um dramaturgo importante. A princípio, o obituário dele estava planejado para ser publicado na próxima semana, mas o jornal decidiu transformá-lo em uma reportagem longa para fevereiro, então espero conseguir um pouco do que Sadiq descreveu como "vida". Uma escolha irônica de palavra, considerando o assunto em questão, mas aparentemente o risco com obituários é que eles podem facilmente se tornar uma lista longa e monótona de conquistas.

Pelo menos essa é uma coisa com a qual não preciso me preocupar. Nesse ritmo, o meu obituário poderia ser escrito em um Post-It.

O endereço fica pertinho da Portobello Road; é uma casa alta e estreita pintada de lilás. Subindo os primeiros degraus, ensaio minha apresentação.

— Meus pêsames... Fico muito agradecida que a senhora tenha tirado esse tempo para me atender...

Passei o trajeto de metrô lendo um pouco da pesquisa que Sadiq me enviou e, aparentemente, Monty Williamson era uma figura e tanto. Junto com a esposa, teve uma vida incrível, viajando o mundo todo e conhecendo muita gente famosa. Sinto uma pontada de empolgação nervosa. Tenho certeza de que ela vai ter um monte de histórias maravilhosas para contar. Mas preciso ser cautelosa. A mulher tem mais de oitenta anos e acabou de perder o marido. Provavelmente está muito fragilizada.

E meio surda, coitadinha, é o que penso depois de tocar a campainha por vários minutos e ninguém atender. Então bato com força na porta. Ouço o som de passos e de repente a porta se abre.

— Olá, meu nome é Nell Stevens, vim fazer a entrevista...

— Perdão, você ficou muito tempo batendo? Eu estava pintando e ouvindo meu podcast.

Se eu estava imaginando que seria recebida por uma viúva frágil, torcendo as mãos e arrastando os pés, não poderia estar mais enganada. Diante de mim está uma mulher alta e vibrante, com cabelo grisalho e grosso, cortado elegantemente na altura do queixo. Está de batom vermelho, macacão sujo de tinta e tênis esportivo com cadarços, daqueles com glitter.

— Nem precisa dizer... você estava imaginando uma mulher enlutada e de cabelo lilás. — Ela ri da minha expressão. — Eu prefiro um pouco de brilho, você não?

Parada diante dela na soleira da porta, acho que já amo essa mulher.

— Desculpe, esqueci as boas maneiras. Entre, por favor... — Abrindo mais a porta para me deixar entrar, ela me estende uma mão ossuda com dedos cheios de anéis e me dá um aperto de mão firme. — Prazer.

Abro um sorriso.

— O prazer é meu.

Sou grata por:

1. *Sadiq, por não só me oferecer um emprego, mas simultaneamente me salvar do inferno que é ouvir um gongo soando no meu ouvido por uma hora enquanto estou debaixo de um cobertor.*

2. *A viúva de Monty Williamson, por ser tão maravilhosa.*

3. *O barista do Starbucks, por ter preparado o latte que tomei no caminho para casa. Quem é que precisa de um coração quando pode ter um panda sorridente?*

FEVEREIRO

#longedasredessociais

Morte por senhorinhas
de cabelo lilás

Ok, tudo bem que esse não é exatamente o que eu chamaria de meu emprego *dos sonhos*. Ninguém diz "quando eu crescer, quero escrever sobre gente morta", mas convenhamos, algumas das pessoas mais incríveis que já viveram estão mortas, e algumas das mais chatas ainda estão vivas, e eu sei sobre qual delas eu preferiria escrever.

É sexta à noite e, em vez de sair, estou à minha escrivaninha fazendo os ajustes finais no meu primeiro obituário. Levou um pouco mais de tempo do que eu tinha imaginado, porque fui sugada pelo vórtice do Google. Em um minuto eu estava pesquisando sobre as peças de Monty Williamson e no seguinte estava procurando "sinais de sepse", porque tinha uma mancha vermelha e coçando no meu cotovelo, ou "cachorro pode comer maçã?", porque Arthur roubou o miolo da maçã na minha lata de lixo quando eu não estava olhando.

De todo modo, está quase pronto. Dou play na gravação da entrevista de uns dias atrás no meu iPhone e a voz da viúva preenche o quarto...

— Por favor, pode me chamar de Cricket.

— Cricket?

— Isso, por causa do Grilo Falante.* — Ela ri. — É Catherine, mas Cricket era meu apelido de infância e pegou. Meu marido sempre dizia que eu era mesmo tagarela.

Cricket mora no tipo de casa que se imaginaria ser o lar de um dramaturgo. Estantes do chão ao teto abarrotadas de livros, com tantos que eles estão enfiados em todos os cantos e espaci-

---

* Em inglês, o Grilo Falante se chama Jiminy Cricket. [N. E.]

nhos disponíveis; paredes cheias de fotografias e pôsteres de teatro enquadrados; ornamentos e artefatos de viagens a lugares distantes; uma máscara tribal; pratos decorativos pintados; tapetes exóticos. Transmite aquela sensação levemente caótica de alguém que viveu uma vida sem roteiro.

Nossa entrevista seguiu a mesma linha.

— Por favor, sente-se, fique à vontade — ela disse depois que a segui até a sala de estar onde conversaríamos.

Procurei uma cadeira, mas toda a mobília parecia estar coberta por lençóis respingados de tinta.

— Tem um sofá embaixo desse aí.

— A senhora está trabalhando na decoração? — De repente, dei-me conta disso quando reparei nas escadas e nos vários potes de tinta ao redor. — Quando disse que estava pintando, pensei que fosse tinta a óleo ou aquarela.

— Pelo amor de Deus, não. — Ela riu descontraída. — A casa estava precisando de uma boa demão de tinta, então pensei que não haveria momento melhor do que este.

Não sei o que me surpreendeu mais. O fato de que uma mulher de mais de oitenta anos estava em cima de uma escada com um rolo em punho, ou o de que ela estava de tão bom humor, considerando que o marido tinha acabado de morrer.

— Eu sempre quis que esta sala fosse amarela, mas o Monty nunca me ouvia... Qual você prefere? — Ela apontou para duas amostras de tinta na parede. — A da esquerda é Mamangaba e a da direita Sol da Toscana.

— Humm... Acho que prefiro Mamangaba.

Cricket pareceu satisfeita.

— Grandes mentes pensam igual. Quem não ia querer ficar sentado em uma sala pintada com um nome incrível desses? — Ela sorriu e então desapareceu na cozinha pra preparar o chá e buscar biscoitos. — De chocolate, deliciosos e terrivelmente prejudiciais à saúde.

Gostei de Cricket logo de cara. Ela era afiada e irreverente, e conforme nossa entrevista progrediu, pegou antigos álbuns de fotografias e me presenteou com histórias de escândalos e intrigas da carreira fascinante do marido, soltando aqui e ali os nomes de estrelas do palco e das telas como pó de pirlimpimpim. Mas também foi incrivelmente sincera. Quando as cortinas se fechavam, nem tudo eram flores. Resenhas críticas. Dificuldades financeiras. Câncer. O sofrimento dele perto do fim, e o alívio e a culpa dela quando ele se foi. A vida real. Aquilo que não está nos álbuns de fotografias.

— O Monty chegou na minha vida num momento em que tinha desistido da ideia de me apaixonar outra vez. Foi bem inesperado. Eu estava prestes a fazer cinquenta anos e tinha certeza de que o tempo para qualquer imprudência tinha acabado. Casamento e filhos tinham me escapado... ou será que, na verdade, eu é que tinha escapado deles? — Cricket sorriu, um lampejo de travessura nos olhos, e então me dei conta de que estava muito mais interessada nela do que em seu famoso e falecido marido.

— Como vocês se conheceram?

— Eu era atriz naquela época... Não era muito boa, devo dizer. E já estava cansada de casos apaixonados e romances fracassados. Já havia ficado noiva várias vezes; uma vez cheguei até a comprar o vestido de casamento, um negócio horrível de tule, se me lembro bem... — Ela estremeceu com a memória. — Por sorte, o noivo me poupou de ter que usar aquela porcaria ao confessar, poucos dias antes da cerimônia, que já era casado. E pensar que isso causou tanta comoção na época.

Ela riu com vontade.

— Mas essa é uma das coisas boas de envelhecer: com frequência as histórias mais terríveis do mundo se transformam nas mais divertidas quando olhamos para elas do futuro.

Minha mente se voltou para o meu próprio noivado fracassado. Será que eu realmente vou dar risada disso daqui a algumas décadas?

— Depois desse acontecimento, decidi que estava farta. O amor não era pra mim. Eu ia adotar um gato e tocar viola...

— Por que viola?

— Por que não?

Sorri. "Por que não?" parecia uma boa filosofia de vida.

— Eu estava bem feliz. Mas aí, uns meses depois, fiz um teste para uma peça e conheci o Monty, e tudo isso caiu por terra. O que, de certa forma, foi uma sorte, porque depois eu descobri que era terrivelmente alérgica a gatos e não era capaz de sustentar nenhuma nota na viola. Quer mais chá?

Então bebemos mais chá e, conforme o sol fraco de fevereiro dava lugar ao entardecer, Cricket me contou que, embora tivessem ficado juntos por mais de trinta anos, eles não se casaram até chegarem na casa dos setenta.

— E só o fizemos porque a saúde dele começou a ficar debilitada e Monty queria evitar todos aqueles impostos absurdos. Nos casamos em Nova York. Sem comoção. Só nós dois. Eu me lembro de pensar que, para qualquer um que nos observasse nos degraus da prefeitura, devíamos parecer um casal de velhinhos fofos, eu com meu cabelo grisalho e Monty com o andador, mas eu me sentia com dezoito anos outra vez. Sabe, apesar de tudo eu era doida por ele...

Ela parou de falar, transportada de volta à escadaria da prefeitura de Nova York.

— Você já foi doida por alguém, Nell?

Hesitei por um momento quando me tornei o centro da conversa.

— Já.

— E aí?

— E aí que ele não era doido por mim.

Os olhos dela encontraram os meus.

— Ah, querida.

Cricket disse isso com tanta gentileza que quase me fez chorar. Eu vinha engolindo em seco e enfrentando com coragem,

60

agindo com superficialidade e fingindo que não importava, pois esse era o único modo de lidar com o que tinha acontecido. Porque eu temia que, se começasse a falar sobre o assunto, eu talvez desmoronasse. Por sorte ela não pediu mais detalhes, e eu não precisei falar nada, exceto dizer que havia terminado recentemente com meu noivo nos Estados Unidos e voltado para Londres para recomeçar a vida.

— E eu já passei dos quarenta.

— E daí? Eu já passei dos oitenta.

Não consegui evitar um sorriso.

— Não se preocupe com envelhecer, preocupe-se com ficar chata.

Por algum motivo, eu não conseguia imaginar Cricket sendo chata em nenhuma circunstância.

— O único problema de envelhecer é que você perde seus amigos e as pessoas que você ama — ela continuou. — Todo mundo vai morrendo ao seu redor, um por um. Perder o Monty foi muito difícil, mas eu já tinha vivido uma boa parte da minha vida antes de nos conhecermos. No início do nosso relacionamento, ele era viciado em trabalho e quase nunca estava em casa. Eu me acostumei a não tê-lo por perto... Mas perder minhas amigas foi, de muitas maneiras, muito mais difícil...

Ela se levantou e pegou uma fotografia que estava junto com várias outras em uma mesa lateral. Eram quatro mulheres, todas sentadas em cadeiras de praia e sorrindo. A de cabelo escuro era obviamente Cricket muito mais jovem.

— Elas eram minha irmandade. — Cricket as observou por um instante, então apontou para cada uma. — Esta é a Una. Ela era minha melhor amiga. Nós dividíamos um apartamento em Londres e nos falávamos todo dia, às vezes várias vezes por dia. A Veronica eu conheci quanto fizemos uma peça juntas... íamos à matinê toda quarta. E a Cissy trabalhava na biblioteca onde Monty gostava de ir sempre para escrever. No começo, eu morri de ciúme, sabe? Pensei que ele tivesse uma quedinha por ela.

Ela era tão linda. — Cricket sorriu. — Mas aí viramos melhores amigas. Veronica sempre me dava livros que tinha lido e amado... — Ela se distraiu em meio às lembranças. — Minhas amigas estavam sempre lá para mim. Sinto muita falta delas.

Ouvindo-a falar, percebi que, de um jeito meio engraçado, tínhamos algo em comum. Eu sabia como ela se sentia. Meus amigos não tinham morrido, só tinham se casado e tido bebês, mas eu também morria de saudade deles.

— Mas não vamos entrar nessa onda melancólica. — Cricket se recompôs e colocou a fotografia de volta no lugar. — Tenho certeza de que já tomei muito do seu tempo.

— De jeito nenhum — protestei, mas estava tarde. Agradeci pela entrevista e, quando nos despedimos, ela me chamou de volta.

— A propósito, foi minha amiga Una que disse para nunca me juntar às senhorinhas conservadoras de cabelo lilás.* — Cricket acenou alegremente. — Ela disse que elas podem te matar.

Sou grata por:

1. *Os 52,5 milhões de resultados do Google para "O que perguntar a uma viúva?".*

2. *Saber que embora a morte, assim como os impostos, não pode ser evitada, pelo menos não serei uma vítima das senhorinhas de cabelo lilás.*

3. *Não é sepse.*

---

* No original, Blue Rinse Brigade. Na política do Reino Unido, o termo se refere de maneira genérica a senhoras idosas envolvidas com a política conservadora. [N. T.]

Uma convidada inesperada

Depois da conversa com Cricket, estou mais determinada do que nunca a ver meus amigos, e combino de encontrar Fiona no parquinho. David levou Lucas ao judô, então é uma boa oportunidade de colocar o papo em dia e conseguir um pouco de atenção enquanto desço nos escorregadores e sou enterrada no tanque de areia, como todas as boas madrinhas fazem.

O tempo está frio e chuvoso, então me agasalho com vários casacos e uma jaqueta impermeável barata que comprei recentemente em um ato de desespero, depois que mais um dos meus guarda-chuvas virou ao contrário. Ela é verde, feita de plástico e faz parecer que estou usando um daqueles sacos de lixo verdes enormes onde colocamos os restos de grama cortada.

Também encontro um par antigo de galochas de Edward no armário de casacos embaixo da escada. São um pouco grandes e estão respingadas de creosoto da vez em que ele pintou a cerca, mas são muito melhores que meus tênis. Ou chinelos, que parecem ser todos os sapatos de verão que eu trouxe da Califórnia.

Quando saio apressada da casa, de casaco e com as galochas estalando no chão, vejo meu reflexo no espelho e me olho com reprovação. Rapidamente me consolo. Quem se importa com a moda? Vou ao parquinho ver minha melhor amiga e brincar no tanque de areia com minha afilhada linda. Quem é que vai me ver?

Colocando um gorro na cabeça, disparo para o metrô. Contanto que eu fique seca, nada mais importa.

*

— Ah, olha lá, é a Annabel!
Mas que porra?

Ela surge como uma deusa através da névoa que envolve o parquinho. Uma visão bronzeada e perfeita em sua jaqueta Moncler, seu jeans skinny e as botas de chuva Le Chameau. Observo enquanto ela caminha na nossa direção em câmera lenta, as crianças se afastando para os lados como o mar Vermelho, acompanhada por uma versão mini que é claramente filha dela e por um buldogue francês que usa uma jaqueta de matelassê da Barbour e trota obedientemente ao seu lado.

Ela dá um beijo em cada bochecha de Fiona, calorosa, e então se vira para mim com o tipo de curiosidade temerosa que normalmente é reservada para quando você está comendo uma salada e acha alguma coisa com gosto ruim.

Em algum lugar, silenciosamente, sinto que a batalha está prestes a começar.

— Esta é minha amiga Nell — diz Fiona, apresentando-me com empolgação.

— Oi. — Ergo os olhos de onde estou sendo enterrada no tanque de areia com Izzy e dou um pequeno aceno.

— Ouvi falar tanto de você. — A mulher sorri. O sorriso dela é perfeito, como todo o resto.

— Eu também. — Sorrio de volta, levantando-me e tirando da roupa os grumos de areia molhada enquanto a filha dela vem correndo dizer oi para Izzy.

— Clementine, amor, não entre no tanque de areia — instrui Annabel ferozmente, antes de acrescentar com doçura: — A mamãe não quer que você fique suja. Que tal a amarelinha? Parece divertido.

Izzy olha para mim desconfiada. Sei o que ela está pensando. Amarelinha não parece divertido. Enterrar a Tia Nell na areia molhada parece divertido.

— Vai lá, você pode me enterrar mais tarde — sussurro, com uma piscadela.

— Até a cabeça?

— Até a cabeça — prometo.

Izzy sorri alegremente e, juntas, as duas garotas correm obedientemente pelo parquinho.

— Estou tão feliz por vocês finalmente se conhecerem! — exclama Fiona quando me junto a elas. — Eu sempre falo pra Annabel sobre aquela cafeteria maravilhosa que você administrava nos Estados Unidos.

— Bom, eu não diria que era maravilhosa. — Faço uma careta, sentindo-me um pouco sem graça quando Fiona sorri orgulhosa.

— Ah, aquela que você precisou fechar? — Annabel me lança um olhar de empatia. — Que pena.

— É, foi mesmo. — Fico na defensiva.

— Sei como pode ser difícil administrar um negócio. Muitos não dão certo.

Ok, só estou sendo sensível. Ela está sendo gentil.

— Annabel administrava um negócio de design de interiores muito bem-sucedido antes de abrir a loja dela — Fiona continua, animada. — Talvez ela possa te dar uns conselhos. Ajudá-la a se animar de novo.

— Obrigada, mas... acho que não. — Sorrio educadamente.

— Muito sábio — assente Annabel. — É como eu sempre digo para o Clive, meu marido: o sucesso realmente separa o joio do trigo.

Ainda estou sorrindo, pois demoro um momento para entender. Espere aí. Quem é o joio?

Eu sou o joio?

— Mas se você precisar de qualquer conselho de estilo, vou adorar ajudar — ela continua, analisando minha roupa enquanto toma um gole do latte com leite vegetal.

— Annabel tem muito bom gosto — afirma Fiona, alheia ao que está acontecendo ali.

— Quer dizer que você acha que eu não sou estilosa o suficiente? — respondo, ignorando o desdém de Annabel e fazendo uma careta que faz Fiona rir. — E o saco de lixo verde que usei no Glastonbury aquela vez?

— Ai, meu Deus, como eu poderia esquecer? Eu usei um também. — Ela dá uma risadinha. — Usamos um rolo inteiro!

— Fiquei completamente coberta de lama o fim de semana todo. Quando levei a roupa para minha mãe lavar, ela teve que colocar na máquina umas dez vezes...

— Minha mãe só jogou a minha roupa no lixo!

Nós duas caímos na gargalhada em meio às lembranças.

— Então, Fiona, você precisa vir nadar na nossa piscina nova — interrompe Annabel. — A Izzy vai amar.

Fiona para de rir e se volta para a amiga.

— Annabel acabou de se mudar para uma casa com piscina externa — ela me explica.

— Não vai estar meio gelada?

Annabel olha para mim como se eu fosse uma completa imbecil.

— É aquecida.

— Claro, sim, com certeza — assinto.

Assim como meu cobertor elétrico.

— Nossa, sim, a Izzy ia amar — diz Fiona. — Ela está ficando ótima na natação.

— Leva seu biquíni também. Vamos fazer um dia das meninas.

— Ahhh, sim! — Fiona abre um sorriso enorme para mim. — Não parece divertido, Nell?

Olho de relance para Annabel, que se ajeita desconfortável. Pode não ter ficado claro para Fiona, mas está óbvio para nós duas que o convite não inclui uma terceira pessoa.

— E é claro que você será bem-vinda, Nell — Annabel acrescenta com um sorriso falso.

— Parece ótimo! — respondo.

É claro que estou mentindo. Não há nada remotamente ótimo ou divertido em estar de biquíni perto da perfeita Annabel, mas sei o quanto importa para Fiona que a gente se dê bem.

— Viu só! Eu sabia que vocês duas se tornariam melhores amigas! — comemora Fiona, enquanto Annabel e eu trocamos olhares fulminantes. Então, passando os braços ao nosso redor, Fiona nos puxa para um abraço coletivo.

Sou grata por:

1. *Ter uma idade em que não me importo em me parecer com algo que o lixeiro coleta às terças-feiras.*

2. *Manter a compostura e não mandar a Annabel enfiar a piscina dela naquele lugar.*

3. *Minha afilhada, por:*

    a) *me fazer sorrir quando a empurro no balanço, dizendo "Mais alto, Tia Nell, mais* ALTO*", o que me deixa em desespero, mas a faz rir como uma hiena quando se atira no asfalto a duzentos quilômetros por hora.*

    b) *me ensinar que provavelmente é assim que eu deveria lidar com esse negócio assustador de meia-idade. Rindo como uma hiena enquanto me atiro solteira, falida e sem filhos em direção a maiôs em vez de biquínis e a ondas de calor, com o vento batendo no meu cabelo que logo vai ficar grisalho, e o tempo se esgotando rapidamente antes que eu me espatife no asfalto chamado Tarde Demais.*[*]

---

[*] Também conhecido como TD. Esse é o destino terrível que te espera se você não der um jeito na sua vida AQSTD. É o monstro assustador que não te deixa dormir à noite. Como o bicho-papão, só que com um preenchimento ruim e Botox.

Batalha da lava-louça

Quando foi que ficou tão complicado?

Termino de passar uma água nos pratos e os coloco delicadamente nos apoios da lava-louça, então começo a fazer o mesmo com os talheres. Facas na frente, com as lâminas para baixo, garfos no fundo, com os dentes para cima, colheres de chá à direita... ou, espera aí, será que elas vão na frente? Hesito, tentando me lembrar, então as troco de lugar. Eu apenas enfiava a louça lá dentro do jeito que desse, tudo junto e misturado. Apoiando as tigelas nos pratos, socando os talheres de qualquer jeito.

Mas não mais.

Pego uma faca grande de chef e procuro um espaço para enfiá-la. Eu agia assim na minha vida antiga. Quando eu *tinha* uma vida. Uma vida que incluía uma casa e um noivo e minha própria lava-louça que eu podia encher do jeito que eu bem entendesse.

— Essas facas não vão na lava-louça, Penelope.

Olho para cima e vejo Edward parado na soleira da porta. Acabou de voltar da aula de ioga matinal, e daqui a pouco vai para o escritório, mas ainda está usando a roupa de ginástica e exibe uma expressão de reprovação. Ainda de camisola, sinto-me desleixada.

— A máquina achata as lâminas. Precisa lavar à mão separadamente.

Ele caminha até onde estou e começa a inspecionar o conteúdo da lava-louça.

— Não, as taças de vinho vão deste lado. — Ele começa a desfazer as pilhas que fiz e a reorganizar tudo de acordo com suas próprias regras rígidas, estalando a língua enquanto faz isso. — Os copos térmicos pequenos vão aqui, está vendo?

Olho de relance para a faca que ainda estou segurando, com a lâmina de quinze centímetros de comprimento. Pode acreditar, fico tentada. Na verdade, houve muitos momentos nesse último mês em que quase assassinei meu novo locador.

— E não esqueça de colocar no modo econômico, pra economizar energia — ele instrui antes de subir as escadas para tomar uma chuveirada morna de vinte segundos.

— Captei. — Dou um sorriso fraco.

Embora, para ser honesta, considerando a provocação interminável, eu chamaria isso de homicídio culposo.

Um obituário

Monty Williamson, lendário dramaturgo de Londres,
inspirou uma geração e o amor de sua esposa.

Meu primeiro obituário foi publicado! Ligo empolgada para mamãe.

— Você se lembra do Monty Williamson, aquele dramaturgo e diretor de teatro famoso?

— Hummm... Não reconheço esse nome.

— Ele escreveu *Ninguém está ouvindo*.

— Para ser sincera, seu pai e eu não vamos muito ao teatro. Não desde aquela vez em que ele pegou no sono em *O rei leão* e começou a roncar...

Insisti.

— Você deve conhecer. Ele era meio que um playboy, e saía com todas as modelos famosas nos anos 1960, antes de se casar com uma atriz chamada Catherine Farrah.

— Ah, é? Sério, minha memória está uma porcaria esses dias. Peraí, deixa eu perguntar para o seu pai... Philip! Phi-LIP! — Depois de muito chamar, ouço-a explicar para o meu pai, e então ela volta. — Não, ele também não conhece. Por quê?

É só aí que me dou conta de que passei os últimos cinco minutos contando a ela sobre alguém que ela não conhece, nunca conheceu, que saía com pessoas que ela também não conhece e escreveu uma peça da qual ela realmente nunca ouviu falar, e que morreu. A pessoas estão certas: eu realmente virei a minha mãe.

Felizmente, minha mãe não fica decepcionada com a história, mas, em vez disso, sai para comprar várias cópias, que mostra orgulhosamente para todos os vizinhos. Enquanto isso, de repente me sinto culpada. É errado estar animada por ter escrito um artigo que efetivamente fala sobre a morte de alguém? Ganhar dinheiro com o sofrimento de outras pessoas. Quer dizer, é meio bizarro, se a gente for pensar.

Mas aí recebo um e-mail de Cricket me contando que amou muito o que escrevi, que eu capturei a essência do marido dela de um jeito maravilhoso, e que essa foi uma linda homenagem para seu amado Monty. Então me sinto muito melhor. Ouso dizer que sinto até um certo orgulho.

Separação inconsciente

No começo, quando resolvi sair de Los Angeles e voltar para Londres, eu estava preocupada que fosse me arrepender. Eu me imaginava chorando litros e stalkeando meu ex no Facebook. Bem, dane-se isso. Não chorei nenhuma vez e raramente uso o Facebook.

Tudo bem, isso não é *exatamente* verdade. Já derramei algumas lágrimas e espiei o Facebook dele, mas ele nunca atualiza mesmo, então não tenho realmente nada a ganhar olhando para uma foto do meu ex mergulhando na Tailândia em 2009. A não ser me alegrar por lembrar de como ele fica ridículo de roupa de mergulho e de quanto cabelo ele perdeu desde aquela época.

Como se pode ver, ainda não tenho a mentalidade da pessoa conscientemente separada. Não sei como as celebridades de Hollywood fazem isso. Mas será que alguém acredita mesmo naquelas declarações à imprensa? Toda aquela história de ainda serem melhores amigos e estarem muito apaixonados e empolgados para continuarem respeitando e adorando um ao outro, só que agora à distância. Quando todo mundo sabe que na verdade o que eles realmente querem dizer é: *ele trepou com a babá* ou *ela é viciada em cirurgia plástica* ou *quando finalmente paramos de tirar selfies, percebemos que não conseguimos nos suportar e nenhum filtro pôde nos salvar.*

Ou que tal: *ele deixou de me amar, então fui embora.* Essa teria sido a nossa declaração à imprensa. Só que, no nosso caso, era verdade. E completamente deprimente. Agora eu entendo por que eles falam em compartilhar aventuras maravilhosas, só que não um com o outro. É porque todo mundo quer um final feliz, mesmo se estiver terminando um relacionamento. Ninguém pode admitir que está triste e com raiva e de coração partido. Que a vida é complicada.

Está tarde. Deitada na cama, entro no Facebook e olho para a foto dele.

Mesmo usando aquela roupa de mergulho ridícula que o deixa parecendo uma foca grávida, parte de mim ainda o ama.

Merda.

Morte por panqueca

Fevereiro é um mês meio deprê, com a garoa constante, o vento e o cinza infinito. Meus casacos de lã vão ficando cheios de bolinhas porque nunca tiro os malditos. Rolo o feed cheio de selfies de biquíni de uma supermodelo em uma praia de areia branquinha enquanto tento me proteger no ponto de ônibus.

— A mulher já passou dos cinquenta! Como ela faz isso? — questiono Michelle quando ela me liga mais tarde para perguntar se posso ficar de babá no mês que vem, porque vai ser o aniversário de Max.

— Não sei, mas ela é uma inspiração. Talvez só esteja comendo salada?

— Quem quer comer uma folha de alface nesse frio horroroso? Eu quero *comfort food*!

Isso explica por que não estou tirando uma selfie de biquíni nem nunca vou tirar.

— Eu também! Vou comer minha dose de panqueca hoje à noite.

— Panqueca?

— Hoje é o Dia da Panqueca. Esqueceu?

Sim, eu tinha esquecido completamente, mas agora sinto uma onda de alegria com sabor de massa quente e limão açucarado. Essa é uma das coisas que eu *amo* de estar no Reino Unido em fevereiro.

— Obrigada por me lembrar. Será que o dono do meu apartamento tem uma frigideira?

— Como ele é? É legal?

— No momento, estamos brigando por causa do termostato e da lava-louça.

— Parece um casamento. — Ela ri, então se interrompe. — Desculpa, fui insensível...

— Não foi, está tudo bem. — Eu asseguro isso a ela e a mim mesma.

Ouço vozes de crianças ao fundo.

— Eles estão muito empolgados porque vão poder virar as panquecas — confidencia Michelle. — Estão tirando no palitinho para ver quem vai primeiro. Freddy não aceita isso, claro. Só espero que eu tenha preparado massa suficiente. No ano passado ele comeu cinco panquecas...

Ela é interrompida por Freddy, que grita:

— SEIS!

— Acho que eu consigo ganhar dele este ano. É uma das melhores partes de estar grávida. Poder comer quantas panquecas você quiser. — Ela ri.

— Então, qual será a minha desculpa? — Brinco, mas por dentro sinto uma dor repentina. Nossas vidas não poderiam ser mais diferentes. Aí está Michelle, vivendo em um comercial de margarina. Num casamento feliz e supergrávida em sua linda casa. De repente, sinto-me mais sozinha do que nunca.

— Tem certeza de que não tem problema cuidar deles?

— Claro que tenho. Vou poder passar um tempo com meu afilhado...

— Obrigada mais uma vez Nell, a gente se fala.

Depois que desligamos, vou à caça de uma frigideira. E daí que sou só eu? Sobra mais para mim. Encontro a frigideira no fundo do armário, então dou uma saidinha para ir ao mercadinho da esquina comprar os ingredientes para a massa.

Quando eu era criança, o Dia da Panqueca era um dos meus eventos favoritos do ano. Minha mãe costumava esquentar a frigideira e nós nos alternávamos virando as panquecas. Meu irmão Rich fazia as panquecas darem um mortal duplo perfeito para trás. As minhas iam parar em qualquer outro lugar, menos de volta na frigideira. Era uma piada já consagrada na família.

— Onde será que vai parar a da Nell este ano? — Papai dava risada, porque elas se espalhavam pela cozinha. Acho que a vencedora de todos os tempos foi uma que ficou colada no teto e foi frita pelas lâmpadas, diante de muita gritaria de mamãe, que achou que a casa fosse pegar fogo. Imagine só. Morte por panqueca.

Mas no fim das contas o Dia da Panqueca não é assim tão divertido agora que estamos só eu e Arthur, que fica observando cada movimento meu, esperando que eu cometa um deslize para que ele possa pegar uma panqueca do chão da cozinha. Ainda assim, eu persevero. Estou prestes a abrir o botão de cima da minha calça jeans, perguntando-me se devo ou não fazer uma quarta panqueca, quando ouço a chave na fechadura e Edward chega do trabalho.

Sou tomada por uma onda repentina de pânico. A cozinha está um cenário de guerra. Eu me preparo quando ele aparece na cozinha, com sua jaqueta de ciclismo com os refletores, carregando a bicicleta dobrável e fungando como um cão farejador.

— O que você está cozinhando?

— Panquecas... — Gesticulo para a frigideira.

— É claro. Amanhã é Quarta-Feira de Cinzas. — Ele solta a bicicleta e tira o capacete. — Hummm, não como uma dessas faz anos.

Eu esperava ser repreendida pelo estado da cozinha, então fico um pouquinho desconcertada.

— Os franceses não têm o Dia da Panqueca? — Penso na esposa dele, Sophie.

Ele assente.

— *La Chandeleur*. Só que lá são crepes, é claro.

Então é por isso que as francesas não engordam. Até as panquecas que elas comem são magrinhas.

— Mas a Sophie não come. Ela prefere manter a silhueta.

Decido que vou comer a quarta panqueca.

— Você se importa se eu...? — Ele gesticula para a tigela enorme de massa. — O cheiro está delicioso.

— Ah... Não, não, claro, fique à vontade. Eu me ofereceria pra fazer uma, mas receio que eu seja um fracasso virando elas.

— Ah, bom, esse sempre foi meu ponto forte. Todos aqueles anos jogando tênis. Bons reflexos. — Arregaçando as mangas, ele despeja uma porção de massa com a concha, espalha cuidadosamente pelas laterais até que esteja cobrindo todo o fundo da frigideira, e então, quando a massa está dourada, faz um movimento experiente com o punho e lança a panqueca para o ar. O disco aterrissa perfeitamente. — Ta-dá! — Ele dá um largo sorriso, seu rosto estava iluminado. Estou em choque. Nunca tinha visto esse lado de Edward.

— Uau, impressionante. — Dou uma salva de palmas, e ele faz uma reverência para agradecer.

— Por que você não tenta...

— Não, sério. Acho que você não quer panquecas no seu teto.

— Eu dava aulas de tênis. Olha, vou te mostrar... — Ele despeja mais uma concha, e então, sem que eu me dê conta, me dá uma aula de como virar panquecas, e, depois de algumas tentativas fracassadas (uma das panquecas de alguma forma se *enrola* na chaleira), eis que eu realmente consigo fazer um disco cair de volta na frigideira. Pela primeira vez na vida! Quem poderia imaginar?

Sou grata por:

1. *Jesus, por me dar panquecas.*

2. *Edward, por não só me acompanhar no Dia da Panqueca, mas também sugerir Nutella e marshmallows como cobertura; muito mais gostoso que todas aquelas versões sem glúten com mirtilos, iogurte desnatado e sementes de chia que lotaram o meu feed.*

3. *Não precisar limpar a cozinha da Michelle, que, na foto que ela me mandou tarde da noite, parecia muito mais uma cena do filme de terror O massacre das panquecas de Putney do que um lar feliz.*

4. *Nunca precisar tirar uma selfie de biquíni — no fim das contas, comi sete, e estou me sentindo oficialmente enorme.*

5. *Calças de pijama com elástico na cintura.*

Dia dos Namorados

Diante das circunstâncias, acho que este ano vou ignorar a data. Fingir que nem está acontecendo. O que só pode significar uma coisa:

FUGA TOTAL DAS REDES SOCIAIS.

Felizmente, nunca gostei tanto assim do Dia dos Namorados. Na escola, demorei um pouco para me desenvolver, então não tinha muitos admiradores, secretos ou não. Mas eu tinha meu pai, que, todo ano, me mandava um cartão assinado "do seu admirador secreto" na letra dele, e todo ano eu fingia não saber quem tinha mandado.

Conforme fui ficando mais velha, ganhei alguns cartões e buquês, mas sempre achei tudo artificial demais. É claro que romance não tem nada a ver com flores de preço abusivo e um restaurante caro, certo?

Por sorte, O Noivo Americano tinha a mesma opinião, e em algum momento do nosso relacionamento fizemos um pacto de ignorar a data. Nós nos amávamos. Não precisávamos provar isso em um dia específico. Mas então ele realmente ignorou.

— Por que você está brava? Você disse o Dia dos Namorados não passava de uma data comercial sem sentido.

— E é, mas não acredito que você não me deu nem um cartãozinho.

— Mas você me disse para ignorar.

— Sim, mas não era pra você ignorar *de verdade*.

— Então por que você não me disse isso?

— Porque eu pensei que você soubesse!

— Soubesse o quê? Que minha namorada gosta de me lançar charadas?

— Para de gritar!

— Eu não estou gritando. É você que está gritando!

Sério, não me surpreende que homens e mulheres tenham dificuldade para se comunicar. Só porque uma mulher diz algo, não quer dizer que ela realmente *queira dizer* aquilo. Se fosse assim, quando um homem pergunta a uma mulher o que está errado e ela responde "nada", ela realmente iria querer dizer "nada". Mas a verdade é que ela está furiosa com ele por uma série de razões, e que é melhor ele descobrir logo quais são, caso contrário haverá problemas e muitas panelas serão batidas na cozinha.

De todo modo, como eu disse, este ano estou fazendo quarentena de Dia dos Namorados. O que é relativamente fácil, considerando que trabalho de casa e não em um escritório. Mas a fila do banco acaba sendo minha ruína. Você já *tentou* ficar totalmente afastado das redes sociais enquanto espera numa fila? Tento praticar a atenção plena por, tipo, dois minutos, e então acabo cedendo e rolando por um número sem fim de fotografias de buquês maravilhosos, tweets enigmáticos de celebridades e mensagens de amor cravadas na areia.

No fim das contas, sinto-me profundamente deprimida. Mas estou sendo boba. E daí que não tenho ninguém para me mandar flores? Sou uma mulher forte e independente! Então, no melhor espírito *Dane-se*, decido ir ao pub. Certamente estará cheio de casais apaixonados e eu vou estar sozinha, mas me recuso a me esconder como um personagem de um romance vitoriano. Vou levar Arthur comigo.

E um livro. As coisas sempre melhoram com um livro.

O pub está relativamente tranquilo. Parece que a maioria dos casais preferiu comemorar em restaurantes de preços abusivos, e há só um ou outro pelo salão. Tirando uns dois balões em formato de coração atrás do bar e um drinque especial de Dia dos Namorados com champanhe, estou em território bastante seguro. Tomada por uma onda de coragem, chego até a pedir o drinque, com espírito desafiador, e então procuro um lugar para me sentar.

Acabo de me sentar quando reparo em um rosto familiar no canto do pub. É o Pai Gostoso que vi aqui no outro dia. Sinto um frisson de empolgação e também de alívio por, pelo menos uma vez, ter passado um pouco de maquiagem e um pente no cabelo. Obviamente ele já está comprometido, mas ainda tenho certo orgulho. Sentimentos antigos de vergonha por estar sozinha no Dia dos Namorados vêm à tona, mas eu os reprimo com determinação. Não há nada do que me envergonhar.

Eu foco no meu livro e começo a ler, mas é difícil me concentrar quando o Pai Gostoso está a poucos metros de distância. Ele está sentado a uma mesa, mas sua acompanhante está escondida. Deve ser a esposa. Sorrateiramente, tento esticar o pescoço para dar uma olhada. Estou curiosa para ver a aparência dela. Tenho certeza de que é belíssima. Ele parece um cara que teria uma esposa linda, e o filhinho deles é uma graça. Ele olha de relance — ai, merda — e eu rapidamente desvio o olhar.

— Aqui está o seu drinque de Dia dos Namorados — diz o barman, trazendo minha taça.

— Obrigada. — Sorrio. O drinque tem um daqueles palitinhos de coquetel com um morango enorme cortado em formato de coração.

Só que agora me sinto uma completa idiota, e não uma mulher solteira e empoderada. Como o morango logo de cara e me inclino para a frente para tentar sair do alcance da vista daquele homem. Meu celular apita com uma mensagem *do meu admirador secreto*. Sorrio. É meu pai me desejando um Feliz Dia dos Namorados como sempre.

Lembro-me do Dia dos Namorados do ano passado. Depois do fiasco de ignorar a data, O Noivo Americano preparou para mim uma massa à puttanesca. O que pode não parecer muito, a não ser que você tenha experimentado uma puttanesca realmente boa, e a dele era a melhor de todas. Sua avó italiana tinha lhe dado a receita, e o prato tinha a medida certa entre salgado e doce, com a massa al dente perfeita para um italiano atirar na parede. Sorrio ao me lembrar.

Caramba, que saudade dele. Isso me atinge em cheio na boca do estômago. Eu me pergunto se ele está pensando em mim. Se eu invado seus pensamentos aleatoriamente ao longo do dia, assim como ele aparece nos meus. Ou será que ele já seguiu em frente e eu não passo de uma lembrança distante?

Mas não vamos entrar nessa onda melancólica.

A voz de Cricket reverbera em meu ouvido e eu me pergunto se ela também está achando o dia de hoje difícil. Desde a entrevista, começamos a trocar e-mails, e decido que vou mandar uma mensagem curta para ela quando chegar em casa. Falando nisso... Engulo rapidamente o resto do meu drinque de Dia dos Namorados. Hora de ir. Não preciso provar nada para ninguém. Muito menos para mim mesma. Eu me levanto e dou um puxão na coleira de Arthur, então me viro para a porta...

— Com licença...

E trombo direto com o Pai Gostoso.

— Ai, desculpa.

Ou será que foi ele que trombou comigo?

— Desculpa, machuquei você?

Ele está carregando um copo de cerveja e uma taça de vinho. Percebo que deixou entornar um pouco da bebida.

— Não, de jeito nenhum, está tudo bem, sério, é só essa coleira velha... — Estou tagarelando. Estou realmente tagarelando.

— É Rei Arthur, né?

— Não, Nell.

Ai, merda, aquele drinque estava forte mesmo. Subiu direto para a cabeça.

— Desculpa, pensei que você estava querendo dizer... — Paro de falar. É mais seguro.

— Bom, prazer em conhecê-la, Nell. Preciso ir... — Ele faz um gesto para a mesa no canto.

— Sim, eu também.

— Quem sabe a gente se vê.

— É, quem sabe.

— Tchau, Rei Arthur. — Ele sorri, e os cantos dos olhos dele formam ruguinhas. Aquele homem tem mesmo olhos muito lindos.

Sorrio de volta, e é quando me viro para sair que reparo na mão dele segurando o copo de cerveja. Ele não está de luva.

Também não está usando aliança.

Sou grata por:

1. *Eu realmente preciso escrever??? O Pai Gostoso deve ser solteiro!*

O dia seguinte

Ou b) Estar tendo um caso.

Merda. Será que está? Será que era por isso que ele estava escondido em um canto onde ninguém podia vê-lo? Não, não pode ser. Não com aqueles olhos.

Ou c) Talvez ele seja como a família real e não use aliança (a não ser, é claro, o Harry).

Ou d) Eu olhei para a mão errada, já que eu realmente estava bem bêbada.

Hora da verdade

— Talvez ele seja divorciado e estivesse jantando com a ex--esposa.

Liza me liga uns dias depois, quando estou passeando com Arthur.

— Era Dia dos Namorados.

— Talvez o divórcio tenha sido muito amigável?

Ela não é o tipo de pessoa que se dá por vencida por um detalhe tão insignificante.

— Existe "amigável" e existe "esquisito".

— Você precisa ser mais aberta.

Estou me esgueirando debaixo de uma árvore no parque, tentando conseguir um sinal melhor.

— Aqui não é a Califórnia.

Minha amiga me ignora.

— Então você gosta dele?

— Eu não o conheço, mas... bom, ele foi o primeiro homem em quem eu reparei desde... — Não termino a frase. Não preciso. Liza sabe de todos os detalhes.

— Você precisa voltar a namorar.

Não acredito que estou tendo essa conversa. Alguns meses atrás, minha vida estava toda planejada. Agora tudo virou de cabeça para baixo e estou aqui outra vez. Sinto uma gota de chuva no meu rosto e olho para o céu. Nuvens escuras começaram a se formar.

— É cedo demais.

Ela nem sequer hesita.

— Melhor cedo demais do que tarde demais.

Acompanhante

Decidi que Liza tem razão: preciso me esforçar mais para sair. Então, alguns dias atrás, tomei as rédeas da situação.

— Um show? — Fiona parou à minha frente na bancada da cozinha, depois que corri até a casa dela com uma surpresa.

— É um show para reunir o pessoal dos anos 1980!

Na adolescência, Fiona e eu éramos muito fãs de todas as bandas importantes dos anos 1980. Mas só tomamos conhecimento do nosso amor compartilhado quando nós duas aparecemos em uma festa à fantasia na semana dos calouros usando cabelo penteado para trás, lenços de pescoço e jardineiras. Ela era a Siobhan do Bananarama; eu era o Kevin dos Dexy's Midnight Runners. Quando descobri que vários dos nossos artistas favoritos haviam se reunido para uma turnê, fiquei muito empolgada.

— Quando é?

— Este sábado. E adivinha só? Consegui um par de ingressos pra gente!

Isso certamente compensaria todos aqueles livros e velas que dei de presente ao longo dos anos. Fiona *ama* essas bandas. Algumas das maiores estrelas dos anos 1980 vão tocar. Ela vai ficar nas nuvens.

Houve uma pausa. De repente, duvidei da minha impulsividade. Eu deveria ter perguntado primeiro.

— Ah, Nell, eu adoraria, mas tenho compromisso no sábado à noite.

— Mesmo se o Robert De Niro estiver esperando a sua presença? — brinquei, tentando esconder minha frustração.

— Desculpa, mas é que eu vou ao Savoy.

— Ah, uau. Chique!

— Não é? — Ela concordou. — É a festa de arrecadação de fundos para caridade de que eu estava te falando, aquela que Annabel organizou.

De repente, minha empolgação estourou, como um balão.

— Annabel?

— Sim, a empresa do marido dela comprou uma mesa, mas ele precisou viajar a trabalho, então ela me pediu para ir como acompanhante dela...

— Ah, tá. Claro.

— Desculpa.

— Ah, não se preocupe, não tem problema. Sei que eu não avisei antes. Eu só pensei... — parei de falar. Eu me sentia uma tola. O que eu estava pensando? Que íamos vestir jardineiras e pentear o cabelo para trás como fazíamos quando tínhamos dezoito anos? Fiona não poderia sair por aí do nada para ir a um show com sua amiga cafona desesperada. Ela precisava ir a uma festa beneficente metida a besta no Savoy. *Com a Annabel.*

— E a Holly? — ela sugeriu.

— Ela gosta de música dos anos 1980?

— Todo mundo gosta, não?

— Não se preocupe. Tenho certeza de que encontrarei alguém querendo um ingresso de graça.

Só que não encontrei. Todos os meus amigos já tinham planos ou não conseguiam uma babá. Até pensei em ir sozinha. Eu adorava sair sozinha para matinês no cinema quando morava em Nova York. Mas aparecer sozinha em um show e cantar junto alguns dos hits mais famosos da minha juventude era outra história, então decidi revender os ingressos e aceitar que eu perderia umas cem libras.

Mas aí tive uma ideia melhor.

*

— Não vou a um show há anos!

86

Cricket olha para mim com empolgação enquanto entramos no local do show.

— Espero que você goste da música.

— Já gostei! Eu baixei o álbum *Now That's What I Call The 80s* no Uber e ouvi algumas músicas no caminho pra cá, em vez de ouvir meu podcast.

— Que ótimo! — digo, impressionada.

Convidei Cricket no último minuto. Faltavam apenas algumas horas para o show, e eu estava prestes a vender os meus ingressos no eBay quando me lembrei de quando ela me contou que não tinha mais companhia agora que todas as suas amigas tinham morrido, então escrevi para ela num impulso. Ela me respondeu na mesma hora dizendo que adoraria, e logo chamou um Uber para me encontrar.

— A canção sobre Viena foi a minha favorita. Monty e eu adorávamos ir lá para assistir a ópera...

E agora quero lhe fazer um milhão de perguntas, mas ela já está no bar pedindo duas bebidas, e depois disso vamos para nossos assentos. Se eu estava preocupada com Cricket ter de subir as escadas, não precisava. Ela salta lá para cima a passos largos. E o melhor de tudo é que ainda está usando o macacão sujo de tinta, porque estava no meio da decoração da casa quando recebeu meu e-mail e não teve tempo de se trocar. Ela não poderia estar usando uma roupa melhor para a ocasião.

— Caramba, isso é divertido!

— Sim! — respondo, correndo para acompanhá-la. É a coisa mais divertida que fiz em muitos anos. Olho ao redor para o público, que está agitado com a expectativa. É uma mistura de jovens e velhos, mas ninguém tão velho quanto Cricket, embora ela pareça completamente imperturbável. Na verdade, não sei nem se ela reparou nisso.

— Você e seu companheiro iam a shows?

— Não, o Ethan não gostava de música ao vivo — respondo, e então percebo que é a primeira vez que fui capaz de me forçar a dizer o nome dele. — Ele sempre reclamava que nunca era tão bom ao vivo e que era melhor ouvir os álbuns em casa.

— E isso, meu bem, já é razão suficiente para não casar com esse homem. — Ela sorri, e apesar da dor que sinto, sorrio também.

— Tínhamos muitas diferenças — reconheço.

— Diferenças podem fortalecer ou acabar com um casamento. Geralmente, as diferenças que você ama no começo podem ser as razões pelas quais você quer matar a pessoa cinco anos depois.

Dou risada. Pela primeira vez, estou realmente rindo disso.

Ela batuca os dedos nos joelhos com impaciência.

— Quando eles entram?

— Não sei muito bem. Acho que logo.

— Ah, que incrível... — Os olhos de Cricket se arregalam e, sacando o celular, ela começa a tirar fotos, e então se inclina na minha direção. — Vamos tirar uma selfie?

— Uma *selfie*?

— É quando a gente tira uma foto da gente mesma, assim — ela explica de um jeito inocente, inclinando o celular à nossa frente. — Diga xis!

Tiramos várias selfies enquanto esperamos o show começar, além de conversarmos sobre todo tipo de assunto. Desde histórias sobre Monty e aquela vez em que lhes ofereceram ingressos para ver uma banda nova, da qual eles nunca tinham ouvido falar, então resolveram ir ao cinema em vez de ir ao show — "e no fim das contas eram os Beatles, acredita?" —, ao novo podcast que ela está ouvindo — "meus favoritos são os de crimes reais" —, até uma exposição que ela quer ver no museu Victoria & Albert — "Não sei se é do seu interesse, mas sou membro, então posso levar um convidado de graça...".

É revigorante, de verdade. Por mais que eu ame minhas amigas, praticamente não consigo participar das conversas delas sobre filhos e maridos e reformas na casa. No meu almoço de aniversário, alguém mencionou as regiões escolares da cidade e foi como um buraco negro dentro do qual todo mundo desapareceu até o garçom nos resgatar com o parmesão ralado e o enorme moedor de pimenta.

Então as luzes se apagam e as luzes estroboscópicas se acendem, e de repente uma das minhas bandas favoritas da vida está no palco, cantando e dançando, e Cricket está de pé. Algumas pessoas atrás de nós pedem que ela se sente, mas ela apenas responde educadamente:

— Se eu me sentar, meu bem, pode ser que eu nunca mais me levante. — E continua dançando com alegria.

Que bom para ela; aos oitenta e poucos, conquistou o direito de dançar em um show.

Enquanto isso, não sou tão corajosa e permaneço colada à minha cadeira sob os olhares de laser enterrados nas minhas costas pelas pessoas na fileira de trás. Sinceramente, como é que alguém pode vir a um show e *não querer dançar*? Eu me lembro da Nell adolescente, que tinha pôsteres colados na parede do quarto e penteava o cabelo para trás. O que ela pensaria se me visse aqui sentada?

Já chega. *Dane-se.*

Quando a banda começa a tocar um de seus maiores sucessos, pego a deixa de Cricket e me levanto. Aos quarenta e tantos, também conquistei o direito de dançar.

Sou grata por:

1. *Uma noite incrível.*

2. *Cricket estar bem depois de ter se desequilibrado dançando e ter derrubado todo o vinho tinto na mulher emburrada atrás de nós, o que, é claro, foi só um acidente, de jeito nenhum foi de propósito — não sei do que aquela mulher estava falando.*

3. Kevin, o motorista do Uber, por me levar para casa, já que, embora eu me sinta com dezoito anos de novo, não tenho dezoito anos de verdade, e toda aquela dança acabou com as minhas costas.

4. Os anos 1980.

Apagar contato

Deletei o Ethan do meu celular hoje. Eu estava rolando pelos meus contatos para ligar para alguém e resolver um assunto de trabalho e, de repente, ali estava ele: *Ethan DeLuca*. O Noivo Americano. O Ex. O Homem Que Partiu Meu Coração.

Só que, é claro, nenhum desses apelidos estava escrito. Apenas o nome e o telefone. Eu me lembro de quando salvei o número dele. Estava em um bar, comemorando o aniversário de uma colega, mas planejando ir embora cedo — eu estava cansada e queria ir para casa —, até que fui persuadida a ficar para mais um drinque. Foi um daqueles momentos em que uma decisão aparentemente pequena muda todo o seu destino.

Se eu não tivesse ficado um pouco mais, não teria sido apresentada ao amigo de cabelo escuro da minha colega, que chegou tarde porque tinha acabado de pousar vindo da Califórnia. Aquela bebida a mais não teria se transformado em muitas outras e ele não teria pedido meu telefone. Eu não teria me negado a passar o meu número porque tinha acabado de sair de um relacionamento que não tinha durado muito e tinha jurado nunca mais sair com um homem. Ele não teria salvado o próprio número no meu telefone, e eu não teria dado risada e pensado: "Gostei desse cara".

Em vez disso, eu teria saído do bar e ido para casa para dormir, e a vida teria continuado exatamente como era.

Mas fiquei no bar. E no dia seguinte, fiz uma coisa que não costumava fazer.

Liguei para ele.

No começo, Ethan me fazia rir muito. Escrevia e-mails engraçados e me contava histórias excêntricas e autodepreciativas sobre o dia a dia de um chef quando nos falávamos pelo

FaceTime. Ele encarava a vida de um jeito incomum, como se a estivesse vendo através de uma lente completamente diferente da de todo mundo. Ainda assim, era observador de um jeito especial. Notava coisas nas pessoas que elas próprias não viam. Notava coisas em mim.

É poderoso sentir que alguém te compreende sem que você sequer tenha que explicar. Ter essa conexão. Certa vez, li em algum lugar que o motivo pelo qual duas pessoas ficam juntas é para sentir que não estão sozinhas. Não fisicamente, mas emocionalmente. Foi assim que me senti quando me apaixonei por Ethan. Como se uma parte minha que eu tinha mantido escondida de todo mundo estivesse sendo refletida diante de mim. Como se finalmente, depois de todos aqueles encontros ruins e homens errados e relacionamentos que não deram certo, eu tivesse encontrado alguém que *me entendia*.

Mas muita coisa pode acontecer em cinco anos. Você pode passar de um estado de gloriosa felicidade para uma sensação de que nunca mais será feliz outra vez. De acreditar que vocês estão nisso juntos para descobrir que você está sozinha. Daquela faísca deliciosa de ansiedade enquanto o desconhecido gato no bar salva o número dele no seu celular para uma cafeteria em um dia chuvoso qualquer, quando você clica em "editar" e rola a tela até encontrar, lá embaixo, em vermelho, "apagar contato".

Cinco anos de momentos compartilhados e memórias construídas, de uma vida que você pensou que passariam juntos, e com um toque do seu polegar — clique — tudo se foi.

Sou grata por:

1. *Lembranças incríveis, mesmo que eu não consiga evitar desejar que fosse tão fácil assim apagá-las do meu coração.*

2. Poder enterrar meu rosto no pelo de Arthur, porque ele absorve todas as minhas lágrimas.

3. Não ficar mais recebendo aquele aviso de "armazenamento quase cheio", já que deletei todas as fotos de Ethan do meu celular. Isso é prova de que tudo tem um lado bom, não importa quão merda as coisas pareçam.

MARÇO

#surpresadepáscoa

Pergunta e resposta

Quando acordo, há três ligações perdidas e um recado na caixa-postal de Michelle perguntando se posso cuidar das crianças. Aperto os olhos embaçados para ver que horas são. Nem oito da manhã.

— Nell! Onde você tá? Estou tentando falar com você há horas!

Ainda estou na cama, é o que estou prestes a responder quando ligo para ela para garantir que não, não esqueci que vou ficar com as crianças, e sim, estarei lá às 18h45 em ponto. No entanto, após ouvir a longa lista de todas as tarefas que ela já concluiu antes do café da manhã, decido não dizer nada.

Não é só Michelle que está doida para me contar como está ocupada; todos nós estamos. É como se houvesse uma nova competição para ver quem consegue ficar mais ocupado. "Como você está?" "Atolada!" "Eu também! Completamente maluca!" Passamos as conversas comparando agendas caóticas e narrando listas de tarefas intermináveis, mas na maior parte do tempo só trocamos mensagens, porque, sério mesmo, quem é que tem tempo de ter uma conversa de verdade?

O que quero saber é: quando foi que "ocupado" passou a ser a melhor coisa? Quando foi que uma agenda lotada até as tampas passou a ser medida de sucesso? E isso significa que estou fracassando porque, depois de ter perdido tudo, no momento não estou tão atolada assim, mas deitada na cama pensando no aniversário de Max e me perguntando como raios um dos meus amigos pode estar fazendo cinquenta anos. *Cinquenta*. Como é que isso é *possível*? Cinquenta é a idade do seu pai. É a idade do político que aparece no noticiário com um penteado terrível para cobrir a careca e um péssimo gosto para gravatas.

É a MEIA-IDADE! (E quero dizer meia-idade *de verdade*, não só *se sentir* na meia-idade.)

Não é, repito, não é alguém com quem você viajou a Europa de trem no verão em que tinha dezoito anos, dormindo na praia porque tinha gastado todo o dinheiro do albergue em garrafas de vinho tinto Chianti com palha na base, que você bebeu nas escadarias da Praça da Espanha, em Roma, à meia-noite, pensando "nada na vida pode ser melhor do que isso".

Na verdade, não tenho muita certeza de que alguma coisa na vida pode ser melhor do que aquilo. Posso comprar um vinho melhor atualmente, mas nada é tão saboroso quando aquele vinho Chianti barato. E, apesar de ter gastado uma fortuna em um colchão Tempur-Pedic e um edredom húngaro de pena de ganso quando eu morava na Califórnia, a melhor noite de sono que já tive foi no meu saco de dormir velho e gasto na areia.

Então, qual é a resposta?

Não faço ideia. Sério, eu realmente não sei qual a resposta para isso e para muitas das outras grandes perguntas que a vida parece estar jogando na minha cara no momento. Mas sei que preciso me levantar, fazer um café e trabalhar um pouco no obituário desta semana — vida de frila, sabe como é —, e depois levar Arthur para passear. Vou pensar nisso hoje à noite quando estiver de babá e as crianças estiverem na cama. Aí vou ter bastante tempo para ficar sentada no sofá vendo TV e refletindo a respeito da vida. Quando não estiver muito ocupada. Rá.

A surpresa

Mas o que eu estava pensando? Já passa da meia-noite e eles AINDA não querem ir para a cama! Isso é um pesadelo. Mal consigo ouvir meus próprios pensamentos com toda essa gritaria. E quanto a ficar sentada no sofá, hum, oi. Passei as últimas cinco horas subindo e descendo as escadas correndo atrás das crianças.

Estou exausta. Destruída mesmo. Elas deixaram de ser crianças adoráveis de cinco e seis anos, com nomes de flor fofos e fora de moda, como Rosie e Lily, e se tornaram monstros que exigem ver filmes da Disney e atiram slime por todo lado. Até o doce e querido Freddy, que, no ano passado, quando vim cuidar deles, ficou encolhido na dobra do meu braço e me disse que queria casar comigo, ativou o modo gângster e está insistindo que pode ficar acordado para assistirmos a *Peaky Blinders* até "os velhos" chegarem em casa.

Freddy tem dez anos.

Enquanto isso, eu me sinto com cem. Não comi. Tem slime no meu cabelo. Meus ouvidos estão com zumbido. A comida que pedi já esfriou, porque eu estava ocupada demais — meu Deus, essa palavra outra vez — tentando pastorear três crianças até o banheiro. Mal sabia eu do horror que uma frase inocente como "escove os dentes" pode causar. Virei as costas por dois minutos e tinha pasta de dente para todo lado. O espelho do banheiro parece uma obra de Jackson Pollock.

Desesperada, ligo para mamãe.

— Apenas seja firme — ela me aconselha depois que a acordo. — Não aceite não como resposta. As crianças precisam entender quem é que manda.

Certo. Ok. Isso é ridículo. Eu já desci até a base do Grand Canyon. Já dirigi pelas estradas de Los Angeles. Já fiz um discurso no funeral do meu avô na frente de uma congregação inteira. Com certeza consigo colocar três crianças pequenas na cama.

Então banco a durona e os faço marchar escada acima para a cama, apesar dos gemidos e lamentos em protesto. Não sou mais a madrinha divertida. Sou a madrinha terrível. Eles me odeiam. Lily até me dá um chute. Assim que os coloco na cama e desço as escadas, eles saem outra vez e preciso fazê-los subir de novo. Para cima, para baixo. Para cima, para baixo. Não estou me sentindo no comando. Estou me sentindo como uma porcaria de um personagem de Escravos de Jó.

No meio de tudo isso, meu celular apita. É Michelle, mandando mensagem para saber se está tudo bem.

Tudo nos conformes! Crianças dormindo como anjinhos e eu vendo TV 😊

É claro que isso é uma baita mentira. O caos está instalado por aqui. Anarquia total. Mas não quero estragar o aniversário de Max. Ou admitir que fracassei completamente nas minhas tarefas da rotina noturna. Talvez haja uma razão para eu não ser mãe: eu seria péssima.

Finalmente, depois de recorrer ao suborno (Lily e Rosie recebem cinco libras cada uma, e Freddy ganha dez, e aqui estou eu me lembrando de quando eu era paga para ficar de babá, e não o contrário), consigo enfiar todos na cama, e assim que termino de limpar o banheiro eles pegaram no sono e eu me jogo no sofá.

Bem na hora em que ouço a chave girar na fechadura.

Eu me sento ereta e finjo estar despretensiosamente folheando uma revista de decoração de interiores com casas maravilhosas (para esfregar sal nas feridas) quando Max e Michelle aparecem, rindo de um jeito bobo depois do vale-night. Max está bêbado e desaba no sofá ao meu lado, enquanto Michelle anuncia:

— Esse bebê está apertando a minha bexiga! — E dá uma corridinha escada acima para ir ao banheiro.

— Então, você sabia do segredo? — Max sorri meio bêbado quando Michelle desaparece.

Aliviada, já estou chamando meu Uber e não presto muita atenção.

— Que segredo?

— A festa surpresa.

Levanto os olhos do celular. *Uma festa surpresa?*

— Mas eu pensei que vocês fossem jantar... Só vocês dois. — Minha voz sai um pouco estrangulada.

— Eu também. Pra você ver, hein? — Ele ri, dando uns tapinhas no nariz e tentando dar uma piscadela, mas fechando os dois olhos em vez disso. — Obrigado por cuidar das crianças para nós, Nell... fico muito agradecido... uma amiga tão boa...

Então a cabeça dele tomba para trás e ele cai no sono.

Sou grata por:

1. *Um banheiro sem slime, onde posso desabar exausta, magoada e faminta, além de coberta de adesivos.*

2. *Não ter filhos, para poder passar o dia de amanhã ocupada dormindo até meio-dia.*

3. *Ter a maturidade e a sabedoria de não ficar magoada nem irritada por não ter sido convidada para a festa, e sim aceitar isso com graça e compreensão.*

Conversa no WhatsApp com Fiona

Não acredito no que aconteceu no fim de semana!

Quem é?

A Nell!
Você não é a Fiona???

Sim, desculpa, estava sem óculos
Peraí, vou ler
Ahhh! Você conheceu alguém?

Não! ☹
Michelle me pediu para cuidar das crianças
porque era o aniversário do Max e adivinha só?

O que rolou?

Depois eu descobri que ela deu
uma festa surpresa pra ele!

É, eu sei.

E eu não fui convidada!!
Espera aí
Como você sabe?

Fiona está digitando...

Tá aí?

Fiona está digitando...

100

Fiona???

A gente foi no sábado.

Quê?? Vou te ligar.

Ligação perdida às 9h28

Me atende!

Tô no pão e lattes.

Onde??

PILATES
Desculpa, foi o corretor.

Quem mais foi?

Só uns amigos...

Holly e Adam foram?

Sim.

Não acredito, baralho
VARALHO
Aff.
Por que a Michelle não me chamou??

Não foi a Michelle que organizou.

Quê?

Foi a Annabel.

A Annabel!

Fiona está digitando...

A Michelle me pediu uma sugestão de restaurante, aí eu perguntei pra Annabel, porque ela conhece todos os lugares legais. Ela sugeriu esse mexicano novo ótimo, e ela conhecia os donos, aí ela fez a reserva...

Fiona está digitando...

Foi ideia dela convidar mais alguns amigos de surpresa.
Eu achei ótimo! Você sabe como o Max ama uma festa.
E ele fez 50!

Não acredito que perdi ☹

Annabel disse que te convidou, mas que você nunca respondeu o e-mail dela.

Que e-mail?

Passei o e-mail de todo mundo pra ela.
Será que o seu foi pro spam?

Peraí, vou olhar.
Não.

Que estranho!

É, super.

Eu devia ter comentado, mas quando você falou que ia ficar de babá pro Max e pra Michelle, pensei que já sabia.
Que droga.

Pois é.

Annabel vai ficar superchateada quando eu contar pra ela que vc não recebeu o convite.

Aposto que vai

Ela é tão querida e generosa, ela até pagou a conta inteira como presente de aniversário! O Max nem acreditou.

Que gentil.

Olha, melhor eu parar de escrever. A prof tá me olhando feio.
Depois a gente se fala.
:*

Bjs

Sou grata por:

1. *Manter a compostura.*

2. *Não chamar a Annabel de vaca.*

3. *Pão e lattes. Não, sério. Não foi o corretor.*

O Medo

Ele está esperando por mim quando acordo. Como um valentão da escola, espreitando no corredor, pronto para atacar. Posso senti-lo antes mesmo de abrir os olhos, seus punhos cerrados apertando meu estômago e as botas pesadas esmagando meu peito.

Já faz um tempo desde a última visita dele. Da última vez, eu estava em casa, na cama, ao lado de Ethan. Ele estava dormindo profundamente, mas eu estava mais acordada que nunca. A Califórnia estava no auge de uma onda de calor, e, apesar do ventilador ligado, o quarto estava quente e claustrofóbico. Eu estava deitada sem roupa na escuridão, ouvindo-o respirar. Tentando, sem sucesso, encontrar algum conforto no ritmo estável da respiração. Faz um ano hoje. Eu me lembro, porque foi no mesmo dia em que fomos ao hospital.

Daquela vez, ele me atingiu com tudo, deixando-me contundida e arrasada por semanas. Não contei a ninguém, muito menos ao Ethan. Era difícil descrever meu agressor quando eu não sabia o que ele era. Pior ainda, eu sentia vergonha de não conseguir combatê-lo. Eu me culpava por ser fraca e patética. Era tudo minha culpa.

Algumas pessoas talvez chamem esse agressor de Ansiedade ou de Depressão. Outras chamam de Ataque de Pânico. E muitas o descrevem como uma sensação de peso no peito da qual você não consegue se livrar. Mas eu simplesmente o chamo de O Medo. Um horror sem nome que me deixa completamente aterrorizada. Pois não é como se sentir meio desanimada porque você está sem grana, ou irritada porque já é março e o céu ainda está cinza o tempo todo.

O Medo paralisa. Ele agarra você pela garganta, lhe impedindo de respirar, e faz seu coração disparar alto e rápido no seu ouvido. Faz você sentir que está prestes a morrer, e parte de você realmente quer isso. É por isso que é tão horrível. Porque, depois que ele termina de lhe dar uma surra, você mesma se agride ainda mais. É o segredinho vergonhoso que eu mantive escondido por anos.

Eu estava no primeiro ano da universidade quando conheci O Medo pela primeira vez. Lembro-me de estar num bom momento, empolgada por deixar a casa dos meus pais pela primeira vez, então foi um choque encontrar um monstro aterrorizante me esperando quando cheguei lá. Espreitando nas sombras após as aulas. Preparando-se para atacar tarde da noite, nos corredores da residência estudantil.

Eu fiquei assustada demais para contar aos meus pais. Não queria preocupá-los nem admitir o que estava acontecendo. Em vez disso, tentei ignorar, e depois de um tempo ele deve ter ficado entediado e ido atrás de outra pobre alma. Eu não o vi de novo durante alguns anos, até que ele me fez uma visita surpresa no trabalho e eu tentei me esconder no banheiro feminino, chorando. Agora, ele me deixa em paz a maior parte do tempo.

Até hoje.

Fico aqui deitada por um tempo, torcendo para que ele vá embora. Eu esperava deixá-lo para trás ao voltar para Londres sem que ele soubesse meu novo endereço. Mas agora ele me encontrou e não vai desistir fácil. *Mas eu também não vou.* Reunindo minha coragem, afasto o edredom. Porque, se tem uma coisa que eu sei, é que você nunca pode ceder a um agressor. E O Medo é o pior tipo deles.

Sou grata por:

1. *Café forte, o amor de um cachorro e um senso de humor que nunca me abandona, mesmo nos dias mais assustadores.*

2. *Saber que amanhã é outro dia.*

Grande irmão caçula

Amanhã é Dia das Mães, então mando mensagem para Rich, meu irmão mais novo, para lembrá-lo de ligar para mamãe. Em vez disso, ele liga para mim.

— Ai, merda, eu esqueci.

— Eu sei.

— Como você sabe? — ele me acusa.

— Porque você esquece todo ano.

— Você mandou um cartão pra ela?

— Mandei.

Ele solta um gemido.

— E flores. — Não consigo evitar.

Afasto o telefone da orelha quando ele geme ainda mais alto. Ele faz isso todo ano. Mesmo quando eu morava nos Estados Unidos e precisava lidar com o correio horroroso e tentava ligar para a floricultura local ao nascer do sol, por causa do fuso horário, todo ano eu mando um cartão e flores. E todo ano ele convenientemente "esquece".

— Você disse que eram minhas também? — ele choraminga, embora saiba muito bem que eu sempre ponho o nome dele no cartão que acompanha as flores. Pela mamãe, não por ele. — Mana? — Ele me chama, confuso, quando não respondo.

Considero a ideia de deixá-lo sofrendo desta vez, mas acabo cedendo.

— Claro que disse.

— Eu sabia que você faria isso — ele afirma animado, e consigo ouvi-lo sorrindo pelo telefone. — Então, você vem pra Páscoa?

Sinto um aperto no coração. Páscoa. Outro feriado em família em que todo mundo se reúne com sua cara-metade e os filhos,

106

enquanto eu vou para a casa dos meus pais para dormir sozinha no meu antigo quarto.

— Ainda não sei. Você vai?

— Sim. Vou levar a Nathalie.

— Quem é Nathalie?

— Minha namorada! — Ele parece magoado.

— Pensei que sua namorada se chamasse Rachel.

— A gente terminou. Ela era louca.

— Por que os homens sempre dizem que suas ex-namoradas são louca?

— Talvez porque elas sejam...

— Então isso quer dizer que o Ethan vai dizer que eu sou louca?

— Completamente pirada — ele brinca, antes de perceber que talvez eu não ache a piada tão engraçada. — Nell, sinto muito... pelo que aconteceu com o Ethan. Mamãe me disse que o casamento foi cancelado.

— Ela está doida para saber todos os detalhes.

— Eu sei, ela está morrendo por dentro — Rich responde, e percebo que ele está sorrindo outra vez. Pelo menos nós sempre concordamos quanto aos nossos pais. — Mas o Ethan era meio idiota, convenhamos.

— Pensei que você gostasse dele — digo, em choque.

— Bem, eu precisava dizer que gostava, você ia se casar com o cara.

— Você disse que ele era divertido.

— Ele era. Mas divertido não é a mesma coisa que legal, né?

Fico em silêncio, pensando em Ethan, em como ele sempre foi tão charmoso e engraçado por fora, mas só eu era capaz de ver a pessoa por trás das piadas.

— Talvez você tenha razão — admito, provavelmente pela primeira vez na vida.

— Eita, você tá bem? — Ele ri, e eu rio também, mas, para falar a verdade, não tenho mais tanta certeza assim se estou.

Dia das Mães

Sempre achei que a vida é mais ou menos como uma corrida com obstáculos. Assim que você supera um, há sempre outro à sua espera, e recentemente eles parecem vir em forma de mais uma data comercial para me lembrar do que eu não tenho.

No mês passado foi o Dia dos Namorados; este mês é a vez do Dia das Mães, e quando acordo vejo minhas redes sociais cheias de buquês de flores, bandejas de café na cama e cartões fofos feitos à mão com cola colorida de glitter, e todos são lindinhos mas me fazem sentir um pouco de fora, um pouco menos.

Mesmo que eu tenha uma leve suspeita de que há cola colorida espalhada por todos os sofás e um monte de pais em pânico se perguntando como entreter as crianças enquanto a mamãe, muito grata, recebe um merecido tempo a mais na cama de manhã.

Para me animar, ligo para minha mãe, que está encantada com as flores.

— Como eu disse para o Richard, realmente não precisava — ela diz com a voz aguda e alegre no telefone, e tento não sentir um desconforto familiar por meu irmão já ter ligado para ela, recebendo todo o crédito. Não é uma competição, preciso me lembrar.

— Você recebeu meu cartão?

— Não, quando você mandou?

— Semana passada. Droga. Deve ter extraviado.

— Ah, não se preocupe. — Ela me tranquiliza, e então acrescenta: — Eu recebi o do Richard.

— Ah, *recebeu*?

— Sim, ele me mandou um daqueles cartões animados da internet. Foi muito inteligente e, como ele comentou, muito melhor para o meio ambiente. Menos desperdício.

Vou matar meu irmãozinho.

— Então, você vem para a Páscoa, ou está ocupada demais com o trabalho?

Sinto uma pontada de culpa. Ainda não fui visitar meus pais. Tenho procurado desculpas para não ir. Não é que eu não queira vê-los, mas não quero enfrentar o bombardeio de perguntas de mamãe e a preocupação gentil de papai, que vão me irritar e me fazer chorar na mesma medida.

— Bom, é o seguinte... — começo.

— Eu só queria saber porque tivemos muita procura no Airbnb.

Minha culpa rapidamente evapora.

— Você quer alugar meu quarto?

E lá estava eu, pensando que a pergunta era porque ela queria ver a filha.

— Bom, a Páscoa é uma das épocas mais movimentadas para nós — minha mãe responde, e então começa a me contar sobre o casal idoso de Zurique com o qual ela troca e-mail e desenvolveu uma grande amizade. — ... e quando eu contei a ela que era fã de Andrea Bocelli, ela disse que ele vai tocar aqui em setembro e que eles têm dois ingressos a mais!

Mamãe está sem fôlego de tanta empolgação.

— Então pensei que, se você não vier...

— Claro que eu vou — interrompo, antes que meu quarto seja reservado.

— Ah, ótimo! — Ela fala com entusiasmo, mas juro que consigo detectar uma pontinha de decepção. Mamãe tem uma quedinha pelo Andrea Bocelli há anos. — Vai ser maravilhoso reunir a família novamente. Já faz tanto tempo.

Foi no verão passado. Ethan e eu viemos para comemorar o aniversário de setenta anos de mamãe. Richard e eu preparamos uma festa surpresa.

Bem, eu organizei a festa; Richard ofereceu a cerveja artesanal. Todos os nossos amigos e familiares vieram, e eu usei um vestido novo e passei a noite orgulhosamente exibindo Ethan e meu anel, acabando com as fofocas de alguns dos meus parentes mais velhos sobre a minha sexualidade ("Bom, ela mora nos Estados Unidos, sabe como é...").

Contratamos um DJ para tocar todas as músicas favoritas de mamãe. Lembro-me de deixar Ethan por um momento para ir ao banheiro e, quando voltei, meus pais estavam dançando ao som de Frankie Valli and the Four Seasons. Papai sabia de cor a letra de "Can't Take My Eyes Off You", e mamãe estava rindo e corada. Eu me recordo de observá-los e sentir orgulho de tudo que tinham construído juntos — até mesmo do meu irmão tapado que tinha bebido cerveja artesanal demais e desmaiado nas roseiras — e de querer aquilo também.

Mas quando olhei de relance para Ethan do outro lado da sala, algo dentro de mim dizia que nunca chegaríamos lá.

Seis meses depois, nós nos separamos.

Converso um pouco mais com mamãe antes de nos despedirmos. Mais tarde, ela me manda uma foto do buquê. É lindo. Assim como todas as flores de Dia das Mães e cartões e presentes cujas fotos minhas amigas postam. Mas tudo isso me faz questionar sobre onde eu me encaixo.

Quer dizer, se não sou membro do Clube das Mamães, em que clube estou?

*

— Você precisa abrir seu próprio clube — sugere Cricket alegremente, agarrando a aba do seu chapéu fedora roxo quando fazemos uma curva e ele quase sai voando com uma rajada forte de vento leste. — Serei o primeiro membro.

É a tarde do Dia das Mães e estamos descendo a rua principal, carregando uma sacola azul da IKEA transbordando de livros. Liguei para ela depois de desligar com mamãe. Sabia que Cricket, diferentemente do resto das minhas amigas, não estaria ocupada comemorando a data com o marido e os filhos, e, já que a mãe dela tinha falecido alguns anos antes, pensei que talvez estivesse passando por um dia difícil.

Ela ficou muito feliz quando liguei, não por causa da importância da data, mas porque tinha descoberto "alguns" livros da biblioteca que Monty nunca tinha devolvido e precisava de uma mãozinha para levá-los de volta. A maioria das bibliotecas fechava aos domingos, mas essa estava aberta.

— Estamos chegando? — Seguro a alça da sacola, que está machucando a palma da minha mão, com mais firmeza. Diferente de Cricket, não estou usando luvas de couro forradas ("um presente da Harrods").

— Não falta muito.

— Isso aqui pesa uma tonelada! — Olho de relance para ela. Cricket pode até ter o dobro da minha idade, mas tem aquele tipo de resistência à moda antiga que não vem da academia, mas das aulas de não reclamar e só seguir em frente.

— Aqui estamos! — Ela para diante de um edifício vitoriano de tijolos vermelhos. Alguns degraus levam à entrada, e apoiamos a sacola na calçada para recuperar o fôlego.

— Pensei que você tivesse dito que eram apenas alguns livros... — Soltando um suspiro de alívio, mexo meus dedos com prazer.

— Bem, essa é a questão, sabe. Monty nunca entendeu completamente o princípio básico de que, quando você pega um livro da biblioteca, precisa devolvê-lo.

— Tô vendo. — Olho para a sacola, que contém volumes suficientes para encher uma estante de tamanho razoável. — A maioria deles é de capa dura — reparo.

— Ele não gostava de brochura. Sempre dizia que apreciava a sensação de um livro de capa dura nas mãos.

— Ele tem certa razão — concordo, inclinando-me e pegando um dos livros. Parece valioso, e não no sentido monetário. — Eu tenho um Kindle, mas não é a mesma coisa. Tenho saudade dos meus livros. Deixei a maioria lá nos Estados Unidos... era caro demais mandar entregá-los aqui. — Passo o dedão pelas bordas das páginas. — Deixei muita coisa para trás quando voltei — acrescento, pensando melhor.

Cricket me olha com carinho e forço um sorriso. Ela tem muito mais para lamentar do que eu. Se ela consegue permanecer alegre passando por tudo isso, então eu também consigo.

— Sabe, Monty me trouxe aqui no nosso primeiro encontro — comenta, olhando o edifício de baixo.

— O quê? Na biblioteca?

— Ele disse que eu precisava conhecer o primeiro amor dele; achava que eu precisava saber com o que estava competindo.

Eu me levanto, prestando atenção.

— Tem certeza que você não está falando da sua amiga Cissy?

Cricket parece estar se divertindo.

— Pode acreditar, cheguei a me perguntar isso. Eu me lembro de Monty pegando minha mão quando estávamos subindo as escadas e eu pensando: mas que raios...? Quando finalmente chegamos ao segundo andar, ele me levou ao canto mais distante, perto de uma fileira de janelas com arcos, e me apresentou a seu amado Shakespeare. Uma estante inteira, cheia de obras dele...

Ela se interrompe, lembrando.

— Ele vinha aqui desde que era menino, quando os pais não tinham dinheiro para comprar livros. Foi aqui que o sonho dele começou, o de se tornar um dramaturgo famoso quando crescesse.

Juntas, nós encaramos a fachada grandiosa. Eu me pergunto quantas pessoas já passaram por essas portas ao longo dos anos. Quantas histórias este lugar inspirou.

Quando abaixo os olhos, minha atenção é atraída para um aviso colocado na parte externa do prédio. Dou um passo à frente, então franzo a testa.

— Você leu isso?

Cricket aperta os olhos e balança a cabeça.

— Não trouxe meus óculos de leitura. O que diz?

— Que a biblioteca vai fechar... alguma coisa a ver com renovação urbana.

Vejo o desapontamento no rosto dela.

— Então finalmente chegou a hora... ouvíamos boatos de que a biblioteca seria transformada em apartamentos de luxo. Monty estava muito chateado com isso. Ele dizia que a comunidade precisa de uma biblioteca, não de apartamentos pelos quais ninguém pode pagar.

— Não tem nada que se possa fazer?

— Houve um abaixo-assinado na região para tentar salvá-la, mas a administração local disse que precisava fazer cortes de despesas.

Aperto o braço dela por cima do casaco grosso de inverno, e por um momento nós duas ficamos em silêncio.

— Ok, então vamos devolver estes aqui? — Digo depois de uma pausa.

— Estou com o talão de cheques a postos. — Ela dá uns tapinhas na bolsa com um sorriso pesaroso.

Cada uma pega uma das alças, e erguemos a sacola.

— Nossa! É como carregar um corpo — exclamo em voz alta.

Ai, *não... eu acabei de dizer...?*

Olho para minha amiga, horrorizada. E ela olha para mim. Então, juntas, caímos na gargalhada.

*

A bibliotecária perdoa a dívida de Cricket com um tapinha na mão e suas sinceras condolências: todo mundo adorava Monty e sente muito a falta dele. Ela aponta para o lugar onde ele costumava se sentar, encolhido em uma mesa no canto.

Não é a mesma coisa sem ele, ela diz.

Não, não é, Cricket responde.

Fico um pouco para trás, não querendo me meter na conversa, fingindo estar interessada em um livro de engenharia.

Um jovem com fones de ouvido e um laptop está sentado à mesa de Monty, alheio à viúva que o observa do outro lado do salão. A vida continua. Precisa continuar. Mas mesmo assim...

Mesmo assim, como o planeta pode continuar girando, os negócios rodando do mesmo jeito, sem eles? Quanto mais o tempo passa, mais longe você fica do último momento em que os viu. Eles se recolhem no seu passado, enquanto você viaja para o futuro. A distância entre vocês cresce conforme a voz deles desaparece e as lembranças ficam embaçadas.

— Eu me inscrevi em uma aula de arte. Quer vir?

Volto para o presente. Estou pensando em Monty ou em Ethan?

— Obrigada, mas não sei desenhar.

— Bobagem. Todo mundo sabe desenhar.

Nos viramos para ir embora e começamos a descer as escadas na direção da saída.

— Não, sério, eu realmente não sei.

— Você nunca aprendeu que não existe a expressão "não sei"?

Eu detestava quando os professores diziam isso na escola, então abro a boca para protestar... e paro. Afinal, não tenho nada melhor para fazer.

Quando chegamos ao térreo, abro a porta e caminhamos até a rua.

— Tudo bem, mas não posso demorar. Preciso ir para casa dar comida para Arthur.

Regra número um: sempre tenha uma desculpa para ir embora. Cricket para e olha para mim.

— Obrigada.

— Você ainda não viu meus desenhos. — Sorrio.

— Não estou falando da aula. Estou falando do que acabamos de fazer. Da biblioteca. — Ela olha para o prédio. — Foi mais difícil do que pensei. E a sua presença significou que eu não estava sozinha.

— Ah, imagina, não foi nada.

— Não, foi tudo.

Ela se vira para mim outra vez e nossos olhos se encontram.

— Eu estava brincando quando disse para você abrir seu próprio clube, mas tem muita verdade nisso... Sabe, eu sempre fui um pouco excluída quando era criança. Tive uma criação muito conservadora, só que eu era alérgica aos padrões. Meus pais me mandaram para uma escola católica, mas eu nunca me senti pertencente àquele lugar. Eu não acreditava em Deus, pelo menos não àquele Deus. Eu tinha amigos, mas não me encaixava...

Cricket faz uma pausa, lembrando.

— Então, por acaso eu encontrei o teatro e descobri que não estava sozinha. Que havia pessoas no mundo que eram exatamente como eu. Pessoas estranhas, esquisitas, maravilhosas. Pessoas que me inspiravam e me desafiavam. Pessoas que me entendiam... E quer saber o melhor de tudo?

Assinto, prestando atenção.

— Eu finalmente me encontrei... e, ao fazer isso, encontrei um tipo diferente de fé... Faz sentido?

Olho para Cricket, uma mulher com o dobro da minha idade, e de repente sinto uma conexão.

— Sim, faz todo o sentido.

Ela sorri, e as rugas ao redor dos olhos fazem seu rosto se iluminar.

— O que estou tentando dizer é que você precisa encontrar seu próprio grupo, Nell.

Sou grata por:

1. *Todas as mães maravilhosas por aí fazendo um trabalho incrível, inclusive minha própria mãe maravilhosa, que sacrificou tanta coisa por mim; não só os ingressos grátis para o show do Andrea Bocelli.*

2. Todas as pessoas que praticam a maternidade de outras maneiras, cuidando, apoiando e amando.

3. Uma viúva de oitenta e poucos anos, por me mostrar que você pode encontrar sua própria tribo nos lugares mais inesperados.

4. Conseguir passar pelo dia de hoje.

A verdade nua e crua

Quando você chega à minha idade, começa a achar que não há mais nada na vida que possa surpreender. Quer dizer, você já viu de tudo, certo?

Errado. Eu estava muito, *muito* errada.

Ontem, depois da biblioteca, Cricket e eu pegamos um Uber para a aula de arte. A escola ficava dentro de um galpão antigo com grandes janelas em arco e uma escada de incêndio preta de metal que descia por toda a lateral do edifício. O lugar cheirava a aguarrás e tinta. Acima de nós, uma fileira de lâmpadas fluorescentes indicava o caminho. Eu não tinha ideia do que esperar.

— Ora, ora, nos encontramos de novo.

Mas certamente não era topar com o Pai Gostoso.

— Ah... oi! — Demorei um minuto para reconhecê-lo.

— Você não vai me apresentar? — perguntou Cricket.

— Claro, me desculpe, esta é Cricket — falei, antes de perceber que eu não fazia ideia do nome verdadeiro daquele homem.

— Johnny. — Ele sorriu, poupando-me da vergonha.

— Prazer — Cricket disse, estendendo a mão, e eu poderia jurar que ela estava flertando. — Você está aqui para a aula?

— Sim, vejo vocês lá dentro. Só preciso fazer umas coisinhas antes. — Ele apontou para os toaletes.

— Ok, ótimo — falei, meio que sem saber o que dizer. — Vemos você lá dentro.

Claro que Cricket quis saber tudo sobre ele. Então, depois de perguntar para a professora se eu poderia participar da aula e encontrar um lugar vago atrás dos cavaletes, contei tudo o que eu sabia sobre aquele homem. Não que eu soubesse muito, mas foi o suficiente para me distrair da chaise longue no meio da sala, até que de repente me dei conta do que era.

— Você não me contou que era uma aula de modelo-vivo — sussurrei.

— Você não perguntou. — Ela deu de ombros.

Olhei ao redor procurando Johnny, mas ele ainda devia estar no banheiro. Analisei alguns rostos em busca de um cúmplice, mas todo mundo estava muito sério e compenetrado atrás dos cavaletes. Uma risadinha adolescente ameaçou escapar.

Quando você é mais jovem, ninguém te conta que dentro de todas essas pessoas velhas com cara de tédio ainda bate um coração adolescente que acha graça das mesmas coisas, não é mesmo?

Peguei um lápis e tentei me recompor; eu estava sendo imatura. Era só um corpo nu. Então o modelo entrou e eu não conseguia acreditar.

Ai, meu Deus, era Johnny. Era o Pai Gostoso! Nossos olhos se encontraram, e então ele tirou o robe.

*

— E aí? — Liza me encara, de olhos arregalados, da tela do meu laptop.

— Bom, eu não sabia pra onde olhar.

— Tá brincando? Eu saberia exatamente pra onde olhar!

São duas da manhã e, sem conseguir dormir, estou conversando com ela pelo FaceTime. Às vezes, há vantagens em uma diferença de fuso horário de oito horas. Dou risada, revivendo o momento em que ele tirou o robe e se reclinou, nu, na chaise longue. Isso sim foi evitar contato visual.

— Então ele é modelo-vivo?

— Aparentemente, ele faz isso em meio período.

Depois que acabou, tentei apressar Cricket para fora do prédio, porque estava envergonhada demais para saber o que dizer se topasse com ele *vestido*, mas ela já tinha conseguido a informação com a professora.

— E o que ele faz no resto do tempo?

— Não sei. Não fiquei perguntando. Estava ocupada demais fazendo um rascunho do pênis dele.

Liza explode numa gargalhada. É como se estivéssemos de volta em Los Angeles, batendo papo e tomando um café. Só o céu azul e o sol brilhando do lado de fora da janela dela me lembram de que oito mil quilômetros nos separam.

— Bom, tudo que posso dizer é que você é uma sortuda. Faz tempo que não vejo um corpo nu.

— E o Brad?

— Nós terminamos.

— De novo?

— Dessa vez é pra valer.

Ela já disse isso antes, mas agora alguma coisa me faz acreditar.

— Sinto muito.

— Sente nada.

— Tá bom, você tem razão, não sinto, não — admito. — Mesmo assim, você está bem?

— Agora, estou. — Ela assente. — Tá tudo tranquilo. — E então sorri. — E você?

Faço uma pausa e penso a respeito, e pelo menos dessa vez minha mente não se volta com tristeza para o passado nem dispara temerosa para o futuro. Apenas fica onde está.

— Sim. — Assinto. — Agora, tá tudo tranquilo.

Sou grata por:

1. *Receber muito mais que um cartão feito à mão com cola colorida e glitter e café da manhã na cama. #paigostososemroupa*

2. *Amigas como Liza, por me lembrar de ficar no presente, porque o presente é tudo que temos de verdade.*

Faça-se a luz

Edward continua reclamando da lava-louça e do termostato. Mas agora ele acrescentou uma terceira queixa: deixar as luzes acesas.

— Não entendo por que você não pode apagar a luz quando sai de um cômodo — ele reclama, apagando a luz do corredor enquanto me segue até a cozinha.

— Porque eu posso voltar.

Edward franze a testa ao ouvir uma explicação tão elaborada.

— Para que você acha que serve o interruptor?

Eu o ignoro.

— Gosto de deixar a luz acesa.

— Percebi. E todos os vizinhos devem ter percebido. Quando estava pedalando aqui na rua hoje, a casa estava iluminada como uma árvore de Natal.

Travo a mandíbula enquanto pego a chaleira elétrica para preparar um chá.

— Não gosto de ficar em uma casa escura.

Abro a torneira no máximo para encher a chaleira.

— Mas você só pode ficar em um cômodo por vez — ele argumenta, exaltado.

— Quer chá?

— Sim, por favor.

Ligo a chaleira, então pego duas canecas da prateleira e coloco dois saquinhos de chá. Quero ver se ele se atreve a dizer alguma coisa sobre usar um bule e só um saquinho.

— É assustador.

— *Assustador?* — Edward olha para mim como se eu estivesse doida. — Como é que uma sala de estar pode ser assustadora?

— Você não viu todos aqueles programas de crimes reais na TV? Parece que sempre acontecem na casa da pessoa.

— E deixar uma lâmpada acesa vai salvá-la?

Ele me encara do outro lado do balcão, penteando o cabelo para trás com a mão para impedir que caia nos olhos. Reparo que cresceu bastante.

— Eu veria o invasor.

— E depois? Você ia bater na cabeça dele com a lâmpada?

— Bem, funcionou com o coronel Mostarda e o castiçal.

Ele abre um sorriso. Até que enfim.

— Você realmente está me dizendo que fica com medo quando está sozinha na casa? — ele diz, mais suave.

— Não, não muito — admito, pegando o leite da geladeira. — Especialmente não com o Arthur. Eu só gosto das luzes acesas, só isso. Quer dizer, nem sempre tem uma razão lógica para tudo, né?

Olho de relance para Edward, mas, a julgar pela sua expressão confusa, é óbvio que esse é um conceito novo para ele. A água ferve na chaleira, que desliga, então encho as canecas e devolvo a chaleira para a base.

— Aí está mais uma coisa.

Ai, não, o que foi agora? Esmago os saquinhos de chá na lateral das canecas.

— Você pode, por favor, desligar a chaleira depois de usar?

— Está desligada.

— Não, digo na tomada. Consome energia e desperdiça dinheiro. E desligar é melhor para o meio ambiente.

— Edward, é uma chaleira. — Coloco leite no chá e lhe passo uma caneca.

— Cada detalhe conta. É a mesma coisa com todos os eletrodomésticos — ele continua, andando pela cozinha com o chá, apertando interruptores.

— Porque o relógio digital realmente deve somar muito à nossa emissão de carbono — comento quando ele desliga o micro-ondas.

Edward me lança um olhar, mas posso jurar que vi um lampejo de diversão nos olhos dele.

— Mas então, sobre a Páscoa.

Ai, não. Ele também? Todo mundo fica falando sobre a Páscoa.

— O que vamos fazer com o Arthur?

— Eu vou pra casa dos meus pais.

— Você pode levá-lo?

Estou prestes a dizer que sim, então me lembro das reclamações constantes dele sobre o aquecedor e a lava-louças e a luz, e sinto uma pontada de teimosia.

— Na verdade, não posso. Você vai precisar levá-lo.

— Mas você disse que cuidaria dele nos fins de semana.

— É um feriado. É diferente.

Então, aparentemente nos envolvemos em uma confusa batalha em relação à custódia de um cão. Nós nos encaramos de lados opostos da bancada da cozinha, empunhando nossas canecas.

— Seus filhos não querem vê-lo? Com certeza eles sentem saudade do Arthur.

De repente, Edward parece desconfortável.

— Eles querem, mas é que é muito difícil.

Agora estou me sentindo mal. Deve ser realmente difícil para Edward com Arthur e a alergia da esposa dele e tudo o mais.

— Tá bom, Arthur pode vir comigo.

Edward sorri.

— Obrigado.

— Não tem de quê.

Saio do cômodo com meu chá e me lembro de apagar a luz quando vou embora.

— Ei!

Enquanto ele me chama na escuridão, sorrio para mim mesma.

Inspiração

Abrace sua nova vida! Não olhe para trás! Cada dia é uma nova chance de mudar sua vida! Quando nada é certo, tudo é possível!

Quem é que não ama uma motivação diária? Especialmente quando é escrita em fonte vintage de máquina de escrever e leva um filtro por cima. Embora, para ser sincera, quanto mais as pessoas postam frases motivacionais, mais me preocupo com elas.

Aqui vão algumas das minhas hoje:

Abrace uma casa congelante!

Não mate o proprietário do seu apartamento!

Cada dia é uma nova chance de assistir a Grand Designs e perceber que o casal que está construindo sua maravilhosa casa ecológica projetada por um arquiteto na encosta de uma montanha tem quase metade da sua idade!

Quando nada é garantido, tudo pode ir pras cucuias!

Mas a minha favorita é:

Abrace seu senso de humor, jamais se leve a sério demais, cada novo dia é uma nova chance de rir em vez de chorar, e quando nada é garantido, tudo é muito, mas muito menos assustador quando você faz piada com a situação. Amém.

Sexta-Feira Santa

Quando entro na estação de Euston para pegar o trem para a casa dos meus pais, estou determinada: hoje vai ser um bom dia. Vou passar uma Páscoa maravilhosa com minha família. Mamãe e eu teremos um monte de conversas de mãe e filha que não envolvam meu término nem os netos de outras pessoas. Meu irmão não vai me pentelhar. Papai vai me comprar um ovo de Páscoa. Vai ser sensacional.

Em teoria.

Recebidos pelo caos de feriado, Arthur e eu precisamos nos esmagar no meio da multidão para entrar no trem para Carlisle. Por sorte, conseguimos chegar aos nossos assentos, mas sinto a decepção quando percebo que reservei uma mesa para nós sem querer. Quem quer que tenha projetado essas mesas obviamente imaginou uma cena utópica de desconhecidos dividindo o espaço. Certamente não imaginou que eu seria esmagada contra a janela pelo cotovelo de um homem de negócios, junto com seu enorme laptop e seu carregador cujos fios enroscados passam por cima de mim; e aposto que não imaginou que eu teria que me sentar de frente para um casal jovem que gosta de ficar olhando profundamente nos olhos um do outro enquanto ele afasta fios invisíveis de cabelo do rosto dela.

Enquanto isso, recebo mensagens de Fiona, que está se divertindo em Cotswolds. Ela e David levaram as crianças para acampar pela primeira vez, embora, a julgar pelas fotos de um chuveiro maravilhoso, colchões de pena de ganso e fardos de feno ao redor de uma lareira ecológica, seja uma experiência um pouco diferente dos casacos encharcados e dos feijões enlatados colocados na frigideira que representavam os meus acampamentos na infância.

Olho pela janela. Do lado de fora, a paisagem urbana deu lugar ao campo. Checo o relógio — ainda faltam horas — e enfio os fones no ouvido. Baixei o podcast de que Cricket fica falando o tempo todo e, encostando a cabeça na janela, aperto o play.

Depois de umas duas baldeações, chegamos à estação final. Está chovendo e tem uma neblina descendo das colinas. Esfrego o vidro embaçado para olhar lá fora. De repente a Califórnia parece tão, tão distante. É difícil até acreditar que ela existe. Que, em algum lugar, do outro lado do planeta, Ethan está acordando e subindo a persiana do nosso quarto, olhando para o céu azul e o sol do deserto. Parece um daqueles filmes antigos em que a tela é dividida ao meio: ele de um lado, eu do outro.

Ah, *dane-se*.

Enquanto minha mente começa a tomar um caminho muito perigoso, pego minha mala de rodinhas e a coleira de Arthur e desço cambaleando até a plataforma. Céu sempre azul e sol brilhando são totalmente superestimados. E todo aquele calor desértico é terrivelmente envelhecedor.

Enquanto a chuva me atinge em cheio, caminho com determinação até a saída. Nada como ar fresco e o interior da Inglaterra. E daí que já estou encharcada até os ossos? Ou que o pobre Arthur acaba de quase sair voando direto para os trilhos do trem? Isto é maravilhoso. Sou tão abençoada. Não há hashtags suficientes no mundo para expressar o quanto estou abraçando minha nova e fabulosa vida.

Papai está me esperando do lado de fora na velha Land Rover, já com o motor ligado.

— Oi, amor.

— Oi, pai.

Nós nos cumprimentamos como se tivéssemos nos visto ontem mesmo, pois é assim que fazemos no norte. Um abraço rápido. Nada de mais. Mas meu coração se enche de alegria ao vê-lo.

— Você não comentou que ia trazer este rapaz — ele diz, gesticulando para Arthur, que já subiu no banco de trás. — Sua mãe vai ter um treco por causa dos tapetes.

— Eu sei.

Nós nos olhamos e abrimos um sorriso.

— Bom, pelo menos assim eu não preciso ficar na casinha do cachorro. — Ele ri, segurando a porta aberta para eu entrar. O couro dos assentos está rachado e o carro cheira a bota enlameada, tabaco e terra. Respiro fundo para que o aroma entre em meus pulmões.

Então estamos chacoalhando aos solavancos por vias sinuosas a caminho de casa. Passando por paisagens tão magníficas quanto familiares. Lake District está igualzinho. As coisas não mudam muito por aqui, só as estações do ano. Engraçado, eu detestava isso quando era mais nova; agora me traz conforto.

— Então... como você está?

Terrível. Horrorosa. De coração partido. Aterrorizada.

— Tudo bem. — Dou de ombros.

Os limpadores de para-brisa rangem de um lado para o outro, limpando apenas a área de um pequeno triângulo por onde papai pode enxergar a estrada. O do meu lado não está funcionando. Não me lembro de ter funcionado algum dia. Olho de soslaio para papai. Para suas mãos fortes no volante. Papai tem mãos grandes e habilidosas. Agora me lembro de que nunca gostei dos dedos finos e pequenos de Ethan.

— E como você está de dinheiro?

— Tudo bem, obrigada — minto. Com o que ganho, mal consigo segurar as pontas. Os obituários não pagam muito, e o empréstimo de papai não vai durar para sempre. Mas ainda estamos em março. Acabei de voltar. — É bom te ver, pai.

— Você também, amor. — Olhando de relance para mim, ele tira só uma mão do volante e aperta meu joelho de leve. — É bom ter minha garotinha em casa de novo.

Assim que entro na cozinha, mamãe imediatamente me diz que perdi peso, liga a chaleira e enfia a lata de biscoitos na minha cara.

— Pegue dois — ela ordena. — Você está puro osso.

— Mãe, tem muito mais que osso aqui — protesto, mas ela me ignora e me empurra um pacote de bolacha.

Então ela solta um grito agudo ao ver Arthur, que estava farejando lá fora no jardim e agora faz sua entrada, saltando para dentro da cozinha, com as patas lamacentas e tudo.

— Este é Arthur — digo, agarrando-o pela coleira antes que ele avance na lata de biscoitos.

— Você pegou um cachorro?

— É o cachorro do proprietário do meu apartamento. Longa história.

Tem pelo voando por todo lado. Já consigo ver as pegadas de lama no piso recém-lavado da cozinha de mamãe. Rapidamente empurro Arthur para o corredor, de onde consigo ouvir sussurros altos na cozinha ("Eu é que te pergunto, Philip. Um cachorro! Um cachorro enorme, sujo e peludo!") enquanto papai tenta aplacá-la. Alguns momentos depois, papai aparece no corredor.

— Só o mantenha longe do merengue de limão — ele adverte. — É o favorito do seu irmão, sua mãe fez especialmente para ele.

— Rich está aqui?

— Ainda não. Surgiu algum problema de última hora para resolver.

Sinto uma pontada de irritação. Rich com certeza dormiu demais e perdeu a hora.

— Vou ver as plantas. Por que você e sua mãe não conversam um pouco? Sei que ela está ansiosa para saber como você está.

— Em outras palavras, ela quer me fazer um milhão de perguntas — resmungo.

— Olha lá, pegue leve, ela não faz por mal. Está preocupada, só isso. Foi meio que um choque.

— Eu não queria preocupar vocês.

— Nós somos seus pais. Esse é o nosso trabalho.

— Desculpa.

Agora estou me sentindo mal. Estou descontando na mamãe. Não é culpa dela.

— Desculpa pelo quê?

— Por tudo. Sei que mamãe estava realmente ansiosa pelo casamento.

— Deixe de besteira. — Ele sorri, fazendo-me um cafuné. — Não importa. Só queremos te ver feliz.

— Nell? — Mamãe coloca a cabeça para fora da cozinha. — A água já ferveu.

Hesito. Estou tentando não pensar no fato de que minha próxima volta para casa deveria ser como recém-casada com Ethan no verão. Estávamos planejando fazer uma cerimônia pequena na Califórnia, só a família e alguns amigos, e então viajar pelas ilhas britânicas na lua de mel. Meu estômago revira.

— Na verdade, acho que vou levar Arthur para dar uma volta.

Vejo a decepção no rosto de mamãe, mas não consigo evitar. Ainda não estou pronta.

— Tá bem, mas não demore. O jantar já já estará pronto.

*

Felizmente, a chuva parou, então caminho ao longo do rio, jogando gravetos para Arthur, que mergulha na água gelada como se fosse um banho quente, depois salta de volta pelo vilarejo. Quando voltamos para casa, vejo um carro novinho em folha na entrada e meu irmão, com os pés na mesa de centro, comendo um pedação de merengue de limão enquanto minha mãe o paparica.

— Oi, Rich.

— Nell. — Ele sorri, mas não se levanta.

— Aquele carro novo ali fora é seu?

— Sim, acabei de comprar. Gostou? Eu não conseguia decidir entre um Audi ou um BMW, então escolhi um Range Rover.

— Uau, você deve estar vendendo muita cerveja.

— Estamos até as tampas com pedidos, não estamos dando conta da demanda. — Ele sorri.

— Ora, não vá trabalhar demais — adverte mamãe, alisando o cabelo dele. — Você precisa manter a energia.

Ele assente, obediente.

— Hummm, a torta está uma delícia, mãe... tem mais?

Ela sorri orgulhosa enquanto ele come a última garfada.

— Bom, o jantar está quase pronto — mamãe protesta fracamente antes de pegar o prato da mão dele e voltar para a cozinha.

— Só um pequenininho — ele grita para ela do conforto do sofá. — Não quero perder o apetite.

Rich percebe meu olhar.

— Que foi? — ele protesta quando o cutuco com o pé. Resmunga alto. Alto demais.

Mamãe rapidamente reaparece com outro pedaço gigante de merengue de limão.

— Vocês dois, parem com isso.

— Ela que começou — Rich choraminga, e olho para ele com raiva. Este vai ser um fim de semana muito longo.

Somos interrompidos pelo som de passos no segunda andar e a porta de um quarto se abrindo.

— Pensei que o papai estivesse na horta... — Paro no meio da frase quando uma moça bonita de cabelo castanho aparece na porta da sala de estar.

— Tudo bem, querida? — mamãe pergunta à moça.

— Sim, obrigada. — Ela sorri. — Estava só lavando o rosto.

Então essa deve ser Nathalie, a nova namorada do meu irmão.

— Oi. — Sorrio. — Sou a Nell, a irmã do Richard.

— Rich me falou muito de você. — Ela sorri, nervosa.

— Não tenho certeza se isso é bom. — Sorrio, olhando para Richard. — Mesmo assim, nesse caso é a minha vez de contar a você tudo o que sei sobre ele... — começo, mas meu irmão me atinge com uma almofada.

A porta da frente bate. Papai voltou. É a deixa de mamãe. Enquanto ele lava as mãos, ela nos apressa para dentro da pequena sala de jantar onde a mesa está posta para a refeição. Percebo que ele escolheu a melhor prataria, e em vez do rolo de papel-toalha habitual no meio da mesa, há guardanapos.

Sobre a mesa, uma enorme torta de peixe com uma crosta gratinada e travessas fumegantes cheias de legumes. Mamãe não trabalha com porções pequenas. Enquanto isso, papai tira vinho da geladeira e começa a encher as taças de todo mundo.

— Hoje vamos brindar a quê? — ele pergunta quando termina de servir.

— À família estar toda reunida outra vez — responde mamãe.

— E à torta de peixe — ele acrescenta enquanto todos erguemos as taças.

— Ah, Philip, imagina — ela resmunga, mas dá para perceber que na verdade está satisfeita.

Quando o brinde termina, preparo-me para tomar um golão de vinho, mas meu irmão levanta da cadeira e começa a bater a faca na borda da taça.

— Na verdade, tem mais uma coisa.

Olho para ele, esperando algum tipo de piada, mas a expressão de Rich está mortalmente séria. Ele pigarreia. De repente, percebo que meu irmão está nervoso.

— Nathalie e eu temos uma novidade para anunciar.

Mamãe vibra visivelmente

Ele *está* brincando. Faz o quê? Três meses?

Mas Nathalie, que até então estava com as mangas do casaco cobrindo as mãos, de repente revela a mão esquerda. Há um anel de diamante brilhando ali.

Mamãe dá um grito e pula da cadeira, então passa os braços ao redor de Richard e Nathalia.

— Ah, é verdade mesmo? Vocês vão se casar! Ah, isso é maravilhoso! — E há uma onda de parabéns e muitos tapinhas nas costas da parte de papai.

Levemente em choque, observo afastada por um momento. E então chega a minha vez abraçá-los e dar parabéns. Tudo bem, é um pouco rápido, mas os dois parecem muito felizes, e estou feliz por eles, claro que estou. Meu olhar cruza com o de papai. Ele sorri de maneira apoiadora. Juro que eu não poderia estar mais empolgada.

— Mas tem mais uma novidade!

Sério, eu estava indo muito bem até Rich soltar A Bomba.

*

Então meu irmãozinho vai ser papai. Ainda estou incrédula. Quer dizer, estou feliz por eles, de verdade, e mamãe e papai pareciam radiantes. O primeiro neto e tal. É só que... deitada no meu antigo quarto, sinto uma pontada de tristeza tão grande que irrompo em lágrimas na escuridão.

Deixo que caiam enquanto enterro a cabeça no travesseiro, até que sinto uma língua molhada na minha mão e acendo a luz para ver. Arthur está parado ao lado da cama, com os olhos tristes procurando os meus.

— Ei, garoto, estou bem, de verdade, estou bem — eu o tranquilizo, dando tapinhas na cabeça peluda e me sentindo confortada até que finalmente, satisfeito, ele volta ao seu cobertor no canto do quarto.

Pego meu livro para ler, mas estou me sentindo abalada. Não consigo me concentrar. Meu telefone apita. É uma mensagem de Holly e de Adam da Espanha, desejando-me feliz Páscoa. Respondo a mensagem, então rolo meu feed para me distrair, mas só de ver todas aquelas vidas perfeitas me sinto ainda mais solitária e inadequada. É claro que sei que tudo ali é editado e cheio de filtros, mas ainda não encontrei o filtro capaz de transformar meu quarto antigo em uma casa de quatro quartos no interior, ou Arthur em um marido amoroso.

Então pego meus fones para ouvir um podcast, e quando faço isso reparo na plaquinha na mesa de cabeceira me dizendo qual a senha do Wi-Fi e me agradecendo por não fumar.

E de repente cai a ficha. Ah, vão catar coquinho, paredes chiques das fotografias e looks e casas lindas do Pinterest. Podem enfiar naquele lugar todas aquelas praias de areia branquinha e poses de ioga e caminhadas ao pôr do sol com o marido gato. Sinto muito, mas pra mim já chega.

O fio do meu fone de ouvido está todo enroscado, e começo a desembolar, a tristeza dando lugar à frustração.

Alguém precisa fazer algo a respeito disso. Alguém precisa contar como as coisas realmente são quando a merda acontece e a vida não sai como você esperava. Quando a sua vida não se parece nem um pouquinho com nada daquilo. Desisto de tentar desenroscar o fio do fone de ouvido e coloco só um lado. Abro o aplicativo de podcast no celular. Sério, alguém deveria fazer um podcast sobre se sentir uma fodida de quarenta e tantos anos.

Na verdade...

Prestes a apertar o play, paro. *Não é uma má ideia.*

Sou grata por:

1. *Meu pai querido, que me deu meu ovo de Páscoa, provando que o chocolate realmente é o lado bom desse feriado.*

2. *Minha ideia de podcast. Amanhã vou pesquisar na internet e descobrir o que tenho fazer para começar. E daí se ninguém escutar? Só preciso colocar o sentimento para fora.*

3. *O presente que vai ser minha sobrinha ou meu sobrinho, para quem vou ser a tia mais legal de todas.*

4. *A senha do Wi-Fi e não fumar.*

ABRIL

#quemcaiunapegadinha?

Primeiro de abril

Ok, preciso confessar uma coisa. Não sou realmente uma mulher solteira, falida e acima dos quarenta; morando de novo com meus pais, no meu antigo quarto e com apenas um cachorro flatulento como companhia, comendo os restos velhos e quebrados do meu ovo de Páscoa no café da manhã e sentindo que realmente *não* estou ganhando nesse jogo chamado vida.

Caramba, não. Na verdade, tenho um casamento feliz e vivo em uma casa linda e grande com meu marido maravilhoso e meus dois filhos adoráveis, tenho uma carreira bem-sucedida, uma vida sexual incrível, faço exercício regularmente, pratico a atenção plena, visto roupas da moda e encontro tempo na minha agenda lotada para postar os looks no Instagram enquanto tomo suco verde todo dia e me lembro de respirar.

Porque é lógico que você deve ficar atento à sua respiração.

E por último, mas não menos importante: Sou Feliz A Porra Do Tempo Todo.

Primeiro de abril!!!

Sou grata por:

1. *Meu senso de humor.*

2. *O fato de que meu irmão está ocupado demais se casando e tendo um bebê para querer me pregar uma peça "hilária", o que em anos anteriores invariavelmente o levou a me acusar de "não ter senso de humor" e me levou a querer matá-lo.*

3. A colheita de espaguete do programa *Panorama*,* que é a melhor pegadinha de Primeiro de Abril que já existiu, e traz todo um novo significado para o conceito de *fake news*.

4. Chocolate. Já mencionei chocolate?

---

* A pegadinha de Primeiro de Abril da "colheita de espaguete" foi uma reportagem de três minutos exibida em 1º de abril de 1957 no programa de variedades *Panorama*, da BBC, que supostamente mostrava uma família no sul da Suíça colhendo espaguete de um "espagueteiro". [N. T.]

Segunda-feira de Páscoa

Quando meu irmão e eu éramos crianças, nosso jogo favorito era pedra, papel e tesoura. Nós jogávamos por horas e horas. As regras são muito simples, tão simples que aparentemente no Japão cientistas ensinaram chimpanzés a jogar (não que eu ache que chimpanzés são burros — pelo contrário, acho que são mais inteligentes que muitos humanos, mas essa é uma outra discussão).

Caso você esteja vivendo debaixo de uma pedra (trocadilho não proposital), nessa brincadeira os dois jogadores devem mostrar ao mesmo tempo a mão fazendo o símbolo de uma dessas três coisas: pedra (punho fechado), papel (mão aberta) ou tesoura (só dois dedos esticados). Uma regra simples determina o vencedor: pedra quebra tesoura, tesoura corta papel, papel cobre pedra. Se ambos os jogadores escolherem o mesmo símbolo, dá empate.

Por que estou contando isso tudo?

Porque é possível aplicar as mesmas regras à vida; só que aí não são pedra, papel e tesoura, e sim um casamento, um bebê e um noivado desfeito. E não é mais um jogo de sorte. Pelo contrário. No pedra, papel e tesoura da vida real, um casamento por vir e um novo bebê ganham de um noivado desmanchado em todas as ocasiões. Impossível vencer. O que quer dizer que meu irmão saiu claramente vitorioso.

E eu sou a perdedora.

Olhando pelo lado bom, ninguém está me perguntando nada sobre meu término com Ethan. Na verdade, desde que Rich fez o anúncio, mamãe parece ter esquecido completamente da minha situação. Agora está toda empolgada com o bebê e o casamento. Quando não está paparicando Nathalie ou levando xícaras de chá escada acima e escada abaixo para meu irmão, que está enfiado no quarto "ocupado trabalhando para cumprir um prazo" (o que aparentemente inclui compartilhar vídeos no Facebook), está contando orgulhosamente para todo mundo que vai ser a mãe do noivo e avó.

Inclusive para a operadora de telemarketing que ligou perguntando se ela queria pedir indenização por algum acidente e foi forçada a desligar, em vez do contrário. Então, veja só, há muitos pontos positivos.

Mas falando sério, a verdade é que eu não poderia estar mais aliviada por não ser o centro das atenções. A última coisa que quero é ficar remoendo meu relacionamento fracassado e participar de uma sessão de perguntas e respostas com minha família para saber O Que Deu Errado. Dito isso, eu morei na Califórnia por tempo suficiente para saber que isto é *exatamente* o que eu deveria estar fazendo: me abrindo e falando sobre o assunto. Qualquer bom terapeuta vai dizer que essa é a chave para a recuperação e que é só aí que você vai começar o processo de cura que vai lhe permitir verdadeiramente seguir em frente.

Mas eu apenas não quero fazer isso. Durante esses poucos dias na casa dos meus pais, tudo que quero fazer é esquecer a história toda e ficar encolhida ao lado de papai no sofá, com a cabeça recostada no ombro dele, no suéter de lã áspera. Quero comer muitos ovos de Páscoa, beber muitas xícaras de chá doce e morrer de calor pela primeira vez desde que saí da Califórnia, porque mamãe está no controle do termostato e a casa parece uma sauna.

E quero quase morrer de tanto rir quando pegarmos os antigos álbuns de família no café da manhã para mostrar à Nathalie e revelarmos provas fotográficas do dia em que roubei a bolsa de maquiagem de mamãe e cobri meu irmãozinho de sombra prateada e brilho labial.

*

— Não pode ser! Richard, é você? — exclama Nathalie com voz aguda, encarando a foto de olhos arregalados.

Rich fica vermelho.

— Não foi minha ideia — ele resmunga.

— Você amou! — protesto. — Você implorou pra eu passar mais blush!

Nathalie solta uma gargalhada abafada e vira mais uma folha do álbum.

— O que vocês estão fazendo nesta aqui?

— Ah, isso foi quando Nell estava desesperada por um cachorro, mas a gente não a deixava ter um. — Papai sorri, chegando direto da chuveirada matinal e espiando por cima do ombro dela. — Ela fez um par de orelhas e um rabo para o Rich e o conduziu pela sala de casa usando o cinto do meu roupão.

— Ele seguia a Nell como um cachorrinho por horas — interfere mamãe, passando uma caneca de chá para papai quando ele se senta à mesa da sala de jantar.

Rich olha feio e continua passando manteiga em uma fatia de pão torrado. Para alguém que se orgulha tanto de ser um "piadista", ele odeia quando a piada é com ele.

— Ah, por favor, amor, estamos só te provocando. — Nathalie sorri, alcançando a mão dele e apertando seus dedos. Quando meu irmão não está feliz, ele tem uma tendência a se calar, e nada que alguém diga pode tirá-lo do silêncio.

— Sou um cão que ladra, mas não morde. — Ele sorri arrependido e a beija.

Eu os observo do outro lado da mesa. Se eu não estava muito certa sobre Nathalie antes, agora estou. É como se ela tivesse uma chave para usar no meu irmão que nenhum de nós jamais achou.

Quando mamãe vai para a cozinha preparar mais chá, papai pega outro álbum.

— Olha o meu bigode! — Ele ri, apontando para uma foto dele e de mim parados na entrada de casa ao lado da perua antiga de papai, que está cheia de caixas de papelão até o limite.

— O seu bigode está ok, olha o meu cabelão! — exclamo, espiando a fotografia. Quase não reconheço a menina magrela usando legging preta e um suéter grande demais, com maquiagem demais e um sorriso empolgado para mascarar o nervosismo.

— Essa é de quando?

— Do dia em que eu fui embora para a faculdade.

Olho para a Nell de dezoito anos e é como olhar para uma outra pessoa. Encarando de maneira desafiadora a lente e o futuro que a aguarda, ela acha que sabe tudo, só que, na verdade, não sabe absolutamente nada. Sinto afeição e uma proteção excessiva em relação a ela.

— Sobrou torrada?

Olho para trás e vejo papai balançando a faca de manteiga como um maestro.

— Ai, perdão, peguei a última fatia. Mamãe falou que você só estava comendo cereal — responde Rich, terminando de engolir um enorme pedaço de torrada com manteiga. Mamãe recentemente colocou papai e ela mesma em uma dieta de comida saudável, porque leu um artigo sobre isso em "uma das revistas dela". As revistas da minha mãe são famosas na nossa família e são o motivo de termos borders de papel de parede, suportes de plantas de macramê, e de termos feito uma viagem para Amsterdam onde meu pai fumou um "cigarro esquisito" e caiu da bicicleta, quase indo parar em um canal.

O que aparentemente *não* estava na lista turística de "coisas para fazer em Amsterdam".

Papai fica decepcionado.

— Como é que se espera que um homem trabalhe o dia inteiro alimentado com comida de hamster? — ele resmunga, olhando feio para a caixa de cereal na mesa, como se a embalagem realmente o estivesse atacando.

— A comida de hamster é boa para o seu colesterol!

As orelhas da minha mãe são como as de um elefante, e ela grita a resposta lá da cozinha. Fazemos muito isso em casa; gritar um com o outro de cômodos diferentes. É o jeito da nossa família de se comunicar. Para quê falar quando estamos no mesmo cômodo se podemos esperar a pessoa ir para outro lugar e então começar a gritar através da porta?

— E você não vai fazer trabalho algum, você está aposentado.

Minha mãe volta exibindo o bule, resplandecente em sua nova capa tricotada à mão em fio angorá laranja. Que estava na edição de julho da revista.

— Fiquem vocês sabendo que trabalho mais naquela horta do que jamais trabalhei na prefeitura. — Entornando a caneca de chá, papai se levanta da cadeira. — Bom, se alguém precisar de mim, estarei por lá.

— De estômago vazio? — Mamãe parece chateada quando ele lhe dá um beijo rápido na bochecha. — E a marmita?

Mas papai já está saindo pela porta, vestindo o casaco.

— Não se preocupe comigo, meu amor. Vou ficar bem.

É nesse momento que a expressão de mamãe muda de preocupação com o marido para uma repentina compreensão.

— Philip Stevens! Não se atreva a comprar um sanduíche de bacon no Walkers Café...

A porta se fecha atrás dele.

— Sinceramente, esse seu pai! — Com uma exclamação exaltada, ela apoia o bule na mesa. — Ele ainda vai me matar.

— Ainda não, precisamos que você cuide do bebê — brinca Richard.

Mamãe se ilumina imediatamente, e mais uma vez a conversa se volta para o assunto do momento: o novo bebê. Agora que o choque já passou, eu não poderia estar mais feliz por Rich. Nathalie é uma querida, e mamãe está tão animada. Ainda é muito cedo — o bebê só nasce em novembro —, mas eles não conseguiram esperar para contar a novidade.

Por alguns momentos fico só sentada ouvindo, observando as expressões alegres e animadas deles, mas também não dá para fingir por tanto tempo assim, então peço licença e saio. Eles nem percebem quando vou embora.

*

Dizem que os Estados Unidos têm um céuzão, mas o céu do Lake District é o mais vasto e espetacular que já vi. Assomando com nuvens, ele forma um dossel dramático quando saio para o vento fresco que vem das colinas.

Apesar da temperatura congelante, é bom estar ao ar livre. Protegida por várias camadas de roupa, imponho um bom ritmo de caminhada, com Arthur correndo brincalhão ao meu lado, empolgado com os novos cheiros daqui. Ao longo do caminho, passo por vários habitantes da região, muitos dos quais conheço desde que era criança, e sorrio, assinto e aceno.

O vilarejo se orgulha de ser uma comunidade, mas com festivais de verão e bandeirolas vem uma total falta de anonimato. Todo mundo sabe tudo da vida de todo mundo. Eu sou a filha esquisita de Carol e Philip, aquela que se mudou para Londres e depois para os Estados Unidos e ainda não se casou nem teve filhos. Há boatos de que é vegana.

A horta de papai fica perto do rio, ao lado da igreja do século XII à qual oficialmente pertence o terreno. O vigário deu o lote para meu pai há anos, em troca de que ele o administrasse. Era só um pedacinho de terra cheio de lixo, mas agora papai planta vegetais e mantém suas colmeias lá. Ele começou com a apicultura quando se aposentou, dizendo que queria ajudar com a mudança climática e proteger as espécies, embora eu tenha uma leve suspeita de que teve menos a ver com a mudança climática e mais com dar um tempo de mamãe.

— Trouxe o almoço que a mamãe embrulhou pra você.

Eu o encontro sentado em uma cadeira de deque ao lado do galpão de jardinagem, lendo o jornal. Há uma embalagem de sanduíche de bacon da cafeteria local ao lado de onde papai está. Ele levanta os olhos quando me ouve.

— Mamãe mataria você se soubesse.

Ele sorri.

— Vai ser nosso segredinho. — Amassando o papel, ele o enfia no tambor de óleo junto com o resto dos detritos da jardinagem, que serão incinerados.

Sorrio e entrego o almoço. Ele imediatamente abre a garrafa térmica.

— Quer chá?

— Sim, por favor.

Eu me sento ao lado dele em uma cadeira de deque enquanto ele serve duas canecas fumegantes e me entrega uma. Então, por alguns minutos, só ficamos ali sentados, bebericando o líquido quente, esquentando as mãos nas canecas e observando a horta enquanto Arthur está deitado aos nossos pés. Ninguém diz nada. Não é preciso.

Essa é uma das coisas que mais amo no meu pai, a habilidade de só ficar junto com ele e nunca sentir a pressão de dizer alguma coisa. Nunca há nenhum desconforto ou necessidade de explicar as coisas, de falar de emoções ou de fazer perguntas e dar respostas. Nosso silêncio é confortável, e há pouquíssimas pessoas com quem conseguimos encontrar isso. Em relacionamentos, somos ensinados a temer o que acontece quando não há mais nada a dizer, como eu era com Ethan. Mas a verdade é que, se você estiver com a pessoa certa, não precisa dizer nada.

Vários minutos se passam. Bebemos mais chá. Papai coça as orelhas de Arthur. Muitas pegas passam voando e mergulham. Tento não contar quantas são.

— Como estão as abelhas? — pergunto finalmente, meus olhos parando nas colmeias no começo do lote.

— Hibernando. Não vão fazer muita coisa até o clima esquentar um pouco. Mais ou menos como eu, na verdade. — Ele tira um KitKat do bolso e abre deslizando a embalagem. — Embora eu tenha um galpão cheio de bulbos e sementes que precisam ser plantadas. Você gostaria de me dar uma mãozinha? — Ele me oferece um palito de chocolate.

— Está tentando me subornar?

143

— Jamais — ele responde, sem demonstrar emoção.

Sorrindo, aceito o suborno e aprecio a combinação de chá quente e chocolate derretido enquanto papai vai para dentro do galpão. Um tempo depois, ele reaparece com uma variedade de bulbos e pacotes de sementes e atravessa a horta.

— Por aqui — ele chama, enquanto Arthur e eu o seguimos, encontrando um caminho entre as fileiras organizadas de caules. — Pronto, aqui está bom. — Ele me entrega uma espátula e alguns bulbos. — Certifique-se de plantá-los com o nariz para cima.

— Nariz? — Eu o encaro com uma expressão confusa, mas papai já está ajoelhado na terra.

— Você sabe, os brotos.

Honestamente, não sei nada sobre brotos, nem nariz, nem sobre plantar bulbos. Papai fez jardinagem a vida toda, mas quando eu estava na adolescência e depois, aos vinte e poucos anos, nunca me interessei. Eu sempre pensei que jardinagem era para gente velha. Só que agora eu sou a pessoa velha. Olho para o solo úmido debaixo dos meus pés. Estou usando minha única calça limpa. Hesito, mas então me ajoelho ao lado dele.

— Plante-os a uns vinte centímetros de profundidade e com uns quinze de distância entre cada um, assim.

— O que são?

— Gladíolos. Os favoritos da sua mãe. Florescem bem a tempo do aniversário dela.

— Mas é só em agosto.

— Todo mundo quer que as coisas aconteçam pra ontem... A natureza não é assim.

Lado a lado, começamos a plantar. As mãos de papai estão sujas de terra, e trabalhamos juntos em silêncio, metodicamente. Quando terminamos, vamos para um trecho de solo vazio, preparado para o plantio de legumes, e ele me entrega vários pacotes de sementes.

— Abobrinha, ervilha e beterraba... semeie em fileiras. Garanta que fiquem bem enterradas, lá no fundo.

Sacudo o pacote para as sementes caírem na palma da minha mão.

— É difícil acreditar que essas coisinhas vão se transformar disso... para aquilo — digo, maravilhada, olhando para os montinhos minúsculos e secos na minha mão e para a fotografia de uma abobrinha grande e gorda no pacote. — Parece impossível.

— A natureza nos ensina a ter paciência e fé. A vida é só um ciclo, sabe. As coisas podem parecer mortas, mas elas sempre voltam à vida...

Encontro os olhos cinza-claros do meu pai, parcialmente escondidos pelas sobrancelhas volumosas. Não estamos mais falando de jardinagem.

— Lembre-se disso, meu amor. Quando a vida enterrá-la debaixo de todo o sofrimento e da decepção, pense em uma semente. Ela precisa ser enterrada para poder crescer. É assim que a magia acontece. Mas você precisa ter fé. Não se esqueça. Paciência e fé.

Sou grata por:

1. *O veterinário da cidade, por ter salvado Arthur depois que ele fez sua própria caça aos ovos de Páscoa esta noite e engoliu todo o chocolate que as crianças do vilarejo não encontraram.*

2. *Celebridades, por compartilharem fotos de suas viagens de Páscoa extremamente necessárias nas Maldivas e nos contar que para sermos felizes precisamos #pararderolarofeed e comprar os novos produtos deles #linknabio, o que me lembrou de comprar o microfone para o meu novo podcast e #falarareal.*

3. *Papai, por ser o único homem com quem sempre posso contar.*

4. *Ser uma semente.*

Minha primeira confissão

Estou de volta a Londres e meu microfone chegou hoje. Sentindo-me uma apresentadora da BBC, eu o instalo na minha escrivaninha e faço alguns testes, testando, um dois três.

Depois de pesquisar um pouco, descobri que começar seu próprio podcast é bem simples, mesmo para alguém como eu, que ainda não aprendeu como usar a Siri e ignora firmemente todas aquelas notificações de atualização de software que me perturbam mais que minha própria mãe. Só precisei baixar um aplicativo gratuito, agora é escolher um nome e gravar meu primeiro episódio. Moleza!

O próximo passo é decidir como vai se chamar. Franzo a testa olhando para a tela. Esta é a parte mais difícil. Estou sentada aqui há séculos tentando pensar em alguma coisa realmente inteligente e sagaz, e nada me ocorre. Preciso pensar em um título que seja descolado, estiloso, confiante, atual...

Basicamente tudo que eu não sou nem um pouco. Ah, dane-se. Vou só chamá-lo do que realmente é.

Limpo a garganta e tomo um gole de minha lata de gim-tônica para acalmar os nervos. De repente, sinto um tsunâmi de nervosismo. O que é ridículo. Não é como se alguém fosse realmente ouvir esse podcast um dia. Só estou colocando as coisas para fora.

Dou uma batidinha no microfone.

Ok, aí vamos nós. Não sei bem por onde começar, então vou direto ao ponto... aperto o botão para gravar.

"Olá e sejam bem-vindas a Confissões de uma fodida de quarenta e tantos, o podcast para todas as mulheres que se perguntam como diabos vieram parar aqui e por que a vida não é exatamente como imaginaram que seria."

146

Pigarreio, nervosa.

"Este programa é destinado a qualquer pessoa que já olhou para a própria vida e pensou que o rumo que ela havia tomado não fazia parte do Plano. Que já se sentiu como se tivesse deixado a peteca cair, ou como se tivesse perdido o barco, e ainda está tentando desesperadamente entender o que está acontecendo, enquanto todo mundo ao redor está assando brownies sem glúten."

Ou talvez eu seja a única pessoa que se sente assim? Talvez isso só aconteça comigo? Faço uma pausa, repentinamente assolada por dúvidas, mas continuo.

"Mas primeiro, um aviso: não pretendo fingir ser uma especialista em nada. Não sou uma guru de estilo de vida, nem uma influencer, o que quer que isso seja, e não estou aqui para promover nenhuma marca. Nem tentar vender nenhum produto. Nem lhe dizer o que fazer, porque, francamente, eu também não faço a menor ideia. Sou apenas uma pessoa se esforçando para reconhecer a própria vida bagunçada em um mundo de vidas perfeitas de Instagram, e se sentindo meio que uma fodida. Pior ainda, uma fodida de quarenta e tantos. Uma pessoa que lê uma frase otimista e se sente exausta, não inspirada. Que não está tentando conquistar novos objetivos, ou impor mais desafios a si mesma, porque a vida já está desafiadora o suficiente. E que não se sente #abençoada ou #vencedora, mas principalmente #nãofaçoideiadequeporraestoufazendo e #possodarumGoogle?"

Engulo em seco, sentindo minha confiança aumentar. Dane-se. Se eu for a única pessoa que se sente assim, que seja. Vou colocar para fora.

"E foi por isso que comecei este podcast... para falar a real, pelo menos para mim. Porque o Confissões é um programa sobre as atribulações e os testes diários de como é se ver no lado errado dos quarenta, só para descobrir que as coisas não saíram como você esperava. É sobre o que rola quando a merda acontece e ainda ser capaz de rir do caos. É sobre ser honesta e dizer a verdade. Sobre amizade e amor e decepção. Sobre fazer as grandes perguntas e não obter nenhuma resposta. Sobre recomeçar quando você achava que já teria terminado."

Agora estou me empolgando.

"Nos episódios, que serão apresentados em forma de confissões, vou compartilhar com vocês todas as partes tristes e as engraçadas. Vou falar sobre me sentir inadequada e confusa e solitária e com medo, sobre encontrar esperança e alegria nos lugares mais improváveis, e sobre como nem todos os livros de culinária de celebridades e avocado toasts serão capazes de te salvar.

"Porque se sentir uma fodida não tem a ver com ser um fracasso, tem a ver com fazerem você se sentir um fracasso. É a pressão e o pânico para dar check em todas os itens da lista e alcançar todos os objetivos... e o que acontece quando você não consegue fazer isso. Quando você se vê do lado de fora. Porque, em alguma medida, em algum aspecto da sua vida, é muito fácil sentir que você está fracassando quando todos ao seu redor parecem ter sucesso."

Faço uma pausa, com o coração disparado.

"Então, se houver alguém por aí que também esteja passando por qualquer uma dessas situações, tomara que este podcast faça você se sentir menos solitária."

Respiro fundo.

"Porque agora somos duas. E duas pessoas já formam um grupo."

Deixe a neve cair

A natureza é muito parecida com a vida. Justo quando eu estava pensando que finalmente o pior do inverno já tinha passado e que eu poderia aposentar minhas blusas de frio cheias de bolinhas (que a essa altura já são mais bolinhas que blusas), e que estávamos entrando de vez na primavera, ela me pregou uma peça.

Está nevando.

Alguns dias depois de voltar de Lake District, acordo e abro as persianas, então descubro que a rua está coberta por uma camada branca fofinha. Flocos grossos e pesados de neve espiralam diante do vidro da janela e pousam suavemente na calçada, e por alguns instantes fico parada ali, sentindo uma onda de alegria infantil.

Depois de engolir uma torrada queimada e tomar alguns goles de café, saio com Arthur, que imediatamente salta empolgado pela neve fresca. Tem um toque de magia na primeira neve de uma cidade. Que romântico, penso com melancolia quando vejo um casal parar para tirar uma selfie, como se fossem dois bonequinhos em um globo de neve.

Enquanto atravessamos o gramado, que agora está completamente branco, ouço gritinhos de alegria e vejo crianças de galocha e gorros de lã sendo empurradas em trenós e jogando bolas de neve. Devem ter cancelado as aulas hoje. Quando Arthur para para farejar, reparo em uma garotinha fazendo um anjinho na neve. Ela está balançando os braços animada, enquanto a mãe tira uma foto.

Olho para Arthur.

— Vamos tirar uma selfie na neve?

Levantando a perna, ele faz a neve abaixo ficar amarela. Pensando bem, acho que não.

*

Seguimos em direção ao parque e coloco os fones de ouvido para ouvir um podcast — estou fazendo pesquisa para o meu programa e descobri alguns de que realmente gostei —, quando de repente me sinto como Arthur quando ele vê um esquilo. Paraliso na hora e todo o meu corpo se tensiona. ALERTA DE PAI GOSTOSO. Eu o vejo do outro lado da rua. *Johnny*. Está de gorro de lã e bebendo café em um copo descartável. Super fofo.

Enquanto isso, eu estou usando as galochas de Edward, cobertas de creosoto, minha jaqueta que parece um saco de lixo e uma luva. Não estou fofa. Ok, continue andando. Tomara que ele não me veja. Abaixo a cabeça e me concentro em Arthur, puxando a coleira quando ele diminui a velocidade para cheirar o portão de alguém. Não quero outro episódio de merda na entrada da casa de um desconhecido. O que me lembra que nunca voltei lá para buscar minha outra luva...

— Oi de novo.

Levanto os olhos e ele está na calçada, bem na minha frente.

— Ahm, oi... oi! — Sorrio, alegre, tirando os fones de ouvido.

Por que a gente sempre tromba com alguém quando está horrível e *nunca* quando fez escova? É tipo uma lei cósmica terrível.

— Não sabia se você me reconheceria vestido.

Não consigo pensar em nenhuma resposta sagaz.

— Estou brincando. — Ele ri.

— Ah, sim, claro.

Aposto que você imaginou que, pela minha idade, eu seria uma profissional do flerte. Afinal, tenho uma vida toda de experiência com homens. Boas *e* ruins. No entanto, diante de um homem que acho muito atraente, não me sinto muito diferente de quando eu tinha treze anos e tinha um crush no entregador de jornal.

— Oi, Arthur.

Arthur balança o rabo quando o Pai Gostoso se abaixa para fazer carinho nele. Aproveito a oportunidade para olhar para

150

as suas mãos e bancar a detetive de alianças, mas ele está de luva outra vez.

— Então, gostou da aula?

Em retrospecto, eu tive a oportunidade perfeita para olhar para as mãos dele na aula de arte, mas digamos apenas que eu estava distraída demais com outras coisas.

— Foi ótima!

Será que a resposta saiu um pouco empolgada demais? Lembre-se: ele estava pelado.

— Foi muito interessante — tento me corrigir. — A coisa toda da perspectiva...

E agora consigo perceber que estou entrando em território perigoso. Deve haver alguma regra em relação a nunca falar de perspectiva quando estamos falando do pênis de um homem.

— Que bom. Sei que algumas pessoas ficam bem constrangidas.

— Sério? — Finjo surpresa.

— É, sabe, *algumas pessoas*. — Ele faz uma careta.

Estalo a língua e reviro os olhos.

— Ai, sim. Sinceramente, *algumas pessoas* podem ser tão imaturas.

— E cabeça fechada. — Ele assente.

— É mesmo, né? — concordo. — Eu não. Sou muito cabeça aberta. Quando você chega à minha idade, já viu de tudo.

— Então nada te choca, hein? — Ele sorri e dá aquele tipo de piscadinha que teria feito meu eu mais jovem pensar que ele estava flertando, e faz meu eu de quarenta e tantos se perguntar se não é menos uma piscadinha e mais um apertar dos olhos, porque a vista já está "ficando fraca". Algo que quando mais nova eu nunca havia prestado muita atenção, mas que recentemente entrou no vocabulário das minhas amigas e agora é sempre comentado com certo medo resignado.

— Não muito. — Rio, embora não tenha certeza de como essa imagem minha combina com aquela em que estou sentada no sofá em casa com meu cobertor elétrico numa sexta à noite assistindo à Netflix.

— De todo modo, eu esperava mesmo encontrá-la...

— Esperava? — Meu estômago revira um pouquinho.

— Sim — ele assente. — Tenho uma coisa pra você.

— *Ah, tem?* — Minha mente se agita. O que raios pode ser?

Ele começa a remexer no bolso da jaqueta.

— Estou carregando faz um tempo já... — Então tira algo do bolso. É preto e brilhante.

De repente, a verdade me atinge com horror. *Por favor, que ele não esteja segurando o que acho que está.*

— Da última vez que nos vimos, reparei que você estava usando uma só... então, quando vi esta aqui, somei dois mais dois... e temos um par. — Ele a segura estendida na minha direção, sorrindo.

— Minha luva — digo fracamente.

— Não se preocupe, foi lavada.

Minha luva brilhante e cagada.

— Obrigada. — Morta de vergonha, pego apressada a luva da mão dele. — Eu estava me perguntando onde tinha perdido... — Forçando um sorriso alegre, visto a luva e abano as duas mãos abertas para ele. — Nem consigo imaginar onde ela foi parar.

— Estava na entrada da casa da minha irmã.

Pode me matar agora mesmo.

— Ah, que sorte!

— Foi mesmo, né? Estava deixando meu sobrinho quando a vi atrás das latas de lixo reciclável.

— Seu sobrinho?

— Oliver. Você o conheceu no pub... ele ficou apaixonado pelo Rei Arthur.

— Ele é seu sobrinho? — De repente, esqueço de todos os pensamentos sobre a luva. — Pensei...

— Que fosse meu filho? — Johnny ri. — Eu sei. São os genes dos McCreary. Não, sou apenas o tio divertido.

— Entendi. — Sorrio, mas ainda estou absorvendo essa reviravolta na história.

— Então... — Ele para de falar e por um momento ficamos em silêncio. — Que bom que agora o seu par de luvas está completo.

— Ah... sim, obrigada. — Não quero nem começar a pensar em quem deve ter lavado. Ou que era o cunhado dele me observando da janela. — Bom, preciso ir.

Puxo Arthur, que, já cansado de esperar, está dando voltas ameaçadoras pela neve. Ele olha para mim com a mesma expressão descontente que meu pai olha quando batemos na porta do banheiro quando ele está lá dentro. Bem, ninguém mandou ele entrar lá com o jornal de domingo.

— Quem sabe a gente se vê de novo na aula de arte?

— Sim, quem sabe.

Então, acenando para ele com minha luva, arrasto Arthur pela calçada.

Sou grata por:

1. *Poder olhar em retrospecto, porque me dá a habilidade de transformar coisas que pareciam totalmente constrangedoras no momento em que aconteceram em algo completamente hilário horas depois, quando estou contando para Liza.*

2. *A alegria inesperada que senti ao brincar com Arthur na neve, embora os anjinhos de neve dele sejam péssimos, porque são basicamente ele rolando por cima de cocô de raposa.*

3. *Anos de prática atirando bolas de neve com meu irmão mais novo, então, quando fui pega no fogo cruzado entre os adolescentes da minha rua, eu soube revidar com tudo com uma bola congelada.*

4. *O capacete de bicicleta de Edward, que o salvou de uma concussão quando ele pedalava de volta para casa; minha mira nunca foi meu ponto forte.*

5. A capacidade de rir de mim mesma, que, diferente da minha visão, não está ficando nem um pouco fraca.

6. Mais material para o meu podcast, que, quando ouvi a gravação no dia seguinte, achei um pouco constrangedor — não parece nada com meu verdadeiro eu, e sim comigo tentando soar elegante ao telefone.

7. A descoberta de que o Pai Gostoso Casado agora é o Tio Divertido Solteiro.

Tchauzinho

Cruzar com Johnny ontem me deixou pensativa. Parece que, nessa idade, muita coisa está "ficando fraca". Se não são os olhos, são os braços... ou os joelhos... ou o pescoço... é como estar em um leilão, só que os lotes não são uma bela cômoda de mogno ou um par de castiçais de prata; são as partes do meu corpo. Tudo vai se afastando, até que parte de vez. VENDIDO!

Embora não dê para saber para onde vai a visão boa ou a força nos braços. Mas certamente não é para algum lugar divertido, como Ibiza ou o sul da França, que são os únicos lugares para onde quero ir, para ser sincera.

Grupo de WhatsApp
Chá de bebê da Michelle

Fiona
Só um lembrete, pessoal, é às 13h amanhã, ansiosa pra ver todos lá.

Holly
Eu também, vejo vocês lá.

Qual é o endereço mesmo?

Holly prontamente manda um link do Google Maps com o trajeto.

Obrigada. É um restaurante?

Annabel
Não, é a minha casa.

Eis que ela surge do mais absoluto nada. Mas que porra? Annabel está no nosso grupo de WhatsApp?

Fiona
Esperem só até ver a casa dela, meninas, é maravilhosa!

Annabel
Não esqueçam de trazer roupa de banho, meninas!

Às vezes, na vida, não há palavras suficientes.

O chá de bebê

Para ser sincera, eu não estava muito empolgada para o chá de bebê desde o começo. Fui a alguns quando morava nos Estados Unidos, e sempre que me via em um círculo de mulheres brincando de "Adivinhe o cocô" com chocolate derretido e fraldas, sentia-me imensamente grata por esta não ser uma tradição que tínhamos adotado no Reino Unido.

Mas, como eu disse, muita coisa mudou desde que fui embora.

Não são só as brincadeiras bestas; é a pressão para comprar o melhor presente, embora eu nunca consiga evitar ficar um pouco supersticiosa em relação a comprar um presente antes de o bebê nascer. Aí tem o muito esperado bolo de fralda, uma tradução que espero seriamente que tenha permanecido do lado de lá do Atlântico, e a conversa interminável sobre gravidez e bebês. Que é natural, claro — é um *chá de bebê*, afinal —, mas se você não tem ou não quer ter um, é difícil não se sentir um pouco excluída.

Descobrir ontem que a Annabel Perfeita está organizando o chá na casa dela é a cereja no bolo — de fraldas. É claro que quero comemorar o fato de que Michelle vai ter um bebê e vê-la toda feliz e animada e sendo paparicada. Eu amo a Michelle. Ela é uma das minhas melhores amigas. Mas quando você não tem ou não quer ter filhos, e todas as outras mulheres ou estão grávidas ou são mães, o evento pode trazer agonia de diversas maneiras.*

---

* Aviso: nem todos os chás de bebê são terríveis. Em Nova York, fui a um de uma colega de trabalho em que fizeram uma comemoração realmente bonita; não eram permitidos presentes nem brincadeiras, e em vez disso fizemos pizzas e desejos para o bebê, que escrevemos em pedacinhos de papel e jogamos na lareira, onde foram levados como faíscas para o futuro. E sim, eu sei que tudo isso soa um pouco riponga, mas foi realmente tão lindo e riponga quanto parece.

Felizmente, a neve derreteu, então posso montar um look que não envolva galochas. Estava planejando ir de jeans e jaqueta, mas agora sinto uma pressão a mais e coloco um salto e meu único vestido decente. Até tento fazer uns cachos no cabelo com o babyliss, o que sempre termina com uma franja virada para o lado errado e dedos queimados, mesmo usando aquela luvinha que vem junto.

Mesmo assim, no final das contas, até que estou bem apresentável. Tanto que Arthur até late quando me vê descendo a escadas. Acho que ele nem me reconhece.

Pego o ônibus e depois o metrô até a estação mais próxima, então vou a pé o resto do caminho, mas é muito mais longe do que parecia no Google Maps e está ventando. Sinto meus cachos rapidamente se desfazendo, junto com meu bom humor. E então, de repente, ali está a casa. Bem de frente ao rio e envolta por um jardim murado enorme, como uma propriedade que veríamos nas páginas da revista *Casa e Jardim*.

Aperto o botão no interfone brilhante de bronze e tento não me sentir intimidada. Como minha mãe sempre diz, eu não ia querer limpar todas aquelas janelas. Além do mais, e daí que Annabel mora nessa casa enorme e chique e eu estou alugando um quarto? Dinheiro não compra felicidade, lembra?

Mas compra, sim, um monte de carros chiques estacionados no quintal de cascalho, uma piscina externa aquecida e uma torrezinha de pedra. *Uma torre mesmo*, reparo quando autorizam a minha entrada e o portão eletrônico se fecha atrás de mim. Ando pelo caminho até a casa, o cascalho fazendo barulho sob meus pés. Tem alguma coisa no som do cascalho que simplesmente soa rico. Isso me lembra de visitas a casas antigas da aristocracia. Dito isso, é uma merda quando você está de salto.

Estalando a língua com irritação enquanto arranho meu amado par de sapatos de salto fino da Gucci, que comprei no eBay depois de um leilão frenético, chego à opulenta porta da frente. Sou recebida por balões cor-de-rosa e uma senhora adorável chamada Mila, que me conduz ao hall de entrada com piso em mosaico e gentilmente se oferece para pegar meu casaco.

Então ela desaparece, e por um instante fico sozinha.

Estou quase tentada a fugir.

— Nell, seja bem-vinda. — Annabel aparece, bronzeada e descalça, vestindo algo que parece um vestido cor-de-rosa leve que exibe sua silhueta maravilhosa e me faz sentir terrivelmente malvestida. — Que ótimo que você pôde vir.

Dou um sorriso amarelo.

— Ah, esse convite eu realmente recebi.

— Isso é muito estranho, tenho certeza que mandei um convite para o aniversário do Max para o seu e-mail.

— É, não é? De qualquer forma, eu não teria conseguido ir. Estava cuidando das crianças.

— Ah sim, me falaram. Você é uma amiga e tanto. Perder uma festa incrível como aquela.

Agora eu sei de quem a Annabel me lembra: Villanelle, de *Killing Eve*.

Depois de me pedir para tirar os sapatos, o que me faz sentir baixinha e atarracada ao lado dela calçando minhas meias, ela me conduz pela casa para encontrar os outros. A decoração é exatamente como eu imaginava. As almofadas são fofas. As paredes são pintadas em tons de bom gosto com tinta da Farrow & Bal. Há peças de arte caras espalhadas pelo imóvel. É bem evidente que Annabel é uma pessoa que nunca comprou pacotes de velinhas na IKEA.

Até que finalmente chegamos à sala de estar, onde há uma montanha de presentes à vista e ainda mais balões cor-de-rosa, e um enorme círculo de mulheres ao redor de uma mesa cheia de comida. Tudo é cor-de-rosa. Annabel realmente se superou.

— Aqui, pode me entregar — ela diz, estendendo a mão para os presentes que levei.

Entrego ambas as sacolas. Além de uma coisinha para o bebê, trouxe os docinhos recheados de marshmallow e cobertos com chocolate que Michelle adora. Max me contou que ela os comia quando era criança na Escócia e nunca encontra por aqui, mas dei um jeito de encontrar. Estou bem satisfeita comigo mesma.

Annabel dá um gritinho quando os vê.

— Ahhh, não, acho que não — ela reprova, balançando um dedo. — Tem muitos aditivos químicos e ingredientes processados. Só comidas nutritivas e saudáveis são bem-vindas aqui. Vou deixá-los na cozinha, onde não farão mal a ninguém.

— Mas são os favoritos da Michelle — tento argumentar fracamente, mas sou rapidamente derrotada.

— É muito importante comer de maneira saudável, especialmente quando se está grávida. Experimente um cupcake de quinoa com cobertura de creme de castanha de caju e coco.

Quando ela me oferece uma bandeja da mesa, forço um sorriso. Preciso me dar bem com Annabel, não só pela Fiona, mas agora também pela Michelle.

— Hummm, parece delicioso — digo com educação, pegando um. Uau. Isso que é cupcake. Pesa uma tonelada.

Alguns garçons estão andando de um lado para o outro, servindo drinques.

— Smoothie de framboesa ou champanhe rosé — comenta Annabel — para quem não está grávida nem amamentando. Tudo orgânico, claro.

Claro.

Pego uma taça de bebida alcoólica muito necessária e olho ao redor em busca de um rosto conhecido. Estou ansiosa para ver todo mundo. Não encontro Holly desde o meu aniversário, e a última vez que vi Fiona ela estava com Annabel, então foi difícil conversar direito. Claro que Annabel está aqui novamente hoje, mas espero que fique tão ocupada como anfitriã que eu não precise interagir muito com ela.

Não estou vendo Holly nem Fiona, e Michelle está conversando com alguém, então troco algumas palavras educadas sobre os cupcakes de quinoa com uma mulher chamada Susan, que está reformando o loft dela para abrir espaço para uma "prole crescente", e Lisa, uma recém-casada que está grávida de seis meses do primeiro bebê e está fazendo hipnoterapia para o parto.

— E você? — pergunta Susan, animada. — Tem filhos? — Quando me torno o centro da conversa, sinto uma onda de decepção. Odeio essa parte. Sempre parece um baita tabu se você diz que não. Ninguém faz ideia do que responder. As pessoas não sabem se devem ter empatia ou fazer alguma observação sobre como você é sortuda e aí reclamar dos adolescentes mal-humorados que têm em casa. Por outro lado, também nunca sei o que dizer, porque sempre me sinto pressionada para explicar por que não tenho filhos, de uma forma que não tenho certeza se mulheres que têm filhos entendem. Basicamente é desconfortável para todo mundo, então sempre acabo tentando fazer uma piada sobre a situação para que as pessoas se sintam *menos* desconfortáveis.

Só que hoje não estou me muito no clima.

— Não. — Sorrio, esforçando-me para pensar em alguma coisa adequadamente positiva para acrescentar e valorizar minha resposta. Vasculho rapidamente o conteúdo da bolsa da minha vida, assim como quando estou procurando as chaves. Mas tudo que tem lá dentro é um noivado desmanchado, um negócio falido e uma mudança recente de volta para Londres para dividir o banheiro com um completo desconhecido. — Sou redatora de obituários.

Bem, foi a única coisa que consegui encontrar.

Susan e Lisa meio que congelam, e em seguida vêm vários murmúrios educados de "Ah, que maravilha" e "Você experimentou a abobrinha empanada? Está uma delícia".

*

— Olha você aí!

Muitas abobrinhas empanadas depois, sinto uma mão no meu ombro e, quando me viro, vejo Fiona.

— Desculpa, eu estava no banheiro. — Ela sorri, dando-me um abraço e me salvando de mais uma abobrinha empanada. — Como você está?

— Feliz em ver você! — Finalmente tenho uma comparsa com quem rir do bebê assustador com cor de carne feito de balões e dos cupcakes pesados feito chumbo. — Vejo que você foi coagida. — Sorrio ao ver que ela segura um cupcake.

— Não estão uma delícia? Já comi três! Você já experimentou um daqueles ovos recheados fofinhos que parecem bebês? E a salada de frutas, com o melão esculpido que parece um carrinho de bebê. Tão fofo!

Eu a encaro, boquiaberta. O que aconteceu com Fiona? Normalmente ela não aguentaria ficar séria.

— E a casa de Annabel não é maravilhosa? Você acredita que aquele é um Andy Warhol legítimo? E os sofás foram importados da Itália. Ela tem um gosto impecável. Você não achou?

Fiona está falando com empolgação genuína.

— Humm, sim, a casa é linda.

— Tudo que Annabel faz é tão fácil para ela. Vou pedir para ela dar uma olhada lá em casa e me dar umas dicas de design de interiores.

— A sua casa já é linda. Você não precisa de dicas.

— Ah, você é um amor, Nell, mas a Annabel disse que é importante manter a decoração atual e na moda...

Temo imaginar o que Annabel diria se um dia visse meu quarto alugado.

Por sorte, nesse momento Holly aparece, com jeito de quem acabou de sair da academia. É uma das poucas mulheres que conheço que usa roupa de academia para realmente ir à academia e não só fazer compras no supermercado.

— Desculpem o atraso. — Ela sorri, vindo em nossa direção. — Eu precisava dar um jeito de correr dez quilômetros esta manhã. O que perdi?

— Um tour pela casa e um desses aqui. — Coloco um cupcake na palma da mão dela, que desce visivelmente.

— Uau, quanta fibra.

— Bem a tempo. Garotas! Hora da entrega dos presentes! — Somos interrompidas por Annabel batendo palmas e ordenando que todas nos sentemos formando um círculo. Michelle parece deslumbrada e constrangida com tantos presentes, e todas bebemos champanhe (ou sou só eu?) e fazemos "ohhh" e "ahhh" para os macacõezinhos minúsculos.

Então é minha vez. Desisti de tentar pensar em alguma coisa especial, e os itens de caxemira eram caros demais, então, em vez disso, comprei um coelhinho de pelúcia fofo e meu creme hidratante favorito.

— Opa, você esqueceu de tirar a etiqueta de preço. — Annabel se atira sobre o frasco com o pretexto de ajudar e arranca a etiqueta com a unha de manicure perfeita. — Caramba, não sabia que vendia essa marca na loja de departamento.

Minhas bochechas pegam fogo.

Michelle sorri de um jeito agradável.

— Adorei os dois, obrigada, Nell.

Sorrio. As coisas têm andado um pouco esquisitas entre a gente desde que descobri sobre o aniversário de Max, e ainda não tivemos a oportunidade de conversar.

— E por último, mas não menos importante... — Annabel traz um presente enorme em um embrulho complexo.

— Ah, não precisava, isso é generoso demais...

— Imagina! — Annabel sorri enquanto Michelle, meio envergonhada, desembrulha um berço ornamentado e esculpido à mão, pintado de rosa pastel e coberto de laços cor-de-rosa combinando.

— Fiona e eu vimos na Páscoa quando estávamos em uma butiquezinha maravilhosa em Cotswolds, e eu sabia que você ia amar.

— Pensei que vocês estivessem acampando? — Eu me viro para Fiona.

— Os cristais nos laços são Swarovski — interrompe Annabel.

— A gente foi com a Annabel e o Clive para o chalé deles.

— Ah, entendi. — Assinto, mas me sinto estranhamente incomodada.

Rapidamente me recomponho. Por que importa se ela não
mencionou esse detalhe? Não é grande coisa. Minha amiga
pode passar tempo com quem bem entender.

— Você se divertiu na casa dos seus pais?

Normalmente, eu teria contado sobre Rich para Fiona logo
de cara, mas algo me impede.

— Sim, foi ótimo. — Assinto. — Muito bom.

*

Dou uma desculpa e me enfio no banheiro. Quando saio, consigo ouvir Annabel sugerindo que todo mundo aproveite a
piscina aquecida. Afasto-me de fininho e procuro abrigo na
enorme cozinha vazia, onde encontro os bolinhos cobertos de
chocolate. De pé no cômodo escuro, desembrulho um e estou
recostada no forno, enfiando a língua no recheio macio e planejando minha fuga, quando ouço passos.

Merda. *Annabel*. Enfio os bolinhos de volta atrás da chaleira
e me viro, tentando me preparar.

— Eu estava me perguntando pra onde você teria fugido.

É a Michelle.

Sinto uma pontada de alívio.

— Desculpa por ser uma estraga-prazeres.

— Somos duas. — Ela passa a mão na barriga. — Eu *não* vou
me enfiar num maiô. Ainda faltam dois meses, mas se eu pular
na piscina, não vai sobrar água lá dentro.

Dou risada, e nós duas sorrimos.

— Desculpa pela confusão no aniversário — ela diz depois de
um momento.

— Ah, não tem problema — dispenso as desculpas.

— Tem problema, sim. Eu ficaria bem puta se tivesse ficado
presa em casa com os três enquanto todo mundo estava numa festa.

— Eles foram ótimos, de verdade... — Michelle ergue uma sobrancelha. — Só deram um pouco de trabalho na hora de dormir.

— Você quer dizer que são cria do diabo?

Sorrio.

— Bom, eu não iria tão longe...

— Sabe, eu não tinha a menor ideia de que Annabel ia dar uma festa surpresa para o Max. Pensei que fôssemos só nós dois... pra ser sincera, eu preferia que tivesse sido só nós dois. Com as crianças e a promoção do Max, nunca temos a oportunidade de passar nenhum tempo a sós.

Ao ouvi-la, tenho a sensação de que Annabel forçou Michelle.

— Quero dizer, foi muito gentil da parte dela e tudo... e é a mesma coisa com este chá de bebê. No aniversário do Max, comentei que não tive chá de bebê nas minhas outras gestações, e ela imediatamente se ofereceu para organizar um. Tentei dizer não... ela é amiga da Fiona, na verdade, não minha... mas Annabel insistiu...

Nós nos olhamos, mas ninguém diz nada.

— Eu não queria ser mal-agradecida. É só que, você me conhece, isso não é muito a minha cara.

Não, é a cara da Annabel. Tudo diz respeito a ela. À casona chique dela. Ao presente enorme e caro. A ser a anfitriã perfeita.

Michelle de repente repara no meu bolinho recheado pela metade.

— O que você está comendo?

Recupero o pacote que enfiei atrás da chaleira e os olhos dela se iluminam.

— Ahhh, meus favoritos! Onde você encontrou?

— Eu comprei, mas a Annabel não queria que eu lhe entregasse isso. Ela disse que não seriam bons para o bebê.

— Dane-se. Eu cresci comendo esses bolinhos! São super nutritivos.

Ela pega um, desembrulha e dá uma mordida, e então, por alguns momentos, nós duas só ficamos ali paradas no escuro, saboreando cada mordida e gemendo de prazer.

— A propósito, eu não sabia que você vai ter uma menina — comento.

— Bem, aí é que está. — Michelle sorri. — Quando você acha que eu devo contar para Annabel que vamos ter um menino?

Sou grata por:

1. *A casa da Annabel ser tão grande, porque isso permitiu que Michelle e eu ficássemos escondidas na cozinha e comêssemos a caixa inteira de bolinhos recheados antes de sermos descobertas.*

2. *Perder jogos divertidos como "Gire a Bomba Extratora de Leite" e esquecer meu maiô.**

3. *Não desmoronar quando me passaram aquele macacãozinho minúsculo.*

4. *O episódio mais recente do meu podcast, onde confesso tudo isso, até a parte de me esconder no banheiro para ninguém me ver chorando.*

---

* Eu vi as selfies de Annabel de maiô no Instagram depois. Esquecer a minha roupa de banho não foi um acidente.

Puxando o gatilho

No domingo, consigo bater um papo com Liza. Ela está no carro, presa no trânsito na avenida expressa, como sempre, e me liga pelo WhatsApp. Falamos de assuntos aleatórios — conto a história do chá de bebê; ela resmunga em todos os momentos certos —, mas depois de cinco minutos tenho a sensação de que ela não me ligou só para jogar conversa fora. Tem Alguma Coisa Acontecendo.

— Então, eu vi o Ethan no fim de semana.

Meu coração dá um pulo só de ouvir o nome dele. Então é isso que está acontecendo. Estou tão desesperada para saber todos os detalhes quanto estou desesperada para não saber. Não pergunte, Nell. Não pergunte. Nada de bom pode sair daí.

— Como ele estava?

Há uma pausa. Eu me preparo.

— Ele conheceu uma pessoa.

É uma colisão de frente. Sou atirada no ar.

— Não queria que você ficasse sabendo pelos outros.

Um milhão de perguntas giram na minha mente. Escolho uma.

— Quem é?

— Apenas uma garota que ele conheceu numa festa.

Apenas uma garota. Liza fala como se não fosse nada de mais, mas parece uma granada para mim.

— Ela é bonita? — Eu me odeio imediatamente.

— Ela não é você, Nell, e nunca será.

Sinto um peso no peito. Parece que vou sufocar. Quero irromper em lágrimas. Não faço nenhuma das duas coisas.

— Não significa nada.

— Como você sabe?

Uma bola de mágoa sobe pela minha garganta e eu a engulo à força. Eu deveria ter superado. Deveria estar bem.

— Porque estou falando com você, não com ele. Não precisa significar nada pra *você*. — A voz dela soa determinada do outro lado da linha.

— Você foi embora, lembra? Você seguiu em frente.

A certeza de Liza é como uma rede surgindo embaixo de mim. Sinto as palavras dela me segurando enquanto caio.

— Segui? Segui mesmo? — Minha voz é quase um sussurro. Como uma atleta de corrida, ela me passa o bastão.

— Bem, isso é com você.

Sou grata por:

1. *Liza, que me conduz pela miríade de sites de relacionamento e escreve minha descrição, embora fique meio "ioga" demais e eu não tenha certeza de que me descreveria como uma "força espiritual da natureza".*

2. *Finalmente decidir tomar uma atitude e me expor ao mundo. Ethan seguiu em frente, e eu preciso fazer o mesmo.*

3. *Não ter ninguém para me ouvir gritar quando descubro que as pessoas com quem dei match parecem ter a mesma idade que os amigos do meu pai.*

4. *A tríade formada por salgadinhos de queijo, uma lata de gim-tônica e humor sórdido. Espera aí, será que eu posso colocar isso na descrição do meu perfil?*

Sexta-feira treze

No verdadeiro espírito da sexta-feira treze, decido aterrorizar a mim mesma.

Será que eu...

a) assisto a um filme de terror?

b) abro meu aplicativo do banco e vejo o saldo da conta--corrente?

c) tento tirar uma foto para meu perfil nos sites de relaciona-mento?

Vou te dar uma dica. Não é a alternativa a.

O bunker da perda

Faz só uma semana e, enquanto eu esperava que as únicas mensagens na minha caixa de entrada fossem ser um rolo de feno voando por aí, até que tive algumas respostas. Na verdade, até agora parece que já estou em três relacionamentos diferentes! Bem, quando falo *relacionamentos*, quero dizer *relacionamentos online*, pois são todos com homens que ainda não conheci na vida real e não tenho certeza de que algum dia conhecerei.

Lembra dos velhos tempos, quando alguém convidava você para tomar um drinque ou para ir ao cinema? Agora as pessoas pedem para te seguir no Instagram e te convidam para curtir a página delas no Facebook, e antes que você se dê conta, está tendo longas conversas pelo WhatsApp noite adentro e curtindo a foto fofinha da pessoa com o gato. Vocês se mandam emojis. E trocam mensagens com flertes. E compartilham links para artigos engraçados por e-mail.

Até que, no final da semana, você já conheceu toda a família dele no Facebook e já viu o que ele almoçou todos os dias, mas nunca falou com ele de verdade e ele nunca tentou marcar um encontro. É como se nada daquilo fosse real. Só existe na sua tela, e se você desligar o computador e o celular — *puf* —, tudo desaparece, como num conto de fadas moderno.

Mas pelo menos a Cinderela foi abandonada com uma abóbora. Hoje em dia é mais provável que seja uma foto de pinto.

— Uma o quê? — Cricket olha para mim como se não tivesse entendido direito.

Nós combinamos de nos encontrar em um café na Sloane Square e escolhemos uma mesa na janela. Estamos admirando a vista e bebendo chá e fazendo "ohhh" e "ahhh" para o bolo de chocolate, e tudo isso é incrivelmente agradável, mas agora a conversa passou para tópicos mais *detalhados*, por assim dizer, e estou contando a ela sobre minhas experiências de namoro até agora. Bem, ela perguntou. E imaginei que, considerando a postura que teve em relação à aula de desenho de modelo-vivo, conseguisse aguentar a dura realidade.

Cricket se inclina na minha direção.

— Desculpe, minha audição não é mais a mesma.

— Não, a sua audição está ótima — garanto a ela. — É isso mesmo que você ouviu.

— Você quer dizer...?

Passo o celular para ela. Na tela está a mensagem que acabei de receber. Ela nem sequer pisca.

— No meu tempo, isso se chamava "exibição". Eu me lembro que aconteceu comigo e Cissy uma noite, na plataforma na estação de Baker Street. Totalmente não solicitado. Cissy mandou o homem guardar aquilo na hora.

— E ele guardou?

— Não esperamos pra saber. Um trem chegou e nós fugimos para pegar a linha Bakerloo. — Ela dá de ombros. — Ninguém quer ver uma coisa dessas.

— O que eu não entendo é: por que um homem acharia que a gente quer?

Cricket toma um gole de chá.

— Bem, imagino que seja um pouco como quando eu tinha meu gato. Tibby levava insetos e animais mortos para mim. Ele os deixava orgulhosamente no tapete da entrada para eu encontrar de manhã. Sei que a intenção era se exibir e me agradar, mas era bem repugnante.

Não consigo evitar a risada.

— Não acho que este homem gostaria de ter o pinto comparado a um rato morto.

— Não, imagino que não. — Ela sorri. — Mas parece um pouco com um, não parece? — Ela espia de novo meu celular, ampliando a imagem com dois dedos.

Nós duas fazemos uma careta.

— Catherine, que surpresa boa!

A frase faz com que nós duas levantemos os olhos. Vemos um casal idoso bem-vestido parado ao lado da nossa mesa. O homem está segurando uma bandeja cheia de chá e bolinhos, enquanto a mulher carrega várias sacolas de compras. Duas crianças pequenas brincam ao redor das pernas deles.

— Lionel... Margaret. — Cricket assente. Vejo que ela fica um pouco surpresa, mas se recupera rápido.

— Como você está? Ficamos tão tristes quando soubemos do Monty... — Margaret é a primeira a falar.

Lionel complementa a esposa.

— Queríamos ter ligado, mas temos andado tão ocupados.

E então Margaret completa:

— Sabe como é.

— Claro que sim — diz Cricket, sorrindo abertamente, e sinto uma pontada de dor por ela. Sei exatamente como ela tem se sentido sozinha desde que Monty morreu. Essas pessoas não têm noção disso?

— Vimos o obituário no jornal. Que homenagem linda.

Ambos olham para Cricket com expressões que vão da empatia à pena.

— Obrigada. Esta é a autora do texto e minha amiga querida, Nell.

— Ah, prazer em conhecê-la.

Há uma confusão de "olá", "como vai você?" e apertos de mão antes que nossa interação cesse. Percebo pela linguagem corporal de Margaret que ela está desesperada para ir embora, mas Lionel atiça as chamas quase apagadas da conversa mais uma vez.

— Todo mundo estava perguntando de você no bridge.

— Bem, pode dizer a eles que ainda tenho o mesmo telefone. E que ainda jogo bridge.

Lionel não sabe se aquilo foi dito com a intenção de ser uma piada, então olha para Margaret para ver se deve rir ou não. Ela interfere rapidamente para resgatá-lo.

— Bem, talvez devêssemos organizar um jantar, não é mesmo, meu bem? — Ela olha para o marido, passando a mão na lapela do casaco dele para tirar um fio invisível, e então se volta para Cricket. — Sei que todos adorariam vê-la novamente, Catherine.

— Seria encantador. — Ela sorri com graça.

— Bem, vamos indo, estamos com nossos netos... Florence! Theo!

Há um barulho alto de bandejas e um grito cortante.

— Pestinhas! — Lionel ri, movendo-se para alcançar Margaret, que vai apressada até o balcão de sobremesas e a cena de caos que se desenrola.

— Corre lá, a morte pode ser contagiosa — observa Cricket enquanto vemos os dois se afastarem rapidamente. — Desculpe, isso foi maldoso — ela acrescenta, voltando-se para mim.

— Eles mereceram — respondo. De repente, sinto-me furiosamente protetora em relação a ela.

Mas Cricket apenas dá de ombros.

— Eles não são más pessoas, de verdade. É que muitos simplesmente não sabem como lidar com a morte. Ficam assustados. Têm medo de serem os próximos. A minha presença faz com que eles se lembrem da própria mortalidade, e ninguém quer uma coisa dessas, não é mesmo?

— Isso é ridículo.

— Pode até ser, mas é a realidade.

— Mas é tão injusto.

— Eles não fazem por mal. Muito pelo contrário. Já vi amigos e conhecidos manterem distância porque não querem te chatear ou dizer a coisa errada. O que eles não percebem é que você já está chateada, muito mais do que você poderia ficar com qualquer coisa que dissessem ou fizessem. É o silêncio deles que te chateia. Você se sente isolada. Abandonada.

Ouvindo-a falar sobre seus sentimentos de isolamento, eu me lembro de como me senti assim que voltei para Londres, quando passava finais de semana sozinha, sem ver nenhum rosto amigo além do de Arthur. Então eu conheci Cricket, e tudo mudou.

— Eles poderiam ter convidado você para jogar bridge — argumento, incomodada por ela perdoá-los com tanta facilidade.

— É diferente agora que não sou mais parte de um casal. Uma pessoa sozinha bagunça os números. Nós bagunçamos fileiras no teatro. Quartos de hotel. Pratos de domingo no pub para duas pessoas.

Instintivamente, estico a mão por cima da mesa e aperto a dela. Posso não ser uma viúva, mas sei como é estar solteira quando todo mundo ao seu redor faz parte de um casal.

— É por isso que você tem a mim. — Sorrio.

— Ah, você é uma querida. — Ela coloca a outra mão por cima da minha, e por um momento apenas ficamos ali sentadas, daquele jeito, até que de repente me dou conta.

— Meu celular. Cadê?

— Ah... achei que tivesse apoiado na mesa... — Cricket franze a testa. — Caiu no chão?

— Não.

Nós duas estamos procurando ao redor quando reparo em um garotinho sentado com Lionel e Margaret algumas mesas de distância, mergulhado em um celular. Ele está passando o dedo na tela como se estivesse vendo uma série de fotos, e agora Margaret acabou de perceber...

— Theo, o que é que você está olhando?

Ah, não. Por favor, Deus, não.

Sou grata por:

1. *Encontrar amizade no lugar mais improvável.*

2. *Não ter tido medo de mandar aquele e-mail para Cricket convidando-a para o show, ainda que na época eu tenha ficado preocupada que*

pudesse ser a coisa errada a fazer, pois agora entendi que é melhor fazer e dizer alguma coisa do que não fazer nem dizer nada.

3. O bloqueio de tela do meu celular.

Descida escorregadia

Tenho um encontro! Um encontro de verdade. E não apenas um daqueles encontros em cafés "só para garantir", mas realmente um jantar e drinques do tipo "estamos fazendo um esforço".

— É isso que eles querem dizer quando recomendam que você se proponha um novo desafio? — pergunto a Liza, olhando para a câmera do celular enquanto nos falamos pelo FaceTime e sacudindo o secador de cabelos de um lado para o outro, com a cama ao fundo cheia de pilhas de roupas descartadas. — Se arrumar para um encontro depois dos quarenta?

Já fazia horas que eu estava me arrumando quando ela ligou. Ainda me lembro de quando bastava passar um delineador rapidinho e investir em qualquer roupa que estivesse na promoção na Topshop para ficar maravilhosa. Agora demora séculos e custa uma fortuna, e isso só para parecer mais ou menos decente.

— Você está maravilhosa — encoraja Liza. Ah, amigas são incríveis, não?

— Eu deveria ter continuado na ioga — protesto, mudando de posição no espelho para mostrar a ela a roupa que escolhi. Preciso jogar fora metade das minhas roupas. São pequenas demais, curtas demais, ou mostram demais. Sou super a favor de ignorar toda aquela baboseira sobre se vestir da maneira apropriada para sua idade, mas não quero exibir por aí nenhuma ruguinha nem nada caído. No entanto, ainda quero parecer bonita, e um pouco sexy, e não como se faltasse só começar a ter pelo no queixo para começar a usar gola alta e brincos enormes.

— Você não ia para a ioga.

— Você deveria ter me obrigado a ir. — Agito os braços para ela ver o tríceps.

— Ninguém pode obrigar outra pessoa a fazer algo que ela não quer. De todo modo, eu temia pela segurança dos meus outros alunos. — Ela sorri.

Sorrio também. Finalmente.

— Já parou de se criticar? Você só está nervosa. Vai ser ótimo. Estou orgulhosa de você.

— Está?

— Você me inspirou a me abrir outra vez. Também tenho um encontro.

— Quê? Quando? *Com quem?*

Mas Liza apenas ri.

— Depois eu conto. Você precisa terminar de secar o cabelo. A franja está começando a enrolar.

Olho para a minha franja. Está começando a se curvar nas laterais, como pão velho.

Depois de desligar, ligo o secador no máximo e começo a atacar a franja com minha escova de cerda macia, quando de repente ouço um grito de gelar o sangue.

Mas que porra?

Desligo o secador. Silêncio. Eu me sinto aliviada e um pouco boba. Devo estar ouvindo coisas. Ou talvez tenha sido a TV do vizinho. Eles sempre deixam o volume alto demais.

Ouço um baque alto.

Isso não foi a TV do vizinho. Congelo. Tem alguém na casa? É segunda, mas Edward mandou mensagem mais cedo para me avisar que faria uma viagem de negócios e só voltaria amanhã à noite. Procuro Arthur, mas ele deve estar lá embaixo. Não o ouvi latir. Todo tipo de história assustadora começa a passar pela minha cabeça como um filme. Tiro o babyliss da tomada — essas coisas são letais — e abro a porta do quarto com cuidado.

— Olá...?

Nenhuma resposta. Mas invasores de casas não costumam se apresentar, né?

— Tem alguém aí? — Grito, minha voz tremendo um pouco.

De repente, ouço o barulho de uma tranca e a porta do banheiro é aberta. Uma silhueta aparece em meio a uma nuvem de fumaça, usando apenas uma toalha.

— Não, eu não estou bem!

— Edward! — gaguejo.

— Você está tentando me matar? — ele questiona.

Ok, essa ideia até passou pela minha cabeça em alguns momentos, mas...

Olho para ele em choque. Ele está de pé sem camisa no corredor; o cabelo molhado e todo enrolado, e ele está pingando por todo o piso de madeira.

Afasto os olhos depressa.

— O que você está fazendo aqui?

— Por acaso eu moro aqui, lembra?

— Mas você disse que estava viajando a trabalho... — começo, mas ele me interrompe.

— Mudança de planos. Marquei uma reunião importante amanhã, então voltei antes para casa e decidi tomar um banho. E foi então que QUASE QUEBREI O PESCOÇO!

Abro e fecho a boca várias vezes, como um peixe.

— E o que eu tenho a ver com isso? — finalmente consigo dizer.

— Bem, então você provavelmente não sabe nada sobre o fato de o banheiro estar tão escorregadio que eu precisei me segurar na cortina do chuveiro para não morrer? — De repente, lembro-me do longo banho de banheira que acabei de tomar com os óleos essenciais caríssimos que comprei especialmente para esta ocasião.

— Ah, é verdade, pode ter sido o óleo de banho...

— *Óleo de banho?* — Edward quase sufoca. — Parecia uma mancha de petróleo no oceano!

— Desculpa.

— Por que você não limpou depois que saiu?

— Eu ia limpar... achei que você não fosse voltar até amanhã...

— Isso é completamente irresponsável, para não dizer perigoso.

— Eu pedi desculpa.

— Quer dizer, quem é que faz um coisa dessas?!

— Você pode parar de gritar comigo?

— Não estou gritando! — ele explode, e então, parecendo repentinamente se dar conta da irritação, respira fundo e pigarreia. — Se você pudesse ser só um pouquinho mais cuidadosa da próxima vez... — Ele se interrompe para olhar para mim. — Você vai sair?

— Sim... Tenho um encontro — acrescento, dando satisfação da minha vida para Edward.

— Ah... entendi. — Ele assente. — Você está muito bonita.

— Obrigada. — Percebo que ainda estou sacudindo o babyliss. Abaixo a mão. — Você vai ficar em casa?

— Sim, acabei de voltar de uma aula de ioga. Vou encerrar o dia mais cedo.

— Nesse caso, será que pode dar comida para o Arthur?

— Claro. — Longa pausa. — Bem, boa noite.

— Obrigada, Edward. Para você também.

Sorrio, mas a expressão dele permanece impassível como sempre, e por um momento nós dois apenas olhamos um para o outro em lados opostos do corredor, antes de nos virarmos e nos recolhermos cada um ao respectivo quarto.

Sou grata por:

1. *Meu terninho maravilhoso, que cobre todas as partes que preciso que sejam cobertas, mostra um pouco do decote e, com sapatos de salto, me faz sentir que ainda estou no jogo.*

2. *A cortina do chuveiro que salvou a vida de Edward, caso contrário eu seria julgada por homicídio culposo.*

MAIO

#maydaymaydaymayday

Emergência

Você se lembra de quando era adolescente e "Mayday" era só uma frase que você ouvia em filmes de acidentes aéreos? Costumava ser bem mais divertido. Acelere para os quarenta e tantos e virou a vida real: Mayday, Mayday, Mayday.

Sentada em um restaurante italiano no Soho, olho desesperadamente para o relógio. Já passa da meia-noite e os garçons estão limpando as mesas ao nosso redor. Um deles já está até passando pano no chão. Todos os outros clientes já foram para casa, que é onde eu gostaria de estar. No entanto, meu acompanhante tem outros planos.

— Mais dois limoncellos, por favor.

— Claro — assente o garçom, deixando de lado o esfregão.

Pode esquecer a emoção dos filmes da TV; agora "Mayday" se tornou um pedido de socorro de emergência para me resgatar do meu encontro do aplicativo de namoro.

*

Nick parecia relativamente normal na descrição de seu perfil. Ele trabalha para uma empresa de esportes e incluiu viagens, vinho tinto e corrida como seus interesses. Gosto de duas dessas três coisas, o que não é ruim. Ele também parecia bem atraente nas fotos, nenhuma das quais eram closes pretensamente artísticos do rosto em preto e branco nem o mostravam pulando de aviões ou escalando o Everest. (Eu não fazia a menor ideia de que tantos homens em busca de relacionamentos online já tinham escalado o Everest. Parece ser quase um pré-requisito para estar em um aplicativo de relacionamento. Aquele pico deve estar lotado de homens solteiros tirando selfies para colocar em seus perfis nesses apps.)

Além disso, o mais importante: ele estava interessado em se encontrar na vida real. O que pareceria meio óbvio para mim, que venho do mundo obsoleto dos relacionamentos em que você realmente se vestia e saía de casa, e não simplesmente ficava largado no sofá com o celular mandando nudes e emojis, que sempre tenho dificuldade para decifrar, porque não sou fluente em emojês.

Então, fiquei tanto satisfeita quanto nervosa quando entrei e o reconheci já esperando no bar. Fazia muito tempo que não tinha um encontro. A vida antes de Ethan parece confusa e difícil de imaginar; menos machucada, mais esperançosa, com menos ansiedade e mais certezas. Eu tinha cinco anos e cinco quilos a menos. Ainda usava blusas de alcinha. E jeans de cintura baixa. Agora só uso coisas que posso pôr para dentro e mangas.

Nós nos cumprimentamos com um beijo educado em cada bochecha. Ele era um pouco mais baixo na vida real do que parecia nas fotos, e a loção pós-barba estava um pouco exagerada, mas abriu um largo sorriso que imediatamente me deixou à vontade.

Só que...

Eu sabia. Eu sabia desde o momento em que entrei no bar e pus os olhos nele: ele não era o cara.

— Oi... Nell?

— Oi, sim... prazer em conhecê-lo!

Enterrei o sentimento bem fundo. Estava determinada a dar uma chance. Eu não tinha passado todo aquele tempo me arrumando para dar meia-volta e retornar para casa. Além do mais, talvez eu estivesse errada. Eu já estive errada sobre um monte de coisas antes. Confie nos seus instintos, é o que dizem. Ouça a sua intuição, eles falam. Só que eu já tinha dado ouvidos aos dois e veja só onde fui parar: me acabando em lágrimas trinta mil pés acima do Atlântico; no vermelho depois de um negócio falido; dividindo o banheiro com um homem com quem não estou dormindo.

Em pé em um bar no Soho em uma segunda à noite, ainda procurando o amor na casa dos quarenta, e desejando que a calça desse terninho não fosse tão apertada na cintura.

— Bebida?

— Sim, por favor. Uma taça de vinho branco. Obrigada.

Na viagem de metrô até aqui, eu tinha decidido que era hora de finalmente usar a cabeça no que se referia a homens. A minha vida toda eu entrei em relacionamentos por diversas razões, e nenhuma delas havia sido particularmente razoável. Na verdade, "razões" provavelmente não é a palavra correta quando estamos falando da minha vida amorosa. Essa palavra dá a impressão de pensamento racional e deliberação, de pesar a personalidade de alguém e nossos interesses em comum. Não de uma série de momentos impulsivos e aleatórios, frequentemente envolvendo álcool, em que eu saltei, caí e fui destruída.

Olhos bonitos; uma pegação bêbada na festa de Natal do escritório; um piercing no nariz que eu sabia que iria chocar minha mãe. E lá se foi a minha casa dos vinte. *Puf*. E não vou nem começar a falar dos trinta. Passei mais tempo refletindo sobre que recheio colocar no sanduíche do que decidindo para quem eu iria entregar meu precioso coração, minha alma e os anos da minha vida.

— Então, Nell, o que você está achando do site de relacionamento?

— Você é meu primeiro encontro.

— Sou? Uau. Que honra. Uma virgem de relacionamento virtual!

E daí que não sinto faíscas nem friozinho na barriga? Faíscas e friozinho na barriga partem o seu coração e te deixam à beira da insanidade. Te dão altos cheios de adrenalina e baixos desesperada no chão da cozinha. Nunca usei heroína, mas frequentemente penso que deve ser como esse tipo de amor. É um vício. A ânsia antes de uma dose.

Mas nunca é suficiente. Você não é suficiente.

E eu não consigo mais fazer isso. Os altos não fazem os baixos valerem a pena. Meu coração está tão fragilizado e partido que mal consegue se aguentar, mais ou menos como a tela do meu iPhone. Mais um golpe e vai se estilhaçar para sempre.

— Então, Nell, me conta, o que você está procurando?

— Tipo, como assim, na vida em geral?

— Não, tipo em um parceiro.

— Ahmm, não sei muito bem... alguém gentil, engraçado... são. — Tento fazer meio que uma piada. Aquilo parece mais uma entrevista que um encontro.

— Ter os mesmos objetivos de vida é importante, você não acha?

— Ah, sim com toda certeza. Isso também.

Preciso parar com essas ideias românticas adolescentes. Casais que estão juntos há quarenta anos não falam sobre paixão e coração acelerado. Falam sobre firmar um compromisso e interesses em comum e segurança — olho para Nick e caio em mim. Ai, meu Deus, está acontecendo. É hora de parar de procurar por química e caminhar para o próximo estágio: *companheirismo*.

Eu costumava ler sobre companheirismo nas colunas de conselhos das revistas que minha mãe lê. Casais de meia-idade falando sobre como a faísca desapareceu e como não transam mais, porém pelo menos eles têm alguém com quem maratonar filmes e limpar o sistema de aquecimento central.

Pareceu terrível. Eu sempre relevei aqueles artigos do mesmo jeito que relevamos anúncios de elevadores para escadas e dentaduras com aparência natural, com um dar de ombros e uma sensação de alívio. Era jovem demais e estava ocupada demais com sexo maravilhoso para me importar com coisas chatas como companheirismo. Esse tipo de relação só acontecia com gente velha, mesmo que fosse o casal bronzeado e de cabelos prateados rindo com entusiasmo na propaganda do cruzeiro de inverno.

Mas agora aqui estou eu, várias horas depois, em um restaurante, ouvindo Nick me contar tudo sobre seu relógio Fitbit, mostrando como medir minha pulsação em repouso e quantas calorias estou queimando; e parte de mim está pensando que pelo menos ele seria alguém com quem eu poderia separar o lixo para reciclagem e fazer um cruzeiro.

— Posso conseguir um para você se você quiser. Tenho um cupom de cinquenta por cento de desconto.

— Ah... obrigada, é muita gentileza sua, mas acho que eu não ia usar.

— Poderíamos compartilhar nossas estatísticas, acompanhar quantos passos estamos dando, definir metas diárias e desafiar um ao outro... pense só! Tem tanta coisa que podemos fazer!

Sou grata por:

1. *O motorista do Uber que finalmente chegou para me resgatar.*

2. *O WhatsApp, por permitir que evitemos ligações telefônicas constrangedoras e por nos ajudar a manter as coisas numa boa, já que posso mandar uma mensagem educada dizendo: "Obrigada pela noite agradável, Nick. Adorei conhecê-lo, mas acho que não formamos um bom par. Tudo de bom. Nell". Junto com um emoji sorrindo.*

3. *A resposta de Nick, que chegou alguns segundos depois: "Concordo plenamente! Você foi mais rápida que eu. Tenha uma boa vida". Sem emoji sorrindo, mas com o cupom de desconto.*

4. *Meu coração bobo e corajoso, por se recusar a se contentar com qualquer coisa.*

5. *Ser capaz de separar o lixo para reciclagem sozinha.*

Fracassando

Então, estou ouvindo um podcast sobre como é importante fracassar. Toda semana, uma personalidade conhecida é entrevistada e fala a respeito de como seus fracassos a ensinaram a ter mais sucesso. Eu amo esse programa; fracassar é uma coisa em que aparentemente sou muito boa. É como descobrir um talento que eu nunca soube que tinha, como ser capaz de tocar piano ou falar espanhol fluentemente.

Bem, quase isso.

É com a parte do sucesso que estou tendo um pouco mais de dificuldade. Um emprego escrevendo obituários e um encontro não vão mudar o rumo da minha vida. E já estamos em maio! Mesmo assim, não há motivos para entrar em pânico. Uma vez assisti a um documentário sobre navios e como eles não podem mudar de direção abruptamente. É possível manobrá-los, mas é necessário fazer isso gradualmente. Talvez eu devesse pensar na minha vida como um grande navio que precisa fazer a curva devagar. Talvez eu seja um cruzeiro.*

Sou grata por:

1. Fracassar na carreira, caso contrário eu não teria conhecido a maravilhosa Cricket.

2. Fracassar em ser proprietária de uma casa, caso contrário eu não teria conhecido meu querido Arthur.

---

* Só para deixar claro, isso é uma metáfora, e estou falando de velocidade, não de tamanho.

3. Fracassar no meu relacionamento, caso contrário eu não estaria aproveitando a diversão dos relacionamentos online.

4. Meu senso de ironia.

A capa de chuva

Tudo na vida é uma questão de *timing*. Sua própria criação depende de um óvulo ser liberado no momento exato para que seja fertilizado pelo espermatozoide. No amor, o timing é tudo. Você pode conhecer a pessoa certa na hora errada e a pessoa errada na hora certa. Até mesmo na morte, o timing é muito importante. Então, quando Cricket me liga no fim de semana e diz "Estou pronta para mexer nas roupas do Monty", largo tudo e corro para a casa dela.

Porque não é importante apenas para aqueles que morreram, mas também para quem ficou.

Cricket me cumprimenta na porta, mas, em vez do costumeiro aperto de mão rápido, ela me dá um abraço atípico, e então me conduz para o andar de cima pela grande escadaria central, com hastes de latão nos degraus e o carpete gasto pelo tempo.

— Está na hora — ela diz, abrindo uma porta e entrando em um quarto. — E preciso da sua ajuda.

Monty partiu há meses e ela ainda não havia mexido nas roupas dele. Sempre que alguém gentilmente tentava trazer o assunto à tona, ela interrompia. Por que tanta pressa? Para mim, em particular, ela havia admitido encontrar muito conforto nas camisas do marido penduradas no armário, na capa pendurada no cabideiro da entrada. "Ainda não estou pronta", era o que sempre respondia quando eu me oferecia para ajudar. "Gosto de tê-lo por perto."

— Tem certeza? — Paro na porta.

— Absoluta. — Cricket assente. — Acordei esta manhã e simplesmente sabia. Sinto muita saudade do Monty, mas manter as roupas dele não vai trazê-lo de volta.

Ela abre o enorme guarda-roupa no canto do quarto. Está lotado de uma variedade de camisas e jaquetas de todas as cores do arco-íris, cada uma lutando por seu espaço.

— Monty não era organizado; nunca gostou de se desfazer de nada.

Eu me junto a minha amiga no quarto e olhamos para o conteúdo do armário, ambas levemente paralisadas pela tarefa diante de nós. As camisas, três para cada cabide de mogno, estão ombro a ombro com cabides de arame vazios, ainda com o plástico da lavanderia.

— O que você quer que eu faça?

— Quero que me escute — ela responde simplesmente. — Ninguém mais me escuta. Todo mundo quer me dizer o que fazer. Acham que estão cuidando de mim, mas sinto que estão me sufocando.

Então é isto o que eu faço: sento-me na beirada da cama e escuto.

— Eu mantive todas as coisas dele nos cabides porque isso me dava a sensação de que ele iria voltar. Abrir a porta do armário e ver tudo pendurado ali, poder tocar nas roupas e sentir o cheiro delas, é como se meu marido ainda estivesse aqui, como se fosse aparecer a qualquer momento e perguntar "Que camisa eu coloco?" ou "Qual gravata combina com o terno azul, Cricket?".

Ela faz uma pausa.

— Isso me faz soar ridícula?

Balanço a cabeça.

— Quando o meu primeiro namorado foi para a universidade, guardei a camiseta suada dele. Eu não a lavei, e toda noite eu dormia com ela no meu travesseiro.

— Ora, isso *sim* é ridículo — ela diz, e nós duas sorrimos. — Você sabe, Monty viajava muito a trabalho. Saía em turnê com uma peça e ficava longe por semanas... meses. Às vezes, eu ia com ele. No comecinho, quase nunca estávamos em casa. Vivíamos viajando, passando por teatros e casas de apresentações diferentes por todo o país...

Ela se interrompe quando um cartaz de teatro enquadrado de trinta anos antes chama sua atenção, pendurado na parede acima da cômoda.

— Eu achava aquilo muito glamoroso, mas a realidade era bem diferente. Esta é a mágica do teatro: você não vê o que está acontecendo nos bastidores; os camarins e as estações de beira de estrada gelados, os hoteizinhos sem água quente. — Cricket balança a cabeça de leve. — É claro que nos últimos anos as coisas eram muito diferentes. Monty sempre dizia que o sucesso e os prêmios dele não mudavam nada, a não ser não precisar viajar para mais longe do que West End para uma noite de estreia.

— Queria ter conhecido o Monty.

— Ah, você ia amá-lo. E ele teria *amado* você.

Voltando-se para o guarda-roupa, ela passa as pontas dos dedos pelas mangas da jaqueta, como se estivesse dedilhando um piano, mas é um som que só ela escuta.

— Assim que ele morreu, foi quase como nos velhos tempos outra vez. Como se ele estivesse apenas viajando, em turnê com uma peça, e fosse voltar... Eu quase me convenci... mas ele não vai voltar, não é?

Agora ela se vira para mim e vejo sua expressão.

Cricket está muito triste, mas tentando ser muito corajosa.

— Não. Não vai — digo com suavidade.

Ela assente, seu corpo ficando tenso, e pela primeira vez desde que a conheci, vejo seus olhos se encherem de lágrimas.

— Uma coisa que aprendi durante esse período terrível é que o luto não é linear. Você pode estar bem, e de repente o sofrimento vem do nada. São as pequenas coisas que fazem você se lembrar... Ontem mesmo eu estava no supermercado e me vi no corredor dos biscoitos, parada em frente ao favorito de Monty. Ele amava aqueles wafers de caramelo. Eu nunca liguei, mas ele era capaz de comer o pacote inteiro... e então caí no choro. De repente, aquilo me atingiu. Eu nunca mais compraria aqueles biscoitos para o meu marido.

Ao ouvi-la, sinto um constrangimento repentino. Todo esse tempo, eu estava confundindo a força e a compostura dela com falta de sentimento e vulnerabilidade. Cricket tem estado tão ocupada e dedicada que imaginei que estivesse lidando bem. Ela parecia tão forte que pensei que fosse feita de um material mais resistente que o resto de nós, e que de alguma forma não tivesse sido afetada pela perda do marido. Eu não fazia ideia de que, por trás da expressão corajosa e da cabeça erguida, ela estivesse sofrendo tanto assim. Seu estoicismo parecia pertencer a outra era, uma em que as pessoas se levantavam, sacudiam a poeira e simplesmente seguiam em frente, mas agora percebo que isso não quer dizer que ela está menos ferida. Cricket apenas esconde melhor.

— Chorando diante de um pacote de biscoito. Só Deus sabe o que as pessoas no mercado devem ter pensado de mim. — Ela funga fortemente e joga os ombros para trás. — Certo, então. É melhor começarmos. — E, tirando um monte de cabides do guarda-roupa, começa a espalhá-los na cama.

*

Dar um destino aos pertences de outra pessoa é como folhear um caderno da vida de alguém. Tudo tem uma história ou uma lembrança vinculada.

Gravata vermelha de seda: "Ele usou uma vez no baile de Natal do clube. Era black tie, a gravata precisava ser preta, então é claro que Monty usou uma vermelha. Ele era assim. Se você lhe dissesse para virar à esquerda, virava à direita".

Terno de linho verde-pistache: "Estávamos em Veneza para o festival de cinema. No caminho para o hotel, nos perdemos em uma rua lateral e ele por acaso viu esse terno em uma vitrine e achou maravilhoso. Muito italiano. Comprou para usar no festival, mas não fizeram a barra a tempo. Depois fomos a Forte dei Marmi e ele insistiu que queria usar o terno na praia, dobrando as calças para cima para poder remar. Monty nunca aprendeu a nadar, sabe. Ele dizia que se afogar nas próprias emoções já era suficiente".

Par de sapatos brogue de couro costurados à mão: "Ele tinha um sapateiro no East End. Monty teve poliomielite quando era criança, e sofria muito com os pés, mas jurava que aquele sapateiro conseguia tirar leite de pedra. Ele frequentou aquela loja por cinquenta anos. Ainda têm a forma de madeira do pé dele".

Capa de chuva: "Essa ele encontrou em um café em Paris. Tinha vinte e poucos anos, foi muito antes de nos conhecermos, mas eu me lembro de quando ele me contou a história. Aparentemente alguém a tinha esquecido no encosto de uma cadeira e Monty perguntou aos garçons se eles a guardariam, para o caso de o dono voltar, mas eles disseram que não, então ele ficou com ela. Era um pouco maior que seu tamanho na época, mas, como era um dramaturgo pobre, ele ficou muito feliz. Nos últimos anos, acabou ficando pequena demais, mas ele nunca conseguia se desfazer dela. Acho que o lembrava da juventude. Daqueles dias chuvosos em Paris na década de 1950, quando ele fumava cigarros Gauloises e ficava sentado em cafés escrevendo em seus cadernos e fingindo que era Hemingway".

*

Muitas horas depois, o guarda-roupa está vazio.

— Você tem sacos de lixo? Vou levar todas as roupas para o brechó beneficente.

— Sacos de lixo, não. — Cricket balança a cabeça com firmeza. — Esse terno espinha de peixe foi costurado por um dos melhores alfaiates da Savile Row e usado na Ópera de Viena. Jamais pode ver o interior de um saco de lixo, mesmo que seja temporário. Monty nunca me perdoaria.

Então, no fim das contas, embalamos tudo de modo organizado em malas de viagem — quatro malas grandes, daquelas antigas, com alças de couro e sem rodinhas —, mais dois grandes baús da época que Monty serviu no exército. Depois, chamamos um táxi, mas, em vez do Ford Galaxy que sempre vem, chega um grande e luxuoso Mercedes preto.

— Não precisam se preocupar, é o mesmo preço, é que eu era o primeiro carro disponível — diz o motorista, ajudando-me a colocar tudo no enorme porta-malas e no banco de trás.

Vou me despedir de Cricket. Foi um dia longo e emotivo.

— Só mais uma coisa — ela me diz depois de nos abraçarmos. — Você pode levá-las para um brechó em outro bairro? Sei que parece besteira, mas não acho que eu aguentaria topar com um desconhecido usando as roupas dele.

— Claro, tem vários perto da minha casa. Depois eu trago as malas de volta.

— Não tem pressa.

O motorista abre a porta para mim e entro no assento do passageiro.

— Sabe, isso que você fez hoje foi uma coisa importante — digo a ela. — Você foi muito corajosa. Monty ficaria orgulhoso.

Cricket sorri.

— Bem, ele certamente ficaria feliz. — Ela me entrega a última mala, que apoio nos joelhos, e então volta para a calçada enquanto o motorista já dá a seta para sair. — Mesmo depois da morte, ele ainda consegue viajar com todo o luxo com uma linda mulher que tem metade da idade dele.

Sou grata por:

1. Aprender que ouvir pode ser mais poderoso que falar.

2. O privilégio de ter passado a tarde com Monty.

3. O timing que me uniu a Cricket quando mais precisávamos uma da outra.

É complicado

Hoje à noite assisti ao jornal *News at Ten*. Deveriam trocar o nome dele para *Bad News at Ten*. Era uma notícia horrível atrás da outra. O mundo está um caos. Tem tanto sofrimento. Tanto terror e injustiça. A crise dos refugiados, nossos oceanos cheios de plástico, mudanças climáticas, crueldade contra animais, crimes violentos... a lista é interminável. Mas não são só as manchetes. Assisti ao documentário novo de David Attenborough outro dia e é difícil não pirar.

Como um ser humano, quando vejo essas coisas, sofro as emoções esperadas — horror, medo, tristeza —, mas também sinto uma certa vergonha. E não só vergonha em relação a como estamos tratando os habitantes do nosso planeta, mas vergonha porque os meus próprios problemas são completamente insignificantes quando colocados em perspectiva.

Como posso acordar com O Medo quando estou deitada na minha cama, segura e quentinha, e tem gente no mundo sem comida e sem casa? Como posso me olhar no espelho e ficar triste por causa dos meus joelhos flácidos quando mulheres mais jovens que eu estão morrendo de câncer e envelhecer é um *privilégio*? Como posso ficar triste por não encontrar meu final feliz quando boa parte do nosso planeta está sendo destruída? E como posso sequer me preocupar com minha carreira hesitante e minha vida amorosa fracassada quando temos o Brexit e Trump?

Em resumo, como ouso reclamar da minha vida quando tenho tanto em comparação a muitas pessoas?

A resposta é que eu não sei.

Mesmo.

Sei que todas essas coisas são verdade, e ainda assim sinto tudo isso. Os sentimentos trombam uns nos outros, assim como o paradoxo que a vida tão frequentemente é. Durante grande parte do dia, eu me esqueço do que é realmente importante. Assim como a maioria das pessoas, estou apenas focada em atravessar cada dia e as pequenas coisas que afetam a minha vida e as pessoas mais próximas a mim. Mas então fico sabendo de alguma tragédia ou assisto ao noticiário e de repente sou lembrada outra vez.

Vejo um pai soluçando em uma coletiva de imprensa porque a polícia encontrou o corpo de sua filha desaparecida, ouço falar de um amigo de um amigo que acabou de ser diagnosticado com alguma doença terrível, e juro para mim mesma que nunca mais vou reclamar de nada.

Mas é claro que reclamo. Todos nós reclamamos.

Antes que você se dê conta, está incomodada com a pessoa que furou a fila na sua frente e porque o seu trem está atrasado. Ou frustrada porque aquele cara não respondeu a mensagem ou porque outra pessoa no trabalho recebeu aquela promoção que você tanto esperava. Isso faz de você egoísta? Acho que apenas te torna humana.

Se envelhecer me ensinou alguma coisa, foi que eu *tenho* muitos sentimentos conflitantes sobre *muitas coisas* diferentes, e negá-los ou sufocá-los não faz com que desapareçam. Emoções não costumam ter uma bússola moral. Sentimentos não podem ser encolhidos até desaparecerem. Suprimi-los e ignorá-los vai apenas fazer com que voltem para pegar você na cadeira do terapeuta.

Aqui vai o que eu aprendi:

Posso sentir que não sei o que raios estou fazendo e me recusar a me olhar em espelhos com iluminação vinda de cima, e ainda assim participar da marcha das mulheres e lutar pra caralho. Posso chorar por aquele pai que perdeu a filha e rezar pelo amigo que não conheço, e alguns dias depois rolar o feed e me desesperar porque não estou tirando selfies na praia com meu marido bonitão. E posso me encantar com um pôr do sol e pensar em como tenho sorte, e depois acordar no meio da noite com O Medo.

Porque a vida é complicada. E nós também.

Sou grata por:

1. *Tudo que tenho e por ser grata por todas as minhas bênçãos,* mesmo quando as coisas não estão indo tão bem.

2. *O episódio mais recente do meu podcast, no qual confesso tudo isso, embora eu duvide que alguém esteja ouvindo. Acho que só estou falando comigo mesma e colocando tudo para fora. Mesmo assim, veja por este lado: pelo menos é mais barato que terapia.*

3. *Os vídeos engraçados de gatos, que sempre me fazem sorrir, mesmo quando o mundo está desabando ao meu redor.*

• O que é bem diferente de ficar humildemente me gabando por me sentir #abençoada.

O Facebook não é meu amigo

Desde que voltei para Londres comecei a dormir com o meu iPhone. Eu sei. Isso é péssimo. Toda aquela luz azul e aquelas coisas eletromagnéticas que destroem seus padrões cerebrais e sabe-se lá mais o quê. Quando eu morava com Ethan, éramos muito rígidos em relação a seguir a regra "Nada de Eletrônicos no Quarto", mas é um pouco mais complicado seguir assim quando você está alugando um quarto e todas as suas coisas estão dentro dele.

Além disso, é melhor que dormir sozinha. Meu celular e eu podemos passar um tempo juntos em nossos aplicativos. E o Google também sempre topa participar. Mas hoje à noite, quando navego no Facebook, vejo que Ethan foi tagueado em uma foto com uma garota em uma festa.

Só uma garota qualquer.

Não estava esperando por isso. Ele nunca usa as redes sociais. Eu esperava rolar por algumas fotos de velhos amigos de escola aleatórios e vídeos engraçados que as pessoas tivessem compartilhado. Não essa bomba. Sinto meu estômago embrulhar. Mesmo que Liza tenha me contado, ser confrontada com a realidade é difícil.

Analiso a foto com escrutínio. Ela é loira e bonita e parece ter pelo menos uns dez anos a menos que eu. Ethan está rindo e seu braço está em volta da cintura dela. Ele está bem. Parece que perdeu uns quilinhos.

Puta merda. O que aconteceu com aquela foto dele usando roupa de mergulho?

Eu me sinto desapontada e profundamente deprimida. Não estou indo a festas e rindo com o meu braço em volta da cintura de um homem. Não perdi peso. Estou comendo batatinha e escrevendo obituários e indo a encontros deprimentes com pessoas que conheci na internet. Lembro-me de Nick e de seu Fitbit. De Liza me dizendo que seguir em frente é uma escolha minha.

Dane-se. Saio do Facebook e abro o aplicativo de relacionamento. Tenho um mês de assinatura grátis, e ainda falta mais de uma semana para acabar. Não posso desistir depois de um encontro. Abro minha caixa de entrada. Liza estava errada. Não é uma escolha; é uma porcaria de uma questão de sobrevivência.

Um ato desesperado

Caixa de entrada: Você tem uma mensagem de SrMonteEverest

Oi, vi seu perfil e te achei bem bacana! Sou um cara sincero em busca de uma garota sincera, e gosto de sair e de ficar em casa, de ver filmes e de tirar selfies no Everest ☺ Será que você toparia tomar um café pra gente se conhecer melhor? Espero sua resposta. Bj, M

Enviada: Re: Você tem uma mensagem de SrMonteEverest

Oi, que coincidência, eu também gosto de sair e de ficar em casa! Adoraria te encontrar pra tomar um café e ver suas selfies no Everest. Bj, Nell

A fotografia

A primavera parece florescer da noite para o dia. Após meses de céu de inverno e infinitos dias úmidos e cinzentos, acordo e vejo que o céu está azul, que o sol está brilhando e que a rua está coberta de ipês cor-de-rosa floridos. Quando abro a janela emperrada, um ar doce e quente, como o aroma de roupas recém-lavadas, entra no quarto, e quando abro o guarda-roupa, escolho uma camiseta — uma camiseta de verdade.

Calço chinelos de dedo em meus pés invernais e vou direto para o brechó beneficente. Vou levar a última mala com as roupas de Monty. Deixei a maior parte delas na semana passada quando fui de táxi, mas uma das malas menores caiu atrás do assento traseiro e só foi encontrada muito mais tarde pelo motorista. Ele a trouxe no dia seguinte, mas tenho andado ocupada, então só vou levar hoje.

A senhora do brechó me reconhece quando entro.

— Você de novo!

Ela parece feliz ao me ver. Ficou bem evidente que as roupas de Monty eram de muito mais qualidade do que o conteúdo da maioria dos sacos de lixo deixados na porta da loja durante a noite.

— Só mais uma. — Aponto para a mala.

Ela abre um sorriso largo.

— Maravilha, obrigada. Vendemos muitos dos itens que você trouxe na semana passada. Já arrecadamos mais de mil libras.

— Vou contar para a esposa dele. Ela vai ficar feliz.

— Um momento tão difícil... — A expressão da senhora é de simpatia. — Espero que a reconforte saber que está ajudando os necessitados.

— Sim, com certeza vai.

Assinto, abrindo a mala e tirando de lá o restante dos pertences de Monty. Sei que ela está tentando ser gentil dizendo todas essas banalidades, mas, depois de ter testemunhado o sofrimento de Cricket, acho que não há muito conforto a ganhar quando alguém que você ama morre. É apenas uma questão de necessidade. De seguir adiante. De colocar um pé na frente do outro, inspirar e expirar.

— Quer conferir os bolsos, só para garantir?

— Não precisa, já fizemos isso...

— Bem, se você tem certeza...

Ela pega as peças e começa a esticá-las e pendurá-las nos cabides, deixando-as prontas para seus novos donos. Vejo-a pegar a capa de chuva que Monty encontrou em Paris e sinto um aperto no peito. Então me viro para sair.

— Ah, espere um minuto, querida! — A senhora me chama de volta. — Isto estava no bolso interno.

Ela está segurando um envelope. Eu o pego.

— Ah, obrigada. Que bom que você conferiu!

— Bom, estava aqui, veja... — Ela começa a me mostrar a capa de chuva. — Pode parecer apenas uma costura, mas na verdade é um pequeno compartimento secreto para guardar a carteira, o passaporte ou qualquer coisa importante que você não quer perder.

— Certo, entendi — assinto, guardando-o na minha bolsa. — Bem, obrigada outra vez.

Ela sorri com alegria quando me despeço e saio da loja. Só quando estou do lado de fora que pego o envelope mais uma vez e olho com atenção. Está endereçado a Monty, e a borda foi cortada cuidadosamente com um abridor de cartas. Eu meio que estava esperando que o selo fosse de Paris e que o envelope contivesse alguma carta de amor antiga de sessenta anos atrás, mas parece ser mais recente, e o selo diz España.

Quando viro o envelope, uma foto em preto e branco desliza para fora.

Foi tirada debaixo de uma árvore, e nela há dois homens abraçados.

Meu coração acelera um pouco. Aquele é...?

No verso da foto, há um pequeno texto: Monty, t'estimo per sempre, Pablo.

Sou grata por:

1. *Ter sido a pessoa que encontrou a carta e a fotografia, em vez de Cricket.*

2. *Ter tempo para pensar. Porque agora sou eu que tenho que decidir se conto ou não para ela.*

3. *Google Tradutor: a frase está em catalão e quer dizer "te amarei para sempre".*

Espelho, seta, manobra

Eu me lembro de quando estava aprendendo a dirigir e nunca conseguia ultrapassar. Meu instrutor tentava me persuadir a pisar no acelerador e ir com tudo, insistindo e exclamando "o caminho está livre!", mas eu ficava travada, resoluta, na pista mais lenta, avançando devagarinho.

Isso é basicamente uma metáfora para a minha vida hoje. Estou travada na pista mais lenta. Na verdade, não, é pior: parei no acostamento, com o mapa aberto sobre o volante, perguntando-me para onde raios devo ir.

Minhas acomodações não são exatamente ideais, mas são toleráveis. Tenho ido a encontros — não muito satisfatórios, mas mesmo assim. Tenho trabalho regularmente, embora o pagamento não seja muito bom, mas, somando com o que restou do empréstimo de papai, é o suficiente para pagar as contas. Sei que preciso fazer algumas grandes mudanças e dar um jeito de conseguir outra coisa, mas por enquanto tudo está meio que funcionando. Falei com Sadiq hoje e ele está bastante satisfeito com os meus obituários até agora. Ele me disse que tenho "uma mão boa para gente morta", e não sei muito bem como interpretar isso, então vou entender como um elogio.

A questão é que eu realmente gosto muito de escrevê-los, porque, de certa forma, é como trazer as pessoas que morreram de volta à vida. Além disso, a maioria das pessoas sobre quem escrevo são bem velhas, e descobri que, quando uma pessoa velha morre, tendemos a pensar "Ah, tudo bem, a pessoa era velha", e meio que relevar, como se a idade avançada fizesse delas pessoas diferentes de algum modo. Especialmente quando não as conhecemos.

No entanto, ao fazer minhas pesquisas, vejo que elas já foram jovens, com bastante cabelo, costas eretas e grandes esperanças; já se apaixonaram e se desiludiram, e fizeram coisas corajosas e maravilhosas, e viveram suas vidas, assim como estamos vivendo a nossa. Elas apenas estão à nossa frente, só isso. Vamos alcançá-las em algum momento, e quando isso acontecer, duvido que algum de nós vá pensar "Ah, tudo bem, somos velhos" e dar de ombros, resignados.

Cricket certamente não se sente assim, e eu também não a vejo desse jeito. No domingo, nos encontramos para um café e ela chegou de bicicleta, usando seu capacete novo, com estampa brilhante de leopardo. Nós duas nos tornamos grandes amigas e ela me convidou para ver uma exposição com ela no mês que vem no Victoria & Albert. Ainda não comentei nada sobre a carta e a fotografia que encontrei. Continuo sem saber se devo.

Já as minhas amigas, não as vejo desde o chá de bebê no mês passado, mas troquei algumas mensagens com Holly e Michelle. No entanto, praticamente não tive notícias de Fiona. Normalmente nos mandamos mensagens de voz pelo WhatsApp, mas nas últimas vezes ela não ouviu as que enviei, o que não é nem um pouco a cara dela. Normalmente, os símbolos de mensagem recebida e ouvida ficam azuis imediatamente. Ela deve estar ocupada com as crianças e David e a reforma da casa. No chá de bebê ela mencionou alguma coisa sobre Annabel ajudá-la a redecorar a sala de estar.

E tudo bem, é claro; eu só sinto falta das nossas conversas. E sinto muita saudade dela. Todas aquelas referências e piadas bobas que só ela entenderia. Mas, quanto mais tempo Fiona passa com Annabel, mais distante dela eu me sinto. A verdade é que uma grande parte de mim não consegue evitar sentir que a perdi. Que, enquanto estou aqui, no acostamento, tentando entender o que está acontecendo, ela já me deixou bem para trás e acelerou na pista da esquerda.

Sou grata por:

1. A viagem de Cricket para Dublin para o funeral de um velho amigo do teatro, o que quer dizer que tenho mais tempo para decidir se vou ou não contar a ela sobre o que encontrei — não vamos nos ver até a exposição.

2. Acostamentos, porque todos nós precisamos fazer uma parada de vez em quando.

Não é você, sou eu

Os aplicativos de relacionamento e eu terminamos. Meu período de teste expirou na semana passada e decidi não renovar. Fui a mais alguns encontros, mas todos foram bem horríveis. Não havia nada de errado com os homens em si (embora eu realmente tenda a preferir quando o cara não chega bêbado nem passa a noite inteira metendo o pau na "ex-mulher maluca"), então provavelmente foi minha culpa; afinal, eu era o denominador comum.

A questão é que sei que esses aplicativos funcionam para milhares de casais felizes, mas simplesmente não fui feita para isso. Ficar eternamente passando as fotos e trocando mensagens e tentando ser fofa e sexy quando, para ser sincera, sentada em casa de robe comendo batatinha, eu não queria fazer nada disso. Sei que algumas pessoas adoram. Elas são boas nisso. Todas aquelas provocações e brincadeirinhas do flerte online e os primeiros encontros. Eu era péssima. Fracassei enormemente. E, para piorar, tudo isso me fez sentir ainda mais falta de Ethan.

Então, acho que vou continuar com esse lance fora de moda de destino, de caminhos cruzados. Se o amor quiser me encontrar, ele vai.

Sou grata por:

1. *O botão de desativar nesse aplicativo de relacionamento.*

2. *Parar de rolar a tela, porque eu já estava correndo risco de pegar a síndrome do túnel do carpo.*

3. *O fim das fotos de pinto.*

A última gota (de plástico)

Não tenho visto Edward com frequência desde minha tentativa fracassada de Assassinato com Óleos Essenciais. Brincadeirinha! Eu não estava *realmente* tentando matá-lo. Embora esteja muito tentada esta manhã, quando entro na cozinha para fazer o meu café e o vejo mergulhado até os cotovelos na lata de lixo reciclável.

— Bom dia.

Ainda sonolenta, de roupão e chinelo, eu o ignoro e faço carinho em Arthur, que vem me cumprimentar, então pego minha cafeteira.

— Plástico-bolha não é reciclável. — Com as mangas da camisa dobradas arregaçadas, Edward tira o plástico do lixo como se estivesse numa daquelas brincadeiras em que você enfia a mão numa caixa de prêmios sem olhar e pega o que conseguir. Ele balança o plástico para eu ver.

— Por que não? É plástico.

— Não tem o símbolo de reciclável.

— E daí? — Reprimo um bocejo.

Edward quase sufoca.

— Por favor, me diga que você costuma olhar os símbolos para saber se algo é reciclável ou não.

— Acho muito confuso. Se é de plástico, eu só enfio no reciclável.

Após encher a cafeteira de água, pego uma colher e começo abastecê-la de café.

Pela expressão de Edward, parece que eu acabei de lhe contar que assassinei nosso vizinho. Ele arregala os olhos e trava o maxilar.

— Não é assim que funciona, Penelope. Se apenas um item não reciclável for incluído no lixo reciclável, todo o saco é contaminado.

Sinto, com razão, que estou levando uma bronca.

— Tudo bem, me desculpa, vou passar a conferir os símbolos direitinho. Mas se é de plástico, deveria ser reciclável — resmungo, apoiando a cafeteira no fogão de indução e ligando a boca da frente enquanto ele continua tirando coisas do lixo.

Ignorando meu pedido de desculpas, Edward começa a formar uma pequena trincheira de potes de vidro e garrafas plásticas ao seu redor.

— E você pode, *por favor*, lavar as embalagens direito?

Quando ele sacode uma lata de feijão na minha cara de maneira acusadora, sinto que estou tendo uma daquelas experiências extracorpóreas em que você olha para sua vida e pensa "*de jeito nenhum* isso estava nos meus planos para o futuro". Eu tinha tantas esperanças aos vinte e poucos. Imagine só se eu pudesse voltar no tempo e dizer a mim mesma que não, eu não estaria morando em uma bela casa com almofadas decorativas com cores combinando, e sim que eu estaria na cozinha de outra pessoa com uma lata de feijão sendo agitada na minha cara pelo marido de outra mulher. E tudo isso antes do café da manhã.

— O que é isso?

De repente, percebo que ele está inspecionando uma embalagem plástica de clareador de pelos, que eu uso no buço. Eu arranco da mão dele.

— Isso é mesmo necessário?

— Sim, Penelope, é necessário — Edward responde, parecendo satisfeito por finalmente ter minha atenção.

— Para de me chamar de Penelope.

— Por quê? É o seu nome.

— Porque ninguém me chama assim.

— Mas deveriam. Querem encurtar tudo hoje em dia.

— Bom, é um nome meio grande.

— São quatro sílabas.

— Exatamente.

— Se alguém não é capaz de fazer o esforço de dizer quatro sílabas, então você não deveria fazer o esforço de responder.

— É por isso que você insiste em ser chamado de Edward, em vez de Ed? — Cruzando os braços, recosto na bancada e espero o meu café ficar pronto.

— Meu nome é Edward. Não é uma questão de insistir.

— Ou Eddie? — sugiro. — Eddie é legal.

Ele franze a testa e afasta o cabelo dos olhos.

— Não me sinto um Eddie.

Eu o encaro. Ele realmente precisa cortar o cabelo. Está começando a crescer para os lados e não só para baixo. Mas quem sou eu para dizer isso? Não vou ao cabeleireiro há séculos, não tenho dinheiro para isso. Acho que vou tentar me aventurar com a tesoura antiga de cabeleireiro de mamãe.

— Não. Acho que não. Você não parece um Eddie.

Ele solta um suspiro.

— Pra quê esse desejo de encurtar o nome de todo mundo? Você acha que eles chamam a rainha de Liz?

— Sua majestade real Liz? — Rio. — Pode ser.

A expressão séria dele se suaviza.

— Eu gosto do nome Penelope. Combina com você.

— Parece o nome de uma tia solteirona. Ou de um boneco dos Thunderbirds.

— Lady Penelope. — Ele levanta uma sobrancelha e vira a cabeça, como se estivesse refletindo. — É muito elegante.

— Eu sou elegante?

— Bem, não, não o tempo todo. Mas você estava elegante na outra noite.

Inesperadamente, sinto que estou corando.

— Você fica ótima quando se arruma, Penelope.

— Ora, obrigada. — Sorrio e dou uma voltinha de roupão e chinelo.

Ele sorri também.

— É isso que minha mãe costumava fazer.

— É?

— Sim. Quando eu era criança, ela e meu pai sempre iam a festas. Eu já deveria estar na cama quando eles saíam, mas eu sempre escapulia e os observava da escada. Meu pai ia buscar o carro, e quando ele saía, ela sempre olhava para cima, dava uma voltinha pra mim e perguntava "Como estou, Edward?".

— E o que você respondia?

É a primeira vez que ele se abre comigo, estou intrigada.

— Linda — diz baixinho, e por um momento é como se ele não estivesse mais na cozinha, mas de volta à infância, espiando por baixo do corrimão. — Você está linda, mamãe.

— Aposto que ela é linda até hoje.

— Ela morreu quando eu tinha treze anos. Eu estava no colégio interno.

— Ah, sinto muito.

— Tudo bem — Edward responde prontamente. — Faz muito tempo. Meu pai se casou de novo. A Sue é muito legal. Faz bem pra ele. Os dois moram na França.

— Foi assim que você conheceu sua esposa?

— Sim.

Fico esperando Edward dar mais detalhes, mas não acontece. Ao contrário, ele muda de assunto.

— Mas então, como foi? O seu encontro?

— Horroroso. — Faço uma careta.

— Ah. Sinto muito.

— Não sinta. Ele era super legal... para alguém que quer cinquenta por cento de desconto em um Fitbit.

— Eu gostaria de cinquenta por cento de desconto em um Fitbit.

— Talvez você devesse ter ido ao encontro.

Isso o faz rir e não consigo deixar de me sentir satisfeita comigo mesma. Como se de alguma forma eu tivesse a aprovação dele. Sei que isso soa ridículo, mas Edward é difícil. Só tirar um sorriso dele já é uma baita conquista.

O som do meu café sendo filtrado nos interrompe. Ele olha no relógio.

— Preciso ir. Vou chegar atrasado no escritório.

Nós dois olhamos para a bagunça no chão e para Arthur, que está farejando tudo com curiosidade.

— Quer que eu arrume? — ofereço.

— Você faria isso? — Agora ele parece um pouco desconcertado. — Obrigado.

Baixando as mangas, ele lava as mãos na pia e desaparece no corredor.

Sirvo meu café. Finalmente. Paz.

Estou tomando o primeiro gole quando a cabeça dele reaparece na porta, já de capacete de bicicleta.

— Mas você pode, por favor, ler as...

— Edward — alerto. — Cala a boca e vai pro trabalho.

Ele parece surpreso, como se não pudesse acreditar que alguém tivesse falado com ele desse jeito, e por um momento me arrependo de ser tão direta; afinal, ele é o proprietário do apartamento.

Mas então ele sorri e, pela primeira vez, realmente faz o que digo.

Não é spam!

Acordo cedo na quinta-feira para terminar um obituário. Preciso enviar até o meio-dia, mas ainda falta uma informação e estou esperando uma fonte me responder um e-mail. Confiro a caixa de entrada. Nada. Eu me pergunto se foi parar no spam.

Dou uma olhada na pasta e encontro uma mensagem do aplicativo de relacionamento:

Você recebeu uma mensagem de um usuário.
Para lê-la, é necessário reativar sua conta.

Haha, até parece. Que tentativa descarada de segurar um petisco na frente da encalhada e tentá-la a reativar a conta e fazer login com as informações do cartão de crédito. Nananinanão.

Mesmo assim, clico no e-mail. A mensagem está bloqueada, mas há uma foto do usuário. Espera aí, esse é... Johnny!

Dou zoom. É ele. O Pai Gostoso... quer dizer, o Tio Divertido! Puta merda. Cadê o meu cartão de crédito?

Sou grata por:

1. *A mensagem dele, que li em meio segundo. Começa assim: "Ei, é você, Nell? Que loucura que nós dois estejamos nesse app". Depois fala que ele reparou que minha conta estava inativa, o que provavelmente significava que eu já tinha sido fisgada, mas, se não fosse o caso, para eu escrever para ele. E termina com: "PS: Você estava uma gracinha na neve!".*

2. Aplicativos de relacionamento, por me aceitarem de volta depois que terminamos.

3. Ser uma hipócrita, embora essa situação não seja exatamente o caso de conhecer alguém online, porque Johnny e eu já nos conhecemos antes — aleatoriamente em um pub, depois nu na aula de arte, depois na rua, na neve.

4. Ele ter dito que eu estava uma gracinha!

5. A resposta rápida dele em seguida, pedindo o número do meu telefone e me ligando imediatamente.

6. Um milagre.*

---

* Também conhecido como um baita ENCONTRO DE VERDADE com o único homem por quem me senti atraída desde o Ethan. UM ENCONTRO.

JUNHO

#diretoaoponto

Nunca é tarde demais

Recentemente li um artigo das famosas que não atingiram o sucesso ainda jovens. Aparentemente, Laura Ingalls Wilder, a mulher que escreveu a série de livros infantis Os Pioneiros Americanos, só teve sua primeira obra publicada aos 65 anos.

Sessenta e cinco!

Assim que li isso, fiquei imediatamente animada. Talvez o meu destino seja desabrochar mais tarde também. Reconfortada por saber que ainda não é tarde demais e que ainda tenho bastante tempo para realizar meus sonhos e aspirações, sinto-me tranquilizada e inspirada.

Mas é meio viciante. Agora, sempre que estou lendo um artigo sobre alguém que correu uma maratona, ou que começou um negócio de sucesso, ou que mudou de vida e foi morar na Toscana para reformar uma antiga casa de fazenda, logo procuro a idade da pessoa.

Cinco anos mais velha que eu? Olha só! Nunca é tarde demais! Não há motivos para entrar em pânico.

Dez anos mais nova? O que tenho feito esse tempo todo? Deprimida por dias.

Sou grata por:

1. Yuichiro Miura, do Japão, a pessoa mais velha a subir o Monte Everest, que chegou ao cume em 2013 aos oitenta anos.

2. Não ter a menor vontade de escalar o Everest.

Conversa no WhatsApp com Fiona

Oi, Nell, desculpa por não ter respondido, as coisas estão um pouco malucas com as mudanças na decoração da casa (agora estou fazendo a casa toda!) e as demandas da escola. Por sinal, na semana que vem promoveremos o dia dos esportes e a Izzy adoraria que você assistisse à corrida dela, você pode vir? Eu ia adorar ver você também!

Oi, sim, claro, vou adorar te ver

Ótimo! E como você tá?

Tenho um encontro com o Johnny!

Quem é Johnny???

Você sabe, o Pai Gostoso!

Fiona está digitando...

O cara pelado da aula de arte!

Que aula de arte???

Só que ele não é o Pai Gostoso, é o Tio Divertido.

Não tô entendendo nada!
Me conta semana que vem. Estou animada por você! Bj

Sou grata por:

1. *Ter sido convidada para o dia dos esportes na escola, porque realmente estou com saudade da Fiona e das crianças e vai ser muito legal revê-los.*

2. *Finalmente ter alguma coisa empolgante pra contar pras minhas amigas quando elas me perguntarem como estou.*

3. *Não ter ficado chateada quando percebi que Fiona não sabe do Johnny porque a gente mal se viu, nem ter ficado triste por não estarmos mais tão próximas como antes. Porque as coisas mudam e as pessoas mudam, e ela e Annabel têm muito mais em comum agora.*

4. *A gratidão ser uma prática diária, porque vou ter que praticar bastante em relação aos pontos acima.*

O primeiro encontro

Depois de um começo de mês um pouco deprimente, Londres resolve se esforçar um pouco para o meu primeiro encontro com Johnny. Céu azul. Sol brilhando. Agradáveis vinte e quatro graus. É um daqueles dias perfeitos de verão que fazem você se apaixonar outra vez pela cidade que a manteve prisioneira durante todo o inverno e a enganou durante a maior parte da primavera.

Para aproveitar o clima, decidimos nos encontrar para uma bebida no pub local, de frente para o rio. Mas parece que todo mundo teve a mesma ideia, e o lugar está lotado. Olho ao meu redor, para a multidão amontoada no terraço, com seus sorrisos, suas cervejas e suas Aperol Spritz, e então olho de volta para Johnny, sentado à minha frente à mesa de madeira. A felicidade chega a ser palpável.

— Então, me diz uma coisa, como é que você pode ser solteira? — ele pergunta, enquanto bebemos uma garrafa de vinho e eu decido oficialmente que este é o melhor lugar em que eu poderia estar, com ele, usando um vestido de verão e bebendo vinho rosé.

— Pelo mesmo motivo que alguém como você — retruco.

— Porque ainda não encontrou a pessoa certa? — Ele ergue uma sobrancelha.

— Você acha que todo mundo diz isso?

— Bem, é muito melhor do que dizer que você traiu, ou que é alcoólatra, ou que seu último parceiro te deu um pé na bunda porque você tem um fetiche sexual esquisito.

— Verdade. — Dou risada e acrescento: — Por quê? Você tem um fetiche sexual esquisito?

Ele ri.

— Só de vez em quando.

— E qual seria? — O vinho começa a fazer efeito e eu começo a flertar.

— Sinto uma atração esquisita por mulheres que usam apenas uma luva.

Solto um gemido.

— Eu levantei a bola pra você cortar, né?

— Acho que eu te influenciei — ele responde, rápido como um raio.

— Mas agora eu tenho duas, lembra? Então você está curado.

Os lábios de Johnny se curvam em um sorriso.

— Ah, não sei não. — Ele tenta encher nossas taças, mas só sobraram algumas gotas. — Acho que precisamos de mais uma garrafa.

— Não acredito que já bebemos tudo isso.

— Flertar dá sede — ele comenta.

*

Puta merda.

Assim que ele pede licença e vai até o bar, corro para o banheiro feminino. Estou desesperada para fazer xixi, porém, mais importante que isso, estou desesperada para ligar para Liza. Não consigo acreditar! Olha essa química. Eu não poderia ter desejado um primeiro encontro melhor. Assim que entrei no pub e Johnny me cumprimentou com um sorriso, qualquer medo ou nervosismo que eu pudesse estar sentindo desapareceu. Logo de cara nos sentimos à vontade um com o outro. Bem, acho que ver a pessoa sem roupa realmente quebra o gelo.

Não perdemos tempo. Contei um pouco da minha infância e da adolescência, de quando trabalhei como editora e me mudei para Nova York, e do meu recente retorno dos Estados Unidos. Admito que contei a versão editada, mas, quando conhecemos alguém novo, apresentamos uma série de "melhores momentos" da própria vida, não é? Quem precisa ouvir o lado B meio porcaria?

Ele contou da infância dele em Surrey com a irmã, e que jogava tênis profissionalmente — "nada nos padrões de Wimbledon", mas foi o suficiente para pagar a entrada da casa dele e para ganhar alguns troféus "para a mãe polir". Agora ele trabalha como instrutor de tênis em um clube particular, "quando não estou tirando a roupa", ele sorriu, e gostaria de abrir uma loja de discos de vinil no centro. Johnny é engraçado, tira sarro de si mesmo e é atraente, e definitivamente solteiro, depois de terminar com a namorada com quem ficou por dois anos, que recentemente voltou para o Canadá.

— Parece bom demais para ser verdade — digo quando ligo para Liza de dentro da cabine do banheiro.

— Pare de ser tão pessimista. Nem todos os homens são escrotos. Só aqueles por quem eu me apaixono.

— Estou com medo, só isso. De me machucar de novo...

Termino meu xixi e dou descarga.

— Acho que estou gostando dele.

— Quanto você bebeu?

— Duas taças de vinho.

— Tome mais uma.

Lavo as mãos e observo meu reflexo no espelho. Por sorte, o vinho suavizou as emoções, e eu me sinto um pouco tonta e distraída. Retoco o gloss, ajeito o cabelo e volto para o pub. Vejo Johnny sentado num canto em um daqueles sofás de couro macio com botões no encosto.

— Estava ficando um pouco frio lá fora. Achei que aqui seria mais aconchegante.

Minha taça já está cheia e, quando me esgueiro pela mesa baixa e me sento ao seu lado, minha perna nua encosta na dele.

— Obrigada. — Sorrio, aceitando a taça que ele me entrega e tomando um grande gole. Johnny comprou Côtes de Provence. Do mais claro; desce como água.

— Isso me lembra de quando nos conhecemos, quando você estava sentada em um canto no pub...

— Sim, eu me lembro. Era meu aniversário.

— Sério?

Por uma fração de segundo, desejo não ter mencionado aquela informação. Não quero que fique parecendo que não tenho amigos. Mas o vinho rosé está correndo pelas minhas veias e todos os meus filtros estão se dissolvendo rapidamente.

— Uhum, todos os meus amigos tinham compromisso, então acabei sozinha no pub com Arthur. Para ser sincera, acabou não sendo um aniversário ruim. — Sorrio ao me lembrar.

— Porque você me conheceu? — ele provoca.

Reviro os olhos.

— Na verdade, acho que foi o peixe com batata frita.

Johnny ri.

— Eu queria saber disso no dia. Teria sido bem mais fácil puxar papo com você. Eu poderia simplesmente cantar parabéns e pronto, embora eu cante mal pra caramba.

Estou olhando para ele totalmente surpresa.

— Você puxou papo comigo de propósito?

— Lógico.

— Eu não tinha a menor ideia.

— Como você não percebeu? Eu até mandei Oliver como meu emissário.

Arregalo os olhos.

— Isso é trabalho infantil!

— Ele ganhou um pacote de Haribo e uma hora a mais de tela... ficou bem feliz.

Johnny sorri e olha para mim com aqueles olhos azul-escuros, e, enquanto absorvo as palavras dele, sinto minha incredulidade se transformar em alegria.

— Eu pensei que você fosse pai dele. Achei que você fosse casado.

— Eu? *Casado?*

— Ué, não fique tão chocado. — Sorrio. — Não parece ser algo impossível...

Ele ri e toma um grande gole do vinho.

— Ou é?

— Você está me perguntando se sou do tipo que pensa em casar? — Os olhos dele brilham de divertimento.

De repente, sinto-me desconfortável.

— Não, não foi isso que eu quis dizer... Eu quis dizer... — Só que agora perdi o fio da meada e não sei exatamente o que eu queria dizer. Tomei vinho demais e minhas tentativas de flertar deram errado...

— Só estou brincando com você.

Dou um tapa nele.

— Desculpa, não pude evitar. Você me perdoa?

— Vou pensar.

— Bom, não pense demais.

— Por quê?

Então, antes que eu consiga entender o que está acontecendo, Johnny me puxa para perto e me beija.

*

Mais tarde, ele segura minha mão e me leva até em casa. Não me lembro muito do que conversamos, mas tem muita risada e aquelas brincadeirinhas de flerte que todo mundo menciona no perfil dos aplicativos de relacionamento, mas que eu ainda não tinha experimentado até agora.

— Retiro tudo o que disse sobre aplicativos de relacionamento. Estou totalmente convertida — digo quando paramos para Johnny colocar o casaco dele em volta dos meus ombros. É macio e está quentinho, e saboreio esse pequeno gesto. Quando você está solteira, não são só as coisas grandes que importam. Geralmente você repara nas coisas pequenas. Quando se está sozinha, não há ninguém para se importar se você está sentindo frio à noite.

— Você não gosta muito, então?

— Eu desativei minha conta. Só assinei de verdade quando recebi a sua mensagem.

— Eu deveria ter chamado você pra sair aquele dia na neve, teria lhe poupado as sessenta libras da assinatura.

— E os encontros — acrescento com pesar.

— Foram tão ruins assim?

— Acho que o do escape room foi o pior de todos.

Johnny ri.

— Mesmo assim, assumo total responsabilidade.

— Ah, não acredito nem um pouco. — Ele me dá um sorriso de lado e, apesar do casaco nos meus ombros, sinto um arrepio percorrer minha espinha.

— Bem, espero que este encontro esteja compensando.

— Hummm... — Finjo estar pensando a respeito.

— Ei!

— Só estou brincando com você — digo, imitando o que ele fez mais cedo, e Johnny ri. Nós dois rimos.

Mas não digo o que estou pensando: que este encontro está mais que compensando os outros, que eu me sinto feliz e jovem e livre, e que é a primeira vez desde que Ethan e eu terminamos que olhei para outro homem e pensei que poderia dar em alguma coisa.

Estou bêbada, mas não tão bêbada assim.

*

— É aqui?

Dez minutos depois, chegamos ao meu apartamento.

— Sim... — começo a responder, quando de repente somos banhados por uma luz brilhante quando uma lâmpada de segurança se acende.

— Ahhh, estou ficando cego.

Johnny solta a minha mão.

— Desculpa, é um sensor de movimento — explico apressada, cobrindo os olhos com a mão. Nenhuma mulher de qualquer idade quer uma luz brilhante sobre ela tão perto assim por volta da meia-noite depois de dividir duas garrafas de vinho, com seu acompanhante parado a apenas alguns centímetros de seu rosto.

Mas piora. Arthur começa a latir. E então...

— Quem é aquele?

Olho para cima, para onde Johnny está apontando, e vejo as cortinas balançando na janela do andar de cima e um rosto de óculos apertando os olhos para nos ver.

Ai, meu Deus.

— É o Edward, o proprietário do apartamento — digo, como se fosse a coisa mais normal do mundo que alguém na casa dos quarenta alugue um quarto e que o proprietário a esteja espiando de pijama.

Bom, tudo bem, parece que ele está de camiseta, mas, falando sério, poderia muito bem ser um pijama.

— Certo, bom, acho que é aqui que eu me despeço...

— Sim. — Assinto, desviando os olhos da janela. — Acho que sim.

Mas, se fico decepcionada, não dura muito. Porque ele me beija de novo. Só que dessa vez dura mais, e quando ele passa os braços ao redor dos meus ombros nus, me sinto como uma adolescente, dando um beijo na entrada da casa dos meus pais, sem me importar com quem está vendo, sem perceber quando, em algum momento, a luz se apaga, nos lançando de volta em uma escuridão suave iluminada pelas lâmpadas da rua.

Não sei quanto tempo ficamos assim.

Sou grata por:

1. *Aquela segunda garrafa de vinho.*

2. Johnny beijar muito bem.

3. A mensagem que ele me manda depois, dizendo que a noite foi ótima e me convidando para jantar no sábado.

4. Multivitamínicos.

O dia dos esportes na escola

Acordo de muito bom humor. Não só por causa do meu encontro com Johnny, mas porque estou ansiosa para ver Fiona, Izzy e Lucas. Além disso, está um dia lindo e ensolarado novamente, perfeito para um evento esportivo.

Mas não tão perfeito para Fiona.

Estou saindo de casa quando recebo uma mensagem caótica dela, dizendo que tropeçou quando foi tirar o lixo e torceu o tornozelo.

— Não é nada sério, mas está inchado, parecendo uma bola. Estou com um pacote de ervilha congelada no pé há meia hora.

— Ai! Que dor! Você ainda vai conseguir ir no dia dos esportes?

— Vou, não posso perder. Por sorte, o carro é automático e foi o tornozelo esquerdo, então vou apenas enfaixá-lo. Mas não poderei participar da corrida maluca das mães, e sei que a Izzy vai ficar muito decepcionada.

— Ah, não...

— Então eu queria saber se de repente você não poderia participar no meu lugar.

— Eu?

— É uma corrida curta. Não precisa se preocupar, não é como uma daquelas maratonas da Holly.

— Sim, claro! — Nem preciso pensar. — Tudo pela Izzy.

— Ufa, obrigada, Nell, você é a melhor!

— É só que... bem... eu não sou mãe — solto, afirmando o óbvio.

— Você é a madrinha da Izzy, tenho certeza de que não vai ter problema. — Fiona ignora minha preocupação. — Ainda está combinado às dez?

— Sim, claro...

— Ótimo! Ah, e não esquece de levar o tênis de corrida!

*

A escola de Izzy fica num terreno impressionante de alguns hectares e é completamente diferente do meus antigos e normais colégios. As ruas ao redor estão cheias de carros caros estacionados, pertencentes aos pais que vão participar do dia dos esportes, e o estacionamento parece o pátio de uma concessionária da Range Rover.

Fico um pouco intimidada quando desço do ônibus e entro pelos portões, dando de cara com mães muito glamorosas por todo lado. Parece haver muita competição, e não estou falando só da pista de corrida. Sinto que estou de volta aos meus tempos de escola, só que adulta. Já ouvi Michelle reclamar da situação dentro da escola, mas agora que estou vendo com meus próprios olhos, tudo é realmente meio assustador.

Olhando ao redor, parece haver algumas gangues: as Mães Glamorosas, as Mães Populares, as Mães Certinhas (são as que estão usando os bótons de "ajudante") e as Mães Bagunceiras Lá do Fundo.

Acho que eu seria uma dessas últimas.

*

Vejo Fiona mancando na minha direção com Izzy e Lucas.

Não nos encontramos desde o chá de bebê, quando as coisas estavam tão esquisitas, e estou realmente feliz em vê-la. Espero que hoje consigamos colocar nossa relação nos eixos e voltar ao normal. Izzy se solta das mãos da mãe e corre até mim, com o vestido vermelho xadrez esvoaçando ao seu redor. Eu a pego no colo e dou um abraço apertado.

— Você vai participar da corrida no lugar da mamãe! — ela tagarela empolgada.

— Vou, sim. — Sorrio com alegria.

— Nell, sua maravilhosa... obrigada mesmo. — Ficando para trás com Lucas, Fiona manca até mim, revirando os olhos para a situação em que se encontra. — O que eu faria sem você?

— Decepcionaria sua filha. — Sorrio e ela me dá um tapa, rindo.

— Você vai ganhar? — pergunta Izzy, ansiosa.

— Vou dar o meu melhor — respondo. — Você vai torcer por mim?

Ela dá uma risadinha e assente.

— Mas lembrem-se: o importante não é ganhar, e sim participar.

Uma voz alta atrás de nós me faz virar, e vejo uma figura andando rápido na nossa direção, com o rabo de cavalo balançando, vestida de lycra dos pés à cabeça.

Annabel. Sinto uma pontada de decepção. Ela parece uma gazela vestindo roupa chique de ginástica.

— Não é mesmo, meninas?

— Sim, mamãe! — diz Clementine, alegre, assentindo com a cabeça intensamente enquanto corre ao lado da mãe. Izzy parece meio insegura e se agarra a mim com mais força.

— Annabel, você está maravilhosa! — exclama Fiona quando elas se cumprimentam. — Estou até me sentindo feliz por não estar na competição.

— Fiona, *tadinha* de você. Como está?

— Já estive melhor. — Minha amiga dá um sorriso triste, mostrando o tornozelo enfaixado.

— Sabe, tenho um osteopata *in-crí-vel*, ele faz milagres. Vai deixar você nova em folha num piscar de olhos.

— Sério? Ah, uau, obrigada. Seria maravilhoso.

— Com certeza. Vou ligar para ele agora mesmo.

Ela pega o celular na bolsa de grife.

— Por sorte a Nell se prontificou a correr no meu lugar.

— Ah, oi, Nell — diz Annabel, finalmente obrigada a reconhecer a minha presença. — Que parceira. Sempre pronta para ajudar.

— Amigos são para isso. — Sorrio.

Vaca.

— Você saiu mais cedo do chá de bebê.

— Pois é. — Assinto. Ainda estou com Izzy no colo, que se recusa a descer.

— Faz um tempo que não vemos você, não é, Fiona? — Abrindo um sorriso para Fiona, Annabel muda levemente de posição, dando um passinho para o lado da minha amiga, e então se vira para me encarar. E agora estamos em lados opostos. Fiona e Annabel de um lado. Eu do outro.

Juro que não estou inventando.

— Estou ajudando Fiona com a casa. Está ficando linda, não está?

— Annabel tem muito bom gosto — assente Fiona, sorrindo.

— Cadê a Clementine? Ah, aí está você. — Ela se vira para a filha, que veio para trás das minhas pernas. — Clementine, Izzy, por que não vão brincar?

Izzy finalmente permite que eu a coloque no chão, e as duas meninas saem correndo pela grama, na direção de onde Lucas encontrou um grupo de amigos. Eu me viro de volta para Annabel e Fiona, que agora estão conversando sobre luminárias. De repente, a corrida maluca ganhou uma enorme importância. Não vou correr para ser a primeira a cruzar a linha de chegada; estou numa corrida pela amizade de Fiona.

Annabel me vê olhando e me observa de cima a baixo, como se estivesse avaliando a concorrência. Ela parece presunçosamente tranquila.

— Você vai correr de chinelo de dedo? — Ela ergue uma sobrancelha ao olhar para os meus pés.

— Não, eu trouxe meu tênis de corrida.

— Nell competia na faculdade — gaba-se Fiona.

— Por um semestre. — Dou risada. — Depois eu descobri o bar do campus e nunca mais consegui sair da cama antes do meio-dia.

— Qual é o seu melhor tempo para os cem metros? — desafia Annabel.

— Tempo? Achei que fosse uma corrida maluca. — Tento brincar.

— Recentemente fiz em catorze segundos.

— Humm, então, faz muito tempo... não lembro mais...

— Olha só vocês duas! Eu não fazia ideia de que vocês eram tão competitivas — Fiona ri.

— Bom, eu não sou, pensei que o importante fosse participar... — começo a protestar, mas já estamos nos movendo e agora minha voz se perde em meio à gritaria quando começa a corrida dos pais.

*

Só mais tarde, quando Izzy e eu estamos indo para a tenda de bebidas, que esbarro inesperadamente com Johnny. Ele está com Oliver, conversando com algumas das mães. Fico surpresa ao vê-lo. Há um pequeno grupo ao redor dele, ouvindo-o com atenção e sorrindo. Sinto uma pontada de orgulho, e de prazer também.

— Ah, oi!

Ele para de falar quando me vê e sorri. Sinto que estou corando um pouco, lembrando do beijo na porta de casa.

— Ei, bom te ver. — Sorrio e ele me beija no rosto. É um pouco diferente da noite passada, mas não estou esperando um replay em público.

— O que você está fazendo aqui? — ele pergunta, e sinto os olhos de todas as mulheres sobre mim.

— Esta é a Izzy, minha afilhada.

Izzy dá um tchauzinho.

— A Tia Nell vai ganhar a corrida — ela informa com autoridade.

Dou uma risada.

— A mãe dela torceu o tornozelo, então vou substituí-la na corrida.

— Ah, vou ter que assistir. — Johnny sorri.

— Oi, sou a Fiona.

Fiona reaparece com várias garrafas de água e acena com a cabeça para o grupo.

— Esta é a mãe da Izzy — digo, fazendo as apresentações. — Fiona, este é o Johnny.

— Prazer. — Johnny sorri de um jeito gracioso e se vira para Oliver, que está puxando o seu braço. — Tá bom, já vou. — Ele ri de um jeito amigável, então volta os olhos para nós. — Bom, foi ótimo conhecê-las, Fiona e Izzy. Nell, te vejo depois na corrida maluca. — Com uma piscadinha para mim, ele desaparece no meio da multidão.

— Eita! *Quem* é esse? — Fiona olha para mim em choque.

— Johnny, o cara com quem eu saí! — sussurro, meu rosto ainda vermelho depois de vê-lo.

— Ah, *é ele!* Ah, meu jesus, quero saber *todos* os detalhes...

— Perdi alguma coisa?

Annabel aparece. Está segurando uma garrafa de água de coco e parecendo irritada por ter perdido as apresentações.

— Vi você conversando com meu professor de tênis.

— Johnny é seu professor de tênis? — Sinto uma pontada de surpresa.

— Ele é o novo namorado da Nell — comenta Fiona.

— Ele não é meu novo namorado — protesto, cutucando-a com o cotovelo enquanto ela ri. Honestamente, é como se tivéssemos dezoito anos outra vez e estivéssemos na universidade. — A gente teve um encontro — explico, tentando não parecer tão satisfeita quanto me sinto.

— Isso me lembra de quando éramos solteiras. — Fiona suspira, olhando para Annabel.

— Eu sei. — Ela sorri, depois ri um pouco. — Você consegue imaginar *ainda* ser solteira?

E então estica a mão para acariciar meu ombro em sinal de apoio.

Sério. Eu seria capaz de matá-la.

*

Como não posso matá-la, preciso ganhar essa corrida.

Estamos reunidas na linha de partida. Olho ao redor para as outras mães e vejo que a maioria delas usa algum tipo de legging e tênis, embora haja algumas de vestido. Estou de jeans e um sutiã que não segura o suficiente. Além disso, depois de um inverno inteiro levando o cachorro para passear no chão enlameado, meu tênis perdeu toda a brancura e agora tem cor de chiclete mastigado colado na calçada.

Cadê a Annabel?

Eu a procuro, mas não consigo encontrá-la. Por um breve momento, pergunto-me se ela mudou de ideia. Decidiu, talvez, que uma corrida maluca não está à altura de sua habilidade olímpica. Mas não, ali está ela, um pouco mais adiante na linha de partida. Annabel vem em minha direção até estar a poucas mães de distância, então abre o zíper do moletom de capuz e deixa a mostra um top curto que exibe aquele abdômen incrível. Vejo todos os pais virarem a cabeça para ela quando começa a se alongar, enquanto as esposas lançam olhares malignos.

Meu coração despenca do peito até meu tênis imundo. Mal consigo alcançar meus pés, e a última vez que corri foi atrás do ônibus. Olho para Fiona e as crianças, que estão paradas na lateral — eles acenam e sorriem alegremente —, e então de volta para Annabel, que está alongando os posteriores da coxa e os quadris.

A maioria das outras mães está rindo e não levando tão a sério (embora haja uma usando short que pareça bastante assustadora), mas, quando o olhar de Annabel encontra o meu, não há como confundir a expressão dela.

Tudo que posso dizer é: você já viu *Gladiador*?

A diretora aparece com uma bandeira.

— Vamos lá, pessoal, se estiverem prontas...

Há murmúrios audíveis de antecipação.

— Em suas marcas, preparar... já!

E partimos.

Ao dispararmos pelo gramado, o tema de *Carruagens de Fogo* começa a tocar na minha cabeça. Annabel sai na frente, saltando como uma medalhista de ouro, mas mantenho o ritmo. Respirando pesadamente, com o coração disparado, forço meus braços o máximo possível, enchendo os pulmões enquanto corro apenas alguns centímetros atrás dela, meus pés batendo com força na grama.

Foco, Nell, foco.

Eu me esforço um pouco mais. Minha mente está fixa na linha de chegada, mas conforme me aproximo ela parece sumir, e tudo o que consigo ver é um flashback de todos os momentos da minha amizade com Fiona: aquele primeiro dia na universidade, quando a vi tirando as coisas do carro e a ajudei a carregar as caixas de discos de vinil antigos; o dia em que ela foi apagar as velinhas no bolo de aniversário de vinte e um anos e o cabelo dela pegou fogo e eu apaguei jogando uma jarra de margarita; nossa viagem para Paris, quando estávamos tão sem grana que vivemos a base de baguete por uma semana e ficamos tão inchadas que não conseguíamos fechar o botão da calça jeans; a risada e as lágrimas enlameadas no Glastonbury; a cara dela no dia em que me contou que ia se casar com David; a minha cara quando segurei Izzy pela primeira vez e ela me pediu que fosse madrinha dela...

E agora sinto que Annabel está roubando tudo isso de mim. E não posso deixar. Preciso alcançá-la e ultrapassá-la. Não posso deixá-la ganhar.

Dou tudo que tenho. Consigo tirar uma explosão extra de energia de algum lugar. Sinto que estou ganhando velocidade. A garota jovem que costumava ser competitiva está de volta, e quando me aproximo Annabel me olha de lado, os olhos brilhando com determinação e descrença e pânico por estarmos tão perto, e agora a estou ultrapassando...

Não sei o que acontece. Do nada, sinto de repente uma cotovelada aguda nas costelas e sou empurrada para o lado. Tento desesperadamente manter o equilíbrio, mas há uma grande colisão e eu tropeço e saio voando, caindo de cara no chão.

Enquanto isso, à minha frente, Annabel corre para a vitória, cruzando a linha de chegada e sendo recebida pelos vivas da multidão.

Ela venceu.

Sou grata por:

1. *Johnny, que me arranjou um pouco de gelo para que meu olho roxo não ficasse assim tão ruim.*

2. *Não me sentir uma completa perdedora depois de cair de cara na frente de todo mundo, porque foi apenas um acidente, e não como se Annabel tivesse me atrapalhado deliberadamente ou algo do tipo.*

3. *Izzy, que me deu sua própria medalha depois de ganhar a corrida do ovo e me disse que eu era a melhor madrinha do mundo.*

4. *A música "The Winner Takes It All", do* ABBA, *que coloco para tocar bem alto no fone de ouvido no ônibus de volta para casa.*

---

* É claro que ela fez de propósito, mas esta é uma lista de gratidão, e não um lugar para incluir pensamentos assassinos.

O que Frida faria?

— Parece horrível, mas veja pelo lado positivo: é melhor do que um funeral, que é o único tipo de evento para o qual tenho sido convidada ultimamente.

Alguns dias depois, encontro Cricket no museu Victoria & Albert para ver a exposição de Frida Kahlo, que acabou de ser inaugurada. A coleção de pertences pessoais é fascinante, mas como minha amiga acabou de voltar de Dublin, estamos no modo multitarefa e conversando enquanto andamos pela exposição. Parada na frente de um contêiner com roupas mexicanas coloridas de Frida, atualizo Cricket de tudo o que aconteceu no dia dos esportes.

— É, acho que sim. — Dou um sorriso triste. — Então o Lionel e a Margaret não te convidaram para o jantar?

— Claro que não. Eu iria bagunçar a organização da mesa indo sozinha. Além disso, Margaret provavelmente acha que vou tentar alguma coisa com Lionel.

— Lionel?

— Como se eu fosse querer o marido de outra pessoa, só porque o meu morreu. — Ela estala a língua. — E se quisesse, certamente não seria o marido dela. Você viu o tamanho das orelhas dele? Monty sempre dizia que Lionel parecia um daqueles jarros no formato de uma pessoa sentada... — Ela se interrompe. — Olha só essa essas saias com babados maravilhosas.

— Incríveis. — Concordo. — Olha só o bordado desta aqui.

— Essa tal de Annabel parece difícil.

— É uma boa maneira de descrevê-la.

Desde a corrida, recebi várias mensagens de Fiona, comentando que Annabel ficou muito chateada com o incidente todo e que ela quer meu endereço. "Cá entre nós, acho que ela quer te mandar flores; ela é super atenciosa. Annabel tem me deixado ficar na jacuzzi dela por causa do meu tornozelo e até arranjou uma consulta com aquele osteopata maravilhoso, então agora estou muito melhor."

"Que ótimo", escrevi de volta, junto com o meu endereço, mas é claro que nenhuma flor chegou. Provavelmente, Annabel queria mandar um assassino de aluguel.

— Viu esse espartilho de gesso pintado à mão?

Nós nos aproximamos da caixa de vidro onde está mais iluminado.

— Ela deve ter sentido tanta dor. — Chego mais perto do vidro para observar melhor.

— Como está o seu olho?

Isso é que é ir de sublime para ridículo.

— Ainda dói, mas o roxo diminuiu um pouco. — Nos últimos dias, tenho andado escondida atrás dos meus óculos de sol, porque o machucado foi de preto para roxo e agora está amarelo. — Espero que desapareça até sábado, porque terei meu segundo encontro com Johnny.

O rosto de Cricket se ilumina ao ouvir o nome dele. Eu contei a ela sobre o nosso primeiro encontro mais cedo, quando estávamos na fila do guarda-volumes.

— Para onde ele vai levar você?

— Algum restaurante chique. Ele quer que seja surpresa.

— Que emocionante. — Cricket parece verdadeiramente feliz por mim. — Monty costumava me levar para jantares-surpresa. Sempre dizia "Vista alguma coisa incrível, Cricket, vamos sair". — Ela sorri, depois suspira. — Eu sinto muita saudade dele.

Penso a respeito da carta e da fotografia na minha bolsa. Ainda não comentei nada para ela. Apesar das minhas reservas, eu planejava entregá-las hoje, mas agora a dúvida ressurge. Por que arriscar chateá-la e mudar a história? Que bem isso vai fazer?

— Sabe, estou pensando em me mudar para um lugar menor — diz ela enquanto caminhamos para a próxima sala.

236

— Se mudar?

Cricket assente.

— Não preciso mais de uma casa tão grande; sou só eu andando de um lado para o outro. Parece bobo. Estou cogitando vendê-la e comprar um apartamento pequeno e bonito.

— Mas você ama aquela casa.

— Amo, sim, mas guarda memórias de Monty.

— Isso não é bom?

— De muitas maneiras, sim, pode ser bastante reconfortante... — Cricket faz uma pausa, então gesticula ao redor. — Mas a vida não é um museu, Nell. Não quero viver no passado.

Todos os meus protestos se calam.

— Não quero passar qualquer que seja o tempo que ainda me resta olhando para trás. Quero olhar para a frente. Para coisas novas. Lugares novos. Novas aventuras. Caso contrário, estarei apenas vivendo uma vida em que uma parte de mim está faltando. — Ela dá um sorriso corajoso, mas seu rosto se contorce um pouco. — Sinto profundamente a ausência de Monty naquela casa. Sinto saudade do som da risada dele preenchendo a cozinha. Do cheiro dos cigarros... teoricamente, ele só deveria fumar do lado de fora, então ele se empoleirava na janela de moldura baixa e argumentava que tecnicamente estava do lado de fora.

Eu me identifico com o que Cricket está dizendo. Nossas circunstâncias são muito diferentes, mas muitos dos sentimentos são os mesmos. Ethan pode não ter morrido, mas nosso relacionamento morreu, e esse foi grande parte do motivo pelo qual voltei para Londres. Eu precisava começar do zero, uma vida na qual eu não fosse lembrada dele a cada esquina.

— Eu entendo — digo, acariciando o braço dela para apoiá-la. — Acho que é uma boa ideia.

Cricket sorri agradecida e diz:

— Olha só esses xales maravilhosos!

— É incrível que eles tenham mantido todos os pertences dela — comento.

— Vou ter que me livrar de muitos dos meus quando vender a casa, e não só roupas. Só os nossos livros dariam para encher uma biblioteca...

Minha mente se volta para o corredor principal da casa de Cricket, enfileirado com estantes que chegam ao teto, e me lembro da minha própria estante de livros, muito menor, na Califórnia. Na casa dela deve haver centenas de livros. Milhares, na verdade.

— Acho que podemos levá-los para o brechó beneficente, se bem que talvez nem eles tenham espaço.

— O brechó do bairro onde eu morava na Califórnia não aceitou meus livros — digo com pesar. — Mas felizmente fiquei sabendo das minibibliotecas gratuitas.

— O que é isso? — Ela se volta para mim com curiosidade.

— São essas estantezinhas cheias de livros que as pessoas podem pegar emprestados e ler de graça. As pessoas as colocam em esquinas ou na frente de casa. Você poderia ter uma. A ideia é pegar um livro e deixar outro, mas elas sempre precisam ser reabastecidas, porque muitos acabam pegando mais livros emprestados do que doam. Só que isso não seria problema pra você, porque você um tem monte.

— Mas onde eu colocaria a minha? — Cricket parece fascinada.

— Ah, a gente poderia fazer uma pequena no jardim da frente, por onde as pessoas passam. Agora que a biblioteca do bairro vai fechar, a vizinhança precisa de acesso gratuito a livros.

Ela fica em silêncio enquanto absorve o conceito.

— Ah, eu gosto muito dessa ideia — comenta. — Monty sempre dizia que livros não foram feitos para serem possuídos, e sim para serem compartilhados.

— Posso ir à sua casa um dia e fazemos isso juntas. Não deve demorar muito.

Paramos na frente de uma perna protética de Frida em exibição, com um bota vermelha enfeitada.

— Ela nunca se escondia da verdade, não é? — maravilha-se Cricket. — Acho que é isso que considero mais inspirador nela.

Reflito sobre eventos passados. Ela tem razão. Dizem que a verdade dói, mas esses últimos meses me ensinaram que o espírito humano é mais forte do que parece. No geral, quem destrói é a ilusão.

— Cricket?

— Sim, querida? — Ela se vira para mim.

— Vamos tomar alguma coisa em um lugar mais tranquilo? Tem algo que eu preciso te mostrar.

Sou grata por:

1. *A verdade, e ter coragem de dizê-la.*

2. *A reação de Cricket quando eu lhe dei o envelope; ela olhou para o carimbo postal, colocou o envelope no bolso, depois simplesmente me agradeceu e pediu mais uma taça de vinho.*

3. *Ela não ter visto a fotografia até estar sozinha, porque o segredo não era meu para eu sair contando; Cricket tinha que descobrir por si só.*

4. *Museus, porque, diferentemente da sociedade obcecada pela juventude, eles valorizam as coisas antigas. E é por isso que vou começar a olhar para as partes do meu corpo como se eu estivesse passeando por um museu e vendo tudo como peças em exibição, em vez de reclamar toda vez que me olho no espelho.*

5. *Frida Kahlo, por ser uma bela inspiração.*

O segundo encontro

— Então, como foi o segundo encontro?

É domingo de madrugada, acabo de voltar do jantar com Johnny e estou deitada na cama, ainda de maquiagem e com o cabelo arrumado, falando com Liza pelo FaceTime. Ela está na praia e dá para ver o mar e as palmeiras ao fundo. Normalmente isso cutucaria algum ponto dentro de mim, mas agora estou empolgada demais com o meu encontro para sentir qualquer outra coisa.

— Melhor que o primeiro!

Colocando os óculos de sol no topo da cabeça, Lizza arregala os olhos para a câmera do celular.

— Nell, que incrível!

Johnny veio me buscar de táxi e me levou para o clube dele, cheio de gente absurdamente refinada sentada em sofás de veludo em cantos com iluminação escura, e tomamos drinques com nomes tipo La Paloma e The Hemingway. As bebidas estavam uma delícia, eram fortes e subiram direto para a cabeça, daquele jeito maravilhoso que os drinques fazem. Em seguida, tínhamos uma reserva para jantar em um restaurante francês adorável, onde comemos uma comida incrível e giramos nosso vinho tinto em grandes taças e flertamos até não poder mais.

— E então, como um perfeito cavalheiro, ele chamou um táxi e me deixou em casa.

Liza, que está ouvindo esse tempo todo boquiaberta, apenas disse:

— Uau.

— Ele até foi superfofo em relação ao dia dos esportes e disse que eu deveria ter ganhado.

— Estou muito feliz por você, Nell! Esse cara parece incrível.

Eu mesma não queria dizer nada, com receio de dar azar, mas Johnny é incrível mesmo. Considerando meu histórico, tenho medo de me permitir ficar empolgada, mas houve momentos durante a noite em que me peguei olhando para ele e pensando "Será que eu realmente CONHECI alguém?". Esse era o motivo pelo qual as coisas não deram certo com Ethan? Afinal tudo já estava escrito nas estrelas?

Bem, eu tinha bebido dois drinques bem fortes.

— Ah, e olha só isso, no fim das contas, Annabel é uma das alunas dele no clube de tênis metido a besta...

— Como se isso fosse uma surpresa.

— Não é, mas o que é surpreendente é que ela já deu em cima de Johnny.

— Quê? Quando?

Há muitas razões pelas quais eu amo Liza, mas uma delas é a habilidade que ela tem de se dedicar e se interessar por fofoca de pessoas que nunca conheceu.

— Não sei, mas ele disse que acontece com muitas das alunas casadas. Aparentemente, é uma coisa comum.

— Então ela é uma trapaceira em diferentes áreas da vida.

Dou uma risada e, quando faço isso, sinto meus olhos um pouco pesados. Finalmente o cansaço bateu. Tento suprimir um bocejo, mas falho.

— Está tarde. Preciso dormir, mas antes quero saber tudo sobre o *seu* encontro. Você disse que ia me contar depois, mas não comentou mais nada...

— Ah, é só uma pessoa que conheci na ioga — Liza responde, sem dar muita importância.

— Achei que professores não tivessem permissão para namorar alunos. — Sorrio.

— Eles não têm, *em teoria...* — Ela dá de ombros. — É tudo meio complicado.

— Vocês vão sair de novo?

— Não sei... mais importante, quando é que você vai ver o Johnny de novo?

— Vai demorar um pouco. Ele precisa viajar por quase duas semanas a trabalho. Vai ter alguma coisa de tênis pré-Wimbledon.

— Bom, isso te dá bastante tempo.

— Tempo?

— Você conhece a regra do terceiro encontro, né?

— Isso não é coisa de millennial?

Ela dá uma risada.

— Não, é uma coisa de "agora vocês vão transar" mesmo.

Sou grata por:

1. *Treze dias inteiros para surtar ao pensar em ficar pelada e transar com uma pessoa nova.*

PROCURA—SE!
LIBIDO PERDIDA

Você viu a libido de
quarenta e tantos de Nell Stevens?

Recompensa generosa para qualquer
informação que leve ao paradeiro dela.

- Perdida desde que o último relacionamento de Nell
terminou e que seu coração foi partido.

- Vista pela última vez cerca de seis meses antes que
ela saísse de casa.

- Precisa ser encontrada com urgência, antes do
terceiro encontro de Nell com um cara novo.

- A dona está muito preocupada.

SE PUDER AJUDAR DE ALGUMA FORMA OU TIVER
QUALQUER CONSELHO, POR FAVOR CONTATE:

oi@confissoesdeumafodidadequarentaetantos.com

SE ENCONTRÁ-LA, POR FAVOR NÃO SE APROXIME.
PODE SER PERIMENOPAUSA.

Acompanhante

Estou dormindo profundamente quando sou acordada no susto com o toque distante do meu celular.

Mas que...?

Meu quarto está um breu, e tateio na mesinha de cabeceira procurando o telefone. Com os olhos embaçados, leio o nome que aparece na tela.

PAIS.

O pânico me domina. Ai, meu Deus, está acontecendo! Aquela ligação no meio da noite que você começa a temer quando eles passam dos setenta. Está acontecendo agora mesmo...

Agarro o telefone.

— Tudo bem? — digo ofegante no bocal.

— Empolgante, né?

— Mãe?

— Você ficou sabendo?

Meu cérebro está dando uma volta de cento e oitenta graus.

— Hum, quê? Por que você está me ligando no meio da noite?

— Já são quase sete e meia. Você não está mais na cama, está?

Estico a mão com o telefone para poder apertar os olhos e ver as horas, enquanto digo a mim mesma (me iludo) que minha vista só está embaçada porque acabei de acordar, e percebo que, embora pareça de madrugada por causa das minhas maravilhosas persianas blecaute, na verdade são sete e vinte e oito da manhã. Quem quer que tenha visto a necessidade de inventar um despertador não conhecia a minha mãe.

— Não, claro que não, por que eu estaria na cama às sete e meia da manhã de um domingo?

— Você não falou com o seu irmão?

Mas minha mãe não conhece sarcasmo.

— Não, por quê?

— Eles marcaram a data do casamento! — ela anuncia, exultante. A coisa favorita de minha mãe na vida, depois do meu pai, é ser a primeira a saber de alguma coisa. Ela foi um desperdício como cabeleireira em domicílio, deveria ter sido apresentadora de telejornal.

E agora, como uma velocista, ela dispara, dando-me todos os detalhes enquanto cambaleio para vestir o robe e ir até a cozinha passar um café.

— Ah... ótimo... hum... sim... que máximo... muito bom... — balbucio ao ouvir a lista de planejamentos para as flores, organização dos lugares, local do casamento e da recepção.

— Eu achava que eles talvez fossem escolher um cartório de Manchester, mas preferiram fazer em Liverpool, que é a cidade da Nathalie...

— Que bom — respondo, ouvindo a água do meu café ferver no fogão e pensando que realmente não existe nenhum som melhor do que esse. Sirvo o café na xícara, então me viro para a geladeira para pegar o leite e reparo na lista de tarefas de limpeza pregada na porta. Está lá desde que me mudei, e sempre a ignorei religiosamente, mas agora há um Post-It laranja brilhante colado em cima dela.

Isto não é um ímã de geladeira.

Abro um sorriso. Edward pode ser bem engraçado às vezes. Minha mãe, enquanto isso, não parou para respirar.

— ... eles não querem um casamento na igreja, então pelo menos seu pai vai ficar satisfeito, já que ele é ateu. Eu precisei arrastá-lo para o nosso...

Arthur esfrega o focinho no meu joelho, pedindo o café da manhã, então me ocupo alimentando-o.

— ... isso dá a eles alguns meses antes do nascimento do bebê, então ela já vai estar bem grande, mas é claro que ninguém liga pra esse detalhe hoje em dia, não como se importavam na minha época...

Está quente lá fora, então me sento na pequena varanda que há do lado de fora do meu quarto e deixo o sol da manhã bater no meu rosto. A vida é tão surreal. Um ano atrás, quem teria imaginado que eu estaria de volta em Londres, solteira e ouvindo planos para o casamento do meu irmão e de sua noiva grávida, quando era eu que iria me casar neste verão?

Mais surreal ainda é a percepção de que, surpreendentemente, me sinto bem em relação a isso.

— Você acha que vai trazer alguém?

Volto a prestar atenção. Minha mãe está me sondando outra vez.

— Bem, eu ainda não pensei muito sobre isso — começo, e de repente minha cabeça se lança adiante. Talvez eu possa levar o Johnny?

— Porque pelo menos agora, sabendo a data, você pode avisar *quem quer que seja* com bastante antecedência. Vai ser só em junho, então a pessoa vai ter alguns meses para organizar a viagem se, por exemplo, precisar vir de avião ou algo do tipo...

— Mãe, Ethan não vem.

Boom. É como soltar uma bomba.

Pela primeira vez desde que meu celular tocou, há silêncio do outro lado da linha. Mas não sou torturada por minha culpa usual por decepcionar todo mundo. Agora que o Rich vai se casar, sinto que finalmente posso ser honesta. Afinal, ainda vai haver um casamento na família.

— Bom, ainda faltam alguns meses; as pessoas costumam mudar de ideia — diz mamãe depois de um momento.

— Eu não vou mudar de ideia.

— Ah, ok, bem, é só que... você nunca disse...

Minha ausência de culpa não dura muito. Mamãe parece tão decepcionada. E agora me sinto péssima por destruir as esperanças dela. Ela ficou tão empolgada quando contei que ia me casar; mostrou a foto do meu anel de noivado para todas as amigas.

— Na verdade, eu conheci uma pessoa — solto. — Está bem no comecinho, mas já saímos duas vezes.

Eu não ia falar nada. Quer dizer, dois encontros dificilmente significam um relacionamento... Ainda há bastante tempo para dar errado. Mas...

— Ah, que notícia boa, Nell. — Ela parece surpresa e satisfeita, e imediatamente se anima. — Então talvez você possa trazê-lo como seu acompanhante...

— É, talvez — digo, tomando um gole de café. Que queima minha língua.

Nua aos quarenta e tantos

Dou meu máximo na preparação para o terceiro encontro. Cada pedacinho da minha pele é depilado. E esfoliado, e hidratado. Todos os centímetros de celulite são massageados. (Será que é para cima e no sentido horário, ou para baixo e no sentido anti-horário? Eu nunca lembro. E se você fizer do jeito errado, piora?)

Faço tantos agachamentos com salto que mal consigo levantar do sofá, e meu joelho se recusa a subir a escada. Tento até fazer ioga na cozinha, mas decido que, se quero estar viva no meu terceiro encontro, provavelmente é melhor não tentar fazer parada de mão me apoiando na geladeira, porque essas celebridades fazem parecer que é *muito fácil*, mas não é. Além disso, divido o apartamento com o proprietário, e ele por acaso entrou quando eu estava descendo; por pouco não lhe dei um chute na cara.

Sou grata por:

1. *Não ter desmaiado no salão de depilação.*

2. *Todos aqueles vídeos de exercícios, que eu realmente faço, em vez de rolar a tela direto por eles enquanto como salgadinho.*

3. *Mastercard. Quem quer que tenha dito que sexo era de graça deveria dar uma olhada nos comprovantes do meu cartão de crédito.*

4. *Não ter quebrado a mandíbula de Edward.*

5. *Kegels.*

O terceiro encontro

Que rufem os tambores, por favor.

É sexta à noite e não paro de mexer no cabelo antes de sair para encontrar Johnny. Não nos vemos há quase duas semanas e estou tão ansiosa, mas também muito nervosa. Sem meias palavras: *amigas, já faz um tempo.* Além disso, agora estou mais velha do que quando conheci Ethan. Naquela época, eu estava no lado certo dos quarenta e, pode acreditar, não estava preocupada em usar blusa de manga.

Não sei o que aconteceu. Quando eu era bem mais nova, não era tão encanada com sexo, mas em algum momento perdi um pouco de confiança. Talvez seja porque tive meu coração esmigalhado. Ou talvez seja porque me olho no espelho e vejo algumas dobras a mais. Ou talvez seja apenas o fato de ficar mais velha e me sentir vulnerável, e saber que, agora, quando gosto de alguém, é realmente importante.

Estou planejando perguntar a Johnny se ele quer passar a noite aqui hoje. Edward está no interior, então é a oportunidade perfeita, porque teremos o apartamento todo para nós. O que me deixou pensativa. Preciso ter meu próprio espaço. Já faz seis meses que estou morando no apartamento de Edward, mas a sempre tive a intenção de que fosse temporário, só até eu conseguir me estabelecer. Preciso começar a procurar alguma coisa um pouco mais permanente, um lugar com privacidade. Quer dizer, sério, tenho quarenta e tantos e estou alugando um quarto quando todas as minhas amigas estão casadas e moram em boas casas. O beijo na frente do prédio foi divertido da primeira vez, mas não quero que se torne um hábito.

Dito isso, esse combinado acabou funcionando muito bem para nós dois. Edward quase nunca está aqui, só nas poucas noites durante a semana, e o desconto no aluguel para cuidar de Arthur tem sido inestimável. Assim como o próprio Arthur. O que começou apenas como um acordo se tornou muito mais, e agora ele é minha companhia constante. Não sei como eu teria chegado até aqui este ano sem ele.

Quanto a Edward e eu; na maior parte do tempo nos damos bem, embora tenhamos nossos altos e baixos, assim como qualquer casal que mora junto.

Mas não vou mentir. Há momentos em que ele me enlouquece. Por exemplo, quando ele ficou falando sobre o lixo reciclável, ou sobre desligar as luzes, ou sobre a minha suposta tentativa de matá-lo na banheira. E nem sequer *me lembre* da discussão sobre o papel higiênico, que de agora em diante será chamada de Guerra do Papel Higiênico.

— Tinha dois rolos extras no banheiro e agora os dois sumiram.

Foi na semana passada, quando eu estava na cozinha. Eu estava fazendo uma salada e tentando ser saudável (com o benefício extra de, com sorte, perder alguns quilos antes de precisar ficar sem roupa) quando Edward apareceu e disparou o primeiro tiro.

Ergui os olhos dos tomates-cereja que estava fatiando.

— Não acredito que você está contando rolos de papel higiênico — disparei de volta.

— Não acredito que você consegue gastar um rolo por semana.

— Você realmente espera que eu explique?

— Bem, só estou curioso. O que você está fazendo com todo esse papel higiênico? Estamos gastando uma quantidade exorbitante nesta casa toda semana. É um mistério total.

— É biologia básica — respondi, incrédula, e então, como ele ainda estava olhando para mim sem entender, continuei. — Vocês sacodem. Nós limpamos.

Mas se eu achei que isso fosse deixá-lo constrangido e fazê-lo ficar quieto, estava errada.

— Você está usando um bolo por vez? Você só precisa usar uma folha a cada vez.

— Não, eu não estou *usando um bolo por vez.* — Balancei um pouco a faca que tinha na mão e me perguntei se deveria matá-lo ou explicar sobre a prática de enrolar absorvente internos em papel higiênico antes de colocá-los no lixo. Na verdade, talvez isso o matasse. Ele provavelmente sufocaria até a morte só pela menção de — que horror! — *produtos de higiene pessoal.*

— Bem, nesse caso, mesmo que você vá ao banheiro cinco vezes por dia, isso dá apenas cinco folhas, e cada rolo tem duzentas e quarenta folhas, então isso dá para quarenta e oito dias. É matemática pura.

Olhei para Edward sem acreditar. Não só no que ele estava dizendo, mas na minha situação. Como é que isso tinha acontecido? Como foi que eu perdi a saída que levava para uma vida adulta de sucesso com uma casa linda e um marido e conversas sobre as próximas férias maravilhosas de verão, e em vez disso vim parar aqui?

— Você está falando sério? — exclamei. — Não vou ter essa conversa com você. Não vou dar satisfações do meu uso de papel higiênico! Você faz isso com a sua esposa?

Pelo menos ele teve a dignidade de corar nesse momento.

Porém, foi o gatilho para eu pensar que preciso conseguir um emprego que pague melhor, porque não posso pagar um lugar só meu com o salário dos obituários. Mas o que eu poderia fazer? Não tenho ideia. Estou sempre lendo sobre o fato de que todos nós deveríamos "seguir nossas paixões", mas não consigo ganhar dinheiro procurando casas no sul da França na internet...

Na verdade, estou falando sério. Penso em todas as minhas amigas casadas. É muito mais barato ser parte de um casal. Eu me lembro que, quando morava com Ethan, nosso aluguel e nossas contas eram divididos por dois e ele nunca mencionava o papel higiênico. Se bem que ele fazia outras coisas. Coisas piores.

Mas tudo isso ficou no passado.

Eu me olho no espelho. Depois de passar um tempão mexendo no cabelo, decido prender para cima com uma fivela.

Solto alguns fiozinhos nas têmporas, pego minha jaqueta e minha bolsa, fecho a porta do quarto e vou para o corredor.

Então ouço uma chave na fechadura e vejo Edward aparecer.

— Não estava esperando você em casa esta noite — solto, sentindo uma onda de decepção quando ele entra pela porta com a bicicleta dobrada. — É sexta.

— Esqueci uma coisa. Precisei voltar para pegar — ele responde, tirando o capacete. — Vou sair de novo daqui a pouco, tem um trem às oito e meia.

Deus existe.

— Vai sair? — Ele repara na minha roupa.

— Sim, vou encontrar o Johnny.

— Ah, que bom — Edward assente, mas é difícil ler sua expressão, como sempre. Bem, a não ser quando ele está falando sobre papel higiênico ou o meio ambiente.

Quando ele entra na cozinha e começa a brincar com o Arthur, dou uma conferida final no espelho do corredor. Não estou muito certa sobre o cabelo. Mexo nele um pouco mais.

— Você fica melhor com ele solto.

No espelho, vejo o reflexo de Edward acima do meu ombro, me observando.

— Obrigada. — Sorrio, ignorando a sugestão dele. — Mas prefiro assim.

Ele parece constrangido.

— Ah, ok, boa noite.

Coço atrás das orelhas de Arthur mais uma vez e me despeço, então saio pela porta. Só depois que já andei por cinco minutos pela calçada que levanto a mão e tiro a fivela, deixando o cabelo solto. Eu o balanço sobre os ombros e continuo a caminhar.

A manhã depois da noite passada

A noite passada foi divertida.

Parada diante da minha cafeteira, espero que a água ferva, repassando mentalmente as últimas doze horas. Flertei. Bebi. Consegui fazer piadas inteligentes. Senti faíscas e frio na barriga e nem um *tiquinho* de companheirismo. Johnny tinha ingressos para um bar de jazz na região, um lugar aconchegante e escurinho, onde ouvimos Ella Fitzgerald e bebemos vinho tinto.

No caminho para casa, dividimos um saco de batata frita e um cigarro. Um cigarro! Eu parei com toda essa idiotice de fumar anos atrás, quando fiquei velha e sensata e decidi que não queria morrer de uma doença horrível se pudesse evitar, mas na noite passada fazer isso pareceu inconsequente e maravilhoso ao mesmo tempo.

Então, quando Johnny me disse que queria dormir comigo desde a primeira vez que tinha posto os olhos em mim e que agora era a vez dele de me ver sem roupa, decidi fazer o que dizem todos aqueles artigos que recomendam que vivamos o presente. É claro que o vinho tinto ajudou. Mas eu me sentia intoxicada de uma maneira diferente. Eu não estava pensando no passado ou me preocupando com o futuro, estava completamente absorta no presente.

Aparentemente, alguns psicólogos chamam isso de "viver o aqui e agora". Eu prefiro chamar de estar pelada com Johnny e não me sentir invisível ou nervosa ou sobrecarregada de bagagem emocional, e sim com dezoito anos outra vez. Evidentemente eu não estava desfilando pelo quarto com todas as luzes acesas, mas é para isso que servem as velas aromáticas, certo?

E ele ficou.

Abro o armário e pego duas canecas. Eu o deixei dormindo e vim para a cozinha para preparar um pouco de café. E é lógico que dei uma passadinha no banheiro para "lavar o rosto". Espalho um pouco mais o gloss labial com o dedo e sorrio para mim mesma. Então vejo Arthur me observando de sua caminha. Ele está acostumado a me ver andando de um lado para o outro de manhã, parecendo um zumbi usando um robe com pedaços de mingau seco grudados.

— Tem um homem esperando por mim lá em cima, acredita? — sussurro, abaixando e fazendo carinho nas orelhas dele.

Paro de mexer com ele quando o café fica pronto. Sirvo a bebida nas canecas, acrescento um pouco de leite e volto lá para cima. No meio do caminho, ouço a porta do quarto e vejo Johnny de cueca boxer.

— Ei, achei que você ainda estivesse dormindo.

— Só preciso usar o banheiro.

Sorrio.

— Ah, você sabe onde é.

Quando chego ao pé da escada, ele põe a mão na maçaneta.

— Acho que tem alguém...

Nem sequer tenho tempo de compreender as palavras antes que a porta se abra e Edward apareça de cueca boxer. Nós todos nos reunimos ao pé da escada. Dois homens de cueca e uma mulher usando uma camiseta que não é comprida o suficiente. Parece uma comédia romântica divertida.

Mas não é.

Sabe o que é? *Imensamente doloroso.*

— Edward! Não sabia que você estava aqui ontem à noite.

Estou paralisada, ainda segurando as duas canecas de café, mas minha mente está acelerada. Ele estava aqui? O tempo todo?

— Teve um acidente e os trens estavam muito atrasados, então decidi pegar o primeiro trem hoje de manhã.

Olhares estão sendo trocados, e quero ser engolida pelo chão. Isso é TÃO constrangedor.

— Edward, este é Johnny... — Sinto as canecas já queimando minhas mãos, e faço as apresentações rapidamente. — Johnny, este é Edward, que divide o apartamento comigo.

Não posso dizer que ele é o proprietário. Simplesmente não posso. Então digo que dividimos o apartamento. Soa melhor. Mais normal. Puta merda. Nada disso é normal.

— E aí, cara? — Seminu, Johnny não se abala.

— Oi.

Seminu, Edward estende a mão para apertar a de Johnny. Isso é total e completamente surreal. E tremendamente constrangedor.

— Edward é casado e mora no interior com a esposa e os gêmeos — tagarelo, finalmente entregando o café a Johnny.

— Bem, alguém precisa fazer isso — comenta Johnny.

— Perdão? — Edward franze a testa.

— Morar no interior. — Johnny ri. — Só estou brincando, tenho certeza de que é muito bonito.

— É, sim. — O rosto de Edward não se move um milímetro.

— Eu sou do interior — interrompo, mas ninguém está me ouvindo.

— Ah, não se pode dizer que Richmond é a capital — continua Edward, e sua mandíbula começa a tremer.

Merda.

— Johnny é instrutor de tênis. Edward também ensinava tênis. — Viva, encontrei algo em comum.

Errado. Encontrei uma concorrência. Eles se medem como se fossem rivais.

— Bem, preciso ir.

E então, quando acho que os dois estão quase chegando às vias de fato, Edward volta para o banheiro e fecha a porta.

Enquanto o trinco gira, Johnny e eu voltamos para o meu quarto e para a cama. Mas se eu estava preocupada com a reação dele, não havia motivo, porque Johnny acha a situação toda muito engraçada.

— Você viu a cara dele? — Ele ri, puxando-me para baixo das cobertas. — Alguém precisa dizer pra esse cara relaxar.

— Xiu — sussurro. — Ele é legal.

255

Eu me sinto desleal falando sobre Edward pelas costas, e estranhamente protetora. Posso reclamar dele, mas outras pessoas não. Assim como um parente.

— Não se preocupe, vou fazer silêncio. — Johnny sorri e me beija. Então puxa o edredom por sobre nossas cabeças e...

Bem, vamos parar por aqui.

Sou grata por:

1. *O movimento da atenção plena, embora eu não tenha certeza de que decidir dormir com o cara com quem você está saindo é exatamente o que querem dizer quando falam em "viver o presente".*

2. *A luz de velas, que é muito lisonjeira.*

3. *O retorno da minha libido desaparecida.*

4. *Sentir que as coisas estão melhorando para mim e que algo finalmente está dando certo.*

5. *Meu edredom supergrosso, porque abafa bastante o barulho.*

Grupo de WhatsApp
Mensagem de Max

Nosso lindo filho Tom nasceu esta manhã, às 8h05, pesando 3,32 kg. Mamãe e bebê estão bem. Papai já marcou a vasectomia.

JULHO

#TBPT

Férias de verão

O verão, aparentemente, está logo ali junto com o Natal lembrando a todos nós, os excluídos, de Como a Vida Deveria Ser. Enquanto todos os meus amigos casados estão se preparando para viajar para algum destino quente e ensolarado ou para seus chalés no litoral com a família nas férias de verão, eu tenho um total de zero planos.

— Vamos para Bordeaux na semana que vem, mal posso esperar — comenta Holly quando lhe entrego Olivia depois de buscá-la na escola montessori na segunda-feira à tarde. Ela me ligou mais cedo em pânico porque algo deu errado no planejamento de quem ia cuidar das crianças, e me perguntou se havia alguma chance de eu fazer o grande favor de buscar a Olivia. Claro que eu podia. Se tem algo de bom em ser freelancer, é poder atuar como serviço de emergência. Então larguei tudo que estava fazendo e atravessei metade de Londres de metrô com a sirene ligada. — É a primeira vez que Adam e eu viajamos sozinhos desde que a Olivia nasceu, e dizem que a Dordonha é incrível... dá para andar de caiaque e passar por todos esses châteaux...

— Parece maravilhoso.

— Adam queria tirar férias na praia, mas você me conhece, não gosto de ficar sentada na areia.

— Pode deixar que eu vou ficar sentada na areia com Adam — comento. — Parece que vai chover aqui a semana que vem inteira.

Holly ri.

— E você? Marcou alguma coisa?

— Não... — digo, então acrescento: — Ainda não.

Ainda estou agitada por causa da noite que Johnny passou em casa e, bem, nunca se sabe. Não quero me precipitar, mas se as coisas continuarem como estão, não é nada absurdo pensar que possamos fazer uma viagem juntos. Por alguns dias. Quem sabe.

— Fiona comentou que você está saindo com alguém.

Eu tinha visto Fiona no fim de semana, quando me ofereci para levar Izzy a uma festa depois de ter fracassado como madrinha no dia de esportes da escola. Era a primeira vez que nos víamos desde aquele dia e, além de Fiona ter me perguntado como meu olho estava e de eu ter perguntado como o tornozelo dela estava, nada mais foi mencionado. Olhando de fora, qualquer um pensaria que tudo estava perfeitamente normal, mas de dentro era óbvio que não.

Normal seria nós duas rirmos até a bochecha doer do fato de eu ter caído de cara na grama, e fofocarmos sobre o pai celebridade que foi visto na tômbola. Normal seria não ter uma conversa forçada sobre as próximas férias de Fiona em uma mansão alugada nas ilhas gregas com Annabel e a família dela, enquanto olhávamos para novas amostras de tecido para cortinas que ela me apresentava.

Mesmo assim, depois pude passar a tarde com Izzy, que é sempre uma das minhas coisas favoritas. Sei que minha opinião não conta, mas ela realmente é a melhor garotinha do mundo. Ela tagarelou alegremente enquanto caminhávamos de mãos dadas até a festa, mas quando chegamos ela ficou estranhamente quieta. Acho que foi o palhaço, que, para ser sincera, até eu achei um pouco assustador.

Depois, fiquei conversando com ele; no fim das contas, seu nome era Chris e ele era ator. Chris fez um grande esforço para me contar que tinha encenado Shakespeare no Old Vic e só estava trabalhando como palhaço temporariamente até o trabalho engrenar — ele pensou que eu provavelmente o reconheceria de seu papel recente como Vítima de Acidente de Trânsito em uma certa série de TV médica dramática e popular. Infelizmente, não o reconheci. Nem mesmo quando ele tirou a peruca vermelha cacheada e o nariz de palhaço na cozinha e se fingiu de morto, com a língua para fora.

— Bom, está só no começo — respondo cautelosa para Holly. — Não quero dar azar.

— Isso é ótimo, Nell. — Holly parece realmente feliz por mim. — E não vai dar azar! Qualquer homem teria muita sorte em ter você. Ethan era um idiota.

Sei que ela está tentando ser legal, mas chamar Ethan de idiota não me faz sentir melhor, só me faz duvidar do meu próprio julgamento.

— Bom, preciso ir... Vou conhecer o bebê do Max e da Michelle. Aproveite as férias na Dordonha!

— Ah, mande lembranças minhas!

Holly me puxa para um abraço.

— Me mantenha informada sobre as novidades, e muito obrigada de novo por hoje. Você me salvou.

*

Tom é minúsculo e perfeito e tenho medo de quebrá-lo.

— Não seja boba. — Michelle ri. — Se o Max ainda não conseguiu quebrar nenhum dos nossos quatro bebês, tenho certeza de que você se sairá bem.

Ela tenta entregá-lo para mim, mas eu recuo e me sento na cadeira do outro lado.

— Não, sério, eu vou derrubá-lo.

— Tentei usar essa desculpa para não trocar as fraldas — brinca Max, trazendo várias canecas de chá e me entregando uma. — Não funcionou.

— Como estão as coisas?

— Exaustivas — ambos dizem em uníssono, então olham um para o outro e dão risada.

— Volto ao trabalho esta semana, então a mãe da Michelle vem ficar algumas semanas para nos ajudar.

— Ah, que bom.

— Depois, em agosto, vamos para Cornwall — acrescenta Michelle.

— Vocês vão viajar? — Eu não quis dizer isso de maneira tão acusatória, mas até Max e Michelle, com um recém-nascido e três crianças de menos de dez anos conseguem viajar? Sinto ainda mais pena de mim mesma.

— Sim, alugamos uma casa na praia que é uma gracinha. As crianças vão adorar.

Nesse momento, as crianças entram e vêm correndo para a sala de estar, bombardeando o irmãozinho e eu com muitos abraços, beijos e slime cheia de glitter, e aproveito para me despedir. Mas não sem antes me oferecer para ficar de babá, é claro.

*

Honestamente, tenho andado preocupada demais com meu relacionamento incipiente com Johnny para me importar muito com o fato de que todo mundo vai viajar de férias, menos eu. Depois que foi embora no sábado, ele mandou mensagem para dizer que tinha se divertido muito na noite anterior, e respondi dizendo "eu também". É realmente muito incrível como a gente pode se sentir jovem e viva por causa de um novo romance. É como se o mundo se abrisse, e em vez de ver portas fechadas e becos sem saída, você visse jornadas e possibilidades empolgantes.

É claro que, mesmo admitindo isso ao gravar o episódio do podcast desta semana, eu me sinto um pouco culpada. Como se estivesse traindo a mim mesma e fracassando de alguma forma. Consigo ouvir claramente os gritos exaltados na minha cabeça e dos meus (provavelmente inexistentes) ouvintes sobre o fato de que não preciso de um homem para me completar e de que eu deveria ser feliz sozinha. Mas a questão é que já passei dos quarenta. Já provei que posso sobreviver sem um relacionamento. E não, eu não *preciso* de um homem. Mas tenho, sim, uma necessidade fundamental de amor. Acho que todos nós temos, não?

E, falando nisso, também não me importaria de viajar nas férias de verão.

Sou grata por:

1. *A opção de silenciar, para que eu não precise ver as fotos de férias de todo mundo, com sol brilhando e céu azul, enquanto escuto a chuva batendo na janela.*

2. *Chris, o palhaço, por me lembrar de que as coisas sempre poderiam ser piores na vida profissional.*

3. *Cricket, que também não vai viajar e me manda mensagem para combinarmos de nos encontrar no fim de semana.*

4. *As catorze pessoas que baixaram os episódios do meu podcast.* CATORZE OUVINTES DE VERDADE!

Dois tiques azuis

Passei a semana passada trabalhando em mais um obituário, gravando um episódio novo de *Confissões* e procurando apartamentos para alugar na internet. E percebendo que, a não ser que pessoas famosas comecem a desabar como moscas e Sadiq passe a encomendar um obituário por dia em vez de três por semana, não vou conseguir um lugar só meu tão cedo. Até quitinetes minúsculas estão acima do meu orçamento.

Tento expandir minha área de pesquisa, mas se mudar para o interior quando você é casado e tem uma família é um pouco diferente de fazer isso se você é solteiro. Pelo menos em Londres ninguém fica te olhando e apontando e dizendo: "Mamãe, olha, uma mulher sem um carrinho de bebê ou um carro".

Estou brincando. Não sou mais solteira. Estou *saindo* com alguém. Só que... a questão é que não saí com ele nenhuma vez esta semana. Nem tive notícias dele. A última vez que Johnny e eu trocamos mensagens no WhatsApp foi no final de semana passado, quando ele disse que estaria muito ocupado nas duas semanas seguintes, por causa de Wimbledon. Pelo que parece, o torneio inspira muitos de seus clientes a melhorarem seu saque, e ele foi chamado para muitas aulas extras.

Mas certamente, mesmo que você esteja ocupado, só leva um minuto para mandar uma mensagem. Para mandar um emoji, menos ainda. Dois segundos, na verdade. Eu cronometrei quando mandei um para ele outro dia. E sei que ele leu por causa dos dois tiques azuis da confirmação. Lembra antigamente, quando você nunca tinha certeza de que a pessoa tinha recebido sua mensagem? Ou quando a pessoa podia te dizer que não tinha lido? Agora é diferente. Agora posso estar na rua passeando com Arthur e resolver mandar uma mensagem curtinha — nada de mais; não quero parecer ansiosa, mas a gente dormiu junto e antes disso havia muitas conversas no WhatsApp — e ver os dois símbolos ficarem azuis e esperar ansiosamente por uma resposta. Mas nada.

Odeio essas porras de tiques azuis.

Ghosting

— Como é?

— Falei que parece que ele está te dando um ghosting.

É domingo à tarde e estou sentada em um banco com Cricket no Holland Park. Estamos aproveitando o clima quente e admirando os campos de flores, enquanto conto a ela que Johnny não fala comigo há mais de uma semana, e que isso é muito esquisito.

— *Ghosting*? — Eu me viro para olhar para ela.

— Sim. É quando alguém com quem você está saindo simplesmente desaparece sem dar explicação nem avisar nada.

— Sim, eu sei o que é. — Eu não sei se fico mais chocada por Cricket conhecer o termo ou por só ter percebido agora que Johnny está fazendo exatamente isso.

— Comentaram sobre esse assunto em um programa de TV outro dia.

— Não acredito.

— Bom, não costumo assistir à TV durante o dia... Monty se chocaria se ficasse sabendo... mas às vezes gosto de um pouco de som ambiente...

— Não, não é isso. Eu não acredito que Johnny esteja me dando um ghosting.

— Ah, eu não disse que ele *está* fazendo isso, só que *parece*... — Cricket parece preocupada por ter falado alguma besteira e me chateado.

— Não, você tem razão.

— *Tenho?*

— Sim. — Assinto, minha mente analisando a semana anterior e se dando conta de que a questão não é ele estar ocupado demais com as aulas para marcar outro encontro, e que não é esquisito nem incomum que ele esteja lendo as minhas mensagens mas não as tenha respondido; é intencional. De repente, sinto-me uma completa idiota.

— Ah, mas que merdinha! — Cricket explode. Volto ao presente. — Perdão, desculpe falar assim, mas é o que ele é.

Uma mistura de choque, mágoa, decepção e rejeição me domina. Meus olhos pinicam. Não consigo acreditar. Como eu sou uma idiota. A raiva floresce, mas ainda quero chorar.

— Você tem razão, é o que ele é — concordo.

Então dou risada, não só porque é minha programação padrão em momentos de crise ou porque ainda não consigo acreditar, mas porque na vida existem algumas poucas e raras pessoas que sempre conseguem nos fazer rir, mesmo quando parece que não temos absolutamente nenhum motivo para isso, e tenho sorte de estar sentada bem ao lado de uma delas.

E eu *realmente* não quero chorar.

Sou grata por:

1. *Uma viúva de oitenta e poucos que fala um monte de palavrão e nunca deixa de me surpreender.*

2. *O perfil de Johnny no aplicativo, que eu nunca tinha feito questão de olhar até agora, onde ele diz que só está em busca de namorar mulheres até os trinta e cinco. Trinta e cinco! Ele é cinco anos mais velho que eu! Não me surpreende que nunca tenha aparecido na minha pesquisa ou que não tenhamos dado match. Eu me sinto irritada e indignada e um pouco idiota até ver a foto em preto e branco do rosto dele mal-humorado, que deve ter sido tirada uns vinte anos atrás, passar pelas selfies constrangedoras no espelho do banheiro e ler o resto do perfil com erros do tipo "mal" em vez de "mau" e "faze" em vez de "fazer", e perceber que, na verdade, se alguém é idiota, é ele.*

3. Não ficar uma situação constrangedora entre Cricket e eu por causa da carta, que ela não mencionou, então eu também não, porque ela obviamente não quer falar sobre isso.

4. Meu estoque de gim-tônica em lata (provavelmente vai ser mais fácil eu colocar isto na minha lista de gratidão como item padrão).

5. Os catorze ouvintes que continuaram ouvindo o meu podcast, e os novos quatro que apareceram! Nem acredito que subiu para dezoito!

Culpada das acusações

Alguns dias depois, Edward e eu tivemos mais uma de nossas "discussões domésticas". Dessa vez foi por causa da bandeja de gelo.

— O que é isso? — questionou, ao chegar do trabalho na quarta à noite e apontar dramaticamente para a bandeja de cubos de gelo na gaveta do freezer, como Hercule Poirot quando encontra a arma do crime.

— Uma bandeja de cubos de gelo — respondi.

— Uma bandeja de cubos de gelo *vazia*! — Ai, merda. — Você acha que ela se enche sozinha?

Bem, é lógico que eu não achava isso. É que os dias estavam sendo bem difíceis, e quando usei os últimos cubos de gelo no meu gim-tônica, a última coisa que eu pensei foi em encher a bandeja de cubos de gelo com água filtrada (o filtro sempre parece estar meio vazio e você precisa esperar uma eternidade enquanto a água filtrada cai gota a gota) e equilibrá-la cuidadosamente na gaveta do freezer, para que não derramasse quando eu tentasse fechar.

Claro que eu não disse nada disso para Edward. Ele é uma dessas pessoas para quem encher uma bandeja de cubos de gelo é uma tarefa inadiável. Edward jamais sequer *sonharia* em ser tão desleixado a ponto de enfiar de volta no freezer uma bandeja vazia, independentemente do que mais estivesse acontecendo. Ele faz tudo na ordem em que se deve fazer, sejam as pequenas demandas do dia a dia ou as tarefas importantes. Cresceu, se casou, comprou uma casa, teve filhos; não pulou nenhuma etapa.

E é por isso que é Edward não chegou aos quarenta e tantos com a vida completamente bagunçada. Ele não está sofrendo ghosting e se perguntando onde foi que errou, e bebendo gim-

-tônica direto da lata porque acabou o gelo e algum idiota inútil não encheu a bandeja.

— Você tem razão. Eu sou uma pessoa horrível.

— Bem, obrigado, mas eu não diria que você é uma pessoa horrível.

— Sou, sim. Se eu tivesse enchido a bandeja de cubos de gelo, minha vida não estaria a bagunça total que está agora.

Edward pareceu um pouco surpreso por essa mudança repentina de rota. Em um minuto ele estava falando sobre a bandeja de cubos de gelo e, no seguinte, eu estava falando sobre minhas emoções.

— Bem, não entendi muito bem como você chegou a essa conclusão... — O corpo dele se retesou, como se estivesse se preparando para algo.

— Aquela bandeja de gelo é uma metáfora da minha vida. O que eu *pensei* que aconteceria quando acabassem os cubos de gelo? Hein? HEIN? — Eu estava irritada por causa de Johnny, e, depois de ter segurado aquilo pelas últimas duas semanas, meus sentimentos encontraram uma saída e de repente caí no choro.

Coitado do Edward.

— Vou fazer uma bebida para você. Um gim-tônica de verdade, não essas latas idiotas que sempre encontro na reciclagem...

— Mas não temos cubos de gelo — lamentei.

Ele sorriu de maneira gentil.

— No pub eles têm.

*

Viemos no pub, e é um pouco estranho estar com meu senhorio. Nunca estivemos juntos fora de casa, e é esquisito vê-lo em um cenário que não inclui o micro-ondas ou a geladeira. Como daquela vez na Califórnia em que vi um dos meus atores favoritos de Hollywood no corredor de massa do supermercado. Foi tão esquisito. Eu só o tinha visto maravilhoso em uma tela, e agora ali estava ele, usando um agasalho qualquer com um pote de molho marinara orgânico na mão.

— Eu não sabia muito bem de que gim você gostava, então pedi o Hendrick's — diz Edward, voltando para a mesa com duas bebidas. — Espero que não tenha problema.

— Obrigada. — Tomo um gole; é muito forte e eu não comi nada. Tomo outro.

— Espero que esteja à altura do seu padrão.

É uma tentativa de piada, mas dessa vez não consigo abrir um sorriso.

— Ah, eu não sou exigente.

Edward se mexe desconfortável no assento e imediatamente eu me sinto culpada. Eu lhe devo, no mínimo, uma explicação.

— Estou sofrendo ghosting.

— Quê?

Solto um suspiro dentro do copo.

— Johnny. O cara com quem eu estava saindo. Ele sumiu.

— Sumiu tipo... está desaparecido? — Edward parece preocupado.

— Tipo não tenho notícias dele há quase duas semanas nem vou ter. — Enfio meu canudo em um cubo de gelo. — Acho que podemos dizer que levei um pé na bunda, Edward.

A expressão dele é simpática.

— Sinto muito.

— E fico me perguntando se eu disse a coisa errada, ou se pareci ansiosa demais, ou se fui para a cama com ele cedo demais.

Sentado diante de mim, Edward está impassível, mas percebo o músculo de sua mandíbula se mover um milímetro.

— Quer dizer, qual é o meu problema com relacionamentos? Sabe, antes de vir morar com você, morei com meu noivo por cinco anos, e olha só como acabou.

Agora não consigo parar e já bebi todo o meu drinque. Edward não diz nada, mas se oferece para comprar outro. Eu não recuso.

Quando ele vai até o bar, penso em Ethan. Não posso comparar o que aconteceu entre nós com o que aconteceu com Johnny. Eu amava Ethan. Estava *completamente* apaixonada por ele. Tínhamos uma vida juntos. Pensei que teríamos um futuro juntos. Fiquei devastada quando acabou. Johnny não passava de uma distração disso tudo. Era atraente, charmoso e divertido, mas agora que tive tempo de colocar as coisas em perspectiva, percebi que nunca tivemos nenhuma conversa profunda, nunca revelamos nossos eus verdadeiros. Eram só brincadeiras e flerte e vinho rosé e sexo. E foi divertido enquanto durou.

Edward volta com outro gim-tônica e vários pacotes de batata frita. Tão parecido comigo. Começo a comer com avidez.

— A questão é que eu gostava dele, só isso, e pensei que ele gostasse de mim. — Dou de ombros, abrindo o pacote de batata sabor queijo e cebola.

— Tenho certeza de que ele gostava. Mas homens como Jonathan McCreary gostam muito mais de si mesmos.

Estou prestes a colocar um punhado de batatas na boca, mas paro.

— Jonathan McCreary? Peraí, esse... é o Johnny? Você conhece ele?

Edward assente.

— Eu *já ouvi falar* dele. Nunca tínhamos sido formalmente apresentados até recentemente...

Quando ele faz alusão àquele momento esquisito ao pé da escada, sinto meu corpo se encolher de vergonha.

— Mas moro na região há tempo suficiente para conhecer a reputação dele.

— A *reputação dele?*

Olho para Edward em busca de uma resposta, mas ele não diz nada.

— *Que* reputação?

— Digamos que o sujeito é um pouco mulherengo.

— Por que você não me disse antes?

— Bom, parecia tarde demais para isso...

Trocamos um olhar e desta vez não consigo deixar de sorrir. É tão ruim que chega a ser cômico. Além do mais, o gim-tônica está realmente ajudando.

Edward abre o pacote de batata sabor sal e vinagre e me oferece uma.

— No fim das contas, o problema é a rejeição — continuo, pegando uma batatinha do pacote dele e lhe oferecendo uma sabor queijo e cebola. — Você já foi rejeitado? Aposto que não.

— Ah, eu já fui muito rejeitado.

— Quando?

— Bom, eu não entrei em Oxford.

Reviro os olhos.

— Pensei que você fosse me contar sobre uma garota!

— Ah, isso foi muito pior que qualquer garota. Meu pai ficou terrivelmente desapontado. Ele estudou na faculdade Christ Church e esperava que eu seguisse seus passos, e depois fosse trabalhar como ele no setor bancário e me tornasse CEO ou presidente de uma grande instituição financeira.

— E o que aconteceu?

— Fui para Bristol e abri minha empresa de software.

— Ah, isso é bom, não é?

— Não, não para o meu pai. Há três gerações os Lewis trabalhavam no setor bancário.

Observo Edward fazer uma pausa para tomar um grande gole de seu gim-tônica. Para qualquer outra pessoa, ele tem uma carreira de sucesso, mas aparentemente não para o próprio pai.

— E sua mãe? — pergunto, lembrando-me de quando Cricket disse que era importante não ter medo de mencionar pessoas próximas que tivessem morrido. — O que ela iria querer para você?

— Que eu fosse feliz — Edward responde, sem nem pensar. — Que eu fizesse o que amo. Que seguisse minha paixão.

— E foi o que você fez! Embora eu não consiga imaginar como alguém pode ser apaixonado por software — brinco, fazendo uma careta.

— Ah, tá vendo? O software é muito mal interpretado — ele responde, bem-humorado. — O foco do meu trabalho é o meio ambiente, e criar e desenvolver software para lidar com soluções de energia renovável. Os desafios globais da atualidade pedem novas tecnologias, e estamos na vanguarda de oferecer o tipo de software que vai permitir isso, é realmente empolgante.

Parei de prestar atenção quando ele disse "soluções de energia renovável". Já tomei dois gins-tônicas grandes e, sinceramente, não faço ideia do que ele está dizendo. Mas vendo como Edward é apaixonado pelo que faz, percebo que estava errada sobre várias coisas em relação a ele.

E agora terminei mais um copo.

— Vai querer o mesmo? — levanto-me cambaleante. — Desta vez é por minha conta.

— O mesmo. — Ele sorri. — E mais batata.

É engraçado como as coisas sempre mudam, não é? Eu estava tão chateada, e agora olha só pra mim... Estou realmente bem alegre.

— Mais batata — assinto, com uma continência de brincadeira, e me encaminho para o bar.

Dia de #TBPT

Sou grata por:

1. O balde ao lado da minha cama.

2. Ser autônoma, porque só preciso andar meio metro da cama até a mesa de trabalho.

3. Meu laptop, caso eu não consiga fazer nem isso.

4. Torrada queimada e paracetamol.

5. Edward, que me liga mais tarde do escritório para ver se estou bem e para me dizer que tem suco de laranja e sopa de tomate na geladeira, que foi ele que pôs o balde ao lado da minha cama, para eu não me preocupar em levar Arthur para passear, porque ele chamou um passeador de cachorros, e para eu só descansar.

6. Saber que há pessoas boas no mundo.

Segredos e mentiras

Está decidido: vou cuidar da saúde. Eu jurei que ia dar um jeito na vida este ano, mas já estamos em julho e ainda estou solteira, sem grana e vivendo à base de batata frita e álcool. Hum, oooi, conexão mente-corpo! Como é que posso esperar um recomeço e um novo eu se um avocado toast feito em pão de centeio nem sequer passou pelos meus lábios? Preciso me livrar do açúcar, ficar longe do álcool, evitar carboidrato e comer refeições saudáveis e nutritivas envolvendo muitos grãos ancestrais e alimentos fermentadas.

Ninguém disse que comer de maneira saudável tinha que ser divertido.

Mas parece divertido em todos aqueles livros de culinária de celebridades. Em lindas cozinhas brancas, com cabelo e maquiagem profissionais. Porém, não sei se acredito nelas. Morei com um chef que fazia coisas maravilhosas com tofu, mas ninguém era pior que Ethan quando o assunto era comer besteira. Ele lutaria até a morte pelo último pedaço de pizza.

Então, de todo modo, passei a última semana bebendo suco verde e comendo salada. Nunca estive tão saudável ou tão pobre. Sério, você já viu o preço de um suco verde vendido em uma garrafa de vidro? Porque é claro que não posso comprar plástico. Caso contrário, ao cuidar da minha saúde estarei destruindo a saúde dos animais no oceano, o que parece um pouco desequilibrado de alguma forma.

— O que você vai querer?

Na fila de uma loja de sucos, ergo os olhos para a lousa.

— Você sabe me dizer o que tem no Detox Verde, por favor?

Para manter meu cuidado com a saúde em dia, marquei consultas esta semana com o médico e o dentista para fazer um check-up anual, e acabei de fazer a profilaxia nos dentes. O consultório é pertinho da loja de comida saudável.

— Sim, é couve, espinafre, brócolis, salsão e maçã — diz o alegre homem barbado.

— Ah, legal, vou querer um desse. Mas sem maçã, por favor.

Eles sempre tentam dar um jeito de enfiar uma maçã, mas eu sei que é porque maçãs são baratas, e essa é uma maneira de diminuir a quantidade dos ingredientes verdes bons e caros. Um pouquinho tudo bem, mas se você não tomar cuidado, vai acabar pagando dez libras em algo que é praticamente suco de maçã. Então sempre peço para não colocar a maçã. Isso quer dizer que meu suco sempre tem um sabor absolutamente repugnante, mas pelo menos sei que é saudável.

— Aqui está.

— Obrigada. — Tomo um gole pelo canudo de papel e estremeço. Saio do café e começo a voltar pela rua principal, olhando várias vitrines de lojas chiques e me perguntando como deve ser a sensação de poder pagar por todas essas roupas caras. Imagine só entrar em uma delas e nem sequer se preocupar com os preços.

Uma pontada na bexiga interrompe meu devaneio. É todo esse suco verde. Passa direto.

Vejo um pub na esquina e entro apressada, indo direto para o banheiro feminino. Só quando estou saindo que vejo uma silhueta em um canto com uma caneca de cerveja. Espere aí, *esse é...*

— Max?

Quando ele ouve o nome, olha para cima.

— É você! Achei mesmo que tinha te reconhecido.

— Ah... oi, Nell. — Ele parece surpreso ao me ver. — O que você está fazendo aqui?

— Eu poderia fazer a mesma pergunta. — Sorrio e lhe dou um beijo na bochecha. — Você não deveria estar no trabalho?

— Estou no horário de almoço — ele responde enquanto me sento na mesa. Aponto para o relógio na parede, que marca três da tarde.

— Você faz almoços longos. — Sorrio outra vez. — É um dos benefícios da sua promoção? — Então reparo que os olhos de Max estão um pouco vermelhos. Sinto uma pontada de preocupação. — Ei, está tudo bem? — Baixo a voz. — Não é nada com o Tom, é?

— Não, quer dizer, sim, está tudo bem. Tom está bem. Está ótimo.

Relaxo, mas só por um momento.

— É a minha promoção.

Então *tem* alguma coisa errada.

— O que tem a sua promoção? — pergunto. Como ele não responde, insisto: — O que foi? É muita pressão?

— Eu não consegui. — Ele me interrompe.

— O quê?

— Não consegui a promoção. Foi para um colega. Ele é quinze anos mais novo que eu e não chega nem perto da minha experiência, mas... — Max dá de ombros.

— Mas por quê? Não estou entendendo. Era uma recompensa por todo o seu desempenho no ano passado. Você merecia!

Mas Max não responde. Nem sequer me olha nos olhos. Só entorna a caneca de cerveja.

— Espera aí... a Michelle sabe disso?

Ele segura a caneca vazia e continua olhando para ela.

— Ah, Max, você precisa contar pra ela. Você não conseguiu a promoção... mas e daí? Não importa, você está sendo muito duro consigo mesmo.

Estendo a mão e faço carinho no braço dele, como sinal de apoio.

— Não, não estou. — Finalmente ele ergue os olhos e encontra os meus. — Além de eu não conseguir a promoção, houve uma reestruturação na empresa... — Ele se interrompe, balançando a cabeça. — Meu cargo não era mais necessário.

Estou olhando para o meu amigo, tentando entender o que ele está me dizendo.

— Você quer dizer...?

— Eu fui "desligado".

Max parece tão destruído que nem sei o que dizer.

— Quando isso aconteceu? — consigo perguntar, tentando esconder o choque.

— Já faz semanas.

Então, percebo que provavelmente ele tem ficado aqui o dia todo. Todo dia. Há semanas.

— Mas eles não podem simplesmente fazer isso...

— Podem e fizeram. — Exausto, Max esfrega o rosto com a palma da mão. — Eu sou autônomo. Lá todo mundo tem um contrato de freelancer. Eles não precisam pagar rescisão. Não precisam fazer nada.

Vou entendendo a realidade da situação e a ansiedade começa a aflorar. Max tem quatro filhos... ele é o único provedor da casa... eles acabaram de ter outro bebê...

— Michelle não sabe de nada? — Minha voz está calma, mas meu cérebro está acelerado. Só Deus sabe como Max deve estar se sentindo. Acordando todo dia, vestindo terno, saindo de casa como se nada tivesse acontecido.

Ele balança a cabeça.

— Não, e você não pode contar. Não quero que ela se estresse, não agora, com mais um bebê.

— Mas você precisa contar.

— Eu sei, mas não ainda. Só vai deixá-la preocupada. Preciso pensar em alguma coisa primeiro.

— Já tentou procurar outro emprego? — Assim que abro a boca, desejo não ter falado nada. Max olha para mim como se eu fosse uma completa idiota. — Desculpa, eu não quis dizer...

— Só não diga nada, ok, Nell? Promete?

Olho para Max, cinquenta anos e pai de quatro. Já há ruguinhas ao redor de seus olhos castanho-escuros, e ele tem mechas grisalhas no cabelo, mas ainda é aquele cara desengonçado de vinte e poucos anos com quem eu peguei o ferry para chegar às ilhas gregas. Que me emprestou seu saco de dormir porque eu estava com frio e ele queria que dormíssemos no deque superior e víssemos o sol nascer, e falássemos do futuro e de como nossas vidas seriam incríveis.

Meu peito aperta quando ele olha para mim. Está implorando.

— Prometo — respondo baixinho.

Max tinha razão sobre uma coisa: o nascer do sol foi lindo.

Seja feliz

Eu sou a única pessoa do mundo que está de saco cheio de ouvir que preciso ser feliz?

Esta manhã acordei me sentindo um lixo e olhei para o celular...

Seja feliz! Escolha a alegria! Encontre sua felicidade!

E me senti ainda pior.

Será que não é permitido simplesmente se sentir meio *meh* às vezes sem essa pressão constante? Max com certeza não está feliz agora. Cricket não estava se sentindo alegre quando se desfez das roupas de Monty. E, neste momento, felicidade para mim seria algo que ajudasse a me livrar dessa TPM horrível e poder voltar para debaixo do edredom. Às vezes a vida é um lixo, e embrulhá-la em uma citação motivacional nem sempre vai fazer você se sentir melhor. Ao contrário, talvez torne tudo ainda pior.

Outro dia, por exemplo, eu estava lendo mais um artigo na internet sobre a importância da felicidade e as diferentes maneiras de conquistá-la. Mas lê-lo só me deixou deprimida. O que, pensando bem, é meio irônico. Eu que devia haver alguma coisa errada comigo, porque, por mais que eu tentasse, *não estava* me sentindo feliz. Pior ainda, nenhuma das sugestões do autor ajudou. Então eu não era simplesmente anormal, era um fracasso também.

Veja, é por isso que fico irritada. Somos encorajados a sermos verdadeiros e autênticos, mas se alguém nos diz para sermos felizes quando simplesmente não estamos, isso só nos encoraja ao exato oposto. A vida pode ser maravilhosa, mas também pode ser assustadora e difícil. Deveríamos ser livres para nos sentirmos tristes ou chateados ou completamente miseráveis sem acharmos que há algo de errado conosco.

Porque às vezes a felicidade não é uma escolha. Às vezes, não importa o quanto você tente, simplesmente não consegue encontrar alegria. E foi por isso que decidi parar de me punir procurando a felicidade desesperadamente e me permitir sentir exatamente como estiver me sentindo, quando estiver sentindo. Na verdade, talvez não devêssemos estar em busca da felicidade — e sim da aceitação.

Sou grata por:

1. *Tirar a pressão de mim mesma.*

2. *Saber que vai haver momentos na vida em que você vai se sentir chateada ou com medo ou infeliz, assim como há momentos em que vai se sentir alegre, incrível e feliz.*

3. *Todos aqueles médicos e profissionais e terapeutas maravilhosos que estão sempre à disposição se a questão for muito maior que simplesmente estar um pouco de saco cheio de tudo.*

4. *Estar feliz hoje, e não teve nada a ver com uma citação motivacional.**

⁕ Embora eu confesse que um pôr do sol muito bonito tenha estado envolvido.

Consulta médica

Na manhã de segunda-feira, estou sentada na sala de espera do consultório; vim fazer o exame papanicolau. Como mencionei, ninguém disse que essa coisa de cuidar da saúde seria divertida.

— Penelope Stevens?

Ao ouvir chamarem meu nome, vejo a enfermeira aparecer segurando uma prancheta. Quando me levanto para segui-la até a sala de exame, ela me dá um sorriso caloroso que me deixa imediatamente à vontade. Enfermeiras são simplesmente maravilhosas, não são?

Então vamos direto ao assunto. Ela anota minhas informações pessoais e pergunta a data da minha última menstruação.

— Hum... — De repente me dou conta de que não me lembro. Tenho me sentido como se estivesse de TPM há séculos. Na verdade, espere um pouco, pensando bem, não deveria ter sido na semana passada?

— Não se preocupe, vou dá uma olhadinha no calendário. — Ela sorri e me passa um. — Costuma ser mais fácil assim.

Olho para as datas.

— Bom, na verdade, deveria ter sido no meio do mês...

— Humm. Entendi. — A enfermeira ainda está sorrindo. — Tem algum motivo para a sua menstruação estar atrasada?

— Não.

— Você tem vida sexual ativa?

Puta merda. *Johnny.*

— Bom, sim, mas é impossível — digo abruptamente, afastando a ideia assim que ela surge.

— Ah, você se surpreenderia... tenho uma paciente de quarenta e sete anos que engravidou de gêmeos — a enfermeira continua. Ao ver a minha expressão, acrescenta: — Mas não vamos nos precipitar, não é mesmo? Agradeço se puder ir ali atrás do biombo e tirar a roupa da cintura para baixo, depois é só deitar na maca...

Faço o que ela pede. É um pouco desconfortável. Um espéculo é tanto um instrumento de tortura quanto um instrumento que salva vidas. Concentro-me nas placas do teto enquanto a enfermeira tagarela, tentando me deixar confortável durante a execução eficiente do exame. Há um pedaço de plástico quebrado ao redor de uma das luminárias. Uma lâmpada está faltando.

— Ok, terminado. — Ela sorri alegremente, tirando as luvas cirúrgicas e me entregando algumas toalhas de papel.

— Foi rápido — sorrio, grata. — Obrigada.

Quando ela desaparece atrás da cortina, visto-me rapidamente.

— Mas, Penelope — ela começa quando reapareço —, gostaria só de coletar um pouco de urina. — Então me entrega um frasquinho plástico. — Se você não se importar.

*

Enquanto estou sentada na privada, fazendo xixi no frasquinho plástico, um milhão de pensamentos passam pela minha cabeça. Sentimentos ameaçam aflorar. É difícil compreender todos, então nem tento. Não pense nisso, Nell. Fecho a tampa de plástico com firmeza, passo uma água no frasco na pia e seco com uma toalha de papel. Sinto o líquido de cor âmbar quente na mão. Não importa o que você faça, apenas não pense nisso.

*

— Você não está grávida — a enfermeira diz sem emoção. — Então podemos excluir isso.

— Bom, eu nem sequer cheguei a pensar...

— No entanto significa que é mais provável que esteja passando pela perimenopausa.

— Ah, sim, entendo.

Em poucos minutos, o pêndulo da juventude oscilou de Ainda Fértil e Possivelmente Grávida para Bruaca Velha de Ovos Podres. Não que eu já não estivesse consciente do meu relógio biológico... Que mulher não está?

Desde o momento em que tive minha primeira menstruação, todo mundo sempre teve alguma opinião sobre a minha fertilidade. Da professora na escola, que mostrou a nossa turma de meninas de treze anos nosso primeiro vídeo de educação sexual e explicou sobre contracepção, alertando-nos contra a gravidez na adolescência, até a enfermeira que fez meu papanicolau aos trinta e três anos e me disse, com todas as letras, que se eu quisesse filhos era melhor "se apressar, meu bem". Então não é surpresa que, durante a maior parte da minha vida, a ideia de estar grávida fosse a coisa mais assustadora do mundo — até os polos se inverterem de um jeito inesperado e, de repente, a ideia de deixar para mais tarde passasse a ser a coisa mais assustadora.

— Isso explica por que a sua menstruação está irregular — a enfermeira comenta. — Talvez você observe o fluxo ficar mais intenso, ou mais leve, e pode haver outros sintomas.

— Sintomas?

— Ondas de calor são bem comuns, assim como suores noturnos e mudanças de humor, até mesmo depressão... ah, sim, e aumento de peso.

Esta manhã de segunda-feira está ficando cada vez melhor.

— E isso costuma durar quanto tempo?

Estou torcendo para que sejam alguns meses, no máximo um ano para que seja apropriado.

— Ah, pode durar uns poucos anos até uns dez.

— Dez *anos*? — Assassinos pegam menos tempo de cadeia.

— Sim. — Ela sorri alegremente. — Mas não se preocupe; em geral, nesse tempo você já terá chegado à menopausa.

Forço um sorriso.

— Bem, pelo menos posso ansiar por isso.

Sou grata por:

1. Todo o dinheiro que vou economizar de absorvente quando a grande M finalmente chegar.

2. O pacote de salgadinho de queijo tamanho-família e a garrafa de vinho que comprei no caminho para casa, porque, se vou ter que lutar contra suores noturnos e depressão, vou precisar de mais do que salada e suco verde.

3. Um bom motivo para ganhar peso, e não simplesmente ter comido o pacote inteiro de salgadinho de queijo.

4. A luz no fim do túnel que é a mulher grávida de gêmeos aos quarenta e sete anos, não só por diminuir um pouco o meu pânico ao me mostrar que ainda tenho alguns anos AQSTD, mas por ser um mulherão da porra.

5. Não ter quarenta e sete anos e estar grávida de gêmeos; fico exausta só de pensar.

Pânico e potencial

Já faz uma semana que encontrei Max, e não consigo parar de pensar nele. Não quero interferir — eu fiz uma promessa —, mas estou preocupada. Já li muitas histórias trágicas no noticiário sobre o que acontece quando a pressão é demais. Homens como Max. Ele *era a alegria e a alma da festa. Tinha acabado de ter um bebê, parecia tão feliz. Todos os amigos o amavam. Era um marido e pai incrível.*

Decido saber dele todos os dias e o bombardeio com mensagens de texto e de voz. Basicamente, o contrário do ghosting. Eu o deixo maluco e ele me implora para parar. Eu me recuso. Sou uma sequestradora pedindo resgate: se ele contar para Michelle, poderá ter sua vida de volta; uma vida que não inclui cerca de vinte mensagens e diversas ligações perdidas por dia.

Enquanto isso, estou me sentindo um pouco deprimida depois da minha consulta médica. Estar na perimenopausa pode até não ser tão ruim quanto perder o emprego (É pior! Brincadeira. Mais ou menos.), mas pelo menos você pode arranjar outro emprego, enquanto eu estou diante de um futuro de suores noturnos e ondas de calor e calças de elástico, porque nada mais vai me servir depois que eu ganhar todo aquele peso.

É claro que tenho noção de que este é apenas um novo estágio da vida, um que — se formos acreditar em toda essa história de meia-idade — eu deveria abraçar. Mas e se a pessoa não estiver pronta para este novo estágio? E se ainda nem tiver alcançado o estágio anterior? Mesmo que você não tenha certeza se quer ter filhos ou não, é reconfortante saber que tem opções. Ninguém quer ser A Mulher Cujo Tempo Acabou. Você quer ser a pessoa que toma as decisões. Ficar em cima do muro é uma coisa, mas o que acontece quando o muro é tomado de você? Você pula lá de cima alegremente ou cai estatelada no chão?

Não sei, mas tenho certeza de que alguém já escreveu um artigo sobre isso. Porque é lógico que todo mundo pode opinar quando estamos falando de mulheres e maternidade. Já perdi as contas da quantidade de artigos que li sobre os perigos de ser uma mãe adolescente/solteira/mais velha (escolha de acordo com o dia). Os alertas de "especialistas" contra focar na sua carreira e deixar a maternidade para tarde demais *versus* a vergonha da gravidez na adolescência. Para mulheres jovens atualmente, a questão é "congelar ou não congelar". E não nos esqueçamos dos debates intermináveis sobre aquelas que decidem não ter filhos.

Todo mundo tem uma opinião. Pensando bem, isso é muito estranho, porque apenas aceitamos como normal. Durante anos, ouvi que, como sou mulher, eu deveria passar meu aniversário de trinta e cinco anos em pânico enquanto minha fertilidade se atirava do penhasco. Mas, se você acreditar em tudo o que lê, fazer cinquenta anos parece trazer as alegrias de lidar com A Menopausa.

Mal posso esperar!

Enquanto isso, homens compram carros esportivos e jaquetas de couro.

*

Minha empolgação é tão grande que falo sobre isso no último episódio do meu podcast. Também falo sobre Johnny. Ter tido que lembrar dele na consulta médica é em parte a razão para minha crise. Ainda não estou nem perto de entender por que ele me deu um ghosting, mas tenho a sensação de que esse será um daqueles crimes nunca solucionados. "O paquera que desapareceu: um mistério da vida real."

No entanto, entendi que não é realmente dele que eu sinto falta — afinal, só tivemos três encontros —, mas da promessa que vinha a relação. Como sou uma podcaster anônima, refiro-me a ele como sr. Potencial, porque, sendo sincera comigo mesma, era provavelmente com isso que eu estava mais empolgada.

É uma coisa perigosa, o potencial.

Sou grata por:

1. "Me sentir um pouco deprimida" e em "crise", por serem coisas muito distantes de O Medo.

2. Ter tantas maneiras de entrar em contato com (assediar) Max: e-mail, mensagem de texto, WhatsApp, ligação (embora ele talvez não compartilhe da minha gratidão).

3. Meu podcast — já tenho trinta e dois ouvintes!

4. Os milagres da ciência moderna por ser capaz de ajudar A Mulher Cujo Tempo Acabou a se tornar A Mulher Que Tem Opções.

5. Não entrar em pânico.[*]

---

[*] Bom, só às vezes, quando leio um daqueles artigos assustadores, mas acho que isso é normal (e totalmente intencional por parte deles).

Le Mieux est L'Ennemi du Bien

No fim de semana, vou até a casa de Cricket, pois o marceneiro terminou de fazer a estante para sua pequena biblioteca. Tem o formato de uma casa e dois suportes de madeira para poder ficar sobre as grades, de frente para a calçada. Agora só precisamos enchê-la de livros.

— O que acha de alguns Steinbeck?

Estamos no jardim da frente, rodeadas por caixas de papelão cujo conteúdo saiu das estantes lá de dentro, tentando escolher o que colocar nas prateleiras. Cricket está de muito bom humor. Na verdade, eu diria que nunca a vi com tanta energia. Esse projeto deu a ela uma nova motivação para viver.

— Ahhh, sim — assinto, aprovando, enquanto Cricket coloca os livros ao lado de algumas das obras em brochura de John le Carré já muito folheadas por Monty e da obra completa de Voltaire. — As *vinhas da ira* é um dos meus livros favoritos da vida. — Passo os dedos pela textura em relevo dourado na lombada. — Espera aí... — Abro o livro para ver as primeiras páginas, então encaro a edição sem acreditar. — É uma primeira edição!

— É, eu sei — responde Cricket, animada. Ela continua vasculhando a caixa. — O que você acha de poesia? — Então agita um volume de Keats para mim.

— Cricket, isso é muito valioso! Não podemos deixar aqui. — Não acredito que estou realmente segurando uma primeira edição de Steinbeck. Alguém me belisque.

— Por que não? Eu já li. Vamos deixar outra pessoa ler. Como Monty costumava dizer, livros foram feitos para serem compartilhados, não possuídos. Não vejo motivo para que esse exemplar fique parado na minha estante.

É um bom argumento e uma visão da qual compartilho — sempre passo meus livros adiante —, mas os meus normalmente são obras em brochura que já caíram na banheira. Não clássicos raros e extremamente caros.

— Vamos só deixar as primeiras edições guardadas por enquanto — sugiro, tentando não acabar com o entusiasmo dela lhe dizendo que o livro vai acabar indo parar na estante de outra pessoa, muito provavelmente a de um colecionador rico.

— O que você achar melhor. — Ela sorri, segurando uma pilha de livros em capa dura. — Então, me diga, o que decidimos sobre poesia?

*

Continuamos até o fim da tarde, olhando os livros e selecionando o que colocar nas três pequenas prateleiras. Em teoria, deveria levar vinte minutos. Uma hora, no máximo, se você estiver realmente em dúvida. Mas isso não nos permitiria conversar com todos os diversos transeuntes que, interessados no que estamos fazendo, param para fazer perguntas.

Quase todos na vizinhança ouviram falar que a biblioteca vai fechar e compartilham da nossa decepção; uma pequena biblioteca gratuita é exatamente o que a comunidade precisa, e a reação das pessoas é entusiasmada e encorajadora. Muita gente oferece seus próprios livros usados, outros perguntam sobre como podem montar a própria biblioteca, enquanto alguns simplesmente aproveitam a oportunidade para parar e conversar.

Com alguma frequência me pego observando Cricket, absorta em uma conversa com alguém, e não consigo evitar um sorriso. Não é só a pequena biblioteca que está nascendo, é Cricket também. Ao dar algo à comunidade, ela está recebendo muito mais de volta. As pessoas se oferecem para vir trazer livros, trocam telefones, se apresentam, apertam as mãos e beijam as bochechas.

Ouço histórias de pessoas que moram aqui há vinte, trinta ou até quarenta anos, que me contam quanto a região mudou, que antes era majoritariamente composta por lojas de antiguidades, e depois veio a gentrificação e todas as lojas chiques tomaram o bairro, "elevando os preços e expulsando as pessoas". Também conheço um casal de Nova York que acabou de se mudar para o bairro e abraçou alegremente o estilo de vida chique, e converso com a mãe de uma menininha que se oferece para trazer alguns de seus livros infantis e confessa que não aguenta mais olhar para o celular, mas que não tem tempo de ler.

— Uma palavra por vez, uma página por vez — Cricket diz a ela alegremente. — É assim que um escritor escreve e é como o leitor deveria ler. Você vai chegar ao final. Não importa se vai demorar seis meses ou um ano ou até mais. Era o que eu sempre costumava dizer ao meu marido.

A menina acaba levando O *grande Gatsby*.

*

— Bom, isso foi divertido — digo quando finalmente nos despedimos da última pessoa e entramos na casa com nossas caixas vazias. Tivemos que repor os itens nas estantes durante a tarde, porque tinha muita gente louca para pegar um livro emprestado.

— Monty teria adorado isso — comenta Cricket, subindo a escada da frente e fechando a porta depois que entramos. — Ver todo mundo aproveitando os livros dele foi como tê-lo de volta.

Eu a sigo até a sala de estar amarelo-mamangaba e nos largamos cada uma em uma ponta do sofá, afundando outra vez no veludo gasto que foi aquecido pelo sol da tarde. Por alguns instantes, nós duas descansamos a cabeça e fechamos os olhos, banhadas pelas raios de luz que entram pela janela de moldura baixa. A sala está silenciosa, exceto pelo tique-taque do relógio sobre a lareira.

— Sabe, eu li a carta.

Ainda com a cabeça apoiada no sofá, eu me viro de lado e olho para ela. Seus olhos ainda estão fechados.

— Era uma carta de amor de Pablo para Monty.

— Eu não li — respondo rapidamente. É a primeira vez que falamos sobre isso. — Só vi a fotografia. Me desculpe, ela caiu de dentro do envelope...

— Minha querida, você não tem nada do que se desculpar. — Abrindo os olhos, ela se vira para me encarar. — Não estou chateada.

— Não?

— Porque meu marido amou um homem antes de me amar? — Um sorriso divertido chega aos olhos dela. — Não, não estou.

Nós nos entreolhamos, nossas bochechas ainda apoiadas sobre o veludo.

— Eles se conheceram em Paris quando tinham vinte e poucos anos — ela continua em voz baixa. — Pablo era pintor. Monty, um dramaturgo em dificuldades. Eles se tornaram amantes. Monty nunca quis que eu soubesse. Tinha muita vergonha daquela parte de si mesmo. Não é como hoje. A geração mais nova é tão fluida em relação à sexualidade, não há vergonha... e por que deveria haver? Mas era diferente naquela época. E eu o amava, então fingia não saber o segredo dele.

— Você sabia?

— Desde sempre — Cricket responde, sem nem pensar. — Desde o nosso primeiro encontro, eu sabia que Monty tinha um passado. Havia boatos. Eu suspeitava. Encontrei um telegrama, alguns bilhetes, uma fotografia... não precisei de muito para ligar os pontos.

Há uma pausa enquanto ela se recorda.

— Eu sabia que Pablo tinha sido o primeiro amor dele, e que o caso dos dois tinha sido curto, mas apaixonado. Eles voltaram a se falar décadas depois, quando Monty ficou doente. Eu vi um cartão no hospital que não deveria ter visto. Uma ligação perdida de um número da Espanha no celular dele. Nunca deixei que meu marido soubesse.

Ouvindo Cricket, pergunto-me se eu seria capaz de tanta aceitação.

— Você é uma mulher incrível.

— Monty era um homem incrível — ela responde simplesmente. — Não era perfeito, mas quem é? O que é? *Le mieux est l'ennemi du bien.*

Franzo a testa, sem entender.

— Voltaire, o filósofo francês, escreveu que "o ótimo é inimigo do bom" — Cricket explica. — Embora eu ache que uma tradução melhor seria "não deixe o perfeito ser o inimigo do bom".

Absorvo aquelas palavras, revirando a frase na minha mente.

— Será que eu escolheria que meu marido tivesse amado um homem antes de me amar? — Ela volta os olhos para o teto, onde a luz bate no grande castiçal ornamentado. — Não, e tive dificuldade com isso no começo. Também não teria escolhido o terrível mau humor e o hábito nojento de esmagar as pontas de cigarro no pires. Ou o fato de que ele adorava terminar minhas palavras cruzadas do *Times*. Mas eu escolheria a generosidade e a compaixão dele? A mente brilhante e a capacidade de citar *Derek e Clive**de cor? Ou o jeito como, quando eu estava em uma sala com Monty, ele me fazia sentir como se eu não me importasse se o mundo acabasse?

Ainda com a cabeça no encosto do sofá, nós duas assistimos à exibição de prismas nas cores do arco-íris feita pela luz dançando pelas paredes. É bem óbvio que não foi uma pergunta.

— Pode apostar que sim. Todas as vezes.

---

* Derek and Clive foi uma dupla de personagens cômicos criada por Dudley Moore (Derek) e Peter Cook (Clive) na década de 1970. [N. E.]

Troca de mensagens com Max

Contei pra Michelle ontem à noite. Você tinha razão, eu deveria ter contado muito antes. De todo modo, obrigado por ser uma amiga tão boa, Nell.

Que bom! Fico feliz. Como Michele lidou com a notícia?

Ela foi ótima. Não arrancou minhas bolas.

Não, ela deixou isso pro cirurgião 😌

Vai se foder. Bj

Bjs

AGOSTO

#corpodebiquíniebebês

A mulher invisível

Quando eu era criança, queria ser invisível. Imagine só como seria fantástico! Eu poderia ir a qualquer lugar, fazer qualquer coisa e ninguém me notaria. É claro que era só faz de conta. Mas agora, adivinhe só? O meu desejo de infância finalmente se tornou realidade. Sou invisível!

É quinta-feira de manhã e estou levando Arthur para passear, atenta para ver se encontro Johnny. Não o vejo nem tenho notícias dele há várias semanas, e a última coisa que quero é trombar com ele por acidente. Pensando nisso, decido fazer um caminho diferente até o parque, passando pelo novo condomínio de apartamentos de luxo que estão construindo, que está cheio de andaimes e trabalhadores da construção.

Quando eu estava na casa dos vinte anos, morria de medo de passar em frente a trabalhadores de obra. Costumava atravessar a rua para tentar evitá-los e andava rápido e de cabeça baixa, com os olhos colados na calçada, temendo ser notada. Eu odiava quando eles assobiavam e gritavam dizendo coisas como "ô, lá em casa". A feminista dentro de mim se enraivecia: "Como eles ousam me sexualizar desse jeito?". Eu me sentia violada. Envergonhada. Completamente constrangida.

Felizmente, os tempos mudaram. Acho que agora é ilegal gritar coisas assim, embora seja impossível impedi-los de olhar.

Bem, na verdade é possível. Basta ter quarenta e tantos.

Caminhando de jeans e camiseta, faço uma pausa para deixar Arthur cheirar um poste de luz. Não é como você imaginava quando era criança. Não acontece da noite para o dia — não é como se, certa manhã, você acordasse e tivesse se tornado invisível —, mas aos poucos você começa a perceber. O olhar do barman passa direto por você enquanto você está no bar esperando ser servida; a pessoa na sua frente deixa a porta se fechar na sua cara como se você nem estivesse ali; você não consegue chamar a atenção do garçom nem para pedir uma água, porém ele está pairando de maneira atenciosa perto da mesa de uma loira bonita.

E então um dia você está passando em frente a um prédio em construção e — *puf* — está invisível.

— Ei, cuidado! — exclamo.

Um trabalhador quase bate na minha cabeça com um pedaço de andaime, porque está ocupado demais olhando para a garota de *cropped* à minha frente para sequer olhar na minha direção.

Preciso me abaixar para me proteger.

Sério. Mas que porra?

Sou grata por:

1. *Croppeds, porque os meus velhos se tornaram panos de prato brilhantes. #quemprecisadejuventudequandopodelimparacozinha #brincadeirinha #sqn*

Qual é o seu superpoder?

— Ele podia ter me matado! — reclamo para Cricket no dia seguinte, quando nos encontramos em um café perto da casa dela. Vim ajudá-la a reabastecer a pequena biblioteca com livros, porque já está quase vazia, tamanho o sucesso. Estamos tomando um café antes de começar o trabalho.

— Ele não viu você?

— Não, estava ocupado demais olhando para uma novinha. Foi como se eu fosse invisível.

— É o nosso superpoder! — Ela sorri. — É um prêmio por ficar mais velha.

— Não tenho certeza se é exatamente um superpoder — resmungo. — Tá bom, sim, admito que é um alívio não ser mais a pessoa que recebe aquele tipo de atenção masculina indesejada... quer dizer, sério, quem é que quer um idiota gritando para você da janela de uma van branca? — Faço uma careta ao me lembrar. — Mas eu gostaria de receber um elogio educado ou que alguém me oferecesse um lugar no metrô...

Eu me interrompo quando um garçom traz nossos cafés, então falo mais baixo.

— Ou receber um sorriso do garçom bonitinho que me entrega meu café com leite. — Ele coloca minha xícara na mesa sem sequer olhar na minha direção e desaparece. — Viu? Ele nem sequer reparou que eu existo. — Faço uma careta novamente. Como é mesmo aquela expressão que diz para tomarmos cuidado com o que desejamos?

— Johnny reparou em você.

— Pelo que eu fiquei sabendo, Johnny repara em qualquer coisa que respire. — Abro dois pacotinhos de açúcar e os despejo no café em um ato de rebelião. Não sei muito bem por que estou tão mal-humorada.

Cricket me observa com a expressão pensativa.

— Eu era de parar o trânsito, sabe. Entrava em um bar e os homens viravam para olhar. Minhas pernas vinham até aqui em cima e eu não tinha medo de mostrá-las.

A questão é que é impossível continuar de mau humor quando você está com Cricket.

Abro um sorriso.

— Eu sei, eu vi as fotos. Aquela em que você está de vestido de festa no Savoy... — Ergo as sobrancelhas e finjo me abanar. — Uma gata!

Cricket ri, a alegria estampada em seu rosto ao se lembrar, enquanto segura o latte com as duas mãos.

— Naquela época, meu superpoder era diferente. — Ela toma um gole da bebida e devolve a xícara com cuidado ao pires. — Chama-se juventude.

Risadas agudas vêm de um canto e nós duas olhamos em direção a um grupinho de garotas de vinte e poucos anos, todas no celular, uma massa de cabelos longos e pernas longas.

— Sabe, você nunca acha que vai ficar velha. Lá no fundo, ainda me sinto como aquela garota de vinte e cinco anos. — Cricket para de observá-las e se volta para mim. — Às vezes até esqueço, mas aí deparo com o espelho.

— Mas você ainda é linda — protesto, olhando diretamente para ela, que está usando uma joia grande como gargantilha e o batom vermelho que é sua marca registrada.

— Ah, Nell, minha querida, você é muito gentil, mas não sou mais linda. Não *quero* ser linda. Só quero estar bem para a minha idade. — Seu rosto se enruga em um sorriso. — Sabe, quando eu era atriz, havia tanta pressão em relação à minha aparência. É claro que o talento é importante, mas como um diretor me disse certa vez, ninguém quer uma senhora enrugada como protagonista.

— Que tosco! Espero que você tenha passado um sermão nele.

— Fiz mais que isso; eu me casei com ele. — Ela ri com vontade ao ver minha expressão.

— Monty disse isso?

— Sim, e eu o fiz engolir aquelas palavras por mais de trinta anos. Ele acabou escrevendo alguns papéis muito bons para mulheres mais velhas. Eu sempre provocava dizendo "Mas ninguém quer uma senhora enrugada como protagonista", e ele sempre respondia: "Ah, mas eu quero, meu amor, eu quero".

De repente, seus olhos se enchem de lágrimas. Ela funga fortemente e balança a cabeça.

— Velha boba — sussurra.

Eu estico minha mão sobre a mesa e a apoio sobre a dela.

— Velha boba.

Nossos olhos se encontram. Nós duas sorrimos.

— Vou te contar um segredo, Nell. — Ela se inclina para a frente e faz um gesto para que eu me aproxime, e confidencia: — No fim das contas, ser invisível é exatamente como você imaginava que seria quando era criança. Não há nada a temer, pelo contrário: é maravilhoso. Te dá uma liberdade incrível para fazer o que quiser, vestir o que quiser, dizer o que quiser... bom, na maior parte do tempo. — Com uma expressão tímida, ela se recosta no cadeira. — E ninguém está nem aí.

— Tem certeza de que não é você que não está nem aí?

— Os dois. — Cricket ri e toma mais um gole de café. — Quando eu era bem mais nova, eu costumava me preocupar muito com a minha aparência, com o que as pessoas achavam, com o jeito como eu era percebida. Estava sempre tentando me encaixar. — Ela balança a cabeça. — Que baita desperdício de tempo.

— Mas você conheceu Monty, é diferente. Eu ainda estou solteira.

Ela assente.

— É verdade, eu tive muita sorte. E entendo que todas nós queremos ser visíveis de algum modo... ser vistas... ser reconhecidas. Não importa a idade... Especialmente se você estiver esperando conhecer alguém.

Repousando a xícara na mesa, ela brinca com a aliança de maneira pensativa.

— Não tenho mais o Monty, e como viúva eu me sentia muito invisível. Mas então você bateu na minha porta.

Nós duas sorrimos ao nos lembrar.

— Não estou querendo soar banal nem fazer você se sentir melhor, mas acredite quando eu digo: *pessoas importantes vão te ver, não importa o que aconteça.*

Cricket olha para mim e sei que ela me vê, assim como eu a vejo. Talvez este seja o nosso verdadeiro superpoder.

— Agora, eu queria te perguntar uma coisa.

Eu me recosto e bebo um gole de café. Está esfriando.

— É sobre Monty.

— Mais livros? Roupas?

— As cinzas dele, na verdade.

— Ah, Cricket... — começo a me desculpar, mas ela logo me silencia, dizendo-me para não ser boba.

— Decidi onde quero espalhá-las e estava me perguntando se você poderia ir comigo. É um lugar que era muito especial para Monty; ele me levou lá pouco depois de nos conhecermos.

Eu me recordo imediatamente de uma história que Cricket me contou de Monty a levando para Hampstead Heath para um piquenique.

— Claro. Seria uma honra.

— Eu estava torcendo para que você dissesse isso. — Ela pega alguma coisa da bolsa debaixo da mesa. — Então tomei a liberdade de comprar duas passagens.

— Passagens? — Olho para ela surpresa. — Não vamos para Hampstead Heath?

— Meu Deus, não, o que te fez pensar isso? — Ela me entrega uma passagem da British Airways. — Vamos para a Espanha.

Sou grata por:

1. Nunca mais ter que ouvir cantadas como "ô, lá em casa", porque já aconteceu e adivinhe só, estou bem.

2. A liberdade que vem de ser invisível.

3. Perceber que, no que diz respeito a superpoderes, a juventude é totalmente superestimada, porque você não sabe realmente que a tem até perdê-la, e isso é um superpoder bem porcaria, se quer saber.

4. Ser capaz de voar... PARA BARCELONA!

Os horrores da luz de teto

Mas primeiro o mais importante: preciso de roupas novas.

Uma semana depois, estou no shopping, refém em um provador, cercada por roupas que pareciam muito promissoras, entregando o que prometeram.

O que, pensando bem, poderia ser uma descrição da minha vida amorosa, da minha carreira, ou da minha vida em geral.

Mas dane-se, quem se importa? *Vou sair de férias!*

A culpa limpa a garganta ruidosamente e me dá um tapinha no ombro, lembrando-me do real motivo pelo qual vou para a Espanha. Tecnicamente, não é uma viagem de férias. Vou acompanhar uma viúva em sua jornada para espalhar as cinzas do marido.

Meu celular apita com uma mensagem. É de Cricket:

Não compre bronzeador. Comprei um monte!

Bom, talvez não tenha problema em ficar *um pouquinho* empolgada.

Vamos viajar durante uma semana inteira. Foi ideia dela.

— Acho que nós duas estamos precisando de uma boa pausa. Tomar um pouco de sol. Nadar no mar. Vai nos fazer muitíssimo bem. — Parece glorioso. Depois dos eventos recentes, não consigo pensar em nada de que eu gostaria mais do que sair de Londres e ir para o Mediterrâneo. Além disso, não preciso me apressar para voltar para cá. Posso trabalhar de maneira remota no meu laptop e, no resto do tempo, ficar na praia com um livro. Mal posso esperar.

Só preciso de um biquíni novo.

Só. É uma palavra tão ilusória, não é? Implica algo rápido e simples. Um probleminha pequeno que pode ser facilmente resolvido: só pegar um café, só estacionar o carro, só preciso levar o cachorro para fazer xixi. Em nenhum lugar da palavra "só" existe uma carnificina de biquínis ao redor dos meus tornozelos, o horror do meu reflexo sob a luz de teto (sobre a qual eu deveria colocar um véu) e o esforço para me contorcer porque a parte de cima e a de baixo do biquíni estão grudadas uma na outra por aquelas etiquetas plásticas de segurança irritantes, e para experimentá-las ao mesmo tempo preciso me dobrar no meio e me torcer, como Quasímodo, para me ver no espelho.

Não, "só" não faz jus a nada disso.

Além disso, ainda não consegui encontrar nenhum look de verão. São todos curtos demais! Uma moça de vinte e poucos jamais diria isso. Os únicos de que gosto são confortáveis, mas fora de moda.

Percebo que estou murchando, então ligo para Liza pelo FaceTime. Preciso dos conselhos de uma millennial.

Felizmente, mesmo com o fuso horário, ela está acordada, e rapidamente passamos por uma montanha de roupas.

— O vestido azul é legal... não tenho certeza sobre as listras... grande demais... já vi você usando roupas melhores... seria melhor em branco... AMEI o macacão!

— Obrigada, Liza, é como ter uma *personal shopper*.

Ela sorri.

— Estou tão animada por você. A viagem vai ser incrível. Você merece umas férias.

— Bom, não são exatamente férias. — Pego um macaquinho florido.

— Eu sei, você comentou. A velhinha parece muito fofa.

É estranho ouvir Liza chamar Cricket de "velhinha". Aos oitenta e poucos, imagino que ela seja mesmo, mas para mim ela não parece nem um pouco.

— Definitivamente não. Esse tecido deixa você parecendo a cortina da casa de alguém...

Olho para meu reflexo. Parecia legal no cabide, mas na vida real parece que minha roupa foi escolhida por Maria von Trapp. E agora o zíper emperrou. Solto o celular e começo a tentar tirar a roupa pela cabeça, mas o tecido se enrosca nos meus ombros. Sou eu ou ele parece ter encolhido?

Ouço o som de algo se rasgando e apareço com o rosto vermelho, como uma rolha saindo de uma garrafa, no mesmo instante em que meu celular apita com uma mensagem.

— Espera aí, chegou uma mensagem, pode ser a Cricket falando da viagem.

Aliviada por ter os braços livres outra vez, pego o celular e mudo de tela rapidamente.

Oi, Nell, como você está? Espero que esteja aproveitando o sol.
Bj, Johnny

— Que escroto!

Quando leio em voz alta, Liza reage da maneira que você gostaria que sua amiga reagisse quando o homem que te deu um ghosting um mês atrás acaba de te mandar uma mensagem do mais absoluto nada. Contei para ela tudo o que aconteceu e Liza se sente culpada por ter me encorajado a usar os aplicativos de namoro. Não que seja culpa dela. Parece que eu tenho o hábito de ter uma queda pelos homens errados.

— Não acredito. — Fico olhando para a tela, incrédula.

— É só ignorá-lo — Liza diz com firmeza.

E ela tem razão. Claro que tem. Mas meu orgulho ferido não vai deixar para lá.

Quem é?

Rá. Agora ele vai ver só.

Johnny

Ele é assim tão desligado? Fico tentada a responder "Que Johnny?", mas sou uma adulta madura.

Oi, Johnny. Agradeço se você não me procurar mais.
Obrigada, Nell

— Não mande beijo — Liza me instrui. — Ele só está sondando você.

— Claro que não. — Toco no botão para enviar. — Pode acreditar que vai ser a última vez que ele vai falar comigo.

Meu celular apita.

Só estava me perguntando por que você sumiu.

— Ele está fazendo gaslighting com você! — Liza exclama.

— Pensei que fosse ghosting.

Estou tão confusa, tanta coisa mudou desde a última vez em que estive solteira, e agora estou até com dor de cabeça. Provavelmente por ter pulado o almoço e ter sido privada de oxigênio em um macaquinho florido.

Coloco o celular no silencioso, agradeço a Liza por toda ajuda e saio do provador para a luz ofuscante do dia, onde levo uma bronca da vendedora por não ter colocado tudo de volta nos cabides direitinho, e acabo comprando o macaquinho florido rasgado por culpa.

Ainda não encontrei um biquíni.

Sou grata por:

1. *Poder bloquear as pessoas, então agora Johnny não pode fazer ghosting nem gaslighting comigo.*[*]

---

[*] Na verdade, ele ainda pode fazer ghosting comigo, mas eu não vou ficar sabendo, e menos com menos dá mais.

2. Não ter jogado fora o pequeno kit de costura que recebi de graça quando fiz o upgrade de passagem com minhas milhas, então consigo consertar o zíper do conjuntinho e dar para Lily, filha de Max, que o usa com um cinto e com as mangas dobradas para cima. Lily tem sete anos.

3. Setenta por cento de desconto em liquidações de verão online.

Ligação da polícia

É sábado à noite e estou em casa sozinha com Arthur, lavando minha roupa. Vou para a Espanha na segunda-feira e ainda não fiz as malas. Sou péssima fazendo malas. Nunca sei o que levar e sempre pareço escolher as coisas erradas. Depois de viajar tanto, seria de se imaginar que a essa altura eu já tivesse aprendido, mas passo a vida inteira lendo aqueles artigos de férias sobre armários cápsula e sobre enrolar uma camiseta listrada e alguns lenços para montar dez looks diferentes.

Eu até tentei uma vez quando fui para a Itália, mas no meio da semana minha camiseta listrada estava coberta de pesto e meus pés cheios de bolhas (pelo amor, quem é que leva só um par de sandálias?). E pode acreditar, há um limite para o que você consegue fazer com os lenços.

Desta vez, vou adotar uma abordagem mais "leve o máximo que você conseguir socar na mala", então estou lavando todas as minhas roupas de verão e pendurando-as por todo o apartamento para secar. Edward se recusa a ter uma secadora — ele diz que é ruim para o meio ambiente —, então, embora estejamos em agosto, coloquei o aquecimento no máximo e agora a casa parece uma sauna. Pobre Arthur... Está morrendo na minha varanda com aquele corpo cheio de pelo.

Estou tirando uma leva de roupas da máquina e enfiando outra quando o telefone residencial toca. Deve ser outra daquelas ligações incômodas que a gente vive recebendo.

— Desculpe, não estamos interessados — respondo antes que a pessoa tenha oportunidade de tentar me vender alguma coisa. E estou prestes a desligar.

— É a sra. Lewis?

— Perdão?

— Aqui é o inspetor de polícia Grant, da delegacia de Brooksgate. Gostaria de falar com a sra. Edward Lewis.

— Hum... é, não... eu divido apartamento com ele. Bom, sou a inquilina, na verdade. Ele é o proprietário do apartamento.

— E com quem estou falando?

— Nell Stevens... Penelope Stevens — rapidamente me corrijo. A situação exige as quatro sílabas. — Edward está bem?

— O sr. Lewis se envolveu em um incidente e no momento está sob custódia para interrogatório...

— *Edward?* — Estou incrédula. — Isso é alguma pegadinha?

— Sou um oficial de polícia, senhorita Stevens. Não tenho hábito de passar trote.

— Desculpe, claro... — Vou para o corredor, longe do barulho da máquina de lavar, para tentar pensar direito. — Ele está bem?

— Precisamos que alguém venha até a delegacia e traga o par de óculos extra dele.

— Por quê? O que aconteceu com o par que ele está usando?

Há uma pausa, como se o inspetor estivesse refletindo sobre quanta informação deveria me passar.

— Infelizmente, os óculos do sr. Lewis se quebraram na altercação que o levou à prisão.

*

Altercação! Prisão! Edward?

Uma hora depois, quando chego ao centro de Londres e abro as portas da delegacia, ainda estou em choque. Essas não são palavras que alguém associaria a Edward. Eu estava achando que tinham pegado a pessoa errada, mas no fim das contas a pessoa que está suja de lama, com o olho roxo e o lábio inchado diante de mim realmente é Edward. Embora esteja quase irreconhecível.

— Puta merda! — Dou um pulo da cadeira quando ele é conduzido para fora da cela para me cumprimentar.

— Penelope?

De repente, percebo que ele não consegue me ver direito, porque está sem óculos.

— Sim, sou eu. O que aconteceu com você?

Quando ele se aproxima, vejo a total extensão de seus ferimentos. Edward levou uma bela surra.

— Um motorista fez uma curva em local proibido e quase me derrubou da bicicleta, então eu disse que iria mostrar à polícia o vídeo da GoPro no meu capacete como prova... — Enquanto fala, ele se encolhe e toca o lábio inferior inchado. — E ele ficou bem bravo e me jogou no chão e arrancou meu capacete de mim, mas provavelmente porque sabia que estava em local proibido...

— Mas a polícia disse que foi você que foi preso?

— Acabamos nos envolvendo em uma pequena briga e meu celular foi destruído... junto com meus óculos e o para-brisa dele.

Escuto, boquiaberta; não consigo acreditar no que estou ouvindo.

— *Você se envolveu em uma briga?*

— Eu estava me defendendo — ele protesta, indignado. — É diferente. Fui vítima de violência no trânsito! É o que estou tentando explicar à polícia...

— IDIOTA!

Ele é interrompido quando um homem grande e careca com o rosto machucado e a mão enfaixada sai de uma das celas.

— É melhor você se cuidar, da próxima vez eu vou te pegar, caralho...

O homem é silenciado pela esposa, uma mulher loira e baixinha, que o pega pelo cotovelo e o afasta dali.

— Ele parece pior que você.

— Bom, eu jogava rúgbi... Ai.

Edwards se encolhe quando tenta sorrir. Quando leva a mão até a bochecha, reparo alguns cortes nos nós de seus dedos.

— Você teve sorte, ele poderia ter uma faca — digo, sentindo-me ao mesmo tempo irritada e aliviada por serem apenas alguns machucados superficiais.

Olha séria para Edward e ele parece aceitar a punição.

— Olha, não consegui encontrar seus óculos, então trouxe as lentes de contato. — Quando tiro o par de lentes do bolso, ele aperta apenas um olho para mim. — Na verdade, talvez você só precise de uma — completo, guardando a outra.

— Sr. Lewis?

Nós dois nos viramos e vemos um sargento parado atrás da mesa. Está segurando um saquinho plástico com fecho; dentro dele há uma pequena carteira de couro, chaves e um celular esmagado.

— Se o senhor puder assinar aqui para pegar o restante dos seus pertences...

Edward se aproxima e assina.

— Obrigado, policial.

— Como o investigador confirmou, você será liberado sob fiança com a possibilidade de ser chamado para novo interrogatório, então, por favor, permaneça disponível para vir à delegacia para mais algumas perguntas nos próximos dias. — O sargento lhe entrega o saco plástico junto com o capacete. — Como pretende voltar para casa?

— Bem, se você me devolver minha bicicleta, posso ir pedalando.

O policial ergue uma sobrancelha.

— Não acho que é uma ideia muito boa, você acha?

— Eu sou um ótimo ciclista.

— Quando consegue enxergar com os dois olhos, talvez— ele responde sem emoção. — E a srta. Stevens? Ela vai de carona?

O policial olha para mim e abafo um sorriso. Ele até que é bonitinho. Também reparo que ele parece um adolescente. Sou eu ou os policiais estão ficando cada vez mais jovens?

— Vem, Edward, vamos pegar o trem — digo, passando meu braço pelo dele e, antes que ele possa discutir, conduzindo-o para fora da delegacia.

312

*

— Não acredito que eles querem ficar com a minha bicicleta como evidência.

Estamos sentados frente a frente em um trem da South Western saindo da estação de Waterloo, voltando para casa. Na luz brilhante do vagão, o hematoma ao redor do olho de Edward já parece estar mudando para um multicolorido vivo.

— O que eles vão fazer? Procurar impressões digitais?

— Sei lá. — Balanço a cabeça. Ele ainda está irritado com o que aconteceu, mas não estou realmente ouvindo. Algo está me incomodando. — Edward, você tem alguma coisa para me contar?

Sua expressão muda e ele olha para mim envergonhado.

— Claro. Eu nem sequer lhe agradeci por vir tão longe para me buscar, né? — Ele esfrega a testa agitado. — Desculpe, foi péssimo da minha parte...

— Não, não é isso.

— Não? — Ele franze a testa.

— Edward, o que você estava fazendo na cidade em um sábado à noite? Porque não está em casa, em Kent?

Minha pergunta parece pegá-lo no pulo e ele hesita por um momento.

— Eu estava, mas vim de trem encontrar um amigo para um drinque. Ele mora aqui.

Eu me recosto no assento e o encaro, desconfiada.

— Mas você estava de bicicleta. Você me disse que a deixa no escritório no fim de semana.

Edward olha para mim.

— Você acreditaria se eu dissesse que tenho duas bicicletas?

— Não, acho que não.

— É, eu também não acreditaria. — E, baixando a cabeça, ele encara os pés pelo que parece uma eternidade.

*

Então Edward me conta.

Ele tem se hospedado em um hotel barato em Londres aos finais de semana há alguns meses, desde que ele e Sophie se separaram. Ele se sentiu envergonhado e constrangido demais para admitir para qualquer pessoa. Os dois estavam se afastando havia anos, desde que os gêmeos eram pequenos, e a viagem para esquiar no Ano-Novo foi uma última tentativa de salvar o casamento e fazê-los se reaproximarem. Mas, em vez disso, só serviu para destacar como estavam distantes.

— E então na Páscoa ela me disse que queria o divórcio — ele conclui, voltando a olhar para mim.

— Ah, Edward, sinto muito.

— Não sinta. Eu não sinto. No começo eu fui contra. Não existe divórcio na minha família. Eu achava que as pessoas tinham que permanecer casadas, independente de estarem infelizes ou não, porque isso é o casamento. Eu encarava o divórcio como um fracasso. Mas Sophie teve a coragem que me faltava. — Esfregando as têmporas, ele suspira. — Nosso casamento já tinha terminado fazia muito tempo, e continuar levando essa relação não adiantaria de nada, seria apenas um desperdício do resto da nossa vida. Sou grato a ela por ter coragem de fazer alguma coisa.

— Vocês contaram para os meninos?

Ele assente.

— Eles são adolescentes, estão mais interessados nos amigos e nos celulares do que no que os pais fazem. Não pareceram nem um pouco abalados. Sam só nos perguntou por que demoramos tanto. Acho que não éramos tão bons em disfarçar quanto pensávamos.

Edward dá um sorriso e eu me lembro de minha primeira impressão dele quando fui visitar o quarto para alugar. Aquele homem em um casamento feliz com filhos adolescentes e uma

314

esposa francesa linda, uma carreira de sucesso e uma casa em Londres e outra no interior, fazendo viagens em família para esquiar em Verbier. A vida dele parecia tão organizada quando comparada à minha...

— Acho que chegou a hora de contar para a família e os amigos. Tenho certeza de que meu pai vai ver isso como mais uma decepção com o filho.

— Mas as pessoas se divorciam o tempo todo — digo em apoio. — Qual é a estatística? Uma em cada três, ou uma em cada duas?

— Pode ser. — Ele dá de ombros. — Mas a estatística não impede ninguém de se sentir um fracasso.

Olho para Edward e sinto como se a parede que existia entre nós tivesse sido derrubada. Há uma vulnerabilidade nele que eu nunca tinha visto. Somos muito diferentes, de mundos opostos, na verdade, mas acho que de certa forma não somos tão diferentes assim.

— Você precisa pôr um pouco de gelo no rosto. — Gesticulo para o olho dele, que agora está praticamente fechado. — Vai ajudar com o inchaço.

— Jesus. — Ele faz um careta ao ver o próprio reflexo na janela do vagão. — Sou eu mesmo? — Virando a cabeça devagar de um lado para o outro, Edward se observa. — Sabe, não foi exatamente assim que eu imaginei que minha vida seria... — Ele olha de volta para mim. — Você já sentiu isso?

O trem começa a desacelerar ao se aproximar da nossa estação, e, quando me levanto, não consigo evitar o sorriso.

— O tempo todo.

Viva España

Nota mental: ao reservar um voo, não compre o mais barato pensando "Ahh, é cinquenta libras mais barato! E daí que sai às quatro da manhã e não é do aeroporto mais próximo? Vai ser tudo tranquilo!".

Não vai ser tudo tranquilo.

Você vai acabar tropeçando pelo quarto ainda sonolenta e dará uma topada com o dedão na completa escuridão num horário ridículo depois de ter dormido por só uma hora, porque você estava tão preocupada de não ouvir o despertador (afinal, quem é que acorda à uma e meia da manhã, pelo amor de Deus?). E terá que pegar dois trens e um táxi para chegar ao aeroporto, que fica a muitos quilômetros de distância, e isso vai acabar custando uma fortuna. No fim das contas, você chegará sem grana e exausta e perceberá que na prática só economizou cinco libras.

Com um dedão que está o dobro do tamanho e latejando pra caralho.

*

Em vez disso, aprenda com Cricket e compre uma passagem da British Airways saindo do Heathrow em um horário adorável e civilizado, e então chegue descansada e relaxada no aeroporto de Barcelona parecendo aquele tipo de viajante que sempre quis ser, em vez de parecer aquele tipo que você de fato é, com cara de sono, amassada e tropicando ao descer do avião de uma companhia econômica.

Pegamos nosso carro alugado. Ficaremos aqui só por uma noite, porque amanhã vamos para o litoral. Eu dirijo. Depois de ter morado nos Estados Unidos, estou acostumada a dirigir do lado direito, além disso Cricket não tem habilitação, embora confesse ter "dado umas voltinhas nos anos 1960" em um Mini, que depois ela bateu na traseira do leiteiro.

— Eu ainda penso em tirar a habilitação — ela confessa quando nos afastamos do aeroporto. — Está na minha lista de coisas para fazer.

— Tipo uma daquelas listas de desejos para a vida? — Abaixo o para-sol e espio pelo para-brisa em busca de placas que indiquem o centro da cidade e a rodovia. Cricket deveria estar encarregada de indicar o caminho, mas tenho certeza de que os olhos dela estão fechados atrás daqueles óculos de sol.

— Ah, não acredito nessas listas. Minha vida já foi memorável o suficiente... não preciso ficar pulando de aviões e nadando com golfinhos.

— Não precisa ser isso, pode ser qualquer coisa.

Mas ela balança a cabeça com firmeza.

— Sempre achei que as melhores experiências na vida são aquelas não planejadas, aquelas com as quais você cruza sem querer e que simplesmente acontecem... eu me lembro de Monty e eu dando uma festa improvisada depois do teatro uma noite. Todo mundo veio para a nossa casa e eu fritei ovos com cebolas e batatas, porque era tudo o que tínhamos... Você perdeu a saída!

— Droga!

História da minha vida. Agora é tarde demais para virar e eu passo direto, indo na direção contrária.

— Não se preocupe, podemos fazer outro caminho.

— Podemos?

— Sim. — Ela assente, olhando para o mapa. — Pegue a próxima saída.

Dou a seta e saio da rotatória.

— É um pequeno desvio, mas não é como se estivéssemos com pressa, é? — Ela me dá um sorriso de lado. — É a rota turística.

Viro em uma estrada menor e sinuosa.

— Então, a festa foi boa?

Cricket assente.

— Provavelmente a melhor que demos, e olha que não tínhamos vinho e a casa estava uma bagunça. Acabamos todos sentados em pufes no jardim e terminando com o Porto que tinha sobrado do Natal... — Ela sorri com a lembrança. — Sabe, nunca é do jeito que você espera, seu cabelo nunca está perfeito e provavelmente vai chover, mas não importa. São os bons e velhos tempos. Aqueles que você nunca vai esquecer...

Cricket para de falar, perdida em pensamentos, e por um breve período nenhuma de nós diz nada. Continuo dirigindo, os prédios dão lugar à vegetação e a estrada sobe cada vez mais alto.

— Uau, olha... — Aponto.

À nossa frente está uma vista espetacular. Uma faixa de floresta abaixo de nós, levando à cidade de Barcelona, que estica seus dedos até o mar, como se tentasse alcançar o horizonte. Diminuo a velocidade e observamos a cena, maravilhadas. Banhada pela luz do sol, lá está ela, esperando por nós.

Que bom que perdi a saída.

Barcelona

Normalmente, a única coisa que me motiva a sair da cama vem torrada artesanalmente da Guatemala, mas esta manhã mal posso esperar para me levantar, abrir as cortinas do quarto de hotel e deixar o sol brilhante da Espanha invadir o espaço.

Ontem, depois de um desvio para ver as paisagens do impressionante parque nacional da Serra de Collserola, que fica acima da cidade, já era o meio da tarde quando finalmente chegamos ao hotel e, depois de fazer o check-in, nós duas capotamos por algumas horas. Quando acordei, estava ansiosa para ir explorar, mas, depois de bater no quarto de Cricket e não ter nenhuma resposta, eu a deixei dormindo e saí sozinha.

Já estive em Barcelona algumas vezes, e sempre que eu visito gosto ainda mais. Ontem, quando estava passeando, fiquei longe de Las Ramblas, a rua mais turística da cidade, e, em vez disso, caminhei pelas muitas ruas secundárias. Adoro uma cidade por onde é possível andar, e, nos meus passeios, perdi completamente a noção do tempo. Ainda estava quente como um forno, e os minutos se dissolveram em horas enquanto o fim da tarde virou noite. Voltei para o hotel e descobri que eram quase oito horas. Encontrei Cricket sentada no bar.

— Perdão, não era minha intenção ficar fora por tanto tempo! — Desculpando-me, ocupei o assento ao lado dela. — Não percebi que já era tão tarde.

Mas Cricket me ignorou.

— Não é tarde, é Barcelona. A noite acabou de começar. O que vai querer beber?

Rioja. Dois Negronis. E uma jarra de sangria, aparentemente, jogando — não, arremessando — pela janela as minhas tentativas de uma dieta saudável, porque tenho certeza de que isso passa bastante da quantidade recomendada. Mas hey, ho, *Viva España!* Que é basicamente a abordagem *Dane-se* para a vida, mas com sotaque espanhol.

Também foi muito divertido porque envolveu ficar acordada com Cricket até altas horas, comendo montes de tapas deliciosas e vendo artistas de rua dançarem flamenco, enquanto bolávamos uma estratégia para eu me mudar para Barcelona.

Até nos lembrarmos da porra do Brexit e precisarmos de mais sangria.

*

E agora, menos de doze horas depois, já fechamos todas as malas e partimos de carro para o norte. Cricket está no banco do passageiro com as cinzas de Monty no colo. Tivemos um pequeno susto mais cedo quando não conseguíamos encontrá-las e por um momento pensei que nossa viagem tinha se transformado em uma comédia romântica ruim. Visões de Monty na área de restituição de bagagem dando voltas e mais voltas na esteira, uma pobre alma que não desconfiasse de nada dando uma olhada dentro da caixa, e seu local de descanso derradeiro se tornando a área de achados e perdidos do aeroporto...

Por sorte, encontramos a caixa no porta-malas do carro alugado, mas de agora em diante Cricket não vai correr mais riscos e se recusa a perdê-lo de vista.

— Pelo menos assim ele consegue ver a paisagem — digo animada enquanto deixamos a cidade para trás. Ela estava tão nervosa mais cedo; esta é minha tentativa de deixar o clima mais leve.

— Não acho que ele esteja vendo muita coisa preso nesta caixa de papelão.

De repente, percebo o quão insensível isso soou.

— Desculpe, não foi minha intenção...

— Não, eu é que peço desculpas — Cricket me interrompe. — Você está sendo legal e eu estou sendo uma imbecil.

— Tudo bem. Você pode ser uma imbecil.

— Não, não posso. — Ela balança a cabeça com firmeza. — Meu marido morreu. Acontece. Pessoas morrem o tempo todo. Não podemos simplesmente sair por aí sendo imbecis com os outros.

Olho para ela e seus olhos encontram os meus, depois descem para o colo e a caixa apoiada ali.

As pessoas falam sobre espalhar cinzas o tempo todo. Tem uma conotação sonhadora, quase romântica. Você imagina cenários pacíficos e locais exóticos, uma dispersão da sua alma e do seu espírito. Pelo menos essa sempre foi a minha impressão, mas eu nunca tinha visto cinzas até hoje.

No entanto, a realidade se parece mais com uma caixa de sapato cheia de algo semelhante a três quilos de cascalho. Não tem nada de sonhador nem romântico. É bizarro e inconcebível e estou me esforçando para entender, não consigo nem imaginar como Cricket deve estar se sentindo.

— Mas você tem razão, ele está aqui — ela comenta depois de um tempo. — Só que não nesta caixa de papelão. — Cricket olha pela janela enquanto aceleramos pela estrada. — Fui criada como católica, mas nunca compartilhei da crença na vida após a morte. Não consigo acreditar em um paraíso se não acredito em um inferno. Mas Monty está no meu coração, nas minhas memórias... nas conversas que ainda tenho com ele... e isso é meio que uma vida após a morte, não é?

— Sim — assinto. — Acho que sim.

— Monty era um par de olhos pretos brilhantes, uma resposta aguçada e uma risada retumbante que fazia o corpo todo dele tremer. — Ela olha para a caixa no colo. — Não essas cinzas. Na verdade, pensando bem, até que eu poderia jogá-las pela janela...

— Não! — Instintivamente, minha mão se estica por cima do câmbio e segura a caixa.

— O que foi? — Cricket quase pula do assento.

— Você não pode fazer isso!

— O quê?

— Atirar Monty pra fora do carro — exclamo, antes de perceber o que acabei de dizer.

Mas Cricket não se abala.

— Ah, eu não ia fazer isso — ela me assegura. — Já viemos até aqui. E não ia ser muito legal com as pessoas atrás de nós — acrescenta, olhando no retrovisor.

Olho pelo espelho; quase colado na minha traseira há um conversível amarelo-canário dirigido por um homem velho com uma mulher muito mais jovem no banco do passageiro. Ele está piscando os faróis para que eu saia da frente.

Cricket e eu nos entreolhamos, mas não me lembro qual de nós irrompe numa gargalhada primeiro. Só sei que rimos até chorar e até a barriga doer, e continuamos rindo depois disso.

*

Algumas horas depois, estamos bem alto, acima do nível do mar, em uma estrada traiçoeira que faz curvas e dá mergulhos abraçando a encosta. Agarro o volante, com os nervos um pouco à flor da pele. Até que, ao fazer uma curva, vejo uma baía em formato de ferradura e tenho o primeiro vislumbre de uma cidade branquinha lá embaixo, com a água azul brilhante no fundo. Este é o nosso destino da semana. É de tirar o fôlego.

Vejo um ponto de parada e encosto.

— Algum problema? — Cricket olha para mim.

Balanço a cabeça.

— Só quero tirar uma foto.

Abro a porta e saio do carro. Cricket desce a janela para observar enquanto eu pego o celular para tentar capturar a vista mágica adiante. Uma lufada de vento faz voar meu cabelo e algumas mechas ficam à frente da lente, enquanto o sol do meio-dia ofusca meus olhos; não consigo ver direito.

Tiro a foto mesmo assim. Porque esta é minha vida e, pela primeira vez em muito, muito tempo, ela não precisa de filtro nenhum.

Sou grata por:

1. O Instagram, onde posso postar a foto embaçada e apenas com contorno que tirei direto no sol e mostrar para todo mundo que tenho sim uma vida, e que ela não consiste apenas em coisas engraçadas aleatórias que vejo e no cachorro resgatado do proprietário do meu apartamento.

2. Os seis likes que recebo — de mamãe, Michelle, Holly, Liza e Fiona, além de alguém que estudou comigo na escola e que eu não vejo há trinta anos, que agora tem orelhas de coelho e uma coroa de flores ao redor da cabeça.

3. Poder deletar o comentário de mamãe perguntando se já espalhei as cinzas, já que ele arruinaria qualquer tentativa de fingir que estou em uma viagem romântica de férias com meu amante, para o caso de Ethan ver.

Biquínis e bebês

Estou deitada numa espreguiçadeira na área da piscina do hotel, folheando as revistas que comprei no aeroporto. Na capa de uma delas, uma atriz de novela está exibindo seu novo bebê, enquanto, no miolo, depois de uma coluna inteira dedicada às barrigas de grávida de celebridades, há uma reportagem de oito páginas detalhando o parto, com direito a cabelo e maquiagem: "Foi arriscado!", "Nunca conheci um amor como este!" e "Agora que sou mãe, finalmente sou uma mulher".

Então, o que eu sou? Uma "não mulher"?

Pego a revista seguinte, só que dessa vez a celebridade na capa está usando um biquíni e revelando sua recente perda de peso: "Agora minha vida pode realmente começar!". Frustrada, me levanto da cadeira e vou dar um mergulho. Devemos acreditar que a vida de uma mulher só tem valor se ela for mãe ou se ficar gostosa de biquíni? (Ou a *pièce de resistance*: dar à luz e *voltar* a caber em um biquíni semanas depois.) E quanto a ter um trabalho que você ama ou lutar por uma causa ou perseguir sua paixão?

E que tal simplesmente viver sua vida e amar seu corpo do maldito jeito que você quiser e não ter que provar nada para ninguém?

É isso? Só duas opções: um corpo de biquíni ou um bebê.

Pulo na piscina.

O que nos leva à questão: e se você não tiver nenhum dos dois?

Sou grata por:

1. *A incrível e maravilhosa Cricket:*

a) *que não tem filhos e não só é uma mulher, mas uma baita de uma deusa.*

b) por apontar, de maneira muito prática, que se eu quero um corpo de biquíni, só preciso colocar um biquíni no meu corpo.

c) por provar que o abdome é seriamente superestimado ao exibir seu maiô.

2. A lojinha perto do hotel onde comprei um biquíni listrado vermelho e branco muito bonitinho.

3. A deliciosa refeição catalã composta de camarões frescos, lula gre-lhada, patatas bravas e tortilha que comemos no porto, seguida por duas bolas enormes de gelato, que deu um significado comple-tamente novo para "ficar de olho no barrigão".

Deixar ir

É o terceiro dia de nossas férias e o tempo passou rápido e depois diminuiu a velocidade até o ritmo agradável de cafés no porto pela manhã, um almoço delicioso em uma pequena cabana na praia e tardes preguiçosas na piscina.

Também conseguimos incluir um pouco de exploração em nossas agendas ocupadas. Pegamos o carro para ir até uma igreja em ruínas em uma colina. Depois, descobrimos uma praia deserta, onde Cricket faz snorkelling e eu leio um livro, até sermos surpreendidas por vários ciclistas peludos que rapidamente fazem com que percebamos que na verdade estávamos em uma praia de nudismo.

— Nunca mais vou comer lula — observa Cricket. E isso é tudo que você precisa saber sobre o assunto.

Mas, tirando os ciclistas peludos e pelados, este lugar é lindo. A Costa Brava tem uma reputação ruim de ser turística demais, mas este pequeno vilarejo de pescadores parece uma joia escondida. Cricket me conta que não mudou muito desde a primeira vez que veio aqui com Monty, há mais de trinta anos. Ela passou os últimos dias relembrando, mostrando os lugares favoritos dos dois e me presenteando com anedotas, aliviada por qualquer medo que ela pudesse ter tido em relação a voltar para cá ter sido infundado. A princípio, ela estava preocupada que as lembranças pudessem deixá-la triste, mas na verdade, elas a revitalizaram.

— Fantasmas e sombras precisam ser afastados. Jogue uma luz sobre eles. Não viva no passado — diz ela.

Cricket também tem estado ocupada planejando como espalhar as cinzas de Monty, e contratou um pequeno barco à vela com um capitão para levá-la para alto-mar amanhã. Como despedida, decidimos ir de carro até o farol esta noite, para ver o pôr do sol e fazer um brinde a Monty. Não nos decepcionamos. À beira de um penhasco, a vista do farol é incrível. Há um pequeno bar e restaurante, então compramos cerveja e vamos sentar do lado de fora, onde descobrimos que há uma banda tocando; um pequeno grupo de músicos com violões.

Alguns assentos foram entalhados na colina, e, após encontrar dois lugares, bebericamos nossas cervejas e ouvimos a música, enquanto a brisa morna da tarde bate no nosso rosto enquanto o pôr do sol entra como pano de fundo. É um daqueles momentos com que nos deparamos e que queremos nos lembrar para sempre. Capturar em uma garrafa e guardar para quando estiver frio e escuro às quatro da tarde, ou para quando a vida estiver deprimente ou simplesmente você tiver um dia difícil, então poderá colocar a mão lá dentro e puxar a memória de volta e ser lembrada de como a vida pode ser incrível.

Quero um armário cheio dessas garrafas. Cheio desses momentos aleatórios, como minha avó costumava fazer com todas as geleias e picles e conservas.

— Eu fui vê-lo, sabe... quando estávamos em Barcelona.

Cricket olha direto para mim e não preciso perguntar de quem ela está falando. Desde que ela disse que viria para a Espanha, a carta de Pablo estava no fundo da minha mente.

— Como você sabe onde ele mora? Não tinha endereço na carta.

— Google — ela responde, como se fosse óbvio, e acho que é, mas de algum modo Cricket nunca para de me surpreender. — Ele é pintor, aparentemente bem famoso. Encontrei a galeria onde ele expõe suas obras e fui lá enquanto você dormia...

— Eu estava dormindo? — Isso explica por que ela não atendeu a porta quando bati. — E o que aconteceu?

— Ele não estava. Deixei um bilhete com o meu nome e o número do hotel, dizendo que eu estava aqui para espalhar as cinzas de Monty e perguntando se ele queria se juntar a mim.

— Você fez isso?

— Fiz. — Cricket assente. — Não sei se foi a coisa certa, mas eu sentia que devia isso a Monty. — O olhar dela se move para o horizonte e o sol que lentamente começa a se pôr. — Será que Monty me trouxe aqui todos aqueles anos atrás porque Pablo o trouxe antes? Porque ele queria compartilhar comigo uma coisa bonita?

Então dá de ombros, distraída.

— Não sei, mas sei que, no fim das contas, amor é amor. Eu gostaria que as pessoas que Monty amou e que o amaram tivessem a oportunidade de se despedir... e acho, sendo bem sincera, que eu queria conhecê-lo.

Cricket se vira para mim. Seu rosto está bronzeado por causa dos últimos dias e os olhos parecem mais azuis.

— Depois de todos esses anos, eu queria que aquele nome tivesse um rosto. Queria ver quem era a outra pessoa que Monty tinha amado, uma parte dele que eu nunca conheci... sempre me pareceu uma situação meio mal resolvida. Sei que ele queria manter Pablo em segredo, mas eu não gosto de segredos. Você pode até achar que está guardando um segredo, mas, na verdade, é ele que está travando você.

Ouvindo-a falar sobre Monty e Pablo, sobre experiências de vida de que não sei nada, as palavras ressoam em mim inesperadamente.

— Posso mostrar uma coisa para você?

As palavras simplesmente saem de minha boca. De um jeito impulsivo, ponho a mão na bolsa e pego minha carteira. Escondido atrás de uma foto de mamãe e papai há um pequeno pedaço de papel. Eu o desdobro e passo para Cricket.

— Nós o chamávamos de Camarão — digo em voz baixa enquanto ela olha para a imagem granulada em preto e branco no ultrassom —, porque era cedo demais para saber se era menina ou menino, e Ethan disse que parecia um camarãozinho.

Cricket olha para mim, seus olhos buscando a verdade nos meus, lentamente compreendendo o que estou lhe mostrando.

— Nell, você não precisa...

— Não — insisto, mantendo o papel nas mãos dela. — Eu quero. Você compartilhou tantas coisas comigo, sempre foi tão honesta... sobre tudo. Agora é a minha vez. Eu quero...

Guardei esse segredo por muito tempo. Nunca contei a ninguém o que houve. Só o tranquei bem lá no fundo e tentei fingir que não aconteceu. Então ela olha para mim e assente, sabendo por experiência própria que às vezes na vida só precisamos de alguém que nos escute.

Começo a falar.

— No nosso primeiro encontro, Ethan brincou que ele queria filhos suficientes para escalar um time de futebol. — Eu me pego sorrindo com a lembrança. — Ele vem de uma grande família italiana... Os DeLuca são especialistas em fazer bebês... Mas no começo nós estávamos tão imersos na nossa própria paixão que não conseguíamos pensar em mais nada além de um no outro... Então fomos morar juntos e abrimos o negócio e ficamos tão ocupados... e conforme o tempo foi passando, comecei a ver muitas razões para sermos só nós dois. Afinal, já tínhamos chegado tão longe e estávamos tão felizes... Pra quê mexer em time que está ganhando?

Enquanto falava, eu estava contemplando distraidamente o sol sumindo aos poucos no mar, mas agora me viro e olho para Cricket.

— Você já quis ter filhos?

— Não o suficiente — ela responde. — Pensei a respeito quando eu era mais jovem... Era o que se esperava de nós naquela época... Mas havia tantas outras coisas que eu queria mais. Fiquei aliviada quando descobri que Monty pensava da mesma forma. É claro que àquela altura eu já estava bem mais velha, isso não foi uma questão. Tive muita sorte.

— Sim — assinto, minha mente voltando ainda mais no tempo. — Eu tinha minhas dúvidas, mas as deixei de lado... e então resolvemos mexer no time. — Tomo um gole de cerveja. — Parei de tomar a pílula e esperamos acontecer. Mas não acontecia. É engraçado, você passa a vida inteira tentando não engravidar, e deduz que quando quiser que aconteça, vai acontecer... Reunimos as economias que ainda tínhamos e tentamos inseminação artificial. Mas também não funcionou.

Encaro o mar, observando as ondas de crista cor-de-rosa, o céu ganhando uma coloração tangerina clara.

— Na época, achei que eu estivesse lidando muito bem com todas as injeções e visitas ao hospital e olhares de pena que as enfermeiras me davam, mas a situação cobrou o seu preço. Ethan ficou muito decepcionado quando não deu certo e eu senti que era tudo minha culpa. Os médicos disseram que meu corpo não conseguiu reagir aos medicamentos...

Dou um sorriso triste.

— Não tínhamos dinheiro para tentar outra vez, mas estávamos determinados a não nos deixar abater. Então mudamos o foco e nos debruçamos no trabalho... e aparentemente estava tudo certo. O verão veio e foi embora. O café estava indo muito bem... Mas, olhando para trás, acho que não estávamos bem coisa nenhuma. Acho que nós dois enterramos muitos sentimentos.

Faço uma pausa e fico relembrando. Enterrei isso por tanto tempo, mas agora que estou falando a respeito, as memórias vêm com tudo.

— No Ano-Novo, fomos acampar por alguns dias em Yosemite. Você já foi? É lindo lá em cima.

— Não, nunca — Cricket balança a cabeça.

— Acho que foi lá que eu engravidei. Quando descobri, foi um baita choque. Nenhum de nós conseguia acreditar. Nem mesmo quando fomos ao hospital e fizemos o primeiro ultrassom. Eram apenas oito semanas, mas ali estava, na tela: nosso camarãozinho.

Sorrio, mas já consigo sentir meus olhos marejando e engulo em seco.

— Eles disseram que o bebê estava saudável, mas decidimos esperar até as doze semanas pra contar pra todo mundo, só por garantia. Mas, em vez de ficar feliz, fiquei com medo. Eu não queria alimentar esperanças. Não queria fracassar outra vez...

Faço outra pausa. Sei a história de cor, mas toda vez que a conto para mim mesma, há uma parte de mim que tem esperança de que o final seja diferente.

— Uma semana depois, comecei a sangrar.

— Minha querida... — Cricket passa um braço pelo meu ombro e me puxa para perto. Sinto um alívio quando me afundo nela.

— Eu me lembro da expressão da enfermeira quando não conseguiu encontrar a pulsação. Ela tentou me consolar, mas eu agi como se estivesse tudo bem. Como se fosse minha obrigação fazer com que todo mundo se sentisse melhor.

Seco uma lágrima que escorreu pela minha bochecha, lembrando-me das piadas idiotas que fiz. Hoje é difícil acreditar que minha preocupação fosse com todas as outras pessoas quando era o meu coração que estava se partindo.

— Depois disso, Ethan e eu nunca chegamos a falar direito sobre o assunto. Nós dois estávamos muito tristes; mas escondemos um do outro. Acho que estávamos tentando proteger um ao outro, mas em retrospecto, tudo o que fizemos foi nos afastar. — Mais lágrimas rolam, mas agora eu as deixo cair. — Alguns meses depois, perdemos um contrato grande de serviço de bufê e as coisas começaram a desmoronar. O negócio... Nossa relação...

O céu agora está de um laranja profundo e vívido.

— Quando eu vi uma mensagem no celular do Ethan, ele não negou. Eu tinha ido visitar minha amiga Liza e, enquanto eu estava fora, ele tinha saído e ficado bêbado. Ele me implorou para perdoá-lo. Disse que não significava nada... mas significou alguma coisa para mim...

Observo enquanto o sol finalmente desaparece atrás das ondas.

— Fui embora uma semana depois.

Por um momento, nós duas ficamos em silêncio, ninguém diz nada. Sou muito grata pelo silêncio de Cricket. Por não fazer perguntas; só escutar enquanto eu falava. Eu precisava disso fazia muito tempo.

— Às vezes eu me pergunto se foi melhor assim. Tentei e fracassei. Talvez lá no fundo eu não quisesse o suficiente. Como você disse, nem todo mundo quer.

— É verdade. — Por fim ela diz alguma coisa. — Mas é realmente você que está dizendo isso? Ou é o seu luto?

— Não sei. — Balanço a cabeça.

— E tudo bem — Cricket responde em voz baixa.

Levanto meus olhos para encontrar os dela.

— Estou com oitenta e um anos e aprendi que, se tem um presente que você pode dar a si mesma na vida, é a liberdade e a coragem de dizer "não sei". Porque deixa eu te contar um segredo: você não *tem* que saber. Você não tem que saber como se sente, ou o que você quer, ou se está feliz ou triste. A vida é cheia de escolhas e decisões, e a pressão para tomar todas as decisões corretas é muito grande. Mas e se não tomarmos? E se tivermos dúvidas e apreensões? E se cometermos erros e nos contradizermos?

Cricket me encara e seus olhos brilham.

— E se tentarmos o máximo possível e fracassarmos mesmo assim?

Enquanto as palavras dela ecoam diante de mim, penso em mim mesma e em tudo o que aconteceu.

— E aí? Deveríamos nos sentir mal por nós mesmas? Por que simplesmente não aceitamos que não sabemos? Porque, minha querida, se você aceitar isso, vai se sentir absolutamente livre. Vai poder mudar de ideia, escolher outro caminho, abraçar oportunidades que surgem no seu caminho e que talvez nunca tenha cogitado... Você vai se permitir ser impulsiva em vez de ficar travada, vai abandonar a culpa.

Cricket olha para mim, e sua expressão implora.

— Vai parar de sentir medo.

Eu não sei.

Dou uma fungada e seco as lágrimas que escorrem pelas minhas bochechas, refletindo sobre esse novo conceito, olhando para ele. Abraçando-o.

Como eu me sinto? O que eu quero?

Não sei, não sei, não sei.

Gentilmente, Cricket coloca o pedaço de papel de volta na minha mão e eu o observo. Observo o que já foi o futuro que eu imaginava. Guardei esse segredo por muito tempo, mas agora percebo que é ele que está me prendendo. Impedindo que eu avance. Impedindo que eu mude a minha narrativa para algo diferente de medo e fracasso.

Olho para o horizonte, para esse espaço amplo e vasto, e me sinto muito pequena. Nas minhas mãos, sinto o papel tremulando com a brisa; toda a tristeza que enterrei bem fundo dentro de mim, todas as cinzas do meu passado esperando para serem levadas pelo vento.

E então solto.

Um amor

— Não posso me atrasar.

— Você não vai se atrasar.

— Maldita hora que eu inventei de usar de salto. Com esse chão de pedra, o que é que eu estava pensando?

— O barco não vai sair sem a gente.

— Eu queria estar bonita. Monty gostava quando eu usava vestido e salto. Ele era das antigas.

— Você está linda.

— Eu deveria estar usando tênis.

— Já estamos quase lá.

— Não estou totalmente certa se esse vestido foi uma boa escolha.

— Você está linda.

*

Nunca vi Cricket assim antes. Ela está tensa, quase nervosa. Estamos a caminho do píer. É meio da manhã e eu me ofereci para acompanhá-la no barco hoje. Presumi que ela fosse querer ficar sozinha, que seria um momento privado, mas Cricket pareceu grata, quase aliviada, e aceitou prontamente a minha oferta.

O pequeno barco de pesca vermelho está nos esperando. Andreas, o capitão meio rude, está de pé na doca e nos cumprimenta com um aceno de cabeça respeitoso. Ele decorou o casco com buganvílias frescas, cor de cereja vivo e rosa alegre, e as pétalas tremulam e brilham na brisa como pequenas borboletas. É um toque atencioso e faz com que Cricket relaxe e sorria. Sinto uma onda de gratidão por ele.

Andreas está segurando o braço dela para ajudá-la a embarcar quando ouvimos uma voz.

— Catherine!

Alguém está chamando o nome dela. Nós duas nos viramos e vemos uma silhueta acenando enquanto corre na nossa direção. Vestido de maneira elegante, exceto pelas alpargatas e pelo chapéu de palha. Conforme se aproxima, vejo o rosto bastante marcado e fortemente bronzeado, a não ser pela barba branca e pelo cabelo comprido, que amarrou em um rabo de cavalo. Ele dispensa apresentações. Sessenta anos podem ter se passado, mas o reconheço instantaneamente da fotografia.

Pablo.

Ele diminui a velocidade quando nos alcança, e por um ínfimo momento eu observo enquanto os dois se olham, então Cricket dá um passo à frente e eles se abraçam. É minha deixa para ir embora.

*

Alguns minutos depois, estou sentada em um banco distante do píer, vendo o barco velejar na direção do cabo. As ondas reluzem e se erguem e eu vejo a embarcação ficar cada vez menor enquanto carrega sua carga preciosa: duas pessoas, um amor. Eles têm tanto que conversar e compartilhar, reconciliando os fantasmas do passado e celebrando o homem que ambos amaram.

O sol brilha forte e a brisa está morna. É um dia lindo para isso.

Sou grata por:

1. Pablo, que só recebeu o bilhete naquela manhã e dirigiu o mais rápido que pôde para chegar a nós a tempo de espalhar as cinzas de Monty.

2. Todas as perguntas para as quais Cricket finalmente obteve respostas.

3. A paz que ela encontrou quando Pablo lhe disse: "Agora que te conheci, entendo como ele pôde me deixar".

4. Não ter mais segredos.

O Carnaval de Notting Hill

É fim de semana de feriado nacional, e ao voltarmos de táxi do aeroporto descobrimos que é Carnaval; não conseguimos chegar nem perto da casa de Cricket, porque todas as ruas estão bloqueadas.

Como eu pude esquecer que é o Carnaval de Notting Hill?, eu me pergunto, enquanto descemos do táxi e arrastamos nossas malas pela multidão de foliões. Eu sempre passava semanas ansiosa para o Carnaval. Era o ponto alto do ano!

Porque agora você fica claustrofóbica em multidões e a música está alta demais, responde meu eu de quarenta e tantos quando chegamos ao santuário que é a casa de Cricket. E está desesperada por uma xícara de chá.

Foi uma longa viagem, então digo a Cricket para se sentar e ligo a chaleira. Enquanto espero a água ferver, abro as janelas para arejar um pouco. A casa fica no caminho das paradas, e daqui tenho uma visão privilegiada dos carros alegóricos descendo a rua de baixo, com pessoas trajando fantasias vibrantes e o eco dos tambores de aço. É o dia da família, e distraidamente deixo meus olhos percorrerem os rostos empolgados das crianças e dos pais enquanto meus pensamentos voltam para a Espanha.

Tanta coisa aconteceu naquela semana; parece que estivemos fora por muito mais tempo. Deixei muita coisa para trás por lá, e tudo parece diferente agora que voltei. Eu me sinto mais leve, mais livre. E, ouso dizer, quase um pouquinho empolgada em relação ao futuro... meus olhos param em uma garotinha do outro lado da rua. Sentada nos ombros do pai, ela está segurando um balão e acenando para os foliões. De repente, lembro-me daquela sensação no meu aniversário, quando eu levei Arthur para passear e passamos por todas as casas, olhando pelas janelas. Eu do lado de fora, olhando para quem estava do lado de dentro.

— Aqui está. — Desperto e vejo Cricket passando um copo com gelo e limão. — Dane-se o chá, achei melhor tomarmos uma gim-tônica. — Ela sorri, batendo o copo no meu. — *Salud!*

— *Salud!* — Sorrio também.

Ah, se naquela época eu tivesse percebido como pode ser bonita a vista do lado de fora...

SETEMBRO

#JOMO

VOCÊ ESTÁ CONVIDADA
para

A DESPEDIDA DE SOLTEIRA DE NATHALIE!

Junte-se a nós para celebrar a noiva

em 8 e 9 de setembro
em um Fim de Semana em um Spa de Luxo!

Vai custar simplesmente uma fortuna! O hotel não dá desconto para quartos individuais, e fica em Manchester, a quilômetros e quilômetros de distância! Mas a noiva mal pode esperar para ver você e todas as amigas dela, que são pelo menos dez anos mais jovens!

Por sorte, você vai poder pegar um trem atrasado de Londres e aproveitar uma série de massagens caras pelas quais não pode pagar, além de um rejuvenescimento facial em que a equipe de terapeutas de beleza vai passar vários cremes no seu rosto e depois tirar vários cremes do seu rosto enquanto você relaxa ouvindo música ambiente e o seu estômago roncando e se pergunta se o seu cartão de crédito vai ser rejeitado e se tem alguma outra coisa para comer além das uvas.

Por favor, confirme sua presença depois que você terminar de procurar no Google "100 maneiras de escapar de uma despedida de solteira" e descobrir que não existe nenhuma.

O dilema

Há grandes, GRANDES problemas no mundo neste exato momento. Digo, ENORMES. Então, de maneira geral, um convite para uma despedida de solteira em um fim de semana num spa não está dividindo o topo da lista com, digamos, a destruição do nosso planeta ou o estado da política mundial. Mas no Mundo de Acordo com Nell, tem sido a causa de algumas noites sem dormir.

Quando o convite chegou algumas semanas atrás, fiz aquela coisa de largá-lo em cima da mesa e tentar não pensar nele. Como se de algum modo isso fizesse com que o problema fosse embora. Como todos nós sabemos, não funciona. Ao contrário: parece ter deixado o problema ainda maior.

Conforme os dias foram passando, o convite ficou ali em cima, me cutucando para confirmar minha presença. E a situação foi agravada por todas as outras convidadas que usaram "Responder para todos". Toda hora recebo um e-mail, de manhã, ao meio-dia e à noite de pessoas que não conheço dizendo "Mal posso esperar!" e "Vai ser incrível!" e "Uhul! Festa!!". Sei que preciso ir; não faltar. É a noiva do meu irmão, minha futura cunhada, a mãe do meu primeiro sobrinho ou sobrinha. Não ir seria terrível! Mas também sei que não posso pagar. Casamentos não são baratos, mesmo quando não somos os noivos. Já comprei uma roupa nova e um presente de casamento, além de passagens de trem e duas noites em um hotel em Liverpool para a cerimônia em si. Meu cartão de crédito está estourado e minha conta corrente está quase vazia. Como é que vou conseguir pagar por um fim de semana em um spa?

É claro que cheguei a cogitar abrir o jogo e contar a verdade para Nathalie, mas fiquei muito constrangida. E foi muito gentil da parte dela me convidar. Dito isso, todas as outras amigas da minha cunhada são muito mais novas que eu. Será que realmente quero aparecer como se fosse o Fantasma das Despedidas de Solteira Futuras? Solteira, sem filhos, quebrada e com quarenta e tantos, *e ainda usando blusa de manga!* Sou como um aviso temeroso do futuro das convidadas se elas não encontrarem o sr. Cara Certo. Só a minha presença provavelmente vai apavorá-las.

Puta merda, que situação. Está me dando dor de cabeça só de pensar. Na verdade, acho que estou ficando com um pouco de dor de garganta também... sou só eu ou aqui está congelante? Acho que vou precisar me deitar debaixo do edredom. Cara, estou exausta. Acho que vou só fechar os olhos um pouquinho.

Sou grata por:

1. *A gripe.*

2. *Nathalie ser tão fofa em relação a tudo e me mandar uma mensagem de voz me dizendo para não me preocupar em perder o fim de semana no spa, mas para ficar boa logo, e me agradecendo pela massagem de grávida.*

3. *Minha cama, de onde não saio por uma semana.*

4. *Edward, por fazer uma imitação ótima de Florence Nightingale.*

5. *Não ter mais medo de fantasmas — do passado, do futuro ou de onde quer que sejam.*

Reserva duplicada

Na quinta-feira, visto uma roupa normal pela primeira vez em quase uma semana. O que, para ser sincera, quando você trabalha de casa, não é assim tão incomum. Mas não, sério. Eu acordei e saí da cama, e tomei um banho e até lavei o cabelo. Sinto-me MUITO melhor. Quase um ser humano outra vez. Depois de uma semana de paracetamol, até meu apetite voltou.

Estou na cozinha esquentando uma panela de sopa de tomate quando recebo a mensagem de Fiona me convidando para seu encontro de aniversário. Vai ser sábado que vem. O mesmo dia do casamento de Rich e Nathalie. Além de ela ter curtido minha foto da Espanha no Instagram, não nos falamos desde que levei Izzy para casa depois da festa. As coisas ainda parecem estranhas.

Começo a rascunhar uma resposta para dizer que não vou conseguir ir, mas nada parece bom, nem mesmo com uma carinha feliz. Ah, dane-se. Não consigo fazer isso por mensagem. Deleto o que escrevi e ligo para Fiona. Ela nunca atende, mas pelo menos por mensagem de voz vai soar melhor.

Dessa vez, ela atende.

— Ah... hum, oi, Fiona! — Surpresa, acabo me enrolando.

— Você me ligou sem querer?

Provavelmente não comecei muito bem.

— Não... claro que não.

— Ah, ok, é que você parece surpresa.

— Eu ia te deixar uma mensagem na caixa-postal... sobre o seu aniversário... — E agora tudo parece constrangedor e artificial. — Desculpa, não vou conseguir ir...

— Não tem problema — ela diz antes que eu possa terminar, daquele jeito que a gente sabe que tem problema, sim. — Foi tudo muito de última hora.

— Eu queria muito ir. Só perdi seus aniversários quando estava nos Estados Unidos, mas vai ser no mesmo fim de semana do casamento do Rich...

— *Seu irmão vai se casar?*

— Vai, eu não te contei?

— Não!

Fiona conhece Rich desde o nosso primeiro ano da faculdade, quando ela passou o feriado de Páscoa na minha casa e se tornou um objeto de desejo do meu irmão adolescente cheio de espinha. Ele a seguiu a semana inteira, espreitando do lado de fora da porta do banheiro quando ela estava no chuveiro para tentar vê-la de toalha. Foi constrangedor.

— Desculpa, eu queria contar no chá de bebê da Michelle... mas todo mundo estava tão ocupado e eu não consegui falar com você direito...

Eu me interrompo e há silêncio do outro lado da linha.

— É, foi tudo meio caótico — ela diz por fim, soando um pouquinho culpada.

— Ele vai ter um bebê.

— Quem? O Richiezinho?

— Sim, o Richiezinho. — Sorrio, sentindo uma repentina proximidade quando ela usa o apelido da nossa família.

— Pensei que dissesse que jamais iria sossegar.

— Ele dizia, mas aí conheceu a Nathalie.

— Uau. Ela deve ser um mulherão! Aposto que sua mãe está empolgada.

— Empolgada é pouco.

Agora percebo como é bom finalmente poder falar com Fiona sobre tudo isso. Se existe alguém que entende a dinâmica da minha família, é ela. Fiona conviveu conosco por anos e anos.

— A gente deveria marcar de beber alguma coisa quando você voltar, para celebrar minha fragilidade — ela sugere.

— Vamos, sim — respondo, sentindo outra vez aquela conexão que eu estava tão preocupada que tivéssemos perdido. — Então, o que você vai fazer no seu aniversário? Vai ser no O'Leary's, como sempre?

Essa é uma tradição antiga de Fiona. O'Leary's é um pub irlandês que serve Guinness e um ensopado de peixe famoso e pão típico da Irlanda. Todo ano ela convida o grupo para comemorar seu aniversário lá. Aparentemente, tem alguma relação com sua ascendência irlandesa. Embora eu tenha a sensação de que tem mais a ver com o pãozinho.

— Na verdade, pensei em fazer uma coisa diferente este ano; reservei uma mesa em um clube privado no Soho.

— Uuuhh! Que chique! Não sabia que você era sócia de um clube.

— Eu não sou, a Annabel que é...

Como eu não adivinhei?

— Mas você sempre amou o O'Leary's. É o seu pub favorito.

— Eu sei, mas achei que talvez fosse hora de uma mudança, de algo novo.

— Quem foi que disse isso? Você mesma ou a Annabel? — Não consigo evitar. Quando vejo, já falei.

— Nell... — Fiona me alerta.

— O quê? — pergunto inocentemente, mas sei exatamente o quê.

— Olha, eu sei que você não gosta dela... — Fiona parece estar na defensiva.

— Não é que eu não *goste* dela... — (ok, isso é mentira) — ... mas eu acho que ela não gosta de mim.

— Ela se esforçou bastante com você, mas você não foi amigável com ela.

— Eu não fui amigável com ela? — Estou indignada.

— Olha, não quero discutir, Nell.

— Não estamos discutindo — protesto, mas já posso sentir nossa conexão restabelecida escapando outra vez. Há uma pausa tensa e mudo de assunto antes que a percamos de vez. — Deixa pra lá, como estão as crianças?

— Muito bem, obrigada... — Ela parece aliviada com a mudança de assunto. — Bom, na verdade, Izzy tem andado meio quieta ultimamente.

— Quieta?

— Sim, você percebeu alguma coisa diferente quando a levou na festa algumas semanas atrás?

— Não, ela estava bem... — Tento me lembrar. — Se bem que, agora que você comentou, no caminho para lá ela estava tagarela como sempre, mas assim que chegamos ela ficou meio quieta mesmo. Achei que fosse por causa do palhaço. Para ser sincera, eu também acho palhaços assustadores e já passei bastante dos cinco anos...

— Meu Deus, sim.

— Por quê? Você acha que tem alguma coisa errada?

— Ah... não, tenho certeza de que não é nada de mais... provavelmente ela teve outra briga com o irmão.

— Ah, eu me lembro de como era na minha época. — Sorrio. — Minha mãe não tinha nenhuma esperança no meu irmão e em mim, e agora olha só para nós. Eu vou ao casamento dele!

— Bom, divirta-se lá — ela diz, voltando ao assunto. — E mande meus parabéns.

— Pode deixar. E aproveite seu aniversário.

Sou grata por:

1. *Nossa conversa; fiquei feliz por conseguir falar com Fiona, embora as coisas não tenham sido exatamente da maneira que eu gostaria e eu esteja chateada por perder o aniversário dela.*

2. *O lado bom de perder a comemoração: não ter que passar uma noite com Annabel.*

3. *Sopa de tomate Heinz. Esqueça o avocado toast; depois da gripe não há nada melhor que essa sopa.*

#fabfemalefriday

Tem muita coisa ruim nas redes sociais, mas também tem bastante coisa legal. Tipo a #throwbackthursday e a #flashbackfriday, de quinta e sexta, que são oportunidades perfeitas para postar fotos antigas mostrando ao mundo que todos já fomos mais jovens e mais magros.

Talvez devêssemos criar hashtags para todos os outros dias também. Pense bem, daria para ir trocando a depender de como você está se sentindo. Por exemplo, esta semana para mim foi mais ou menos assim:

Segunda-feira
#motherfuckingmonday

Menos #motivacional e mais #morrendodegripe #autonoma #aindaprecisotrabalhar.

Terça-feira
#falandoareal

O episódio desta semana do podcast foi gravado comigo de cama, rodeada de lenços de papel sujos e nem sinal de pôr do sol. O que me fez pensar; deveria haver um movimento para começar a falar a real uma vez por semana. Proponho que seja terça. Imagine só se déssemos um choque de realidade toda terça-feira. Se nos livrássemos da pressão de nos apresentarmos de uma determinada maneira e disséssemos que estamos de saco cheio dessa palhaçada. Um dia para abraçar nossas vidas bagunçadas, cheias de defeitos e sem filtro. Nossos eus verdadeiros e autênticos.*

Quarta-feira
#quaselá

Quando eu era criança, amava aula de química nas tardes de quarta-feira, porque eu sabia que isso significava que já tinha passado metade da semana letiva. Aqui seguimos a mesma linha, mas tem mais a ver com o sentimento de que finalmente você está começando a conseguir apreender todas as coisas que precisava concluir esta semana — uma vibe mais "eu consigo" do que desejar que já fosse o fim de semana.

Quinta-feira
#quemmederaaindaserjovememagra

Basicamente como eu me senti depois de folhear todos os meus álbuns de fotos antigos para encontrar alguma coisa para postar na #throwbackthursday.

Sexta-feira
#fabfemalefriday

Porque existem tantas mulheres maravilhosas por aí que nos inspiram e motivam. Mulheres incríveis, empoderadoras, pioneiras, desde Emmeline Pankhurst até Rosa Parks, de Malala Yousafzai a Jane Goodall, de Dolly Parton a Jane Austen. A lista é interminável.

E quanto a mulheres como Cricket e minha mãe? Sem contar todas as milhares de mulheres comuns que estão em silêncio

---

* Acredite em mim, isso vai muito, muito além de uma selfie sem maquiagem. Além disso, estou usando "nós" no sentido régio da palavra, porque talvez eu seja a única com a vida bagunçada, cheia de defeitos e sem filtro. E meus vinte e sete ouvintes (antes eram trinta e dois, mas parece que perdi cinco).

por aí fazendo o que têm que fazer, mas não são menos extraordinárias por isso. Quero celebrar a existência delas semana após semana, não só no Dia Internacional da Mulher. Essas mulheres incríveis me motivam mais do que qualquer vídeo de ioga seria capaz de fazer.

Sábado
#ficaremcasa

Hey ho.

Domingo
#dane-se

O melhor dia de todos. Quando vale qualquer coisa.

Amarelando

Uma semana depois, pego o trem de Euston para Liverpool para o casamento. Sentada ao meu lado no vagão silencioso está minha acompanhante: Cricket.

— Não consigo nem me lembrar da última vez que fui a um casamento — comenta, empolgada. — Acho que foi o meu.

Ergo os olhos do meu livro, um exemplar de *Mrs. Dalloway*, de Virginia Woolf, que peguei emprestado da pequena biblioteca para ler no trem. Eu havia lido na época da escola, e é ainda melhor do que eu me lembrava.

— Como foi? — pergunto, apoiando o livro na mesinha dobrável à minha frente.

— Surpreendentemente incrível, na verdade.

— Por que é surpreendente?

— Porque nenhum de nós estava convencido da ideia — ela admite com sinceridade. — Foi só quando nos deparamos com a morte e os impostos, duas coisas impossíveis de evitar, que decidimos oficializar nossa relação. Quando éramos mais jovens, não parecia necessário nem realista. Quem é que consegue fazer esse tipo de promessa quando não se tem verdadeiramente a menor ideia do que vai acontecer nos próximos trinta anos ou mais?

— Provavelmente é melhor não compartilhar essa visão neste fim de semana.

Sorrio, e ela solta uma risada e cobre a boca com a mão.

*

A família inteira está hospedada no mesmo hotel. Meus pais descem para a recepção para nos cumprimentar, e minha mãe parece surpresa quando vê Cricket. Até a semana passada, ela vinha presumindo que eu traria um novo namorado como acompanhante, depois da minha decisão repentina no verão de contar a ela que estava saindo com alguém. Ela provavelmente estava com grandes esperanças de conhecê-lo. Quando contei que traria uma amiga, ela não disse nada a não ser "Bem, talvez lá haja alguns bons homens solteiros para vocês duas".

— É encantador conhecê-la. — Vejo Cricket ser graciosa como sempre quando estende a mão para minha mãe. — Nell me falou muito de você.

— Falou bem, espero! — Mamãe ri constrangida e consigo imaginá-la repassando mentalmente os assentos em desespero, perguntando-se se é tarde demais para trocar Cricket de lugar, tirando-a da mesa dos solteiros e colocando-a na mesa dos parentes idosos.

Também consigo imaginar Cricket torcendo muito para que seja.

Enquanto isso, papai parece aliviado ao me ver. Ele foi forçado a vestir uma camisa elegante e uma calça que parece um pouco apertada.

— Sua mãe me fez até usar uma porcaria de uma gravata! — ele choraminga quando ela não está ouvindo.

— Fica bem em você — eu o consolo.

— Está me estrangulando, na verdade.

— Cadê o Rich?

— No quarto. Não sai de lá desde que fizemos o check-in. Acho que está de ressaca. Ele estava da cor do tapete.

Papai aponta para o tapete mostarda sob nossos pés.

— Nathalie está com os pais dela?

— Aparentemente, sim. Embora pareça uma tradição meio boba, considerando que ela já está a caminho de formar uma família.

— Provavelmente ela quer aproveitar a última noite de liberdade. — Sorrio, e minha fala faz meu pai rir e puxar a gravata.

— Juro que essa coisa ainda vai me estrangular.

— Philip Gordon Stevens, essa gravata não vai estrangular você. — Mamãe aparece ao lado dele e o repreende seriamente. O uso do nome completo é reservado para contravenções especiais, e ela está soltando fumaça. — Mas se você não parar de me envergonhar com toda essa reclamação, eu vou.

*

Depois de fazermos o check-in e subirmos para nosso quarto duplo, deixo Cricket tirar uma soneca.

— Prefiro chamar de recarregar as baterias, se você não se importar — diz ela, e saio para procurar meu irmão.

Papai tem razão. Ele está da cor de mostarda amarela.

— Você está de ressaca? Está com uma aparência péssima — digo quando ele abre a porta.

— Estou me sentindo péssimo.

Caso você não tenha percebido, meu irmão e eu não usamos os costumeiros abraços e cumprimentos. Gostamos de ir direto para as ofensas.

— Quantas cervejas você bebeu?

— Eu não bebi.

— Não me diga que foi um kebab duvidoso.

— Não é nada disso... é só que... não tenho certeza, Nell.

— Ai, não, não é gripe, é? Eu fiquei derrubada na outra semana.

Agora que fechei a porta e o segui para dentro do quarto, olhei para Rich alarmada quando ele se sentou na beirada da cama e enterrou a cabeça nas mãos.

— Não, estou falando sobre o casamento. — Sua voz sai abafada entre os dedos. — Não sei se consigo ir adiante.

Ah, ha-ha. Muito engraçado. Mais uma das piadinhas do meu irmão. Entro na brincadeira.

— Ah, complicado. O seu rosto está nos panos de prato.

— Oi?

— Princesa Diana. Aparentemente foi o que a irmã dela disse antes do casamento dela com o príncipe Charles.

Meu irmão me encara como se eu tivesse ficado maluca.

— Nell, por que você está falando da princesa Diana em um momento como este? — Ele me lança um olhar angustiado, então enterra a cabeça mais fundo nas mãos, passando as unhas no couro cabeludo como se estivesse literalmente arrancando o cabelo.

O que provavelmente não é uma boa ideia, levando em consideração que ele já está ficando quase careca.

— Ah, fala sério, Rich, para de brincadeira.

Estou cansada. Bem que eu gostaria de recarregar minhas baterias.

— Não estou brincando! Isso é sério! — ele explode, irritado. Levantando da cama num impulso, começa a andar de um lado para o outro no quarto de hotel.

Ai, merda. Começo a sentir o nervosismo na boca do estômago. Ele não pode estar falando sério *de verdade*.

— É apenas ansiedade, só isso — eu o tranquilizo. — Você só está amarelando. É normal.

— E se não for normal? E se eu estiver cometendo um grande erro?

Puta que pariu. Não é possível que isso esteja acontecendo.

— Casar, ter um bebê... eu sou só o Richiezinho, não estou preparado. Não consigo fazer isso.

Eu encaro meu irmão, momentaneamente em choque com essa repentina reviravolta nos acontecimentos.

— Claro que você consegue fazer isso. — Minha voz é firme. Rich não vai desistir agora. Ele não pode. Não vou deixá-lo fazer isso.

— Mas é um compromisso muito grande. É para o resto da vida.

— Torcer para o time de futebol Carlisle também é, e nunca vi você surtando por causa disso — retruco.

353

— Não fique brava comigo, mana.

De repente, ele parece aquele garotinho de dez anos que pegou meus patins emprestados e quebrou o tornozelo tentando descer a pilha de rejeitos da mina de ardósia perto de casa. Sinto minha raiva desaparecer tão rápido quanto surgiu.

— Se você não casar com a Nathalie amanhã, vai fazer o quê?

— Antes ou depois de o pai dela me matar? — Rich sorri.

— Estou falando sério.

Ele se apoia na lateral da cômoda e dá de ombros.

— Não sei. Talvez viajar.

— Quê? E largar sua start-up?

Ele faz uma pausa quando a realidade lhe é apresentada.

— Você não pensou muito nisso, Rich.

— Tá bom, mas pega leve, pode ser?

— Não, eu não estou aqui para pegar leve com você — respondo, assumindo o meu lugar de irmã mais velha. — Estou aqui pra fazer você pensar no que ganharia para valer a pena jogar fora tudo o que você já tem.

— Eu amo a Nathalie, e o bebê, é só que... — Ele balança a cabeça.

— Você está com medo.

Rich olha para mim, então assente devagar.

— Sim, você tem razão. Estou com medo.

— Sabe, quando você era pequeno, tinha medo de dormir, por causa dos monstros que viviam debaixo da sua cama. Toda noite eu ia lá com a minha lanterna e conferia o quarto para você. "Tá limpo", eu dizia, e só então você me deixava apagar a luz.

Ele sorri.

— Você vai me dizer para não ter medo agora porque não tem nenhum monstro debaixo da cama?

— Não. — Balanço a cabeça. — A vida é assustadora. Mas será muito pior se você perder a pessoa que ama.

Fluxo de consciência

Às duas da manhã, estou completamente acordada; uma combinação de preocupação com o meu irmão e dos roncos de Cricket. Sem conseguir dormir, termino de ler *Mrs. Dalloway*. É um livro tão bom. Eu amo que tudo se passa em um dia só e é escrito em um fluxo de consciência. O livro me inspirou muito.

*

Tá bom, eu nunca serei Virginia Woolf, mas existe maneira melhor de tentar descrever todos os meus pensamentos e emoções em relação ao dia que está por vir?

O casamento do meu irmão

Chove. Irmão está nervoso. Noiva está linda. Mamãe chora. Papai se remexe no terno. Pareço uma idiota no meu adorno de cabeça. Desejo que fosse eu. Cricket aperta minha mão em seu vestido Dior vintage. Fico chorosa. Derrubo canapés no meu vestido novo. Tento tirar a mancha no banheiro. Fracasso. Perco o discurso do padrinho enquanto uso o secador de mãos. Divirto-me muito com papai na pista de dança. Sinto-me feliz. Arrependo-me de usar esses sapatos. Tento cobrir a mancha de gordura nas fotos do casamento cruzando as mãos sobre o peito. Pareço Tutancâmon. Como bolo demais. Bebo cerveja artesanal demais. Sinto saudade de Ethan. Sinto-me confusa. O padrinho tenta me agarrar na pista de dança. Eu cogito. Por um segundo. Cricket e o tio-avô de Nathalie surpreendem todo mundo com seu foxtrote. Abraço meu irmão. Danço a "Dança dos Passarinhos". Sei toda a coreografia. Sinto que pertenço a esse grupo. Amo minha família. Amo Cricket. Amo o garçom. Fico toda sentimental. Bebo mais cerveja. Sorrio muito. Lembro de beber muita água. Um dia perfeito.

Uma separação

É engraçado como as coisas mudam. Em janeiro, quando me mudei para o apartamento de Edward, a ideia de dividir o banheiro com ele sete dias por semana era terrível. Tão terrível que eu provavelmente nem teria alugado o quarto.

Sendo sincera, a situação do banheiro ainda não é ideal, embora atualmente estejamos em uma trégua na Guerra do Papel Higiênico. Em relação à Batalha do Termostato, os dias ainda estão relativamente longos e quentes, então o aquecimento está desligado. *Por enquanto.* Além disso, quase houve uma crise quando ele descobriu que eu tinha jogado fora uma bateria em vez de colocá-la para reciclar em uma daquelas lixeiras especiais no supermercado, mas eu culpei o esquecimento (em vez da preguiça) e a crise foi rapidamente evitada.

Mas a lava-louças e as luzes ainda são uma fonte constante de desentendimento. Eu comparo a nossa situação com a política. Os dois lados nunca vão concordar e você simplesmente precisa viver com isso. Mas, agora que a separação de Edward é oficial, não tenho certeza de por quanto tempo mais vou aguentar.

*

— Então o divórcio deve estar concluído até o final do ano — ele comenta, enquanto passamos pelo portão do parque.

É quinta-feira e estamos levando Arthur para o passeio da tarde. Desde que voltei do casamento, começamos a levá-lo para passear juntos, e essa foi uma boa mudança. Levar o cachorro para passear pode ser uma coisa bem solitária, especialmente quando você tem um cachorro que prefere caçar esquilos e patos em vez de trotar obediente ao seu lado como praticamente todos os outros cachorros que vejo.

— Uau, que rápido.

— Sim e não — ele assente. — Está bem atrasado. Deveríamos ter feito isso anos atrás.

Começamos a subir a encosta da colina na direção do bosque. Arthur saltita ao nosso lado. Depois de me dar uma canseira por meses, é incrível ver como ele responde a Edward. Com alguns comandos simples, ele senta, fica e anda ao lado do dono, lembrando-se de como seguir cada ordem.

— Então, me conta, como foi o casamento do seu irmão?

— Você não acha meio esquisito falar de um casamento ao mesmo tempo que falamos de um divórcio?

— Nem um pouco. Tudo isso faz parte da vida. — Ele me dá um sorriso e faz uma pausa para admirar a vista. A luz do fim da tarde é muito bonita. Quente e dourada, ilumina as árvores e nosso rosto. — E aí, me conta.

— O casamento foi muito legal, os dois pareciam realmente felizes. — Ergo os olhos para uma das minhas árvores favoritas, um grande carvalho que fica bem na entrada do bosque. Pela primeira vez, reparo que as folhas estão começando a ficar amareladas. As estações estão mudando. — Mas eu acho que a pessoa mais feliz da cerimônia era minha mãe.

Edward dá uma risada tímida.

— Pelo menos essa é uma coisa pela qual posso ser grato; o fato de minha mãe não ter me visto casar significa que ela não precisa ver o meu divórcio.

— Desculpe, eu nem pensei... — De repente, sinto que fui insensível.

— O quê? Ah... não tem problema. — Ele afasta minha preocupação — Já faz muito tempo.

Enfiando as mãos nos bolsos, Edward se vira e eu sigo. Juntos, continuamos caminhando em direção ao bosque.

— E agora? — pergunto, mudando de assunto.

Ele dá de ombros.

— Vamos dividir o dinheiro, na verdade, vender alguns bens. Decidimos que Sophie vai ficar com a casa. Não quero que os garotos tenham mais perturbações do que o necessário.

— Não.

— Enquanto eles ainda estão na escola, vão continuar morando com ela, mas concordamos que eles vão vir ficar comigo nos fins de semana.

— Uhum, certo.

— Até agora, tudo tem sido bastante amigável.

Penso a respeito da minha pergunta. E agora? Edward presumiu que eu estivesse perguntando sobre o divórcio, e eu estava, mas quero fazer a pergunta de novo, só que em relação a como isso vai afetar a nossa situação de moradia. Se os garotos vão ficar com ele no apartamento de Londres, ele vai precisar de dois quartos disponíveis. E comigo aqui, só resta um.

Além disso, será que Edward vai continuar com o apartamento? Ele não mencionou nada sobre vendê-lo, mas certamente esse é um dos bens aos quais ele se referiu. Porém, não pergunto, e quando entramos no bosque, sinto meu estômago revirar ligeiramente. Não gosto da incerteza. Ela me deixa nervosa.

No entanto, uma coisa é certa: em algum momento, vou precisar sair de lá.

O pacote

No fim de semana, pego o ônibus para Notting Hill para visitar Cricket. Ela me deixou um recado alguns dias atrás dizendo que gostaria de conversar comigo sobre algo e me convidando para almoçar no domingo. Quando liguei de volta, ela se recusou a me dizer do que se tratava por telefone.

— Vai ser muito melhor falar sobre isso comendo *moules frîtes* — explicou, o que, é claro, levou minha imaginação hiperativa e minha obsessão por sites de imobiliárias a concluir que ela iria se mudar para uma fazenda no sul da França.

— E fazer o que lá? Morar num lugar grande demais com minhas galinhas e sentir falta de Londres? — debocha quando conto o que pensei enquanto ela serve o almoço. Enquanto serve grandes conchas de mexilhões da panela grande e fumegante sobre o fogão, Cricket estremece de leve.

— Hummm, o cheiro está delicioso. — Ela me passa uma tigela e eu sinto o aroma de alho, vinho branco e chalota.

— Ah, esqueci a salsinha. — Ela acaba de se sentar à mesa quando se levanta novamente para picar grosseiramente um grande maço de salsinha, então volta e salpica uma grande porção de folhas sobre as conchas pretas brilhantes.

— Ah, e a batata frita...

— Sente-se — insisto quando ela faz menção de se levantar outra vez. — Eu vou buscar.

— Estão no forno — ela me instrui. — Se posso dar um conselho, é: nunca faça batata frita em casa. Compre congelada. A vida é curta demais para ficar descascando batatas.

Sorrio e volto para a mesa com a travessa de batata frita, que nós duas atacamos, ainda que estejam quentes demais. Queimamos a boca. Cricket serve o vinho que eu trouxe e brindamos, então abrimos as conchas e pegamos com elas um pouco do caldo temperado com alho.

— Está delicioso.

— Não está? — Ela assente, sem falsa modéstia. — Faz tempo que não como. Não faz muito sentido cozinhar um prato desses só para mim.

Assinto, compreendendo. Desde que Ethan e eu terminamos, perdi as contas do número de refeições prontas que consumi. Cozinhar nunca foi meu ponto forte, mas parecia haver ainda menos motivos para fazer o esforço quando não havia ninguém com quem compartilhar (a comida ou a tristeza).

Mas recentemente, com Edward morando em casa a semana toda, cozinhamos um para o outro em algumas ocasiões. Faz mais sentido — especialmente para mim, já que ele cozinha muito bem, enquanto eu só sei fazer duas receitas, apesar de comprar um monte de livros de culinária: yakisoba e omelete. Mas é uma omelete muito boa.

*

— Então, o que você queria me contar?

Vinte minutos depois, só sobrou uma pilha de conchas vazias. Tiro os pratos enquanto Cricket reabastece nossas taças.

Ela estica a mão para a cadeira ao lado, debaixo da mesa, e pega um envelope pardo tamanho A4. Tira o conteúdo e coloca no meio da mesa. É uma pilha de papéis amarrados com um pedaço de barbante.

— Parece um manuscrito. Bem antigo — comento, observando as bordas amareladas. — Vi vários desses quando era editora.

— E é. Inacabado. — Espero que ela explique. — Chegou pelo correio esta semana. De Barcelona.

Franzo a testa.

— Pablo?

Cricket assente.

— No bilhete, ele diz que queria ter me entregado quando nos encontramos na Espanha, mas não deu tempo de ele voltar para o apartamento para buscar. Quando recebeu minha mensagem, foi nos encontrar direto da galeria... — Os olhos dela se voltam para as páginas. — Pablo guardou por anos. É uma peça que Monty escreveu quando eles estavam juntos.

Escuto e absorvo o que ela está me dizendo.

— Monty trabalhou nela por mais de um ano, aparentemente, na época em que morava em Paris, mas quando foi embora do estúdio, jogou o texto fora. Pablo encontrou no lixo e guardou.

— E Pablo nunca contou para Monty que tinha guardado?

— Uma vez, anos depois, quando eles voltaram a se falar, mas Monty só deu risada e disse que Pablo deveria fazer uma fogueira com esses papéis. Meu marido era seu crítico mais severo.

— Você leu?

— Sim. — Ela assente, e há uma pausa. Por um instante, esqueço-me de respirar. — Acho que é o melhor trabalho dele.

Cai um silêncio enquanto nós duas olhamos para as páginas datilografadas sobre a mesa. De alguma forma, aquilo parece monumental. Uma peça inédita de Monty Williamson, dramaturgo premiado. Desde que conheci Cricket, li várias das peças dele. Não surpreende que ele tenha ganhado tantos prêmios. Era um escritor talentoso.

— Posso? — Faço um gesto na direção do manuscrito.

— Claro.

Cuidadosamente, puxo a pilha de papel pela madeira envernizada. Desfaço o nó do barbante e pego a folha de rosto. Dá para ver as marcas das teclas da máquina de escrever. Passo a ponta do dedo sobre elas, ponho a folha na mesa e pego a próxima. "Ato um". Passo os olhos pelo texto, que está coberto de anotações a lápis. Vejo a mancha de vinho onde ele apoiou a taça; uma mancha feita quando a tinta ainda não estava seca. Eu o imagino em Paris, um rapaz jovem, debruçado sobre a máquina de escrever, fumando Gauloises, bebendo vinho tinto, a batida mecânica das teclas, a imaginação fervilhante... pulo para a última página. O texto datilografado termina e, em vez dele, há rabiscos manuscritos.

— Preciso que alguém termine.

A voz de Cricket me traz de volta dos anos 1950 e do sótão parisiense. Levanto os olhos e vejo que ela está me observando.

— Uau, bom, faz alguns anos que eu saí do mercado editorial, mas eu poderia tentar encontrar alguém para você... posso entrar em contato com alguns antigos colegas de trabalho, pedir recomendações. Tenho certeza de que eles conhecem bons escritores...

— Eu já conheço uma boa escritora. — De repente, tudo se encaixa.

— Meu Deus, não! — Jogo a cabeça para trás e quase rio de tão ridículo que é. — Você não pode estar sugerindo...

— Não estou sugerindo, estou pedindo.

— Não, isso é loucura. — Eu me recosto na minha cadeira e balanço a cabeça em protesto a uma ideia tão completamente irracional. — Eu escrevo obituários. Não sou uma escritora de verdade.

— É, sim. Você escreveu um texto maravilhoso sobre Monty.

Por um momento, fico em silêncio, relembrando. Nossos olhares se encontram. Cricket nem pisca.

— Olha, eu sou mais uma editora mesmo.

— Bom, que sorte, porque o texto também precisa de um bom editor... na verdade, a maior parte do trabalho é editar. Tirando o final, que vai dar um pouco mais de trabalho.

Sinto um aperto no peito. Começo a morder a parte de dentro do meu lábio. Quero protestar, mas lá no fundo consigo sentir uma pontada leve de alguma coisa. Uma pulsação.

— Ninguém conhece Monty tão bem quanto você agora.

— E você?

Dessa vez, é Cricket que dá uma risada e joga a cabeça para trás.

— Monty ia se revirar no túmulo se eu tentasse, considerando como eu era um desastre tentando editá-lo quando ele estava vivo. — Ela sorri. — De todo modo, eu estou próxima demais da narrativa.

Há uma pausa enquanto uma batalha é travada dentro de mim. Nenhuma de nós fala.

— Eu vou te pagar.

— Não, não vai!

— Claro que vou. Não estou pedindo isso como um favor, Nell. Estou lhe pedindo para fazer um trabalho, porque acredito que você é a melhor pessoa *para* isso. Porque não há ninguém em quem eu confie mais para mexer nas palavras do meu marido do que você. — Cricket olha para mim, a mandíbula firme, então suspira. — Você pode pensar, pelo menos?

A emoção é palpável.

— Tudo bem — assinto. — Vou pensar. — Mas mesmo quando digo isso, nós duas sabemos que não preciso pensar. Porque a resposta, é claro, é sim.

Sou grata por:

1. *A atuação perfeita em dupla formada por moules e frîtes.*

2. *Cricket não estar prestes a se mudar para uma fazenda no sul da França.**

3. *Alguém acreditar em mim.*

---

* Ela tem um bom argumento em relação às galinhas.

Desenvolvimento

A semana passou voando. Nem acredito que já é sexta.

Depois de voltar de Notting Hill no domingo à noite, fiquei acordada até de madrugada lendo a peça de Monty. Cricket tinha razão. É incrível. É claro que no dia seguinte eu imediatamente liguei para ela e disse que de jeito nenhum eu poderia sequer tentar me colocar no lugar dele para terminá-la. Mesmo com as notas detalhadas que ele deixou, a peça precisava de um escritor muito melhor que eu. De jeito nenhum eu poderia fazer isso.

Ela me disse que eu estava falando besteira e que já tinha enviado meu cheque.

Então comecei. Aterrorizada, *mas empolgada*. Mais empolgada do que estive em relação a qualquer coisa desde que me lembro. Sentada à minha escrivaninha, com os dedos flutuando acima do teclado como se estivessem levitando, eu me sentia quase tonta de ansiedade por causa da tarefa diante de mim. Acho que fiquei parada assim uns dez minutos até finalmente me debruçar e começar a digitar.

Alguns trechos do manuscrito têm muitas anotações. Rabiscos a lápis decoram as margens e dançam entre as linhas de texto datilografado: comentários sobre o enredo e os personagens, palavras cortadas, diálogos novos, ideias sobre temas... ao lê-los, quase consigo ouvir seus pensamentos velozes disparando na minha direção. Começo com uma edição de texto cuidadosa, conferindo se há erros de digitação e pontuação, antes de me concentrar em acertar o ritmo e a velocidade, o desenvolvimento dos personagens, o arco da história.

O primeiro e o segundo atos estão praticamente terminados, mas o terceiro... bem, poderia terminar de várias maneiras diferentes.

Assim como a minha vida.

Como será que essa história vai terminar? É uma pergunta que me fiz muito durante esse último ano. Com frequência, deitada na cama à noite, minha mente inquieta começava a andar de um lado para o outro, tentando bater na porta do meu futuro para exigir saber o que vai acontecer. Como é que a *minha* história vai terminar? Como minha vida vai se desenrolar? Antes, eu achava que sabia. Tinha tudo mapeado e então... *boom*. É uma coisa assustadora pisar no vazio. Pode sobrecarregar você; enchê-lo de pânico e medo.

Mas ao olhar para estas páginas inacabadas cobertas de ideias rascunhadas e reviravoltas sugeridas, uma percepção me domina cada vez mais. Não saber como a história termina também pode ser emocionante pra caralho.

*

Estou profundamente concentrada quando meu telefone começa a tocar. Tenho deixado desligado durante o dia por causa do trabalho, mas hoje eu o liguei mais cedo para entrar em contato com o banco. Depois da minha conversa com Edward alguns dias atrás, eu me cadastrei no site de algumas imobiliárias do bairro para procurar um apartamento, mas, em vez do departamento de aluguéis, eles me passaram para o Rupert, de vendas.

Quando contei a ele que tinha sido um erro e que eu não tinha condições de comprar, ele me perguntou se eu havia pensado na possibilidade de propriedade compartilhada,* porque sairia bem mais em conta. Eu só precisava pagar um caução de cinco por

---

* No original, *shared ownership*. Modelo possibilitado pelo governo do Reino Unido em que se compra de 10% a 75% de um imóvel (de uma associação de imóveis, por exemplo) e se paga o aluguel ao proprietário referente à parte da qual ele é dono. É possível fazer um financiamento para comprar essa parte ou pagar à vista, além do caução. Ao longo do tempo, você pode ir comprando outras porcentagens do imóvel e assim pagar menos aluguel [N. T.].

cento. Minha primeira reação foi descartar a ideia, achando-a absurda. Eu? Comprar um apartamento em Londres? Haha, muito engraçado. Mas aí o cheque consideravelmente substancial de Cricket chegou e me deixou pensativa: poderia ser meu caução.

E então uma minúscula janela de possibilidade se abriu, com tamanho suficiente para me fazer ligar para o banco, embora eu tivesse certeza de que eles também me dispensariam. Mas não fizeram isso. Na verdade, a ideia não pareceu nem um pouco absurda para eles, e depois de anotarem alguns de meus dados pessoais, disseram que alguém do departamento de financiamentos iria me ligar.

Provavelmente são eles agora.

— Alô, Penelope Stevens, pois não? — Tento soar como alguém para quem você emprestaria uma grande quantidade do dinheiro de outras pessoas.

— Nell, é você? É o David, marido da Fiona.

— Ah, David, oi. — Sinto-me levemente constrangida por causa da voz que usei para atender. Já conheço David há anos, mas ele sempre me intimidou um pouco. É muito inteligente e muito sério, além de lidar com fusões e aquisições multimilionárias. Alguns anos atrás, eu me lembro de Max perguntando a ele como conseguia manter a calma quando tanto dinheiro estava em jogo, e ele simplesmente respondeu "Você precisa ter bolas de aço", e eu vi Max se encolher e cruzar as pernas.

— Olha, não estou conseguindo falar com a Fiona. O telefone dela está desligado e a Francisca, a babá, acabou de me ligar pra dizer que está vomitando...

— Eca. Quer dizer, ai, coitada...

— Alguém precisa buscar a Izzy na escola, e mesmo que eu cancele a reunião que tenho agora, estou do outro lado da cidade. Não vou chegar a tempo.

— Não se preocupe, eu vou — respondo imediatamente.

— Tem certeza? Eu ia pedir para uma das outras mães ou pais, mas é a Fiona que costuma lidar com essas coisas e é ela que tem todos os telefones...

— Sem problemas, já estou indo.

— Ok, obrigado. Vou ligar para a escola para avisar.

*

Para ser sincera, adoro qualquer desculpa para ver minha afilhada. Embora essa coisa da Fiona seja um pouco esquisita. É normal ela não atender, mas nunca quando se trata das crianças. Ao subir no ônibus, me pego imaginando se está tudo bem. Talvez ela tenha tido uma consulta médica ou algo do tipo. Se bem que ela não mencionou nada... Mas também, tem muita coisa que ela não me conta ultimamente. Costumávamos trocar mensagens várias vezes por dia, sobre todo tipo assunto aleatório, porém agora é comum se passar uma semana inteira e ela não dar notícias. Mas, pensando bem, eu também não a procuro.

*

Como sempre, o portão da escola está atolado de carros com o motor ligado e parados em cima da faixa dupla amarela. Quando passo apressada por eles, vejo um Range Rover branco e reconheço o carro de Annabel. Ela está no assento do motorista falando no celular, a mão com a manicure perfeita tamborilando no volante.

Abaixo a cabeça e passo rápido. Não nos vemos desde o dia dos esportes, cuja lembrança ainda dói, e quero evitar qualquer constrangimento.

Izzy está esperando no parquinho e parece empolgada ao me ver. Eu a abraço, pego a mochila dela e vou na direção do portão. O parquinho está cheio de pais e mães e babás e, enquanto Izzy vem de patinete ao meu lado, tagarelando sobre o dia, não vejo Annabel se aproximar até ser tarde demais.

— Nell?

Entretida com uma história engraçada sobre o hamster da turma, levanto a cabeça e vejo Annabel franzindo a testa para mim. Isto é, se ela *fosse capaz* de franzir a testa. Como sempre, ela está impecavelmente arrumada, e, como sempre, meu traje do dia é o mesmo de ontem, só que sujo de ovo.

— Ah, oi, Annabel.

— Cadê a Fiona?

— Ocupada. — Bom, não vou admitir que não sei. — David me pediu para vir buscar a Izzy.

— Ah, ele deveria ter ligado pra mim! — Annabel parece incomodada. — Não precisava ter vindo de longe até aqui. Izzy pode vir para casa com Clementine e comigo, e eu a levo mais tarde.

Clementine está brincando com Mabel, o buldogue francês delas, provocando-o com um brinquedinho barulhento. Sinto Izzy pegar minha mão.

— Elas podem brincar juntas na piscina.

— O Mabel pode brincar na piscina também, mamãe? — Clementine ri enquanto o pobre cachorro dá voltas e mais voltas preso na coleira.

— Hoje não, amor, acho que é melhor serem só vocês, meninas. — Annabel sorri para Izzy, que ficou em silêncio. — Você pode pegar um maiô de Clementine emprestado.

Sinto o aperto de Izzy na minha mão ficar mais forte

— Obrigada, mas acho que Izzy está cansada. Vou levá-la pra casa.

O sorriso de Annabel desaparece.

— Não acho que Fiona iria gostar que você negasse um pouco de diversão para a filha dela. As meninas adoram nadar.

— Acho que vou deixar Fiona julgar isso — respondo em tom alegre, e então, antes que Mabel seja estrangulado, despeço-me rapidamente e fugimos pelo portão da escola.

Quando chegamos no ponto de ônibus, percebo que Izzy ainda está muito quieta. Sentada no assento plástico vermelho para esperar a condução, pego algumas tangerinas da minha bolsa e começo a descascar uma.

— Você não queria ir nadar com a Clementine, queria? — pergunto, entregando metade a ela.

Observando cada gomo, Izzy balança a cabeça, mas não olha para mim. Fico surpresa, mas não digo nada. Observo enquanto ela cuidadosamente remove os fiozinhos brancos e firmes e então, satisfeita, coloca um gomo na boca. Izzy gosta de chupar o gomo como se fosse uma bala dura.

— Você ficaria brava se alguém te chamasse de calça de cocô? — ela pergunta por fim, encarando-me.

— Já me chamaram de coisa muito pior. — Sorrio. — Por quê, alguém chamou você de calça de cocô?

Izzy desvia o olhar e escolhe outro gomo devagar.

— É só um xingamento bobo. Basta ignorar.

Há uma pausa, e então:

— Você ficaria brava se alguém batesse em você?

Fico tensa.

— Izzy, alguém bateu em você na escola?

Ela não responde, mas também não me olha nos olhos. Desço do assento e me agacho ao lado dela para poder ver seu rosto. Izzy está observando os gomos de tangerina como se a vida dela dependesse disso.

— Você sabe que pode me contar qualquer coisa, não sabe?

A expressão dela está séria.

— A pessoa falou que eu não posso contar. Que se eu contar vou ter problemas.

Sua voz é quase um sussurro diante do barulho do trânsito.

— Claro que não vai... por que você teria problemas?

— Mamãe vai ficar brava comigo.

— Sua mamãe te ama, ela nunca ficaria brava com você. Por que acha que ficaria?

Mais uma pausa. Parece durar uma eternidade.

— Porque a gente não vai poder mais ir nadar na casa dela.

E de repente percebo o que ela está me contando.

— Porque a mamãe dela é amiga da minha mamãe.

— Eu prometo que você não terá problemas. — Estico o mindinho. — Juro juradinho.

Izzy finalmente me olha nos olhos e, passando o mindinho
pelo meu, me conta quem está fazendo bullying com ela. Mas
é claro que já sei.

Clementine.

O dia seguinte

Caos total.

OUTUBRO

#pessoassãoestranhas

Uma semana depois

Dizem que uma semana é muito tempo na política, mas quando se trata de bullying é impressionante como as coisas podem escalar, se deteriorar, espiralar e se transformar num período de sete dias. (Podemos mesmo chamar de bullying aos cinco anos de idade? Quando é feito por menininhas usando saia de tule e asas de fada?)

Assim que Fiona chegou em casa e ficou sabendo do que estava acontecendo, imediatamente entrou em ação e ligou para Annabel. Acho que sua intenção era tentar resolver tudo com tranquilidade e cortar o mal pela raiz, mas o bullying é um tópico acalorado para todos os envolvidos, e o resultado foi semelhante ao que acontece naqueles vídeos horríveis em que vemos alguém jogando gasolina em uma churrasqueira para tentar ajustá-la, e em vez disso tudo explode em uma bola de fogo.

Annabel ficou compreensivamente chocada e chateada, mas, ao mesmo tempo, furiosa. Recusando-se a acreditar que Clementine pudesse fazer uma coisa dessas, defendeu a filha até o fim e acusou Izzy de mentir. Acusações e emoções voaram de um lado para o outro. O resultado foi que Fiona, que acho que nunca ouvi levantar a voz em todos esses anos que a conheço, fez uma ótima imitação de uma mamãe urso defendendo sua cria enquanto ameaçava chamar a diretora, e Annabel fez uma imitação igualmente boa e ameaçou chamar a polícia.

Felizmente, ninguém foi chamado. Na semana seguinte, tanto Fiona quanto Annabel se acalmaram o suficiente para marcar uma reunião com a professora das meninas. A escola tem uma política de tolerância zero em relação ao bullying e levou tudo muito a sério. Eles também souberam como lidar com a situação de maneira correta e calma, descobrindo que as alegações de Izzy eram realmente verdadeiras e fazendo com que Clementine admitisse tê-la xingado e batido nela em diversas ocasiões.

Isso explicou por que Izzy tinha ficado tão quieta na festa de aniversário; não era do palhaço que ela estava com medo, era de Clementine. Mas não explicou por que Clementine estava fazendo aquilo.

*

— Foi nesse momento que Annabel desmoronou e admitiu que ela e Clive estão se divorciando.

Sentada na cafeteria, olho para Fiona do outro lado da mesa. Ela me mandou uma mensagem hoje de manhã me perguntando se eu poderia encontrá-la para tomar um café depois que ela deixasse as crianças na escola.

— Ah, não, que horror. Eu não fazia ideia.

— Nem eu. — Fiona balança a cabeça. — Ninguém fazia.

Penso em todas aquelas fotos que Annabel posta, exibindo seu casamento perfeitamente feliz. Talvez, de agora em diante, eu deva considerar postagens desse tipo como uma pista.

Fiona mexe o latte com dose dupla de expresso. Ela veio de carro até o meu bairro, e quando chegou, eu ia pedir um chá para ela como sempre, mas ela disse foda-se isso — precisava de algo mais forte depois de uma semana como aquela.

— Coitada da Annabel.

Fico surpresa com a empatia que sinto em relação àquela mulher. Ela pode não ser minha pessoa favorita no mundo, mas sei como um término pode ser doloroso e eu não desejaria isso nem para meu pior inimigo. De repente, sinto-me solidária a ela.

— Aparentemente, eles têm discutido muito. Até tentaram esconder da Clementine, mas... — Fiona se interrompe.

— As crianças são espertas — comento, e ela assente.

— Isso provavelmente explica o fato de Clementine ter ficado agressiva — ela continua. — A psicóloga disse que as crianças em geral recorrem ao bullying se há problemas em casa; é o jeito que encontram de expressar a raiva que sentem da situação.

— Você foi a uma psicóloga?

— A escola tem uma. Eles têm sido muito bons, têm nos dado muito apoio.

— E como Izzy está agora?

O corpo de Fiona parece relaxar.

— Acho que ela saiu disso surpreendentemente ilesa. Os relatórios da professora dizem que ela e Clementine parecem ter superado a situação e voltado a ser melhores amigas.

— Uau, que bom.

— Eu sei. — Ela sorri. — Ironicamente, são os adultos que estão com dificuldades na amizade. — Ela toma um gole do café. — Eu e Annabel ainda não estamos nos falando.

Engraçado, houve um tempo em que essa frase teria me dado muita satisfação, mas agora tem o efeito contrário.

— Acho que o mais importante é que Izzy está bem e Clementine também... assim espero — acrescento, compadecendo-me de Clementine. Apesar do que aconteceu, ela é só uma garotinha, uma garotinha cujos pais estão se separando e cujo mundo do jeito que ela conhece está prestes a mudar para sempre. A situação é triste pra caramba.

— É, isso é tudo que importa — concorda Fiona. Girando a xícara, ela olha pela janela e de repente solta um longo suspiro e a bate com tudo no pires. — Eu só me sinto péssima porque a Izzy não veio falar comigo primeiro — ela explode. — Porque ela não sentiu que podia me contar. Eu me sinto culpada. — Seus olhos se enchem de lágrimas.

— Ei, agora é você que está sendo doida — digo com firmeza. — É claro que não foi sua culpa.

— Mas se ela tivesse me contado, eu poderia ter feito alguma coisa antes. Só de imaginar que eu estava com a Annabel, pensando que as meninas estavam brincando, mas que durante todo esse tempo... — Ela para, fungando com força.

— E eu tenho certeza de que elas estavam brincando na maior parte do tempo — argumento. — Não sabemos quando isso começou a acontecer. O que importa é que ela *contou* para alguém, e que tudo *foi* resolvido. — Eu me aproximo e faço carinho no braço de Fiona, demonstrando apoio. — Pare de se martirizar.

Ela sorri com tristeza.

— Isso não faz parte da descrição do cargo de mãe?

— Não sei — respondo. — Acho que é só a descrição do cargo de mulher.

Fiona me encara, e por um momento nós apenas ficamos ali sentadas juntas, duas velhas amigas. Eu me sinto mais próxima dela do que já me senti há muito tempo.

— O que me deixa feliz é que Izzy tenha se sentido segura para contar pra você — ela diz em voz baixa.

— Eu também — assinto.

— Olha, sobre o que aconteceu... sinto muito que as coisas tenham ficado tão esquisitas entre a gente.

— É, eu também.

— Não sei o que aconteceu.

— Annabel? — rebato, e ela sorri ironicamente.

— Não, não é culpa dela. — Fiona balança a cabeça. — A culpa é minha. Eu não deveria ter deixado ela tomar o controle do aniversário do Max e do chá de bebê... pensei que ela só estivesse sendo legal, mas olhando para trás, acho que ela queria controlar a vida de todo mundo, porque a dela estava uma bagunça...

— Acho que ela também estava sendo legal — digo de maneira generosa, e Fiona concorda.

— Annabel não fez nada errado; eu que fiz. Confundi todas as minhas prioridades. Acho que quando a gente se conheceu na escola e ela quis ser minha amiga, eu me senti meio honrada. Eu estava tão encantada com ela; aquela mulher parecia ter a vida toda em ordem. — Agora ela ri de como isso soa ridículo. —

Tipo, olha que pessoa linda, bem-sucedida e sofisticada, com essa vida maravilhosa, e ela quer ser minha amiga.

— Diferente de mim — sorrio, mas Fiona não ri. Em vez disso, só parece chateada.

— Não, mas você é de verdade, Nell. Nada daquilo era de verdade, né?

— Bom, a casa é maravilhosa — comento.

— Sim, é mesmo — ela assente, e nós duas sorrimos.

— Mas, sério, imagina ficar afofando todas aquelas almofadas.

— Talvez ela tenha contratado um afofador de almofadas.

— Existe isso?

— Sei lá. Existe?

Então nós duas começamos a rir, compartilhando nosso senso de humor idiota e uma familiaridade que nasce de muitas décadas de amizade.

— Gostei daqui. — Fiona olha ao redor do café, parecendo reparar nele pela primeira vez. — Você gosta de morar neste bairro? Acho que nunca te perguntei, né?

— Sim, gosto, sim — percebo. — Demorei um pouco para me acostumar, mas gosto.

— Você não sente saudade dos Estados Unidos?

Preciso refletir sobre isso por um instante, então me dou conta de que faz tempo que não penso a respeito. Minha resposta era sempre sim, mas agora...

— Não, não sinto. — Balanço a cabeça. — Mas eu senti falta do sol californiano em fevereiro. — Sorrio.

— E aquele cara com quem você estava saindo? Johnny? Meu Deus, eu sou uma amiga horrível, nem sequer te perguntei sobre ele, como estão as coisas?

— Foram só alguns encontros. — Dou de ombros. — Acho que terminou antes mesmo de começar, pra falar a verdade.

— Ah, sinto muito.

— Não sinta. Eu não sinto.

— A gente tem tanta coisa pra conversar!

— Eu sei — assinto, sorrindo. — Eu estava com saudade de você.

— Eu também. — Ela sorri.

— Por sinal, eu ia mesmo perguntar, tirando a situação da Izzy, como estão as coisas?

Com toda essa conversa sobre o divórcio da Annabel, eu tinha esquecido de perguntar sobre a ligação de David.

Fiona parece ficar tensa.

— Por que a pergunta?

— É que, quando David disse que não conseguia falar com você na semana passada e eu fui buscar a Izzy... — Eu me interrompo, sentindo uma pontada de ansiedade.

— Eu estava em uma entrevista de emprego.

É a última coisa que eu esperaria, e sinto alívio, rapidamente seguido por uma reação de surpresa.

— Eu não sabia que você queria voltar ao mercado de trabalho.

— Nem eu — ela admite, então sorri timidamente —, até perceber que eu estava redecorando a cozinha pela terceira vez em cinco anos, e não era porque precisávamos de azulejos novos... era porque eu estava entediada e frustrada pra caralho.

Fiona põe os cotovelos na mesa e apoia a cabeça nas mãos.

— Nell, você não faz ideia de como estou desesperada para usar meu cérebro de novo. — Ela suspira, olhando para mim. — Passei três anos estudando arqueologia. Tenho um mestrado em estudos bizantinos e paleografia grega. Antes de ter as crianças, integrei uma equipe que fazia trabalho de campo em sítios antigos na Europa; daí consegui meu trabalho dos sonhos como curadora de museu e fiquei responsável por montar exposições. E agora...

Ela se interrompe e a frustração é quase palpável.

— ... Agora eu vejo amostras de tecidos para cortina e assisto a *Frozen* pela milionésima vez, e a única estimulação mental que tenho é tentar agendar o horário certo para a entrega do supermercado.

Fiona ri e eu também, mas a risada dela é daquele tipo quase histérico.

— Sinto falta da minha carreira. Quero um emprego. Preciso usar meu cérebro. Andei dando uma sondada e mandei alguns e-mails e meu antigo chefe me procurou... ele disse que tinha uma vaga no museu... não era uma posição sênior como a que eu tinha antes, mas perguntou se eu estava interessada... então tivemos uma reunião...

— E aí?

— E aí eu consegui.

— Que maravilhoso!

— Você acha? — Ela parece preocupada. — Ainda não contei para David. Quando tivemos filhos, concordamos que um de nós ficaria em casa para cuidar deles, e é claro que tinha que ser eu; David ganhava muito mais. Aí, depois que a Izzy nasceu, eu tive uma depressão pós-parto terrível e por sorte encontramos a Francisca para nos ajudar em meio-período. Não sei o que eu teria feito sem ela, mas ainda não conseguia me imaginar ficando longe deles...

— Você nunca me contou que teve depressão pós-parto — falo, preocupada.

— Eu não contei pra ninguém. — Ela dá de ombros. — Fiquei com muita vergonha. Parecia que tinha alguma coisa errada comigo. Como se eu estivesse fracassando em ser mãe.

Encaro minha amiga e percebo que eu não era a única que mantinha coisas escondidas.

— Mas agora que meus filhos já estão maiores, não precisam tanto de mim — ela continua, dando de ombros outra vez —, e ainda temos a Francisca. Ela já está totalmente inserida na nossa rotina e as crianças a amam. É que eu...

— Você se sente culpada — completo a frase dela.

Fiona me olha com surpresa.

— Como você sabe?

— Porque quando não estamos nos punindo, estamos nos sentindo culpadas por alguma coisa — rebato, e ela ri.

— E agora, especialmente depois do que aconteceu com a Izzy, fico preocupada de voltar a trabalhar por tempo integral... e como isso pode afetá-la. Eu ainda poderia levá-la e buscá-la na escola, a rotina não mudaria tanto...

— E então?

Ela balança a cabeça.

— Ai, não sei, Nell. Será que estou sendo egoísta? Não é como se a gente precisasse do dinheiro. Temos sorte por David estar tão bem, mas isso faz com que eu não possa usar a nossa situação financeira como argumento. Quero fazer isso simplesmente por mim mesma.

Observo Fiona. Consigo ver que ela está completamente dividida.

— Olha, não sou nenhuma especialista, mas eu diria para você aceitar o emprego. Com certeza vai ser melhor para Lucas e Izzy ter uma mãe feliz e entusiasmada. E tenho certeza de que David pensaria o mesmo. Conversa com ele, acho que você pode se surpreender.

— É — ela assente e seu rosto se ilumina.

— E parabéns!

— Obrigada. — Fiona sorri. — Mas e você? Ainda está escrevendo os obituários?

— Sim, e também estou trabalhando em outras coisas... — Olho no relógio e me dou conta da hora. — Mas depois te dou mais detalhes.

— Fiquei feliz que a gente veio aqui — diz Fiona.

— Eu também. Talvez da próxima vez em que a gente for tomar um café você devesse convidar a Annabel — sugiro.

— Levantar a bandeira branca?

— Uhum. — Sorrio. — Só que no formato de café e bolo.

Sou grata por:

1. *Ter feito as pazes com Fiona, porque as coisas agora não apenas voltaram ao normal; ficaram ainda melhores.*

2. A reação de David quando Fiona contou a ele sobre o emprego; ele ficou realmente empolgado não só por ela, mas também por si mesmo: não vai haver mais reformas na casa e ele não vai precisar ficar vendo amostras de tecido para cortinas.

3. Izzy e Clementine serem melhores amigas de novo.

A coisa mais estranha do mundo

A coisa mais estranha do mundo aconteceu hoje.

Eu estava gravando o último episódio do meu podcast, tagarelando no microfone como faço toda semana, quando no meio do caminho eu distraidamente me perguntei se as vinte e sete pessoas que tinham feito download ainda estavam escutando. Ou se eu também as tinha perdido e estava, literalmente, falando sozinha.

(Isso também significaria que é verdade o que dizem sobre a gente se tornar a nossa mãe; eu cresci com ela gritando "Eu estou falando sozinha?" diariamente. Uma pergunta à qual, é claro, ninguém nunca respondia.)

Então me ocorreu que fazia séculos desde a última vez que eu olhei o *analytics*, um recurso com um nome metido a besta que basicamente te diz se alguém baixou o seu podcast ou, no meu caso, cruzou sem querer com as minhas lamentações e por algum milagre quis escutá-las. Minha empolgação inicial (obsessiva) ao conferir os números e descobrir que eu tinha catorze ouvintes, e depois observá-los subir lentamente até dezoito e então para trinta e dois (trinta e dois ouvintes!) deu uma enfraquecida quando fiquei travada nesse número por semanas, e depois perdi cinco. Foi quase como se eu tivesse levado um pé na bunda, só que na terra anônima dos podcasts.

Então parei de conferir. Era um pouco desanimador. Quer dizer, fala sério, quem é que precisa da rejeição? Além do mais, comecei o podcast só para mim; que se importava se ninguém estava ouvindo? Então a vida aconteceu e eu me esqueci completamente disso. Até hoje, quando me lembrei.

Fiz o login enquanto me preparava para descobrir que tinha perdido todos os meus ouvintes e que eu realmente era a única pessoa no mundo que se sentia como uma fodida de quarenta e tantos...

2437.

O número na tela me encarou.

Olhei para ele, observei um pouco mais de perto, perguntei-me se estava faltando uma vírgula em algum lugar, então de repente a ficha caiu.

DOIS MIL QUATROCENTOS E TRINTA E SETE DOWNLOADS.

Que porra é essa?

No último episódio do meu podcast? Não, não podia ser. Devia ter acontecido algum erro.

Sério?

Sério?

Sou grata por:

1. *Essa notícia maravilhosa, incrível, inacreditável.*

2. *Meus ouvintes maravilhosos, que fizeram o download dos episódios e acreditaram em mim e me fazem sentir parte de uma comunidade incrível, e para todos que estão por aí e ouvindo em casa, muito obrigada por me fazerem me sentir menos uma fodida. Sou TÃO grata, eu não poderia fazer isso sem vocês; isso é para vocês.*

3. *Nunca ganhar um Oscar.*

Você só precisa de amor

Alguns dias depois, ainda estou tentando entender a descoberta maravilhosa de que há pessoas de verdade no mundo que estão ouvindo o meu podcast quando Liza me liga pelo FaceTime. Já faz um tempo desde a última vez que conversamos, com a viagem para a Espanha, o casamento do meu irmão e a peça de Monty, além de Liza estar ocupada com a própria vida e as aulas de ioga, e o fato não tão pequeno assim de que estamos em lados opostos do Atlântico, com uma diferença de oito horas entre nós que pode ser um pé no saco.

Mas então, por algum milagre, nossos universos coincidem; uma aula é cancelada, ela acaba tendo uma pausa mais cedo, meu celular está carregado e aqui estamos nós conversando pelo FaceTime.

— Nossa, quanto tempo!

— Você estava tentando encontrar um biquíni. Conseguiu?

— Sim, um lindo, vou te mostrar...

— E aquele canalha te mandou mensagem.

— Johnny. — Resmungo ao me lembrar dele.

— Ele tentou falar com você de novo? — Liza pergunta.

— Não. — Eu rio (rio de verdade). — E espero que não tente mais.

— Que bom. — Ela assente com firmeza. — Então, me conta tudo da viagem!

— Você primeiro — digo de maneira contundente. — Quero saber tudo da sua vida. Como você tá?

— Muito bem. — Ela sorri, e eu sei imediatamente. Não é um daqueles sorrisos que diz que você foi promovida no trabalho ou que perdeu dois quilos ou que comprou um vestido novo; é um sorriso que indica que você conheceu alguém.

— Quem é? — quero saber.

Liza nem sequer tenta negar. Seu rosto fica vermelho.

— Como você adivinhou?

Levanto uma sobrancelha e ela ri.

— É uma pessoa que faz aula de ioga comigo, aquela de quem eu falei.

— Que ótimo! — Sorrio. — O que você fez para contornar todo aquele dilema ético?

— Ela deixou de ser minha aluna.

Simples assim, a notícia é posta sobre a mesa. E simples assim, eu entendo.

— Então, me conta, como ela é?

— Você não tá chocada?

— Por quê? Por você ter se apaixonado por uma mulher?

— É.

— Bom, *você* tá?

Por um momento ela fica em silêncio, então balança a cabeça.

— Isso é o mais estranho. Não, não tô. Não tô nem um pouco chocada. Quer dizer, eu nunca me senti atraída por uma mulher antes. Mas aí eu conheci a Tia e foi como se eu não estivesse vendo ela como uma mulher, só como uma pessoa... uma pessoa que realmente me atraía. Foi esquisito, mas também *não* foi nem um pouco esquisito, e justamente por isso que foi tão esquisito... — Ela se interrompe. — Estou fazendo sentido?

— Total — assinto.

— Mas, no começo, admito que meus sentimentos me deixaram em pânico... eu me sinto mal pelo jeito que a afastei.

Seu rosto me encara da tela do celular e não consigo evitar pensar em como costumamos resistir àquilo que nossos sentimentos estão tentando nos dizer, por causa de alguma crença idiota de que não deveríamos nos sentir de determinada maneira.

— Mas aí eu não conseguia parar de pensar nela.

— É assim que você sabe.

— Pois é. Então, depois de ficar completamente arrasada por um tempo, pensei: por que estou fazendo isso comigo mesma?

Por que não estou com a pessoa com quem quero estar? Aí eu liguei pra ela e por sorte ela não me mandou praquele lugar nem me mandou ficar longe, porque, pode acreditar, eu fui muito escrota. — Liza sorri. — Mas ela não fez isso, aí a gente saiu e depois ela veio pra minha casa, e, bom, basicamente ela não foi embora.

— Então eu não sou a única pessoa que tem andado ocupada. — Sorrio, e ela sorri de volta.

— Ah, Nell, eu tô tão feliz, mas estou com medo de contar para as pessoas, porque não está sendo do jeito que eu imaginei que seria... digo, minha vida amorosa, sabe. Com certeza não está do jeito que meus pais pensaram que seria... — Liza se interrompe outra vez. — Mas eu tenho que fazer o que parece certo pra mim, não importa o que o resto das pessoas diga e pense... — Ela dá de ombros. — Dane-se, né?

Comemorando em silêncio com ela enquanto a ouço abrir o coração corajosamente e seguir seu próprio caminho, ergo uma taça imaginária.

— Dane-se. — Sorrio.

Sou grata por:

1. Liza ter encontrado a coragem de abrir mão do que ela pensava que a faria feliz para poder se apaixonar por alguém que a faz verdadeiramente feliz.

2. Morar em uma parte do mundo onde somos livres para seguir o nosso coração, independentemente de gênero e raça.

3. Ela não estar com aquele babaca do Brad.

388

Dia da Independência

— Desculpa, eu devo ter confundido com o meu.

Entro na cozinha depois de uma ida supermercado, e um envelope enorme é enfiado na minha cara.

— Edward, será que você pode só... — Exasperada, gesticulo com minhas sacolas de compras para mostrar a ele que não tenho mãos livres.

— Ah, sim, claro.

Em residências normais, sair e voltar tem um tipo de período de tolerância, um amortecedor em que você entra, tira o casaco, põe as sacolas no chão e diz oi, e talvez troque algumas gentilezas; enquanto sair segue uma rotina parecida de vestir o casaco, dizer tchau e talvez bater um papo sobre a hora que você vai voltar. É o fluxo normal das conversas.

Mas Edward não é chegado a essas regras de convivência. Nem períodos de tolerância. Nem fluxos normais de conversas. O que quer que ele esteja pensando é o que você vai receber assim que entrar pela porta. E o mesmo vale para quando você sai. A resposta dele para "tchau, até mais tarde" pode até ser uma despedida. Mas também pode muito bem ser "Acho que temos um rato morando debaixo do deque" ou "É uma baita desgraça!" (sem nenhuma explicação sobre o que ele está falando).

Ainda não sei se isso acontece porque ele é uma pessoa bem concentrada e está sempre tão focado naquilo que se passa em sua cabeça a ponto de não conseguir perceber o que acontece ao redor ou se é uma tentativa deliberada de me enlouquecer.

— Deixa que eu te ajudo com essas sacolas.

Por outro lado, Edward também pode ser incrivelmente gentil e prestativo. E eu estou sendo completamente babaca depois de ter que lidar com os corredores do supermercado em uma sexta à tarde, que é quando os outros consumidores surtam como se um apocalipse estivesse prestes a acontecer no sudoeste de Londres, e não simplesmente o fim de semana.

— Sabe, você realmente já deveria ter parado de usar plástico.

— É uma sacola pra vida toda, daquelas que o mercado vende pra gente reutilizar — respondo, na defensiva, quando ele vê a única sacola plástica que tenho entre todas as minhas ecobags.

— Mesmo assim, mal para o planeta — resmunga. — Sabia que elas são ainda piores que as descartáveis? Você teria que usar cada uma pelo menos doze vezes, por causa de todo o plástico extra que é necessário para fabricá-las.

— As minhas ecobags acabaram no caixa — retruco, mas é claro que sei que ele tem razão, o que é mais enlouquecedor que tudo. — Qual é a sua desculpa pra ter aquele quatro por quatro beberrão que você dirige no interior?

Sei que é um golpe baixo, considerando que Edward está se divorciando e não mora mais no interior, e que não é legal lembrá-lo disso. Mas estou rabugenta. Sério, você não viu o corredor de verduras.

— Na verdade, é elétrico — ele responde, impassível.

— Claro que é! — Soltando as sacolas em cima do balcão, arranco o envelope da mão dele e o rasgo.

É uma carta do banco. Fazendo uma leitura dinâmica, vejo que, de alguma forma, um milagre aconteceu. Fico olhando sem acreditar.

— Boas notícias?

— A princípio, meu financiamento foi aprovado!

— Ah... entendi. Bom, parabéns.

— Não acredito! — Levanto os olhos da carta para olhar para Edward, que está parado do outro lado do balcão. — Bom, parece que você não vai precisar mais aguentar a mim e as minhas sacolas de plástico por muito tempo. — Dou um sorriso.

Mas ele obviamente não acha graça, pois nem sequer esboçou um sorriso.

— Foi uma piada — digo.

Mas a expressão dele permanece inalterada. Edward realmente está bravo por causa das sacolas, né? Agora fico me sentindo mal.

— Desculpa. Eu não quis ser grossa... é só que o mercado estava insano e eu estava de mau humor e...

— Não, eu não fiquei bravo com isso, não seja boba — ele me interrompe antes que eu termine.

— Ué, o que foi, então?

— Eu não fazia ideia de que você queria se mudar.

Ele parece genuinamente magoado. De repente, sinto que disse a coisa errada.

— Você nunca comentou nada — Edward continua.

— Bom, eu só presumi que eu teria que me mudar... com a coisa do divórcio e tudo... — Minha mente está cambaleando. — Acabei concluindo isso depois que a gente teve aquela conversa no passeio do Arthur, que você comentou que teria que vender seus bens... e que agora precisaria de espaço para os meninos. Aqui só tem três quartos.

Edward está olhando para mim; a expressão dele é ilegível.

— Imagino que eles já estejam velhos demais para dividir um beliche.

Ele finalmente sorri, e sinto uma pontinha de alívio.

— Tenho certeza de que podemos dar um jeito. Você não precisa se mudar...

— Obrigada. — Sorrio. — É muita gentileza sua.

— Não estou sendo gentil, eu gosto de você aqui.

— E eu gosto de estar aqui — concordo, e por uma fração de segundo me dou conta de quanto as coisas mudaram. — Mas preciso ter um lugar só meu — digo com firmeza. — Antes eu não tinha condições de pagar, mas agora... — Abano a carta do banco. — Já passou muito da hora, na verdade. Quer dizer, olha só pra mim, tenho mais de quarenta e estou alugando um quarto...

— E daí? Eu tenho mais de quarenta e estou me divorciando.

Nós dois sorrimos e sinto a tensão evaporar. Bem a tempo de Arthur aparecer na cozinha, farejando pelo rodapé.

— E Arthur?

Nós nos viramos para vê-lo fazendo sua imitação de aspirador de pó. Vou sentir mais falta desse cachorro do que posso imaginar.

— Quais são meus direitos de visita?

Olhe de novo para Edward e ele retribui o olhar.

— O que você acha de guarda compartilhada?

Sou grata por:

1. *Um amigo como Edward.*

2. *Fiona, por ter feito eu mandar um e-mail para ele perguntando sobre o quarto para alugar, caso contrário eu nunca o teria conhecido.*

3. *Minha sacola plástica reutilizável, que eu pretendo usar a vida inteira, e não só as doze vezes recomendadas.*

4. *Cricket, que me faz rir ao me dizer que, aos oitenta e poucos, ela acha que "sacola para a vida toda" é um termo meio inapropriado.*

5. *Alguém no banco ter achado que sou responsável o suficiente para receber todo aquele dinheiro emprestado.*

6. *Poder procurar apartamentos à venda — quem imaginaria?*

A vida continua

Cricket aceitou uma oferta pela casa dela e vai se mudar. Mas para bem pertinho. Ela encontrou um apartamento de dois quartos no primeiro andar, com janelas altas e uma pequena varanda nos fundos com vista para uma igreja.

— Para que Deus possa ficar de olho em mim.

— Achei que você não acreditasse em Deus.

— Eu não acredito, mas gosto de me precaver — ela responde — Na minha idade, já estou chegando perto do chamado...

— Cricket! — eu a repreendo.

— O quê? — ela protesta. — Falar sobre a palavra com M não vai me fazer partir mais cedo.

Caminhando de volta depois de visitar o apartamento novo dela, estamos usando casacos grossos e botas. O tempo esfriou e já atrasamos os relógios. Folhas se acumulam no meio-fio. Grandes, vermelhas e irregulares, ou pequenas, amarelo-limão e curvadas. Olho para elas e penso que preciso aprender de quais árvores cada uma é.

Essa é outra questão da meia-idade. Quando eu era mais nova, nunca reparava nesse tipo de coisa, mas talvez aprender a apreciar as maravilhas da natureza seja a recompensa que recebemos por envelhecer. Se olharmos por esse ângulo, talvez precisar usar manga não seja um preço tão alto a pagar, não é?

— Adoro quando elas são recolhidas e reunidas em pilhas bem altas.

Levanto os olhos e vejo Cricket gesticulando para vários montes grandes de folhas diante de nós. Há várias montanhas delas nas esquinas.

— Isso me lembra da infância. Eu adorava pular nelas, você não?

— Não sei. — Balanço a cabeça. — Minha mãe sempre dizia que elas estariam cheias de aranhas, então eu nunca pulava.

— Ah, tenho certeza de que estão — ela assente alegremente. — Mas tem muitas coisas piores pra termos medo do que aranhas. — E, se soltando do meu braço, ela imediatamente pula em uma grande pilha delas, fazendo com que se espalhem e saiam rodando enquanto ela pisa e chuta. Cricket parece estar se divertindo muito.

— Ei!

Até um varredor da rua gritar com ela e eu acenar um pedido de desculpas e apressá-la para sairmos dali.

Cricket ainda está sorrindo quando chegamos à casa, onde uma adolescente está colocando um livro na prateleira da pequena biblioteca e o trocando por outro.

— A biblioteca me fez perceber como eu sentia falta de ler — a garota confessa quando paramos para dizer oi. Ela sorri calorosamente para Cricket. — É uma ideia muito boa. Espero que vocês continuem.

— Bem, na verdade eu vou me mudar, mas os novos donos prometeram continuar.

— Espero que sim — a jovem responde, mas vejo um lampejo de decepção cruzar o rosto dela.

— Você acha que o novo dono vai mesmo continuar? — pergunto alguns minutos depois, quando estamos do lado de dentro tirando os casacos. Encho a chaleira enquanto Cricket vai para a sala de estar acender a lareira. Nem acredito que já chegou a época de acender a lareira.

— Espero que sim. — Ajoelhando-se, ela começa a cutucar os gravetos. — Mas quem garante?

Fico parada à porta, observando enquanto ela cuidadosamente constrói uma cabana com a madeira. Sei que não devo me oferecer para ajudar. Cricket pode ser teimosa, principalmente em relação a acender o fogo do jeito dela.

— Gostaria que pudéssemos fazer mais dessas.

— Ah, bom, eu ia mesmo falar sobre isso com você...

Eu a vejo se inclinar sobre a grelha, de costas para mim.

— Tenho conversado com uma instituição de caridade na área de artes sobre começar um projeto para construir mais pequenas bibliotecas pelo bairro, talvez até em outras regiões. Pensei que agora que vou vender a casa eu poderia usar parte do dinheiro para financiar isso.

Ela acende uma espiral de papel e a coloca dentro da cabana.

— Seria incrível! — digo com entusiasmo. — É muito generoso da sua parte.

Cricket se vira para mim, levantando-se e batendo as mãos na saia para tirar o pó. Parece satisfeita.

— E aparentemente eles concordaram em ajudar.

— Uau!

— Eu gostaria de fazer isso em memória de Monty. Foram os livros dele que começaram isso tudo, e você, é claro...

— Eu dei a ideia, só isso — protesto, mas ela me silencia.

— Não, você me deu mais que isso; você me deu uma razão para querer levantar da cama de manhã outra vez. Construir aquela pequena biblioteca gratuita foi o que me deixou mais revigorada desde que Monty morreu. Foi como se eu tivesse voltado à vida.

Seus olhos encontram os meus e ela sorri.

— Eu estava fazendo várias atividades: aulas de arte, redecorando a casa, porém, para dizer a verdade, estava meio no automático... mas aí você sugeriu isso e...

Ela se interrompe e se senta em uma poltrona.

— Todo mundo precisa de um propósito na vida, e antes de Monty morrer, ele era o meu. Provavelmente essa é uma coisa muito antiquada para se admitir hoje em dia, mas era.

— E o que eu sei sobre estar na moda? — Dou de ombros com um sorriso, fazendo um gesto para minha roupa de passear com o cachorro, que vesti hoje de manhã e ainda não troquei.

— Mas eu ainda acho difícil — Cricket confessa.

— Bom, ainda é recente — eu a lembro.

— É, eu sei. — Ela olha para o fogo. A cabana que havia acabado de construir se iluminou, e a lareira faísca e crepita conforme o fogo se firma. — Mas agora estou achando difícil de um jeito diferente. Não só porque sinto saudade do meu marido, mas porque a minha vida está crescendo enquanto a dele acabou. — Ela se vira para me encarar. — Quero dizer, olha só pra mim, estou conhecendo todas essas experiências novas e esses interesses novos... Estou fazendo novos amigos. — Ela sorri para mim. — E me sinto culpada por estar aproveitando a vida outra vez. Por não estar de luto tanto quanto deveria.

O sorriso de Cricket se desfaz. A expressão é confusa.

— O que foi que você me disse uma vez? Que o luto não é linear? — Quando a lembro disso, vejo seu rosto relaxar.

— Obrigada, Nell.

— Na minha opinião, você pode estar de luto por alguém e pelo passado, mas também precisa viver — continuo com firmeza.

Então faço o chá, e nos sentamos ao lado da lareira e passamos a noite conversando sobre todos os novos planos da minha amiga. E é só mais tarde, quando estou deitada na cama, que percebo que eu não estava só falando sobre Cricket e Monty; eu também estava falando da minha própria vida.

Sou grata por:

1. *Cricket ter me pedido para participar do novo projeto dela e pela minha promessa de que vou fazer o máximo que puder. Porque, embora eu jamais pudesse imaginar alguns meses atrás, estou realmente muito ocupada com o trabalho esses dias, com os obituários e o meu podcast e agora a peça. Talvez seja isso que acontece quando você chega a esse estágio médio da vida. Você não tem mais só um trabalho; tem várias funções diferentes. Algumas dão dinheiro, outras não, mas tudo isso forma uma vida completa.*

2. O varredor da rua, por não tê-la denunciado para a polícia.

3. O transeunte que tirou a aranha gigante de mim depois que eu pulei num monte de folhas a caminho de casa e quase ensurdeci a rua inteira com o meu grito.*

4. Encontrar uma razão.

---

* Juro que era do tamanho de uma tarântula. O que prova que, é claro, as mães sempre têm razão.

Um corte de cabelo

— Você está ótimo!

Na noite seguinte, desço as escadas e encontro Edward todo arrumado. Nada de roupa de ioga nem de trabalho. Ele está usando uma camisa muito bonita e um casaco... e aquilo é uma calça jeans de grife?

Ao ouvir meu elogio, Edward parece bastante constrangido e desvia o olhar.

Estreito meus olhos.

— Você tem um encontro?

— Não é um encontro. Apenas um jantar. Com alguns amigos — ele acrescenta rapidamente.

Nunca vi Edward sair para jantar com "alguns amigos" durante todo esse tempo em que moro aqui. Ele vai para a ioga. Já saiu para beber com pessoas do escritório depois do trabalho. Já foi assistir a alguns jogos de futebol com cerveja no sábado à tarde com alguém chamado Pazza, que eu nunca conheci, mas aparentemente é um velho amigo de Bristol com quem ele vai escalar o Kilimanjaro no ano que vem em um evento beneficente.

— Algum desses amigos é uma mulher e solteira? — Sorrio, incapaz de resistir.

— Ok, ok. — Ele ergue as mãos e se rende. — Um colega de trabalho está tentando arranjar alguém pra mim desde que eu contei a ele sobre a Sophie, mas não acho que se pode chamar de encontro se o meu divórcio nem sequer saiu.

— Ah, pode chamar de encontro, sim — respondo, lembrando-me da minha própria aventura recente no mundo dos encontros. — Tenho certeza de que você vai se divertir.

Ele parece aliviado por eu ter aprovado.

— Se bem que não tenho muita certeza sobre esse seu cabelo.

Ele põe a mão na cabeça.

— O que tem de errado com ele?

— Nada, se você não se importa de parecer que acabou de levar um choque na tomada. — Dou risada. — Deixa eu dar uma aparada.

Edward olha para mim como se eu tivesse acabado de dizer que vou dar um passeio na lua.

— Você sabe cortar cabelo?

— Bom, eu não diria que eu sou o Trevor Sorbie,* mas minha mãe era cabeleireira em domicílio, então aprendi algumas coisas. — Pego um pano de prato antes que ele possa resistir. — Aqui, tira o casaco e coloca isso no ombro.

Edward pega o pano da minha mão em silêncio enquanto puxo uma banqueta e ajusto a altura.

— Sente-se aqui — ordeno.

Ele se senta. Estou impressionada. Nunca o vi ser tão obediente.

— Bom, agora só preciso de uma tesoura...

— Ah, posso pegar essa aqui...

Ele se inclina na direção da tesoura de cozinha no suporte magnético da parede. A mesma que usamos para cortar tudo, desde caules de flores até casca de bacon.

— Não, essa não! — exclamo.

Ele pula para trás como se tivesse levado um tiro.

— Por quê, qual o problema dela?

Faço uma careta. Sei que não vai adiantar muito explicar a diferença entre uma tesoura boa e uma ruim. Agora, se fosse a diferença entre papel e plástico...

— Peraí, deixa eu pegar a minha. Tenho um par extra que era da minha mãe guardado em algum lugar.

Alguns minutos depois, volto com minha tesoura e o borrifador de água que usamos para passar roupa, e começo a molhar o cabelo dele e penteá-lo. Está bem comprido. Edward não deve ter ido ao cabeleireiro este ano.

— Abaixa a cabeça — ordeno, prendendo o pano de prato por cima da gola.

Ele faz o que eu digo: estou gostando bastante dessa nova sensação de autoridade. De perto, reparo que seu cabelo escuro ficou bem grisalho, mas ainda é grosso e ondulado, e penteio os cachos por cima da gola. Começo a cortar a parte de trás com cuidado, lembrando-me de tudo que mamãe costumava me explicar quando me levava com ela na infância e me deixava ficar sentada nas poltronas das pessoas observando-a cortava e modelava cabelos com habilidade.

Inesperadamente, sinto saudade dela. Desde que terminei o noivado e voltei para o Reino Unido, não nos falamos muito. Não tivemos uma boa conversa.

— Você não está me fazendo um corte militar, está?

— Ah, não era isso que você queria?

Edward ri e continuo dando a volta na parte de trás, penteando cuidadosamente na nuca. Ele fica imóvel enquanto eu me movo para os lados, usando meus dedos para puxar o cabelo para a frente e desfiando as pontas. Acho que nunca ficamos assim tão perto. Ele cheira a limpeza, como se tivesse acabado de sair do banho. Deve ser o sabonete líquido cítrico que sempre vejo na prateleira. Reparo em algumas sardas nas laterais de seu nariz que nunca vi antes. Percebo a pulsação no pescoço. Um pedacinho de barba que ele esqueceu de raspar.

— Ta-dá!

Termino de cortar, tirando o pano e sacudindo-o. Um pouco de cabelo cai no chão.

— Não se preocupe, eu varro — digo quando ele se levanta, passando os dedos pelo cabelo, e então vai para o corredor se olhar no espelho.

— Uau, você é boa mesmo.

Edward parece surpreso.

— Eu tenho meus talentos, sabe — falo quando ele reaparece na cozinha. — Agora você só precisa de um produtinho.

— Produtinho? — Ele me olha sem entender.

— Você pode saber muita coisa sobre salvar o planeta, mas não sabe nada de cabelo, né? — Eu trouxe um pouco do meu próprio creme, e coloco uma bolinha do tamanho de uma ervilha na mão. — Olha, é para dar textura e ajudar a dar movimento — explico, estendendo a mão e esfregando um pouco na frente, onde ficou meio bagunçado.

Edward está olhando para mim como se eu estivesse falando outra língua.

— Você pode só separar algumas mechas, assim — digo, brincando com a franja dele e me esquecendo completamente de quem é o cabelo em que estou mexendo.

Então me lembro e dou um passo para trás.

— Pronto, aí está — termino, constrangida. Eu não tinha percebido como cortar o cabelo de alguém pode ser íntimo.

Mas Edward não reparou. Está ocupado demais se olhando no espelho de novo, virando-se de um lado para o outro como se não reconhecesse o próprio reflexo.

Eu de fato fiz um trabalho muito bom.

— Acho que é o melhor corte de cabelo que já tive — ele declara por fim.

— A caixinha da gorjeta é logo ali. — Rio, e Edward se vira para mim e sorri.

— Muito obrigado.

— Não há de quê. — Dou de ombros, ainda sorrindo, enquanto ele veste a jaqueta e acena para se despedir.

Então a porta bate e eu o vejo da janela, descendo a rua para ir a seu encontro com seu novo corte de cabelo. Eu o observo por um momento até ele desaparecer.

É isso.

Minhas mãos estão grudentas e, virando-me, pego o pano de prato.

Halloween

O Halloween nunca chegou de verdade a Lake District nos anos 1970. Meu irmão e eu crescemos ouvindo que jamais deveríamos aceitar doces de estranhos, e nossa única tentativa de brincar de doces ou travessuras acabou com nós dois quase levando um tiro do fazendeiro da região por invadir a propriedade dele. Além disso, estava sempre chovendo. Experimente tentar manter acesa uma vela enfiada em um nabo debaixo de uma tempestade com ventos de cem quilômetros por hora vestindo um lençol velho.

Mas os tempos mudaram. Adiante MUITOS anos e agora abraçamos o jeito americano de fazer as coisas; temos festas a fantasia e abóboras entalhadas de maneira elaborada e vizinhanças decoradas cheias de crianças brincando de gostosuras ou travessuras, usando fantasias sensacionais e ganhando um monte de doces.

Este ano vou comemorar com Fiona. Ela decorou o exterior de sua casa geminada vitoriana para ficar parecendo mal-assombrada e alugou uma máquina de gelo seco. Meu papel é distribuir doces e assustar as crianças quando elas tocarem a campainha (decidi não perguntar por que ela achou que eu seria boa nisso). Max, Michelle, Holly, Adam e todas as crianças também vêm.

E Annabel.

— Normalmente, ela dá uma festa maravilhosa de Halloween, mas é claro que tudo mudou este ano, com Clive saindo de casa. Ela vai trazer Clementine — explicou Fiona quando ligou para me convidar. — Achei que poderia ser uma boa oportunidade para jogarmos uma pá de cal em cima desse assunto.

— De maneira figurada, espero. É Halloween — respondi.

O que fez Fiona rir e me deu uma ideia para minha fantasia.

*

Encontrei o machado na cabana do jardim. O Halloween é feito para ser assustador, e pessoalmente não consigo pensar em nada mais assustador do que o Jack Nicholson em O iluminado. Especialmente quando ele está tentando derrubar a porta com seu machado. Encontrei uma camisa xadrez no brechó e peguei emprestada uma jaqueta de Edward, que pensei em convidar, mas descobri que ele estava indo para um segundo encontro (!). Fiquei bem satisfeita com minha fantasia. Especialmente a porta falsa que fiz de papelão e pela qual passei minha cabeça. Quando eu fiz minha imitação no espelho e balancei o machado, quase morri de medo de mim mesma.

*

Chego na festa e encontro Fiona usando uma fantasia de bruxa sensacional, Holly com roupa de ginástica, exatamente como sempre, só que com uma máscara de esqueleto que ela comprou em um posto de gasolina no caminho, e Michelle pedindo mil desculpas pela falta de fantasia, mas nos contando que, depois de ter passado a tarde inteira com uma pistola de cola quente fazendo três fantasias para as crianças — e ainda amamentando —, temos sorte que ela sequer tenha aparecido vestida.

Annabel, por sua vez, vem de enfermeira sexy.

— Isso é *uma fantasia?* — sussurro quando ela chega usando um uniforme minúsculo e um sutiã com enchimento e imediatamente começa a distribuir doces sem açúcar e sem glúten para as crianças que pedem gostosuras ou travessuras (nota: é a primeira vez que vejo crianças *devolverem* os doces). Pelo menos ela teve a dignidade de despejar um pouco de sangue falso no avental, mas mesmo assim. — Annabel não recebeu o aviso? O Halloween tem que ser assustador.

— Por favor, me diz que os peitos dela não são de verdade — choraminga Michelle.

Os homens, porém, parecem gostar. Os olhos de Max quase saltam das órbitas (tudo bem que ele é um zumbi, então é para eles terem essa aparência mesmo), e Adam, que está vestido de Drácula, fica tão vidrado que tropeça no caixão de isopor e acaba caindo lá dentro. Enquanto isso, o lobisomem David precisa ficar pigarreando o tempo todo e começa a reclamar do estado do sistema nacional de saúde.

— Bandeira branca, lembra? — sussurra Fiona, antes de desaparecer no banheiro e me deixar sozinha... com Annabel vindo direto na minha direção.

— Oi.

— Olá.

E agora estou encurralada perto do freezer. Trocamos algumas gentilezas constrangidas, durante as quais planejo mentalmente minha fuga, e então...

— Eu devo um pedido de desculpas a você.

Eu não estava esperando por isso.

— Ah... não... que bobagem — digo, relevando o pedido do mesmo jeito envergonhado que trato um elogio.

— Eu não deveria ter te dado aquela cotovelada na corrida maluca.

De repente, sinto que minha reação na época era justificada. Eu *sabia*!

— Nem ter atrapalhado o seu desempenho. Eu estava completamente errada. Sinto muito.

Annabel olha para mim, esperando uma reação. Seus olhos são mesmo perfeitamente azuis, com o branco mais brilhante que já vi e cílios longos e grossos. Fico ali parada, encantada com ela, com a porta falsa de papelão presa na minha cabeça, e de repente todas as minhas queixas desaparecem e só consigo ver o lado engraçado da situação.

— Eu também sinto muito, mas pelo menos a minha queda de cara no chão fez o público dar algumas risadas.

Ao me ver sorrir, ela faz o mesmo, e então parece constrangida.

— Eu estava com ciúmes... da sua amizade com Fiona. Eu me senti ameaçada. Nunca tive uma melhor amiga como ela.

— Eu estava com inveja de você. Da sua perfeição — admito.

— Bem, é — ela assente, com um olhar de compreensão. — Eu entendo.

Ah.

— Amigas?

— Bom, eu não iria tão longe — brinco, mas me esqueci de que Annabel não tem senso de humor, e ela fica me olhando sem entender, o sorriso perfeito parecendo diminuir só um pouquinho nos cantos. — Desculpa, sim, claro que sim — completo rapidamente, retribuindo o sorriso dela com um ainda maior.

Nesse momento, ela pergunta:

— Nell, já que nos acertamos, você se importaria de abaixar esse machado?

E então percebo que, na verdade, talvez eu esteja errada sobre o senso de humor.

*

Às sete da noite, todas as crianças foram para casa, a campainha finalmente parou de tocar, e os homens e mulheres se separaram em dois grupos:

Na sala de estar, com as crianças, que já tiveram seu pico de energia mais cedo por causa de uma overdose de açúcar insana e agora estão semicomatosas diante de *Os caça-fantasmas*, temos Os Pais. Com uma latinha de cerveja na mão, eles parecem estar "ajudando" as crianças a comerem todas as gostosuras e estão mais interessados no filme do que elas.

Na cozinha, temos As Mães e eu, largadas e exaustas ao redor da mesa, bebendo vinho e comendo o que sobrou dos doces do

Halloween. Assustar crianças é um trabalho cansativo e que dá sede. Já estamos na segunda garrafa. É a primeira vez que estamos todas juntas desde o chá de bebê, e estamos aproveitando a oportunidade para fofocar.

Há música tocando no fundo. O iPhone de Max está conectado aos alto-falantes e a playlist de Halloween está em loop. Quando Fiona pega o controle remoto para desligar, começa a tocar o cover de "People Are Strange" de Echo & the Bunnymen.

— Ah, eu amava essa — diz Michelle, que acabou de amamentar Tom e o está ninando para ver se ele dorme na cadeirinha do carro. — Era daquele filme, como era mesmo o nome? Em que todo mundo virou vampiro...

— Os *garotos perdidos*.

— Simplesmente um dos melhores filmes de todos os tempos — comenta Holly. — Devo ter assistido umas cem vezes. Eu amava aquele ator, como ele chama...

— Kiefer Sutherland? — alguém sugere.

— Não! Mas ele também era gato.

— Jason Patric? — Resgato o nome das profundezas adolescentes da minha memória.

— Isso, ele! — O rosto de Holly se ilumina. — Eu tinha um baita crush nesse cara. Ficava sonhando que ia envelhecer e me casar com ele e que a gente viajaria de moto por aí... — Ela para de falar, saudosa. — E agora eu sou casada com Adam e podemos viajar de Volvo.

— Objetivos de vida. — Sorrio.

— Eu gosto de Volvos — diz Michelle. — Quem dera a gente tivesse um em vez da nossa lata velha.

— Acho que preciso de uma bebida. — Holly vai se levantando para pegar, mas Fiona, sempre a anfitriã perfeita, se adianta.

— Com ou sem gás?

— Não, eu quis dizer uma bebida de verdade.

— Pensei que você não estivesse bebendo, por causa dos treinos — comento, olhando para Holly, que só bebeu água a noite toda, mas Fiona já está atacando a geladeira.

— A gente tem mais vinho, vou abrir outra garrafa!

Ela reaparece, triunfante, segurando uma garrafa de alguma coisa da Nova Zelândia bem alto como se fosse a tocha olímpica.

— Em dia de semana?

A voz vem da ponta da mesa. É Annabel. Diante do olhar feio da mesa toda, ela imediatamente se cala.

— Pode encher! — Holly estende a taça e Fiona começa a servir.

— Annabel?

— Bom, talvez só um mais uma tacinha...

Fiona preenche a taça até o topo, depois serve a si mesma e completa a minha.

— Isso aqui realmente faz mal pra saúde? — pergunta Michelle, mastigando um tubinho vermelho torcido.

— Não se você comer com avocado — sugiro. Alguém sufoca uma risada.

— Fodam-se os avocados — protesta Holly, entrando na brincadeira e bebendo sua taça de vinho.

— Deveria ter uma camiseta estampada com essa frase. — Fiona ri, balançando a garrafa. Pelo tom das bochechas dela, sei que já está bastante bêbada.

— Vou querer outra água com gás — pede Michelle com um suspiro, pegando a garrafa de San Pellegrino.

Há olhares de empatia ao redor da mesa.

— Ele é lindo. Você deve se sentir muito abençoada — comenta Annabel.

— Sim — Michelle assente, tomando um gole de água —, e exausta.

— É mesmo, como você está se sentindo? — pergunto, chamando a atenção dela. Trocamos algumas mensagens, mas não nos vimos mais desde que Tom nasceu.

— Sinceramente? — Ninando Tom com um braço, ela põe a taça na mesa para poder colocar uma mecha de cabelo de volta no rabo de cavalo. — Sobrecarregada. Velha. Com dificuldade de reconhecer a minha vida...

Há uma onda de comentários de apoio e ela sorri pesarosa.

— Não me entendam mal, eu amo tanto Tom que chega a doer. — Michelle olha para o filho, que já está dormindo na cadeirinha do carro, com os punhozinhos fechados no rosto, e os olhos dela se iluminam. — Mas não foi assim que imaginei que seria a minha vida depois dos quarenta. Pensei que agora já teríamos resolvido todos os problemas; que as crianças estariam todas na escola, o financiamento da casa já teria sido quase quitado...

Ela se volta para mim, mas tem a atenção de toda a mesa.

— Eu estava ansiosa para ter minha vida de volta, usar meu cérebro de novo. Já tinha até reunido os formulários para me inscrever em um curso de psicologia... Uma nova gravidez e a demissão de Max não faziam parte do plano.

Tom choraminga de leve enquanto dorme e ela faz carinho na cabeça dele.

— Agora voltamos às fraldas e às noites sem dormir, a casa não é grande o suficiente e nunca está arrumada... eu daria tudo por uma cozinha como esta, em que dá pra realmente *ver* as superfícies... — Ela olha para Fiona, que de repente parece culpada por ter superfícies livres. — E precisamos renegociar o financiamento, então, nesse ritmo, provavelmente teremos uns cem anos quando terminarmos de pagar...

Ela começou num volume normal, mas sua voz vai ficando cada vez mais alta e urgente, como se, já que agora ela começou a falar, não conseguisse mais parar.

— Mais do que isso, sinto que se eu fizer uma coisa, estou fracassando em todas as outras, porque de jeito nenhum vou conseguir chegar ao fim da minha lista de tarefas... é como se eu estivesse competindo o tempo todo, como se de alguma forma eu tivesse voltado à estaca zero enquanto a vida de todo mundo está completamente resolvida.

Esticando o braço, ela gesticula animadamente ao redor da mesa.

— Tipo, olha só pra todas vocês, mulheres maravilhosas! Vocês são tão magras e lindas e no controle da vida... e olha pra mim!

Agora os olhos dela estão marejados.

— Meu marido está desempregado, meus filhos são umas pestes, minha casa está uma zona, vou ter sessenta anos quando o Tom terminar a escola... e eu nem posso achar graça da situação, porque, se eu rir, faço xixi na calça.

Momentaneamente chocadas depois dessa explosão, ficamos todas em silêncio, e então...

— Tem certeza de que você não quer aquela taça de vinho? — pergunta Fiona.

As lágrimas de Michelle imediatamente se transformam em risada.

— Ei! Não me faça rir — ela diz com voz aguda, e então faz uma expressão de terror. — Viu? O que foi que eu disse?

— Vem cá. — Inclinando para frente, eu a abraço, enquanto Annabel lhe entrega um lenço e todas nós nos reunimos ao redor dela, com palavras de apoio e tapinhas nas costas.

— Tem um podcast que você precisa ouvir — diz Holly. — Uma mulher no escritório não parava de falar dele...

— Obrigada. — Michelle funga, assoando o nariz. — Mas eu realmente não preciso de mais ninguém me dizendo como eu deveria me sentir grata e abençoada e feliz agora. Isso só faz eu me sentir mal. — Balançando a cabeça, ela faz uma careta. — Outro dia eu li alguma coisa sobre como eu deveria estar repleta de alegria e pensei claro, é, tente ficar cheia de alegria quando você tem um bebê berrando e uma casa que está uma zona e acabou de ter uma puta briga com o seu marido por causa da porcaria da lava-louças...

Ela se interrompe quando vê a expressão preocupada de Fiona.

— Está tudo bem, a gente fez as pazes. Ele prometeu que vai passar uma água antes.

— Não, mas é por isso que você vai amar o podcast — insiste Holly. — É justamente sobre isso.

Todas nós nos viramos para olhar para ela.

— Ele fala sobre como a vida simplesmente não é da maneira que você imaginava que seria e como todas nós estamos lutando contra a pressão dessa vida perfeita que não existe... quer dizer, essa vida que a gente vê nas redes sociais, mas que não é real. — Ela balança a cabeça. — É superengraçado e sincero, eu me peguei rindo alto de algumas partes. Sério, é MUITO a minha vida.

Holly abre a bolsa e pega o celular.

— Na verdade, acho que algumas mulheres na minha aula de pilates comentaram a respeito desse podcast — diz Fiona. — Em algum episódio foi falado sobre ter mais de quarenta e perceber que chegou a hora de começar a usar um blusa de manga.

— Bom, essa *sou* eu. — Michelle ri, chacoalhando um braço para provar.

Quando vejo o desenrolar da conversa, congelo. Não. Com certeza não. Elas não podem estar falando do meu podcast. Deve ser uma coincidência.

— Peraí, eu baixei pra ouvir na esteira, mas só consegui escutar os primeiros minutos e minha bateria acabou... — Holly digita a senha do celular e aperta o play.

"Olá e sejam bem-vindas a Confissões de uma fodida de quarenta e tantos, o podcast para todas as mulheres que se perguntam como diabos vieram parar aqui e por que a vida não é exatamente como imaginaram que seria."

Ai, meu Deus. Não acredito. É o meu podcast.

Quando Holly aumenta o volume, escuto incrédula e envergonhada — minha voz é *realmente* assim? Eu queria não falar com aquele sotaque esquisito. É terrível. Nem parece que sou eu. Ouço minha voz preenchendo a cozinha e olho ao redor para o rosto de todas elas, esperando que reconheçam a minha voz, mas estão todas focadas no celular de Holly. Isso é completamente surreal.

"... já olhou para a própria vida e pensou que o rumo que ela havia tomado não fazia parte do Plano. Que já se sentiu como se ti-

vesse deixado a peteca cair, ou como se tivesse perdido o barco, e ainda está tentando desesperadamente entender o que aconteceu enquanto todo mundo ao redor está assando brownies sem glúten..."

— Ah, sim, você tem razão. Esta sou eu — Michelle exclama com prazer.

— Brownies sem glúten! — Fiona não consegue segurar a risada, cobrindo a boca com a mão.

Não é simplesmente o fato de estar escutando o meu podcast que é surreal; é a reação de Holly, Fiona e Michelle. Elas não percebem que sou eu, que é a minha voz, e não estão só escutando. Estão se identificando.

"... se esforçando para reconhecer a própria vida bagunçada em um mundo de vidas perfeitas de Instagram, e se sentindo meio que uma fodida. Pior ainda, uma fodida de quarenta e tantos. Uma pessoa que lê uma frase otimista e se sente exausta, não inspirada. Que não está tentando conquistar novos objetivos, ou impor mais desafios a si mesma, porque a vida já está desafiadora o suficiente. E que não se sente #abençoada ou #vencedora, mas principalmente #nãofaçoideiadequeporraestoufazendo e #possodarumGoogle?"

— Ontem eu procurei no Google como encontrar as chaves de casa!

— Essa sou eu! Também não faço a menor ideia de que porra eu estou fazendo.

— Todo mundo se sente assim, não?

— Isso quer dizer que eu sou uma fodida?

— Nenhuma de nós é uma fodida... se você prestar atenção, é exatamente isso que ela está dizendo — Holly explica em voz alta por cima das vozes agitadas. — É que às vezes fazem a gente se sentir assim.

— Eu sou uma fodida — afirma Annabel, tomando um generoso gole de vinho.

"... o que rola quando a merda acontece e ainda ser capaz de rir do caos. É sobre ser honesta e dizer a verdade. Sobre amizade e amor e decepção. Sobre fazer as grandes perguntas e não obter nenhuma resposta. Sobre recomeçar quando você achava que já teria terminado."

— Olha aí, eu de novo. — Michelle assente. — Pensei que a essa altura já teria parado de fazer todas as perguntas, mas é o contrário. Agora eu só fico deitada na cama à noite, sem conseguir dormir, preocupada com tudo...

— Mas será que alguém realmente tem as respostas? — exclama Fiona. — Quando eu era criança, achava que meus pais tinham todas as respostas; com vinte e poucos, eu tinha certeza de que *eu* tinha todas as respostas; agora, quanto mais velha eu fico, mas eu percebo que *ninguém* tem as respostas. As pessoas só estão fingindo! Ninguém parece ter a menor ideia do que está fazendo. Olha só para os políticos...

— Puta merda — resmunga Holly. — Precisamos mesmo?

"... sobre me sentir inadequada e confusa e solitária e com medo, sobre encontrar esperança e alegria nos lugares mais improváveis, e sobre como nem todos os livros de culinária de celebridades e avocado toasts serão capazes de te salvar..."

— Sério, acho deveríamos mandar fazer uma camiseta — diz Holly com entusiasmo, completando a taça de vinho.

— Os vídeos de exercícios são piores que os avocados — resmunga Fiona. — Eles não me motivam, só me fazem me sentir culpada por não estar fazendo prancha todo dia.

— Mas você faz pilates! — exclama Michelle.

— É só uma vez por semana. Eu visto a legging todo dia com a intenção de fazer pilates, mas na maior parte das vezes eu só vou ao mercado.

"Porque se sentir uma fodida não tem a ver com ser um fracasso, tem a ver com fazerem você se sentir um fracasso. É a pressão e o pânico para dar check em todas os itens da lista e alcançar todos os objetivos... e o que acontece quando você não consegue fazer isso. Quando você se vê do lado de fora. Porque, em alguma medida, em algum aspecto da sua vida, é muito fácil sentir que você está fracassando quando todos ao seu redor parecem ter sucesso."

— Eu morro de medo das outras mães da creche! — exclama Holly. — Vocês acreditam que uma delas fez todos os cartões de Natal à mão no ano passado e é CEO de uma grande empresa?

— Mas você é tipo a Mulher-Maravilha...

— Não, não sou! Eu nem sequer *mandei* cartões de Natal no ano passado.

— Eu sou uma péssima filha — confessa Michelle. — Minha irmã sempre vai visitar meus pais, especialmente agora que papai está com artrite, mas faz séculos que eu não vou.

— Fui convidada para um reencontro do meu departamento da universidade — revela Fiona —, mas quando dei uma olhada no Facebook, todo mundo estava chefiando o seu próprio departamento ou liderando projetos de pesquisa importantes... uma garota que eu conhecia tinha até publicado vários livros best-sellers sobre mitologia grega!

— E você foi?

— Não. — Fiona balança a cabeça. — Eles eram tão bem-sucedidos que eu fiquei intimidada.

— É assim que eu me sinto quando vejo aquelas fotos de mães celebridades com o corpão de biquíni três semanas depois de parir — admite Michelle. — Aquilo não me inspira; muito pelo contrário.

— As selfies sem maquiagem são as piores — resmunga Holly. — Tipo quando elas acabaram de acordar e ainda estão deitadas na cama. Quem me dera ter aquela cara quando acabo de acordar.

— *Ninguém* tem aquela cara quando acaba de acordar — diz uma voz alta na outra ponta da mesa, e todas nós nos viramos e vemos Annabel sacudindo a taça de vinho. — Podem acreditar, eu sei muito bem. Isso se chama "filtro", queridas.

*

Ao longo da conversa, fiquei ouvindo completamente em silêncio. Estou meio em transe. Até agora, nunca tinha me ocorrido que minhas amigas pudessem estar se sentindo um pouco como eu. A vida delas não é uma bagunça, elas não fizeram merda nem pegaram a saída errada, elas têm maridos maravilhosos e filhos fofos e casas lindas com aquecimento no piso (a cozinha da Fiona é realmente um ponto fora da curva). Elas não podem estar com medo e confusas e se sentindo um fracasso, como se a vida não tivesse saído como haviam imaginado e elas não tivessem a menor ideia do que estão fazendo boa parte do tempo.

Podem?

— A voz dela parece muito com a sua, Nell.

Eu me viro e vejo Annabel me encarando. Para ser sincera, estou surpresa que tenha demorado tanto tempo.

— Não, a Nell tem um sotaque muito mais aberto — discorda Holly, balançando a cabeça.

O podcast continua tocando, mas minha boca está completamente seca e meu coração está disparado. De repente, estou em pânico. Tomo um grande gole de vinho e depois engulo em seco.

— Bom, na verdade...

Levanto os olhos e vejo Fiona me encarando. Há uma pausa e vejo a expressão no rosto dela quando a ficha cai.

— Ai, meu Deus, é você!

Holly franze o cenho, confusa por conta da bebida.

— Quem? A Nell?

Todo mundo se vira na minha direção, segurando as taças: Fiona, Michelle, Holly, Annabel... quatro pares de olhos me encarando. Cinco, se contarmos o buldogue francês de Annabel, Mabel, que também me encara.

— Sim, sou eu — assinto e solto uma risada nervosa.

Há um longo momento de silêncio, e então:

— Meu Deus! Nell! Você começou um podcast? Quando? Como? Sua danada! Por que não contou pra gente? Posso participar?

A reação delas é de surpresa, empolgação e alegria, e então, como uma represa se rompendo, as perguntas começam a vir na minha direção rápido e com tudo.

— Faz alguns meses... — Paro de falar, minha mente voltando para aquele momento no meu antigo quarto na casa dos meus pais e toda a frustração e o desespero por causa da minha vida. Eu me sentia tão inadequada e tão sozinha.

E no entanto, esse tempo todo, eu não estava.

— Pensei que eu era a única a me sentir assim — confesso.

— Você? — Michelle olha para mim, incrédula. — Mas como você pode se sentir uma fodida? Você é incrível, Nell! Eu olho para você e vejo uma mulher inteligente, talentosa e gentil.

Ela sorri para mim e sinto que estou prestes a chorar.

— E você teve a oportunidade de morar em Nova York — ela continua. — Eu sempre quis morar em Nova York! Você viajou o mundo... eu me lembro de quando eu estava presa em casa amamentando o Freddy e você estava na Indonésia. Morri de inveja...

— Pois é, mas eu não tenho o que você tem — protesto, olhando para Tom, que dorme profundamente.

— Mas você tem um assoalho pélvico — Michelle rebate, e mesmo sem querer, não consigo evitar a risada. — E liberdade! Não subestime isso. Eu tenho mais quatro anos de Peppa Pig diante de mim, talvez três, se me comportar bem.

— E você nunca precisou ir a um parque inflável — Holly faz uma careta.

— O que é isso?

— Você não vai querer saber. — Fiona estremece. — É tipo uma placa de Petri humana. — Mas trocamos um olhar que me faz pensar que não sou a única culpada de ter presumido coisas sobre a vida das outras pessoas.

— Você até montou seu próprio negócio!

— E fui à falência — lembro a elas. — Perdi todo o meu dinheiro.

— E daí? Muitos negócios vão à falência — diz Michelle, encorajadora.

— Dinheiro não é tudo. — Fiona balança a cabeça. — Conheço um monte de gente rica, e pode acreditar, muitos são infelizes.

— E você também não se contentou em ficar com o homem errado — exclama Holly, sacudindo a taça e derramando um pouquinho de vinho. — Você nunca se comprometeu em um relacionamento e acabou em um casamento infeliz em que tudo o que vocês fazem é discutir.

Todas nós nos viramos para ela.

— Adam é o homem errado? — pergunta Michelle, e a mesa de repente fique em silêncio.

Parecendo perceber que falou em voz alta, Holly hesita, e então confessa:

— As coisas estão uma merda faz um bom tempo. Não consigo nem lembrar qual foi a última vez que transamos...

— Ah, pelo amor, quem é que consegue? — comenta Fiona de maneira encorajadora. — David sempre chega destruído do trabalho. E eu geralmente já estou dormindo.

— Não, é mais que isso. Acho que a gente nem se *gosta* mais. — O rosto de Holly parece se contorcer. — O único motivo pelo qual estou no triatlo é pra tentar assumir o controle da minha própria vida... e pra não precisar ficar em casa naquele clima horrível.

— Mas vocês funcionavam tão bem — diz Michelle baixinho.

— Eu sei — Holly concorda. — Mas as coisas mudaram, a gente se perdeu em algum momento... Adam disse que quer ter mais um filho pra Olivia não ser filha única, mas isso só tornaria mais difícil ir embora, não?

Ela olha para cada uma de nós.

— E eu sei que o fato de eu sequer considerar o ideia de engravidar novamente faz de mim uma pessoa horrível, entendo que estou negando um irmão para minha filha... — Ela faz uma pausa, balançando a cabeça e tomando de uma só vez o resto do vinho. — Mas estou muito assustada e confusa. Não faço ideia de como me meti nessa confusão, nem o que devo fazer...

Estico o braço e aperto a mão dela.

— Você não é horrível, é apenas uma pessoa normal.

Enxugando uma lágrima que está escorrendo pela bochecha, ela sorri com coragem e assente, mas sei que não está convencida.

— Às vezes, quando eu vou com Clementine dar comida para os patos, olho para eles no lago e acho que somos exatamente iguais.

Annabel toma a palavra. Esse tempo todo ela estava escutando, não havia dito muita coisa, mas agora começa a falar.

— Estamos deslizando pela superfície, mas debaixo da água estamos batendo as pernas furiosamente, tentando continuar boiando.

Não preciso olhar para minhas amigas para saber que todas nós nos identificamos com a imagem. Sério. Eu sou a porcaria de um pato.

— Sabe quantas fotos minhas de maiô precisei tirar para conseguir aquela que vocês viram na internet? — Annabel continua. — Vinte e oito. Eu contei. Foi exaustivo.

Ela brinca com o enorme diamante no dedo, que brilha como uma bola de discoteca.

— Eu queria que tudo fosse perfeito. Achei que se eu pudesse apresentar essa imagem para o mundo exterior, minha vida em casa seria assim. Eu podia olhar a minha vida nas redes sociais e fingir que era *real*.

Então encolhe os ombros minúsculos.

— Mas era tudo besteira. Todas aquelas fotos de família feliz para mostrar como tudo era perfeito? — Ela sufoca uma risada com desprezo. — Clive estava comendo a secretária. Minha filha estava tão desesperada por atenção que estava fazendo bullying. E eu? — Ela balança a cabeça. — Estou tomando antidepressivo e fazendo mais uma dieta. Juro, acho que estou passando fome desde 1998.

Quando Annabel faz essa última confissão, percebo que essa foi uma noite e tanto. Pensei que ninguém fosse capaz de superar as revelações de Holly, mas isso prova que eu estava errada. Parece que a vida nem sempre é fácil para todas nós, e a lição que aprendi é que você não é um completo fracasso se a vida não saiu como esperava. Porque a vida *real* é uma bagunça e é bem complicada. Merdas acontecem. Nem tudo funciona para todo mundo. Tire todos os filtros e as hashtags e as mensagens motivacionais e vai ver que estamos igualmente assustados e confusos. Estamos simplesmente vivendo a nossa vida, e pode até ser que não seja possível preencher todos os requisitos ou parecer perfeita no Instagram, mas tudo bem.

— E os cupcakes de quinoa estavam nojentos, não estavam?

Annabel está olhando para nós. Então olhamos uma para a outra e assentimos devagar com a cabeça.

— Nojentos mesmo — admite Fiona, falando por todas.

— Toma, você precisa de um desses. — Michelle abre a bolsa e tira de lá uma caixa dos seus bolinhos de chocolate favoritos. — Eu estava guardando pra mais tarde, mas parece que você precisa mais deles do que eu. — Ela abre o pacote e o entrega.

Annabel olha com incerteza para os bolinhos, então pega um. Observamos quando ela abre o papel-alumínio e dá uma mordida, esperamos quando ela mastiga a base do bolinho e a parte de marshmallow coberto de chocolate, e então levanta os olhos para olhar para nós e abrir um largo sorriso.

Seus dentes estão sujos de chocolate.

— Pega mais um — oferece Michelle.

Sou grata por:

1. *Nossos quarenta e tantos e além; porque esse período na nossa vida é de mudança e reinvenção, de fins e começos que não são todos bem-vindos nem planejados, mas que vão acabar nos levando por caminhos novos e diferentes que serão tão maravilhosos quanto assustadores.**

2. *Perceber que estamos juntas nisso.*

---

* Pelo menos eu espero pra caramba que sim.

3. Fiona, que mais tarde me diz que meus braços estão ótimos e que eu ainda posso usar blusa de alcinha — o que é muito fofo da parte dela, mas como já comentei, a vista dela está ficando ruim.

4. Encontrar minha comunidade.

NOVEMBRO

#questãodevidaoumorte

Minhas confissões

Fiquei impressionada com a reação das minhas amigas ao meu podcast. Já se passaram alguns dias desde que ouviram o primeiro episódio na mesa da cozinha de Fiona, e elas baixaram os outros e têm me mandado muitas mensagens e áudios e emojis gargalhando e me dizendo o quanto estão amando, inclusive algumas fotos *muito* engraçadas de "look do dia".

Acontece que não sou a única que tem um superpoder. O de Fiona é "ser ótima em ler mentes", o de Michelle é "estar em dois lugares ao mesmo tempo" e o de Holly é "ser capaz de rir do caos", que, se você quer saber, é o melhor de todos para mim.

Além disso, acabei de conferir o número de pessoas que ouviu o último episódio e uma coisa incrível aconteceu: Subiu mais doze mil pessoas! Então agora tenho quase *quinze mil* ouvintes. Sério. Alguém me belisca.

Mas a melhor reação de todas foi a de Cricket.

*

— Isso é incrível, Nell, estou tão orgulhosa de você.

Fui à casa dela para ajudá-la a empacotar seus pertences para a mudança e estamos na sala de estar, cercadas de plástico-bolha.

— Obrigada. — O elogio de Cricket significa muito para mim. — Sabe, foi tudo por sua causa. Eu estava ouvindo aquele podcast que você recomendou e foi assim que tive a ideia de fazer o meu.

— Ah, mas ficou maravilhoso! — ela diz alegremente, embalando um vaso. — Posso ser uma fodida de oitenta e poucos? Marido morto. Sem netos. Uma pária social no clube de bridge.

— Você pode ser um membro honorário. — Sorrio. — O que acha de conceder uma entrevista para o podcast?

— Fama, finalmente! — Ela sorri. — Acho que vai ser um daqueles vírus.

— Vírus?

— É, quando a coisa percorre o mundo todo.

Franzo a testa, perguntando-me do que raios ela está falando, e então dou um sorriso.

— Ah, você quer dizer que vai viralizar.

Cricket assente.

— É, isso também.

Sou grata por:

1. *Todos os meus novos e queridos ouvintes, que me fazem perceber mais do que nunca que não estou sozinha.*

2. *O feedback incrível que estou recebendo.*

3. *Ter ficado na lista dos top dez podcasts esta semana.*

4. *Minha entrevista com Cricket, que é o episódio com mais downloads de todos, no qual ela revela que tem o superpoder de "ser velha e ainda ficar empolgada com a vida", o que ela atribui a dizer sim para tudo — exceto se juntar às senhorinhas conservadoras de cabelo lilás.*

Fogos de artifício

Quando falamos de 5 de novembro, Guy Fawkes tem muita culpa no cartório. E não, não estou falando do seu plano de explodir o Parlamento; estou falando de condenar todos os donos de animais de estimação do país a uma noite infernal. Se existe uma expressão que põe medo em todos os bichinhos e em seus donos, é "fogos de artifício".

Não me entenda mal. Eu *amo* fogos de artifício assim como todo mundo. Mas onde você vê foguetes explodindo e espirais caindo, nós, donos de animais de estimação, vemos nossos bichinhos aterrorizados tentando se esconder no encosto do sofá.

Ou, no caso de Arthur, encolhido debaixo da minha escrivaninha, coberto com uma toalha de praia.

Edward saiu com "alguns amigos" outra vez, o que acho que é um código para o Terceiro Encontro. Mas não perguntei. Quando ele me mandou mensagem para perguntar se eu estaria em casa para cuidar de Arthur, eu não podia responder "Sim, você vai transar?". Para ser sincera, não tenho certeza se quero saber.

Então, apago todas as luzes e assisto aos fogos de artifício da janela do segundo andar. Olhando por cima dos telhados e além, para as explosões brilhantes de cor e as estrelas cadentes que saltam e giram pelo céu noturno, sinto que estou testemunhando um balé. É realmente mágico. Uma daquelas coisas que você quer compartilhar com alguém.

Ah, foda-se.

Pego o celular. Pelo menos posso compartilhar no Instagram.

Passo os próximos minutos tirando um monte de fotos embaçadas dos fogos de artifício, então desisto, guardo o celular e só observo.

Não sei muito bem por quanto tempo fico ali, sozinha na escuridão.

Mas parece muito.

Sou grata por:

1. *As fotos fora de foco de todo mundo, que me ensinam a lição valiosa de que não há nada mais chato do que ficar vendo as fotos que as pessoas tiram dos fogos de artifício.*[*]

---

[*] Embora ouvir os sonhos de outras pessoas talvez não fique muito atrás. Desculpe, Edward.

A ligação

Terça à noite. Meu celular toca. Estou na cama e acabei de apagar a luz. Deve ser a Liza. As coisas estão indo muito bem com Tia e ela deve querer conversar. Mas estou cansada demais. Ligo para ela amanhã. Eu me debruço para colocar o celular no silencioso... e vejo que o número na tela não é o de Liza; é o celular da minha mãe.

São 23h04.

Ela nunca liga nesse horário. A preocupação me domina.

— Mãe?

— Nell... — Ao ouvir minha voz, ela cai no choro. Está inconsolável.

— Mãe, tudo bem? O que aconteceu? — O medo me paralisa.

— É o seu pai... houve um acidente de carro horrível... — Ouço vozes urgentes no fundo.

— Mãe?

— A polícia está aqui, ele foi levado de helicóptero para o hospital... — A voz dela está sumindo sob soluços pesados. — Disseram que é muito grave...

Mais vozes. Pânico.

— Mãe, não estou te ouvindo...

— Nell, preciso desligar... te ligo do hospital.

Não há garantias

Papai morreu na ambulância aérea no caminho para o hospital. Ele teve uma parada cardíaca, e seu coração parou por seis minutos até que os médicos conseguissem trazê-lo de volta com o desfibrilador. Por seis minutos inteiros, enquanto eu estava sentada na cama a quinhentos quilômetros de distância, abraçando os joelhos junto ao peito e esperando desesperada que minha mãe ligasse outra vez com mais notícias, meu pai estava oficialmente morto.

Não poderia ser mais preocupante.

*

Pego o primeiro trem de Londres para lá. Papai foi transferido para o General Infirmary, para uma cirurgia de emergência que pode salvar sua vida. Os exames revelaram uma lista enorme de ferimentos: uma perna fraturada, costelas quebradas, um pulmão perfurado, o baço rompido, hemorragia interna e um ferimento sério na cabeça.

Digo à mamãe que vou chegar o mais rápido que puder e que tudo vai ficar bem. Digo isso tanto para ela quanto à mim mesma, mas posso sentir que ela se agarra à minha garantia como uma criança assustada se agarra à mãe. Ligo para o meu irmão, mas o celular dele está desligado, então deixo mensagens na caixa-postal. Tento o celular de Nathalie. Mesma coisa. Continuo tentando. A mulher à minha frente fica me olhando com raiva. Percebo que estou no vagão silencioso.

Eu me lembro vagamente de ter falado com Edward e contado a ele o que aconteceu. Ele me pergunta se pode fazer alguma coisa; digo que não e começo a chorar. A mulher que estava me encarando me passa um lenço e tenta me consolar. Percebo que as pessoas no vagão estão encarando.

Não me importo. O medo faz isso com a gente.

*

Parece a viagem de trem mais longa do mundo. Passamos por cidades cinzas e campos desolados e observo distraidamente árvores que perderam as folhas, seus galhos se estendendo como esqueletos para o céu carregado. A chuva bate contra a janela. Vejo tudo, mas não absorvo nada. Minha mente está em outro lugar, tomada por uma série de perguntas e de receios, até parecer congelar, como um computador quando está rodando programas demais.

Então, finalmente, estou num táxi saindo da estação e chegando ao hospital, correndo pelo labirinto de corredores para encontrar mamãe. Ela está sentada na sala de espera, uma figura pequena e curvada usando casaco de inverno, retorcendo as mãos no colo, com os olhos vermelhos e inchados de chorar. Quando me vê, ela se levanta num salto.

— Ah, Nell — é tudo o que diz, várias e várias vezes, enquanto me aperta com força.

— Vai ficar tudo bem, mãe — afirmo. — Vai ficar tudo bem.

Eu nunca vi minha mãe com tanto medo ou parecendo tão indefesa. Ela sempre foi estoica, mas agora se encolhe diante de mim. Eu a abraço com força. Não abraço mamãe assim desde que eu era uma garotinha, mas agora os papéis estão repentinamente invertidos e eu sei que tenho que ser a pessoa forte. Ela precisa de mim. Não posso desmoronar.

*

Papai estava dirigindo de volta para casa depois de sair do clube de rúgbi quando o acidente aconteceu. Tinha ido ao aniversário de um amigo.

— John, lembra? Eles trabalharam juntos no conselho. — Era para mamãe ter ido também, mas estava um pouco gripada. — Eu insisti para ele ir sem mim. Fui eu que disse para ele ir — ela explica em meio aos soluços. — É tudo minha culpa. Se ele não tivesse saído de casa, o acidente não teria acontecido.

Estava caindo uma chuva forte. De acordo com a polícia, a visibilidade estava baixa. Um caminhão na estrada de pista dupla perdeu o controle e foi parar no canteiro central, causando um engavetamento. Papai ficou preso no Land Rover e teve que ser tirado de lá pelos bombeiros. Uma equipe de médicos fez uma cirurgia emergencial que salvou a vida dele ali mesmo na estrada para controlar a hemorragia interna. Sem isso, ele teria morrido no local do acidente. Nem todo mundo teve tanta sorte. Houve várias mortes. Papai foi um dos sortudos.

*

Uma enfermeira nos conduz até um pequeno escritório onde conhecemos o dr. Reynolds, o cirurgião de trauma responsável por salvar a vida de papai. O médico nos informa que ele acabou de sair da sala de cirurgia, que correu tudo bem, mas que o estado de papai ainda é crítico. Mamãe começa a chorar de novo. Não sei se é de alívio, de medo ou dos dois. O cirurgião explica sobre os ferimentos, nos mostrando vários exames de imagem e radiografias e nos relatando o que aconteceu.

O impacto da colisão causou hemorragia interna. Meu pai recebeu duas transfusões de sangue e precisou ser operado para reparar o baço, que se rompeu, e o pulmão que foi perfurado. O Land Rover não tinha airbag, e foi por isso que ele teve o ferimento na cabeça, que foi causado pela pancada seca no para-brisa. Papai foi colocado em coma induzido para reduzir o inchaço e minimizar danos potencialmente irreversíveis ao cérebro. A fratura na perna direita, mais provavelmente causada pela pisada no freio, foi estabilizada até que ele possa ser transferido para a ala ortopédica. Mais para a frente ele vai precisar ser operado para colocar uma placa de metal e alguns pinos. Isto é, se ele sobreviver aos próximos dias.

É muita informação para absorver. Dr. Reynolds é sério, mas calmo e seguro. Sua fala é objetiva e cheia dos termos técnicos que estou acostumada a ouvir na TV; não na vida real sobre o estado do meu pai. Ele deve ter feito isso centenas de vezes com centenas de familiares assustados que o culpam por tudo. Eu escuto e assinto, sentindo-me estranhamente distante enquanto me esforço para absorver toda a informação. Acho que ainda estou em choque.

Mamãe não fala, mas olha para mim em busca de segurança. Ela parece estar em transe, o corpo encolhido debaixo do casaco. Quando o cirurgião comenta dos riscos de complicações, aperto a mão dela e faço todas as perguntas em que sou capaz de pensar.

Quando o médico termina, nós três nos levantamos e apertamos as mãos.

— Quando vamos poder vê-lo? — pergunta mamãe por fim.

— Em breve. Ele foi levado para a UTI, onde vão deixá-lo confortável. Vocês podem se sentar na sala de espera. Vou pedir a uma enfermeira para chamá-las quando for possível vê-lo.

Assim que saímos da sala do médico, digo a mamãe que vou dar um pulinho no banheiro e que vou encontrá-la na sala de espera. Espero ela passar pelas portas corta-fogo e dou meia-volta rapidamente.

Dr. Reynolds ainda está na sala quando bato na porta.

— Eu precisava falar com o senhor sozinha — digo e fecho a porta. Faço uma pausa, pensando em como fazer a pergunta, mas então decido ir direto ao ponto. — Ele vai ficar bem? Pode ser sincero comigo.

O cirurgião está sentado atrás da mesa. Reparo nos detalhes cotidianos: a persiana da janela atrás dele que foi erguida de maneira meio torta; uma planta em um vaso (é verdadeira ou de plástico? Não sei dizer); a moldura prateada em cima da mesa dele com uma fotografia de duas crianças. Ele também é pai de alguém.

— A condição do seu pai é crítica, mas estável. As próximas quarenta e oito horas serão cruciais. Só então teremos um panorama geral.

— Ele pode morrer?

Digo em voz alta. Sinto o medo que tem circulado em minha cabeça desde que mamãe me ligou ontem à noite.

O médico hesita antes de responder.

— Fazemos tudo o que podemos para salvar um paciente. — Ele me olha nos olhos e em silêncio desejo que me conte a verdade. — Mas, com ferimentos assim tão graves, não há garantias.

Sou grata por:

1. *Ele está vivo, ele está vivo, ele está vivo.*

Evie Rose

No hospital, o tempo parece desacelerar. Do lado de fora, a vida normal continua num ritmo caótico, os ponteiros do relógio andando horas inteiras desde a última vez que você conferiu, mas do lado de dentro dessas paredes, o tempo se arrasta lentamente. O que pode parecer uma hora são apenas cinco minutos. É como em *Matrix*, mas nem de perto tão divertido.

A vida como eu conhecia não existe mais. Um milhão de distrações se encolhem para uma sala de espera com luz artificial. Parece pequena e sufocante. Uma lanchonete deprimente é meu único alívio da espera agonizante.

Somos levadas para ver papai na UTI por alguns minutos. Acho que estou preparada, mas nada prepara você para ver um ente querido ligado a máquinas e monitores, com o corpo abatido e ferido. Papai é sempre tão extravagante, mas está pálido e quieto nessa camisola de hospital. Isso é o que mais me impressiona. Como ele está parado. Silencioso. Tudo o que ouvimos são os apitos e o bombear rítmicos das várias máquinas.

Seu corpo está preso a inúmeros tubos e drenos, e uma máscara de oxigênio cobre seu rosto. Olho para mamãe. Ela já está sentada na beirada da cama, segurando a mão dele. Faço o mesmo, mas a mão está cheia de ataduras por causa do acesso e há clipes em vários dedos. Tenho medo de encostar em papai. De fazer alguma coisa errada. Então, em vez disso, só fico sentada ao lado dele, vendo seu peito subir e descer, ouvindo mamãe sussurrar suavemente, engolindo o nó que se forma na minha garganta.

Dizendo a mim mesma várias e várias vezes que preciso ser forte, que ele vai sobreviver, que isso não está acontecendo de verdade.

Mas está.

Rich finalmente retorna as ligações e então descobrimos por que ele não estava atendendo o telefone. Nathalie entrou em trabalho de parto na noite passada, mas os planos cuidadosos para um parto domiciliar foram abandonados e ela acabou sendo levada ao hospital. Minha sobrinha finalmente nasceu esta tarde, "três quilos e setecentos e simplesmente perfeita", mas na pressa ele esqueceu o celular em casa.

Então pegou emprestado o celular de Nathalie para ligar para mamãe e papai em casa e contar a eles a novidade: eles tinham uma neta! Mas ninguém atendera e ele não sabia o celular dos dois de cor. Rich pensou que não estivesse acontecendo nada grave. Foi só quando chegou em casa para tomar um banho e pegar o celular que viu todas as nossas mensagens.

— Vou direto praí — diz ele, ainda em choque com a notícia do acidente de papai.

— Não, fique aí com a Nathalie e a bebê — ordena mamãe com firmeza. — Elas precisam de você.

— Mas eu preciso estar aí...

— Não tem nada que você possa fazer, meu amor.

Não consigo ouvir o que meu irmão está dizendo. Depois de um momento, mamãe me passa o telefone.

— Ele quer falar com você.

— Mana. Me conta. O que está acontecendo? — ele pede com urgência.

Engulo em seco.

— Os ferimentos são graves — digo, reproduzindo a fala do médico. — Ele foi colocado em coma induzido. Tudo o que podemos fazer é esperar.

Silêncio.

— Rich? — Dou alguns passos para longe de mamãe. — Rich, você está bem?

Ele funga com força, a voz falhando.

— Ele vai sobreviver, mana?

Irmã mais velha. Cuidando do irmãozinho. Como sempre. Hesito. Ele não pode vir para cá. Deve priorizar a Nathalie e a bebê. Rich tem que protegê-las, assim como eu tenho que protegê-lo. Como eu sempre fiz.

— Vai — respondo, engolindo meus medos. E então com mais firmeza. — Vai, ele vai sobreviver.

Sou grata por:

1. *Evie Rose Stevens, que nasceu em 7 de novembro às 17h10, com 3,700 kg.*

2. *Onde há vida, há esperança.*

Noite escura da alma

Está tarde. O horário de visita acabou há séculos, mas permitiram que ficássemos por mais tempo. "Circunstâncias especiais", acho que foi o que a enfermeira disse. Não me lembro muito bem. As coisas estão começando a ficar confusas, mas ao mesmo tempo mais intensas. Parece que estou vivendo dentro de um sonho.

Deixaram que ficássemos na sala de convívio dos pacientes. Mamãe está dormindo em uma cadeira, porém eu estou bem acordada. Olho ao redor da sala com iluminação fraca, mas, exceto por nós duas, está vazia. Há uma TV em um canto, o volume está no mínimo. É um filme antigo, em preto e branco, que não reconheço. Eu me recosto no sofá e fico olhando para a tela. Qualquer coisa para afastar minha mente dos pensamentos que não param de girar na minha cabeça.

Mamãe se mexe. Olho para ela, com o rosto apoiado no casaco que estava sendo usado como um travesseiro improvisado. Ela parece exausta. Depois de ver papai, não comentou nada sobre os ferimentos dele. Em vez disso, demonstrou preocupação por ter perdido a visita do engenheiro que iria hoje fazer manutenção na caldeira e por papai ter faltado uma consulta no dentista que ela esqueceu de cancelar.

Fiquei dizendo para ela que não havia problema, para não se preocupar, que não importava, mas então percebi que ela precisava se preocupar com essas coisas. Era a sua maneira de lidar com a situação. Impedia que se preocupasse com o verdadeiro problema.

A porta se abre e entra uma paciente usando a camisola do hospital. Eu a observo caminhando suavemente em minha direção, arrastando um tanque de oxigênio portátil. Parece um carniçal, com o rosto pálido e os olhos fundos. Mesmo com a camisola, dá para ver que é muito, muito magra.

Dou um sorriso caloroso.

— Oi.

Ela olha para mim com hesitação, então sorri de volta.

— Nunca vi vocês aqui antes. — A voz dela soa áspera; provavelmente por conta do tubo de oxigênio.

— Não. — Balanço a cabeça. — É meu pai. Ele sofreu um acidente de carro. Foi internado esta manhã.

— Ah, nossa.

Ela se senta ao meu lado. De perto, vejo as maçãs do rosto salientes e os olhos amarelados.

— As pessoas correm muito hoje em dia... Quer dizer, não estou falando... — ela acrescenta.

— Não. — Balanço a cabeça outra vez e há uma pausa. — Faz tempo que você está aqui? — É um tipo esquisito de conversa. Somos duas desconhecidas, mas a situação é muito íntima.

Ela assente.

— Seis semanas. Por causa dos pulmões.

— Sinto muito.

— Não tem problema, querida. — A mulher sorri para me tranquilizar, e fico impressionada com o fato de ela estar tentando me proteger. — Eu já fiquei internada antes, mas desta vez... — Ela dá de ombros, então olha para a TV. — Ah, eu amava esses filmes do Busby Berkeley! — O rosto dela se ilumina de maneira infantil quando ela gesticula para as dançarinas. — Eu costumava assistir com a minha vó.

Nós duas ficamos olhando para a tela, observando as dançarinas formarem padrões caleidoscópicos. Dando chutes no ar em perfeita simetria. Braços acenando. Rostos sorridentes. E por um momento o tempo parece parar, nossos pensamentos levados para longe da realidade dolorosa e absorvidos pela magia de Hollywood.

— Bem, já vou indo, querida — diz ela por fim, levantando-se do sofá. — Espero que seu pai fique bem.

— Você também. — Consigo dar um sorriso.

Ajustando o cinto da camisola ao redor da cintura magra, a mulher me lança um olhar assombrado; nós duas sabemos que ela não vai ficar bem.

*

Mais tarde, vou ao banheiro. Lavo as mãos, jogo uma água no rosto e me olho no espelho. Envelheci uns cem anos. Pego meu celular. Nem olhei para ele o dia todo. Uma piada irônica me vem à mente. Ter alguém que você ama na UTI é uma maneira de limitar seu tempo de tela.

Há algumas ligações perdidas de Edward, mas ele não deixou mensagem. Vejo que horas são. Tarde demais para ligar de volta; ele deve estar dormindo.

Tenho uma necessidade repentina de falar com alguém. Não posso falar com mamãe. Não poderia falar com Rich. Todo mundo está contando comigo, mas com quem eu posso contar? Só queria um abraço de alguém. Alguém que me dissesse que tudo vai ficar bem.

Ai, meu Deus, que saudade do Ethan.

A sensação vem como uma onda sobre mim. Faz meses que não penso nele, intencionalmente no início, e agora, quando ele passa pela minha cabeça, é fugaz. Mas de repente fico desesperada para ouvir a sua voz.

Disco o número dele antes que minha mente racional me impeça. Sei de cor.

Ouço chamar. Meu coração dispara. Estou prestes a desligar.

— Nell?

A voz dele, tão familiar, soa na escuridão.

— Oi, sou eu.

O efeito é imediato. Fecho os olhos e os aperto com força, mas as lágrimas já estão rolando pelas minhas bochechas.

— Ei... — Há uma pausa. — O que aconteceu?

— É o meu pai. Ele sofreu um acidente horrível de carro. Estou no hospital. — É como abrir uma válvula de escape. — Ai, Ethan, estou com tanto medo do que pode acontecer...

— Vai ficar tudo bem — ele me tranquiliza imediatamente.

— Mas como você sabe? — Meu corpo tem estado tão tenso, tentando evitar o choque, mas agora percebo que não consigo parar de tremer.

— Porque o que quer que aconteça, vai ficar tudo bem. Você vai ficar bem.

Meus dentes começam a bater. Mas não é de frio; é de medo.

— Não consigo fazer isso. — Travo minha mandíbula e tento fazer parar.

— Seu irmão está aí? — Ethan tenta afastar meu pânico crescente.

— Não... — Eu me interrompo. Não quero contar a ele sobre a bebê. Não agora. — Desculpa... Eu não devia ter ligado.

— Eu fiquei feliz por você ter ligado.

— Eu só... — Mas não consigo terminar a frase. Não tenho nem ideia do que estou pensando.

— Ele vai sair dessa, você sabe. Seu pai é um guerreiro. Lembra do dia em que eu o conheci? Eu estava apavorado.

Através do pânico, uma lembrança se acende. Mamãe e papai foram para os Estados Unidos e todos nós saímos para jantar. Papai deve ter feito umas cem perguntas para Ethan. Foi mais um interrogatório do que um jantar num restaurante japonês.

— E ele tem você ao lado dele, o que já é um privilégio.

Ouço sem dizer nada, apertando o celular na orelha, desejando que ele me diga alguma coisa boa.

— Andei pensando em você, sabe... senti saudade...

Seco uma lágrima que rola pela minha bochecha. Lembro-me do que aconteceu entre nós, da garota com quem Liza o viu. Pareceu tão importante antes, mas agora parece algo muito pequeno.

— Eu me mudei para San Francisco depois que você foi embora. Agora sou o chef de um restaurante novo. Planejo todo o menu. Faço aquele puttanesca com azeitona, alcaparra e salsinha que você ama.

Então estou lá de novo. Só Ethan e eu.

— Que bom...

— Mas então... — Ele se interrompe. — Não era minha intenção ficar falando de mim. Como está sua mãe?

Por alguns breves momentos eu estava em outro lugar, longe disso tudo.

— Ela está bem...

Tem tanta coisa que eu quero dizer; não tenho nem ideia de por onde começar.

— Ethan, eu...

— Nell, desculpa, só um instante. — Do outro lado da linha, ouço vozes abafadas. — Era uma entrega. Estou no restaurante. Ainda é cedo, mas temos uma reserva de um grupo grande para o almoço... o que você estava dizendo?

Mas o momento já passou. O que quer que eu fosse dizer escapou por entre meus dedos antes que eu pudesse segurar.

— Ah, nada...

— Olha, me desculpa mesmo, vou precisar desligar...

— É, eu também. Minha mãe deve estar preocupada.

— Mande lembranças minhas, diga que ela está no meu pensamento... e seu pai também...

— Pode deixar. — Agora estou de volta no piloto automático.

— Segure as pontas aí. Eu ligo para você amanhã.

Sei que ele não vai ligar, mas não importa.

— Tchau, Ethan.

— Tchau, Nell.

Desligo.

*

Em seguida volto para o corredor. Tenho que retornar para o lounge dos pacientes — mamãe pode estar acordada e se perguntando onde eu estou —, mas antes preciso de uns minutos sozinha. Não sei o que eu estava esperando quando liguei para Ethan, mas a ligação fez com que eu me sentisse mais sozinha do que nunca.

Começo a andar, abro as portas corta-fogo, sem direção definida, então vejo uma placa indicando a capela do hospital. A porta está aberta e eu paro ali. Pela primeira vez na vida, desejo ser uma pessoa religiosa. Queria ser capaz de me ajoelhar e de rezar para Deus e de encontrar algum tipo de conforto na oração. Em algum lugar, lá no fundo da minha mente, ainda me lembro do pai-nosso das reuniões da escola. Assim como eu me lembro da reação do meu pai quando ele descobriu que eu teria que recitar o pai-nosso. "Minha filha pode decidir no que quer acreditar quando crescer", ele disse rispidamente para o diretor. "Você não vai decidir por ela."

Fungando para afastar as lágrimas, sorrio com a recordação. Mamãe ficou horrorizada; o que eles diriam na reunião de pais? Mas papai confiava em mim para pensar por mim mesma. Ele acreditava em mim. Sempre acreditou, mesmo quando eu mesma não acreditava.

Afasto-me da porta e me recosto exausta na parede. Penso em papai. Em como, desde que nasci, ele foi o único homem na minha vida que sempre esteve lá para mim, nunca me decepcionou, me amou incondicionalmente, mesmo durante aqueles anos da adolescência cheios de brigas, gritos e portas batendo.

Namorados chegaram e partiram. Noivos também. Mas papai não. Ele sempre me protegeu, mesmo de longe. Nada de ruim poderia acontecer comigo enquanto ele vivesse, porque ele é a rede sempre pronta para me segurar se eu cair. Um mundo sem ele é inconcebível.

Escorrego pela parede, encolho-me no chão e enterro a cabeça nas mãos. Um uivo, como o de um animal ferido, ecoa pelo corredor silencioso, e noto alguém chorando alto de sofrimento.

Então percebo que sou eu.

A manhã seguinte

Finalmente fomos embora do hospital de manhã cedo. Mamãe já estava lá fazia mais de vinte e quatro horas, e os médicos me aconselharam a levá-la para casa de táxi para descansar um pouco. Foi difícil deixar papai lá, mas foi ainda mais difícil voltar para um lar vazio. Era estranho sem ele lá, como se uma parte da casa estivesse faltando. *Vai ser assim se ele não voltar para casa*, pensei enquanto nós duas íamos direto para a cama, exaustas.

*

Nem amanheceu ainda quando voltamos para o hospital. Eles acabaram de ligar dizendo que papai teve uma piorada durante a noite. Precisamos ir para lá. Dessa vez, estou dirigindo o carro de mamãe. Ficamos em silêncio, os faróis iluminando olhos de gatos na estrada. Os médicos nos disseram que precisamos estar preparadas. Mas como é possível se preparar para uma coisa dessas?

Mamãe está ao meu lado, no assento do passageiro, com as mãos no colo, girando a aliança no dedo. O medo aperta meu peito quando entramos no estacionamento. Como é muito cedo, está quase vazio quando chego à entrada. Estou tentando ser forte, mas a verdade é que nunca estive tão apavorada. Tudo o que quero fazer é correr e fugir. Mas não posso. Preciso sair deste carro e entrar no hospital e encarar o que quer que esteja nos esperando.

Aperto as mãos no volante quando entro na vaga. Pela primeira vez, o pátio está livre. Exceto por um outro carro.

— Bem, estamos aqui — digo para a mamãe, endireitando-me e desligando o motor.

440

Então é isso. Com o coração disparado, abro a porta do carro. Sinto um vento cortante soprar.

— Nell!

Alguém diz meu nome e eu me viro. E é aí que eu o vejo, caminhando na minha direção.

— Edward? — Olho para ele na luz da aurora, incrédula. — O que você está fazendo aqui?

Ele está meio descabelado, como se tivesse dormido no carro.

— Vim o mais rápido que pude.

Quase choro de alívio. Nunca me senti tão grata por ver alguém na minha vida.

— Mas... como?

— Dirigi a noite toda. Fiquei preocupado porque você não mandou notícias.

Minha mente está confusa.

— Mas como você sabia onde a gente estava?

— Você me disse o nome do hospital quando estava no trem, lembra?

Eu não me lembro. Não lembro de nada daquela viagem de trem.

— E você simplesmente veio.

— Isso. — Ele assente. — Eu simplesmente vim.

E nesse momento, sei que vou amá-lo para sempre por fazer isso. Não amor no sentido romântico, mas no sentido profundo e verdadeiro da palavra. Sem que eu tenha sequer pedido, Edward dirigiu a noite toda para estar aqui comigo. Para poder me apoiar no momento em que mais preciso do apoio de alguém na vida. No momento mais desesperador. Quando achei que estava sozinha. Ele estava aqui. Esperando por mim.

E se isso não é amor de verdade, não sei o que é.

*

No hospital, somos recebidos pelo dr. Reynolds, que nos conta que algum rompimento interno não detectado causou outra hemorragia, e que papai precisa urgentemente passar por uma nova cirurgia. Mamãe assina o formulário de autorização e ficamos as três horas seguintes andando pelos corredores e tomando café ruim. Mas desta vez é diferente. Edward está aqui e ele é a base na qual mamãe e eu nos apoiamos. Ele não diz muita coisa; não precisa. Só a presença dele já é suficiente.

Depois da cirurgia, papai volta para a UTI. Dr. Reynolds está sério, mas "cautelosamente otimista". Vejo uma frestinha de luz passar pela escuridão que nos envolveu nos últimos dois dias. Temos permissão para vê-lo. Edward espera do lado de fora enquanto mamãe faz carinho no cabelo de papai e eu digo que ele vai melhorar.

Não sei se papai consegue me ouvir, mas por via das dúvidas, também conto a piada favorita dele, aquela do amendoim educado. Papai ama essa piada. Toda vez que nos encontramos, ele me faz contar de novo, mesmo que já tenha ouvido um milhão de vezes. Mas agora, quando termino, não há risada, só o *bip bip* das máquinas no silêncio. Por um momento, fico olhando para ele, piscando para afastar as lágrimas que ameaçam cair, então me aproximo e sussurro em seu ouvido:

— Você precisa ficar bom, pai. Quem mais vai rir das minhas piadas?

Chá e biscoitos

— Aqui está.

Estamos de volta em casa e estou sentada na sala de estar com Edward quando mamãe aparece com uma bandeja de chá e biscoitos. Mais cedo, quando a apresentei para ele, ela ficou confusa: o proprietário do apartamento? Dirigindo até aqui para me ver? Acho que ficou preocupada que eu estivesse devendo o aluguel ou algo do tipo. No entanto, depois que expliquei que ele era meu amigo e que tinha vindo me dar apoio, ela insistiu que ele viesse para casa conosco.

Não que Edward fosse relutar muito. Com a barba por fazer e olheiras enormes, ele parece precisar desesperadamente do sofá de mamãe.

— Então, você vai passar o final de semana? —pergunta ela, entregando-lhe uma xícara de chá. Percebi que ela trouxe as xícaras e os pires, não as canecas com dizeres engraçados que normalmente usamos.

— Certamente ele deve precisar voltar... — interfiro, apressada.

— Na verdade, não preciso — Edward reponde, agradecendo a mamãe, que agora lhe dá um biscoito de chocolate. KitKat, nada menos que isso. — Deixei Arthur com Sophie e os meninos quando fui buscar o carro... Sophie é minha ex-esposa — ele explica para mamãe. — Bom, quase.

Mamãe olha para mim e eu me remexo na poltrona. Sutileza não é uma de suas qualidades. Edward percebe, mas finge que não. Agora sei como Lizzy Bennet deve ter se sentido.

— Mas e a alergia dela? — pergunto.

— Acho que ela consegue aguentar alguns espirros durante o final de semana. —Ele se vira para mamãe. — Para falar a verdade, acho que a alergia dela é mais a mim mesmo.

Mamãe ri da piada. É a primeira vez que a vejo sorrir em dias.

— Bem, você é muito bem-vindo aqui. Posso arrumar o quarto do Richard. Eles só chegam na segunda...

Meu irmão ligou mais cedo para dizer que viria com Nathalie e a recém-nascida depois do fim de semana. Eu o estava mantendo informado do que estava acontecendo, e, assim como nós, ele ficou muito aliviado com as notícias mais recentes sobre papai.

— Bem, foi uma longa viagem de Londres até aqui e eu nunca estive em Lake District — Edward comenta, olhando para mim. Pego mais um biscoito.

— Bom, então está decidido.

Sou grata por:

1. *Muitas coisas agora, mas se tem uma coisa que momentos de vida ou morte ensinam, é não dar a mínima para quantos KitKats você come.**

---

* Caso você esteja curiosa, comi quatro.

O fim de semana

É engraçado ser uma turista na sua própria cidade. Levo Edward para fazer um tour pela região e mostro a ele todos os lugares famosos. O chalé de Wordsworth, a casa de Beatrix Potter, a famosa loja de biscoito de gengibre Grasmere.

— Uau, esse negócio é uma delícia — ele declara assim que termina o último pedaço. Depois de zombar de mim por não parar de falar do melhor biscoito de gengibre do mundo, Edward agora está convencido. — Quem diria? — diz ele, voltando para dentro da loja para comprar mais.

Quem diria, mesmo.

Quem diria que eu desceria as escadas de manhã para fazer café e encontraria Edward sentado em uma banqueta da cozinha, barbeado depois de usar uma das minhas lâminas descartáveis, comendo torrada e conversando confortavelmente com "Carol", minha mãe, como se a conhecesse a vida toda?

Quem diria que a roupa impermeável de papai serviria nele e que subiríamos o Scafell Pike na chuva horizontal congelante e dividiríamos uma garrafa de chá quente lá em cima, e eu me perguntaria como eu nunca tinha percebido que ficar encharcada poderia ser tão divertido?

Quem diria que o lugar onde cresci e de onde não via a hora de escapar pareceria tão diferente agora, e quando Edward ficou maravilhado por eu ter tanta sorte de ter crescido em um lugar tão bonito assim, eu concordaria orgulhosamente?

Quem diria que tanta coisa poderia mudar em questão de dias?

Quando chega a hora de voltar ao hospital, Edward insiste em dirigir. A feminista que habita em mim tenta resistir, mas mamãe parece se sentir reconfortada em ter Edward ao volante, então aceito. Além do mais, para ser sincera, o carro de Edward é muito melhor que o Ford Fiesta antigo de mamãe. Especialmente quando eu descubro que tem aquecimento nos assentos — e, francamente, considerando que está fazendo dois graus lá fora, fico absolutamente feliz em abrir mão de meus princípios feministas por isso.

Na nossa segunda visita, somos chamadas para a sala do dr. Reynolds, e ele nos diz que papai foi tirado do coma induzido com sucesso, e que todos os sinais estão bons. Meu pai foi transferido para uma ala comum. O médico pergunta se queremos vê-lo.

Deixo mamãe ir na frente. Eles podem ser meus pais, mas primeiro foram um casal de adolescentes apaixonados, e precisam de algum tempo sozinhos. Quando me junto aos dois, ela está fazendo carinho na mão dele, o rosto corado com aquele tipo de alegria que não se vê com frequência. Vem do medo muito real de achar que você poderia perder a coisa mais preciosa do mundo. De ter espiado no abismo e estar segura outra vez.

Eu não recomendaria, mas olha, isso realmente organiza suas prioridades.

— Oi, pai. — Vou até ele para lhe dar um beijo na testa. Ele está cercado de cartões desejando melhoras, além de uma grande cesta de frutas enviada por Ethan.

— Nell, meu amor. — Seus olhos ficam marejados quando ele me vê, e isso imediatamente me faz começar a chorar.

— Como você está se sentindo?

— Como se tivesse levado uma surra. — Papai consegue dar um sorriso grogue. — Estava contando para sua mãe agorinha mesmo, não consigo me lembrar de nada do acidente.

— Melhor assim. Você deu um baita susto na gente.

Papai resmunga.

— Vocês não ficaram preocupadas, né?

— Só um pouquinho. — Sorrio e aperto a mão dele. Nunca me senti tão grata por senti-lo apertar a minha de volta. —

Pelo menos dá uma variada, né? Dessa vez não foi você se preocupando comigo.

Os olhos de papai encontram os meus. Acho que nunca mais vou esquecer essa troca de olhares.

— E você, Carol? — Ele se volta para mamãe.

— Ah, eu estou bem — ela o tranquiliza rapidamente. — Nell está cuidando de mim. — Ela olha para mim do outro lado da cama. — Eu não teria conseguido sem ela.

— Formamos um bom time. — Sorrio, e nesse momento percebo que qualquer barreira que eu tivesse erguido já caiu faz tempo.

Papai não poderia estar mais satisfeito.

— Minhas duas meninas...

— Três, agora — mamãe o corrige.

— Então, quando vou poder conhecer minha neta? — ele pergunta.

Mamãe já deve ter contado a ele tudo sobre Evie.

— Eles vêm na segunda, depois que Edward for embora.

— Edward?

Na verdade, estou surpresa que tenha demorado esse tempo todo para mamãe mencioná-lo. Mas, em vez de ficar irritada com ela, não consigo deixar de sorrir.

— Meu colega de apartamento — explico a papai.

— Ele que nos trouxe aqui. O carro dele é ótimo, Philip. Tem aquecimento nos assentos e tudo.

— Ora, onde ele está?

— Esperando lá fora.

Papai parece horrorizado.

— O coitado do homem! Dirigiu de Londres até aqui e vocês o deixam esperando lá fora? Convidem ele para entrar!

— Tem certeza? O médico disse que não devemos cansar você... — No entanto, mesmo enquanto estou protestando, sei que é inútil resistir.

*

Encontro Edward sentado em uma cadeira de plástico lendo um panfleto sobre derrames.

— Meu pai pediu para conhecer você... Tudo bem? Não precisa demorar, só dar um oi... acho que ele só ficou curioso...

É engraçado ver Edward e meu pai se conhecerem. Ainda por cima em circunstâncias como essas. Edward é bem-educado e gentil, daquele jeito que parece tão natural para a classe média que estudou em colégio particular, e papai é piadista e bruto e meio áspero, e conta uma piada horrível sobre assentos aquecidos que sinceramente não dá para repetir. Mas, para minha surpresa, eles se dão bem.

Mais tarde, na volta para casa, deixo mamãe sentar no banco da frente e fico no de trás, olhando pela janela. Pensando bem, não sei por que fiquei surpresa. Por fora, meu pai e Edward podem parecer muito diferentes, mas na verdade são bem parecidos. Quando mais precisei deles, nenhum dos dois me deixou na mão.

*

Agora que papai está melhorando, sinto-me um pouco constrangida por causa da minha reação à chegada de Edward naquela manhã no estacionamento. Senti-me daquele jeito que ficamos quando estamos vulneráveis e revelamos demais de nós mesmos.

— Me desculpa se eu fui meio emotiva demais — digo para ele no domingo à tarde.

Ele vai voltar para Londres em algumas horas, e estamos no quarto do meu irmão desfazendo a cama. Eu disse que arrumaria as coisas depois que ele fosse, mas Edward insistiu em deixar tudo organizado.

— Não seja boba — ele franze a testa, tirando a fronha do travesseiro enquanto estou apoiada na lateral da escrivaninha antiga do meu irmão. — É bom que você seja emotiva.

— Você acha?

Edward volta a atenção para a capa do edredom e começa a tentar tirá-la do enchimento.

— Bem melhor do que ser um aluno de escola particular profundamente reprimido como eu — ele responde, então sorri quando o encaro e percebo que está brincando.

Bom, mais ou menos.

— Ah, eu reprimi algumas coisas — digo em voz baixa.

Ele me olha com curiosidade, como se não acreditasse muito que isso pudesse ser verdade, então assente devagar.

— Talvez de agora em diante devêssemos sempre dizer o que estamos pensando. Não importa o que seja.

— Mesmo que sejam meus pensamentos assassinos por causa do termostato?

— Mesmo que sejam seus pensamentos assassinos por causa do termostato. — Ele assente.

— Tá bom, combinado.

— Que bom. — Com os braços enfiados até os cotovelos no tecido florido de algodão, ele olha para mim e nos dois sorrimos. — Então, você vai me ajudar com essa capa de edredom ou vai ficar só aí parada olhando?

Tia Nell

Hoje pude conhecer minha sobrinha. Vou ser sincera, antes eu estava realmente nervosa, perguntando-me como eu iria me sentir. Estava feliz por Rich e Nathalie, mas preocupada que eu pudesse ficar triste por mim mesma. Então, quando minha cunhada me entregou aquele pacotinho minúsculo, eu estava preparada para todo tipo de sentimento.

Só que, quando ela me encarou sem piscar, percebi que havia um sentimento para o qual eu não tinha me preparado.

— Qual é a sensação de segurar sua sobrinha? — meu irmão perguntou.

Eu não conseguia tirar os olhos dela.

— Amor — respondi. — A sensação é de amor.

Pausa para respirar

Já faz mais de três semanas desde o acidente e papai continua melhorando a cada dia. Assim que ele ficou forte o suficiente para sair da UTI, foi operado para colocar pinos na fíbula e na tíbia fraturadas. Hoje ele terá alta do hospital. É um milagre, realmente. Quando me lembro daquelas primeiras setenta e duas horas, pensei que nunca chegaríamos a este momento.

A irmã de mamãe, tia Verity, veio ficar conosco. Ela era enfermeira antes de se aposentar e se mudar para a Espanha, mas pegou um avião para vir ajudar a cuidar de papai.

— E enlouquecer até meu último fio de cabelo — ele resmunga quando vamos buscá-lo no hospital.

— Verity vai ser de grande ajuda — diz mamãe com firmeza enquanto empurro a cadeira de rodas até o estacionamento. — Ela sabe trocar curativos e tudo mais.

— Ela não vai trocar meus curativos...

— Philip... — A voz de mamãe é dura.

Os médicos nos alertaram de que os pacientes muitas vezes podem sofrer de depressão e desânimo depois de um ferimento na cabeça, e de que poderia levar algum tempo para papai se sentir ele mesmo outra vez.

— Agora, pai, pega aqui essas muletas e eu vou ajudá-lo a entrar no carro — interrompo.

— Ela é mandona pra caramba... você mesma disse — continua papai, transferindo-se para o assento do passageiro, onde pode manter esticada a perna engessada. — Uma semana com a sua irmã e eu vou desejar estar em coma de novo.

Acomodando-se no banco de trás, mamãe solta uma exclamação.

— Philip! Não se atreva a brincar com isso outra vez! Não é assunto para piada!

Ela bate a porta do carro e eu começo a dar ré para sair da vaga. Mas, enquanto olho no retrovisor, ouço o papai rindo e a vejo sorrir. Acho que não precisamos temer que as coisas não voltem ao normal.

*

Com tudo o que tem acontecido com papai, perdi a noção dos dias, mas quando me dou conta, percebo que estamos no fim de novembro. Faltam menos de quatro semanas para o Natal. Ou, como sou constantemente lembrada, "Só mais vinte e cinco dias para fazer as compras!".

Pior ainda: ontem, quando fui ao centro da cidade resolver algumas coisas para mamãe, percebi que todas as lojas já colocaram a decoração natalina. Então, quando estava dirigindo de volta, liguei o rádio e ouvi Mariah Carey soltando a voz; foi aí que comecei a gritar "Cedo demais! Cedo demais!" e desliguei o rádio apressada.

Eu gosto do Natal e amo essa música, mas fala sério, gente: será que podemos esperar até o dia 1º de dezembro, por favor? (É claro que a resposta para isso é um "Foda-se, não, não podemos" bem festivo.)

Mas talvez seja só eu, e ainda não estou pronta. Londres já acendeu oficialmente todas as luzes de Natal, então vou vê-las amanhã, porque comprei a passagem de volta. Parece o momento certo. Meus amigos mandaram um monte de mensagens e áudios de apoio, mas estou com saudade deles e pronta para retornar. Parece que faz um século que fui embora.

A única coisa boa de estar em meio à natureza da Cumbria foi o tempo e o espaço que isso me deu para focar em terminar a peça de Monty. Não há muito mais o que fazer no congelante frio de novembro quando escurece às três da tarde — e pode acreditar, não é só o papai que a tia Verity está deixando maluco. Tem sido uma boa desculpa para me trancar no meu quarto e trabalhar muito na edição do texto.

Cricket está animada para ler. Ela tem me mandado um monte de mensagens gentis desde que viajei e fica me dizendo que mal pode esperar até que eu volte: "Não só porque mal posso esperar para ler a peça nova e atualizar você sobre os planos da pequena biblioteca, mas para você poder ver o que fiz no meu apartamento novo".

Também tive notícias de Ethan. Alguns dias depois daquela conversa por telefone no hospital, recebi um e-mail dele perguntando como papai estava. Era curto, mas amigável, o tipo de e-mail que você escreve quando não quer que o destinatário deduza nenhum significado a mais. Algumas linhas que levam uns vinte minutos de atenção para escrever. Mas fiquei feliz por ele entrar em contato, então respondi, seguindo o mesmo tipo de e-mail: um texto curto e amigável, dizendo que papai estava se recuperando e agradecendo pela cesta de frutas.

Um breve lampejo de conexão que veio e foi embora. Depois disso, não tive mais notícias dele.

Mas tudo bem. Este mês me levou ao limite e me trouxe de volta. Quase perdemos papai. Eu me apaixonei pela minha sobrinha. Depois de tudo que aconteceu, quero que as coisas voltem ao normal. Chega de momentos de vida ou morte. Chega de choque. Chega de drama.

Sou grata por:

1. *O serviço nacional de saúde e todos os médicos e enfermeiros incríveis que salvaram a vida de papai, e, com ele, a nossa família inteira.*

2. *Mamãe, que, quando eu finalmente contei o que aconteceu com Ethan, simplesmente disse que nunca tinha sentido tanto orgulho de mim e que o melhor ainda estava por vir.*

3. Os vídeos engraçados de gato que Liza continua me mandando, do gato gordo e laranja que ela e Tia adotaram no abrigo do bairro.

4. Meus fones com cancelamento de ruído, porque papai não estava exagerando: a voz da tia Verity é realmente mais alta que uma buzina marítima.

5. Ser mais forte do que jamais pensei que eu fosse.

6. Que chato. Acho que isso é muito subestimado.

Para: Penelope Stevens
Assunto: Seu pai

Oi, Nell,

Fiquei muito feliz de saber que seu pai saiu do hospital.
Que ótimo! Você deve estar muito aliviada. Eu te falei que
ele era um guerreiro!
Tenho uma notícia: aparentemente, vou pra Londres na
semana que vem. Os donos do restaurante estão abrindo
uma filial aí, e serei enviado pra supervisionar a cozinha e
menu. Tenho reservas em um hotel no Soho. O que acha
de a gente se encontrar? Seria legal ver você.

Ethan

DEZEMBRO

#ascoisasficamenroladasenãosãosóasluzinhasdenatal

Um drinque de Natal

Bip bip bip bip...

A estação de metrô de Covent Garden está lotada. Quando as portas dos elevadores se abrem, sou recebida por uma multidão. Turistas, engravatados, público do teatro, festeiros... É como se o mundo inteiro tivesse descido aqui.

Sou cuspida no meio deles e empurrada adiante pelo bando de gente atrás de mim, passando pela catraca e saindo na noite gelada. Há uma banda de percussão tocando "Jingle Bells", dando um toque caribenho à atmosfera festiva, e fico tentada a parar um pouco para ouvir. Confiro o relógio e mudo de ideia. Melhor não, não quero me atrasar.

Faço uma curva e continuo pelos paralelepípedos, costurando entre os mímicos e os festeiros bêbados. Confiro mais uma vez o endereço no Google Maps. Se eu entrar na próxima à esquerda, o lugar vai estar à minha direita...

Minha respiração forma pequenas nuvens enquanto caminho pela calçada. Gosto de andar rápido, mas esta noite estou de salto, e não sou boa com saltos. Fiona consegue correr cem metros usando salto agulha de doze centímetros. Mas eu não. Eu me desequilibro e cambaleio, prestes a torcer o tornozelo a *qualquer momento*. Mesmo assim, é um pequeno preço a se pagar para parecer mais alta e mais magra, e hoje à noite é muito importante que eu pareça mais alta e mais magra.

É uma pena que o salto não me deixe mais jovem também, mas ei, dois de três não é nada mau.

Vejo o hotel diante de mim e, chegando à entrada, paro para conferir meu reflexo nas grandes portas de vidro. Arrumo o cabelo, tiro o casaco de inverno, ajusto a blusa, passo um pouco mais de gloss labial e tiro o excesso.

Vim encontrar Ethan.

Não sei muito bem por que concordei com isso. Eu disse para Fiona que era porque estou curiosa. Para Liza, porque queria um encerramento. Para Cricket, argumentei que é só um drinque.

O que eu não contei para ninguém é que também quero ver se ainda o amo.

Ai, Nell.

É. Eu sei.

*

Ethan já está sentado no bar. Eu o vejo antes que ele me veja, e, por uma fração de segundo, tenho a chance de observá-lo. Seu cabelo escuro está curto e ele está usando uma camisa branca. Está mais arrumado que de costume; nos Estados Unidos, ele só usava camiseta. Também parece ridiculamente bronzeado e saudável perto de nós, londrinos pálidos. Segurando uma cerveja, está mexendo no celular e esfregando o queixo com o polegar daquele jeito que sempre faz quando está concentrado.

É tão estranho vê-lo de novo. Eu ia passar o resto da minha vida com esse homem. Ele é tão familiar. Mas, ao mesmo tempo, é como olhar para um desconhecido.

— Oi! — Ethan levanta os olhos quando me aproximo e sorri. Sorri com os olhos também. Olhos escuros, quase pretos, eu pensava que seria capaz de ficar admirando eles a vida inteira.

Sinto um frio na barriga.

— Oi! — Sorrio de volta.

— Que bom que você veio.

— Ah, eu não poderia deixar de vir... Você estando na mesma cidade que eu.

— Você está bonita.

— Obrigada, você também. Muito elegante. — Aponto para a camisa dele.

— Ah, eu vim direto de uma reunião... Senta aqui.

Ele puxa a banqueta ao lado dele e eu me sento.

— Como estão as coisas?

— É, tudo bem.

Ah, as alegrias de uma conversa fiada muito educada com um ex, quando na última vez que você o viu seus olhos estavam inchados e seu nariz escorrendo e seu coração despedaçado. É como se estivéssemos fazendo uma dança respeitosa ao redor das paredes lascadas do nosso rompimento, temendo escorregar e nos cortarmos em alguma ponta e sangrarmos até a morte.

— E você?

— Muito bem... Obrigado.

Mas é isso que se faz quando se é adulto, não é? Damos um passo para o lado, desviamos e mantemos nossos sentimentos sob controle. Não somos adolescentes com hormônios à flor da pele à mercê das nossas emoções (embora, no meu caso, os hormônios estejam me dando uma canseira). Temos idade suficiente para saber como nos comportar, para não dizer tudo o que estamos pensando e para entender que nada de bom vai sair do terceiro Martini.

É claro que saber e fazer são coisas completamente diferentes.

*

— Mais um?

— Por que não?

Uma hora se passou e viemos para uma mesa com bancos laterais. Contei para ele tudo o que aconteceu com papai no acidente, ele me contou sobre o novo emprego, perguntamos sobre a saúde da família de cada um e nos atualizamos sobre a vida dos nossos amigos. Idealmente, a noite deveria terminar ali e eu deveria me levantar, vestir o casaco e me despedir. Estaria em casa às nove e meia.

— Lembra daqueles Martinis de lichia que costumávamos tomar no Gillespie's?

— Ah, meu Deus, sim! Os melhores Martinis do mundo!

Mas, em vez de me encaminhar para o metrô, estamos tomando o caminho das lembranças. E já tomei dois drinques. Peço um copo d'água.

— Eu fui lá umas semanas atrás quando estava na cidade. Billy, o dono, ficou perguntando de você.

— O que você disse?

— Que você me largou.

Levanto os olhos e o encaro.

— Que eu fiz merda. Que eu perdi a melhor coisa que já me aconteceu...

Deixo as palavras de Ethan pairarem no ar.

— Acho que "ela está bem" teria sido suficiente — digo por fim.

Ethan olha para mim e nós dois começamos a sorrir. Isso. Era isso que tínhamos. Foi isso que me fez ligar para ele depois que nos conhecemos naquele bar.

— Sinto muito, Nell.

— Eu também.

E então, simples assim, toda a raiva que eu sentia dele, toda a perda e a mágoa e o conflito que nos envolviam como arame farpado parecem sumir, e tudo que sobra somos nós dois.

Ele não tira os olhos dos meus, e quando fala, parece inevitável.

— Volta pra casa, Nell.

460

Viralizando

Uma coisa muito maluca aconteceu: meu podcast viralizou. Ou, como Cricket diria, eu me tornei um daqueles vírus.

Na verdade, considerando que é dezembro, as duas coisas acontecem: viralizo e pego um vírus de gripe terrível que me transforma em uma massa fervilhante de germes e ranho.

Pego outro lenço e assoo o nariz, tentando não estragar a maquiagem.

— Já faz quase uma semana, não devo estar transmitindo — eu me desculpo com a maquiadora, que está mirando uma lata de laquê em mim.

Vou sair numa revista. Eu! Numa revista! Eu sei, mal dá para acreditar nisso. Mas aqui estou, em um estúdio no East End, fazendo uma sessão de fotos para acompanhar minha entrevista. Cabelo e maquiagem, serviço completo. Há música tocando. Um fotógrafo. Tem até uma *personal stylist* que trouxe uma arara cheia de roupas, e passamos por todas elas, experimentando cada uma.

Look do dia: um vestido chique muito caro, oferecido pela *personal stylist* da revista de moda em que minha história será destaque.

Tipo, fala sério, isso é real?

Na verdade, é real. Isso está mesmo acontecendo, e eu provavelmente deveria agir com mais naturalidade e não ficar sorrindo empolgada para todo mundo, mas dane-se, não vou fazer isso.

— Então, de onde você tirou a ideia do podcast? — a repórter de vinte e poucos anos responsável pelo artigo me perguntou alegremente mais cedo.

— Acho que foi do momento em que me vi sem grana, solteira e com mais de quarenta, e dormindo no meu antigo quarto na casa dos meus pais — respondi e vi o rosto dela empalidecer visivelmente.

Porque aí é que está: acho que essa ainda é uma ideia assustadora para a maioria das pessoas. Ou versões dessa ideia. Mas, na verdade, estou aqui para contar que não é tão assustador assim. Porque não é o fim. Pelo contrário, pode ser apenas o começo.

*

Depois do acidente quase fatal de papai, voltei à vida normal e encontrei minha caixa de entrada lotada. Quando finalmente consegui ler todos os e-mails, descobri que, além de mensagens de alguns agentes imobiliários e do LinkedIn, havia vários contatos de revistas e outras publicações querendo me entrevistar. A princípio, pensei que fosse algum tipo de spam esquisito. Então fui conferir as estatísticas do meu podcast e descobri dezenas de milhares de novos downloads.

Tem sido surreal. As pessoas estão tuitando sobre ele. Foi mencionado em blogs. Recebi minha própria hashtag. Até minha mãe já ouviu! (Para constar, ela disse que gostou, mas será que podemos ter menos palavrões?) Quando comecei a responder todos os e-mails, virou uma bola de neve, e desde que voltei para Londres já dei algumas entrevistas, fui chamada para um programa de rádio e até fui abordada por uma grande marca de beleza me oferecendo um patrocínio (aparentemente eles podem ajudar a melhorar a coisa de Enrugar e Decair).

Pessoalmente, não estou convencida de que alguma coisa possa ajudar nessa área, e não estou disposta a fazer parceria paga com algo em que não acredito. Agora, se fosse uma empresa de café, seria diferente. Tem muitos dias em que o café é minha motivação matinal. Ou, melhor ainda, e se fosse o fabricante daquelas latinhas de gim-tônica? Afinal, houve um momento no início do ano em que eu sinceramente acho que minha vida dependia daquelas latinhas. Sim, eu super posso acreditar em gim-tônica.

Mas estou me empolgando aqui. Mesmo assim, seria incrível se um dia eu pudesse receber para fazer uma coisa que amo. Porque eu amo gravar meu podcast, e amo todos os meus ouvintes e adoraria continuar gravando, só que de um jeito melhor e maior. Se o que começou comigo tentando ser honesta e falar a real conseguiu tocar em pessoas que se sentem tão fracassadas e confusas quanto eu, e se, de alguma forma, ainda que pouco, as ajudou ao mostrar que elas não estão sozinhas, que eu estou aqui e as estou escutando, esse é o melhor bônus de todos.

*

Há várias lampadinhas ao redor do espelho, tipo aquelas que sempre vemos em Hollywood, e olho para meu reflexo. Que engraçado, mal me reconheço com toda essa maquiagem e o cabelo escovado. É verdade o que dizem sobre fumaça e espelhos nos truques de mágica. Também mal consigo reconhecer minha vida agora. Eu acreditava que ela deveria ser de um certo jeito; não tinha ideia de que tudo isso estaria esperando por mim. Fico sempre pensando que a qualquer minuto alguém vai dizer que houve um engano, que chamaram a pessoa errada.

— Ok, tudo pronto. — A maquiadora sorri.

— Muito obrigada!

Mas isso ainda não aconteceu, então aproveito a jornada.

— Só falta um toque final.

Prendo a respiração quando ela começa com o spray. Isso se eu não sufocar em uma nuvem de laquê antes.

Sou grata por:

1. *Todas as fodidas de quarenta e tantos (ou trinta e tantos, ou cinquenta e tantos, ou qualquer idade) que ainda fazem download do meu podcast e ouvindo e blogando e tuitando e postando sobre ele.*

2. As boas notícias que recebemos após o check-up mais recente de papai no hospital.

3. Sadiq ter me oferecido minha própria coluna sobre me sentir uma fodida de quarenta e tantos.

4. Esta vida, que não se parece com nada do que eu esperava.

5. Tudo.

Recomeços

— E aí, o que você acha?

— É bem diferente.

— Você não gostou.

— Não, eu gostei, é só que... — Procuro a palavra certa, mas nenhuma delas parece fazer jus. — É meio... *escandaloso*.

Foi como se eu tivesse lhe feito o maior elogio. O rosto de Cricket se ilumina como a árvore de Natal dela.

— Ora, obrigada, Nell, isso é muito gentil da sua parte.

É quarta à noite e estamos paradas na porta da sala de estar dela, observando as paredes recém-pintadas do novo apartamento. A parede dos fundos e o tubo da chaminé foram pintados com um tom bem escuro, destacando o mármore branco da lareira e o sofá de veludo carmim, enquanto o teto é de um cobre brilhante. Não é o tipo de coisa que se esperaria do apartamento de uma pessoa de mais de oitenta anos, mas Cricket não se encaixa no senso comum.

— Eu queria um estilo completamente diferente do da casa antiga.

— Bom, então você acertou em cheio.

— Mais vinho?

— Sim, por favor.

Ela pega a garrafa de champanhe que eu trouxe como presente de casa nova e completa nossas taças. Cheguei a pensar em prosecco; mesmo com o dinheiro extra que recebi pela peça, não posso ficar comprando champanhe, mas há certos momentos na vida em que só champanhe serve, e este é um deles. Estou tão orgulhosa da minha amiga e da coragem que ela demonstrou ao lidar com esse novo capítulo da vida que a ocasião merece ser comemorada adequadamente com Veuve Clicquot.

— Acho que Monty aprovaria — diz ela quando nos sentamos confortavelmente no sofá.

— A tinta ou o champanhe?

— Os dois. — Cricket sorri, tomando um gole das bolhas geladas. — Ah, eu te contei que Christopher está muitíssimo animado para encenar a nova peça?

— Só umas dez vezes. — Dou um sorriso, e ela ri. Christopher é um diretor de teatro respeitado e era um dos amigos e colegas de profissão mais antigos de Monty. Cricket mandou meu roteiro finalizado para ele alguns dias atrás, e em poucas horas ele ligou para ela "implorando" para fazer a montagem. Acho que "implorando" foi um pouco de exagero da parte de Cricket, mesmo assim a notícia é muito boa. Isso sem mencionar o grande alívio que senti.

Desde que Cricket me pediu para editar a peça de Monty, fiquei muito preocupada de não estar à altura do trabalho. Como a maior parte do terceiro ato era só uma bagunça de notas rabiscadas, cheguei a imaginar que pudesse sair um desastre completo. Decepcionar Cricket seria uma coisa, especialmente quando ela havia depositado tanta fé em mim, mas eu certamente não queria ferir a reputação de Monty como dramaturgo. Isso sem mencionar fazer um baita papel de idiota.

No entendo, tirando algumas sugestões de edição feitas por Christopher, ele está muito animado com o resultado. Isso me fez perceber que eu me subestimo. Acho que muitas de nós fazemos isso. Quando papai quase morreu, percebi que sou muito mais forte do que pensei que fosse. É uma pena que eu tenha demorado tanto para descobrir.

— Ele está buscando o financiamento para poder começar os testes de elenco no início do ano.

— Uau, isso é fantástico!

— Não é? — Seu rosto está animado, e então sua mente viaja até algum outro lugar e o sorriso desaparece. — Ah, eu queria mesmo que Monty estivesse aqui pra ver tudo isso.

A frase simplesmente escapa, sem dúvida facilitada pelo champanhe, mas sei que Cricket pensa nisso vinte vezes por dia. Na maior parte do tempo, só não diz nada. Eu já sabia antes, mas desde que chegamos tão perto de perder papai, a perda dela passou a ressoar ainda mais.

— Sabe, eu estava preocupada com como eu iria me sentir ao deixar casa velha — ela admite, olhando diretamente para mim. — Quando a van da mudança foi embora, passei por todos os cômodos vazios me lembrando de Monty e eu andando juntos por aqueles mesmos cômodos vazios quando nos mudamos... e não pareceu que tinham se passado mais de trinta anos... pareceu um piscar de olhos...

Vejo os dedos dela apertarem a borda da taça, a luz incidindo sobre as bolhas que sobem à superfície.

— O agente imobiliário estava esperando do lado de fora, e eu lhe entreguei as chaves e entrei num táxi... e enquanto o veículo se afastava, eu realmente me senti bem. E continuei me sentindo bem. Mesmo quando passei minha primeira noite sozinha neste apartamento. Fiquei esperando que uma onda de sofrimento me dominasse, mas... não... nada. — Ela dá de ombros fracamente. — Pensei que fosse por estar muito ocupada, com as reuniões com o conselho para o novo projeto das pequenas bibliotecas e a peça de Monty. Eu não tinha tempo para ficar triste...

Por um momento, as palavras de Cricket parecem pairar no ar enquanto ela as contempla.

— Aí, uns dias depois, fui comprar uma árvore de Natal. Na verdade, eu nem estava ligando para isso. Afinal, eu moro sozinha e parecia muito trabalho pra nada... mas Monty amava o Natal, especialmente escolher a árvore.

Ela sorri. É um daqueles sorrisos vagos de afeição, quando você tem uma lembrança agradável do passado.

— Meu marido passava a noite inteira posicionando cuidadosamente os enfeites e as luzinhas, afastando-se o tempo todo para conferir e admirar o trabalho...

— Você não ajudava?

Cricket me olha com um horror brincalhão.

— Credo, de jeito nenhum, ele nem me deixava encostar. Uma vez cometi o erro fatal de colocar uns brilhinhos...

Dou risada quando ela imita Monty dando um chilique.

— Então, como eu disse, comprei uma árvore.

Nós duas olhamos para a árvore de Natal de dois metros de altura, intensamente decorada e com luzes brilhantes.

— É uma árvore muito bonita — digo com entusiasmo.

Cricket vira a cabeça para um lado como se estivesse pensando a respeito.

— Eu estava determinada a fazer a árvore perfeita. Queria deixar Monty orgulhoso...

Ela faz uma pausa e percebo que seus olhos estão marejados.

— Então comecei com as luzes, do jeito que ele me ensinou, mas estavam todas enroscadas... e quanto mais eu tentava desembaraçar, mais nós eu fazia... e eu não consegui soltá-las. — Agora a voz falha. — Fiquei com raiva e briguei com ele por ter me largado aqui com essas porcarias dessas luzinhas de Natal cheias de nós...

Uma lágrima escapa e rola pela bochecha dela.

— Aí eu comecei a chorar de frustração, e depois que comecei não conseguia mais parar... não por causa das luzinhas idiotas, mas porque ele foi embora e eu ainda estou aqui, e não era assim que as coisas deveriam acontecer, não foi isso que planejamos.

Ela funga com força, esfregando a bochecha, e é muito difícil não tentar oferecer palavras de conforto, mas não quero ofendê-la fazendo isso. Porque nada vai confortá-la e nada vai melhorar as coisas, e não vou insultá-la fingindo que vai.

— É uma merda, mesmo — digo.

Porque é a verdade. Porque ela precisa que seu sofrimento seja reconhecido. E porque, como amiga, é tudo que posso fazer.

— É uma merda — ela assente.

Posso não ter perdido meu marido, mas sei como é perder algo e ter que recomeçar.

— Vai fazer um ano em janeiro.

Cricket está falando da morte de Monty, mas ao mencionar a data, lembro-me de sua importância na minha própria vida. Sério que já faz quase um ano desde que fui morar no apartamento de Edward? Que me sentei na minha cama, cercada de malas, e jurei para mim mesma que a essa altura no ano seguinte eu teria mudado de vida?

— É verdade o que dizem: a vida continua, sim, e a alegria volta, sim, e geralmente isso acontece nos lugares mais inesperados — Cricket continua —, mas você nunca *supera* a perda de alguém; você só fica melhor em lidar com ela.

Aponto para a árvore.

— Você conseguiu desfazer os nós no fim — comento, pensando em como isso é simbólico.

— Consegui o caramba — ela sufoca uma risada e me dá um sorriso. — Joguei a porcaria toda fora e comprei uma nova.

Sou grata por:

1. *A reação de Christopher ao texto da peça finalizado e a notícia inacreditavelmente empolgante, que acabou de chegar, de que ele conseguiu o financiamento para começar a produção, com um ator famoso no papel principal.*

2. *A alegria inesperada que minha amizade com Cricket traz à minha vida.*

3. *Ela não ter perguntado sobre meu encontro com Ethan.*

Coisas que aprendi com Cricket

- Não deixe o ótimo ser inimigo do bom.

- Arrisque-se.

- Quarenta e tantos é muito jovem quando se tem oitenta e poucos.

- Estes são os seus bons e velhos dias.

- A maioria das pessoas é boa; só que são as pessoas ruins que saem nos noticiários.

- Se os sapatos não são confortáveis na loja, nunca vão ser.

- Quando se trata de dinheiro, pense apenas seis meses adiante: se pensar em mais, vai entrar em pânico; se pensar em menos, vai comprar aquele vestido que nunca vai usar.

- A maneira como uma pessoa lida com um ticket de estacionamento, com pisar em cocô de cachorro, com um trem atrasado e uma abelha que está morrendo diz muito sobre ela. O mesmo vale para o que ela faz com o carrinho de supermercado.

- Seja qualquer coisa, mas seja sempre escandalosa.

- Encontre sua comunidade.

- Jamais se junte às senhorinhas de cabelo lilás.

- Algumas coisas nunca podem ser desemaranhadas.

- Não se preocupe muito se as pessoas gostam ou não de você; você gostar de você mesma é muito mais importante.

- Nunca se tem chapéus demais.

- Beba aquela garrafa de vinho tinto.

- Amizade é família.

- Luvas de borracha e determinação podem resolver qualquer coisa.[*]

- Você vai se arrepender daqueles brincos pesados.

- Você nunca sabe de verdade o que está fazendo, então faça mesmo assim.

- O melhor segredo antienvelhecimento é parar de se olhar no espelho.

- Grave vídeos das pessoas que você ama.

- Ninguém jamais morreu de celulite ou rugas.

- Você nunca é dono de um livro; você só tem permissão para cuidar dele até passá-lo para a próxima pessoa.

- A mesma história é diferente para cada um.

- Diga sim para tudo, a não ser que envolva comédia stand-up.

- Envelhecer não é para os fracos.

---

[*] Se isso não funcionar, recorra à tequila.

- Reconheça a importância de todo mundo, da pessoa do caixa ao motorista do ônibus e ao barista que serve seu café.

- O que não mata, fortalece.

- A vista é ótima de fora para dentro.

- Gaste cinco minutos a mais (especialmente quando se tratar de jogar fora luzinhas de árvore de Natal).

- Sempre compre um tamanho maior.

- Há muitas maneiras de viver a vida.

- Nenhum daqueles cremes funciona (é muito melhor comprar um chapéu).

- Não há limite de idade para a aventura.

- Você não está velha demais, não é tarde demais, e sim, você pode.

Cartões de Natal

Fui embora dos Estados Unidos e voltei para o Reino Unido porque meu relacionamento desmoronou. Porque precisava recomeçar. Porque meu visto venceu e meu negócio faliu. Porque estava cansada do céu azul e do sol brilhando quando eu me sentia cinza por dentro. Porque estava com saudade da minha família e dos meus amigos. Porque não aguentava ficar lá e ser lembrada o tempo todo de tudo que tinha perdido.

E porque eu não sabia mais o que fazer e o chá aqui é melhor.

Todas essas justificativas são verdadeiras. Mas eu deveria ter acrescentado mais uma razão. *Por causa dos cartões de Natal.*

O Natal já não é uma data muito fácil, especialmente quando se está solteira. Pior ainda se tiver mais de quarenta e estiver solteira. Sempre dizem que o Natal é um feriado para a família, então, se você não conseguiu formar a sua e não conquistou uma bela casa onde colocá-la (junto com uma árvore de Natal maravilhosamente decorada), há uma chance de que vá se sentir meio perdida.

Mas, só para garantir, seus amigos vão te mandar cartões de Natal para provar que você é uma fodida.

Diferentemente dos britânicos e seus pacotes de cartões de Natal genéricos comprados em brechós beneficentes, os americanos têm a tradição de mandar cartões personalizados com fotos da família sorridente na frente. Um pouco como a família real faz aqui, só que com dentes muito melhores.

E essas fotos são lindas, de verdade mesmo, sejam elas profissionais em preto e branco ou tiradas com o celular na praia usando chapéus de Papai Noel. E as crianças sempre estão fofas e seus amigos sempre parecem felizes, e quando você lê a mensagem contando tudo que eles fizeram naquele ano, como as crianças estão indo na escola e notícias a respeito de quaisquer atualizações, você pensa em como eles devem estar orgulhosos da família e de tudo que conquistaram.

Então você os coloca sobre a lareira e se serve de mais uma dose de gim.

Não, mas falando sério.

Bom, na verdade já estou falando sério.

Porque, quando tudo desmoronou dezembro passado, foi doloroso demais. Assim que o primeiro cartão chegou, eu sabia que não seria capaz de ficar em casa abrindo os outros e fui ficar com Liza. Eu amava ver meus amigos felizes, mas as fotos de família só enfatizavam o que eu não tinha. Eu olhava para os cartões e via os fantasmas de um futuro que certa vez pensei que fosse o meu, mas que eu tinha perdido.

Então, de todo modo, como estou de volta ao Reino Unido este ano, não preciso me preocupar. São só renas iluminadas e ilustrações brincalhonas de bonecos de neve e cenouras. Pego vários do capacho e vou caminhando até a cozinha enquanto os abro. Esse deve ser de Holly e Adam; é a cara das piadas deles. Leio a mensagem. É a caligrafia de Holly, mas ela assinou por ele também. Aparentemente os dois começaram a fazer terapia. Ela mandou uma mensagem na semana passada dizendo que era a primeira vez que eles conversavam de verdade em anos. Espero que consigam sair dessa.

Coloco o cartão na prateleira ao lado da paisagem de bosque nevado de mamãe e papai; é um dos cartões que eles sempre mandam, do National Trust. Algumas coisas não mudam nunca. Este ano, nunca fui tão grata por isso.

Mas parece que vai ser preciso mais que um voo transatlântico para me livrar de um cartão em particular. Vejo o envelope e reconheço a caligrafia. É de uns amigos de Houston. Para ser sincera, o casal era amigo de Ethan. Ele estudou com o marido na faculdade e eu os conheci em um jantar de Ação de Graças, mas sempre mandaram cartões com montagens de fotos de família e atualizações longuíssimas sobre as crianças.

Alguns meses atrás, a esposa me enviou um e-mail para me pedir meu endereço novo e me mandar um cartão. Tentei demovê-la gentilmente, dizendo que imagina, não precisava se preocupar, economize esse envio. Mas ela insistiu. Tentei outra vez, dizendo que não tinha certeza se passaria o Natal com meus pais ou em Londres, mas aí ela pediu os dois endereços. "Tenho certeza de que o cartão vai chegar até você em algum momento", ela respondeu alegremente.

"NÃO QUERO QUE A PORCARIA DO SEU CARTÃO DE NATAL CHEGUE ATÉ MIM!" era o que eu queria ter respondido, tudo em letra maiúscula e com o mesmo entusiasmo, mas isso teria me tornado uma péssima pessoa. Ela só estava tentando ser legal e me atualizar com boas notícias. Afinal, é Natal. Tudo de bom para todo mundo, aquela coisa toda.

Então é claro que eu respondi o e-mail com meus dois endereços e disse que eu mal podia esperar para receber o cartão, e Boas Festas!

Na frente há uma foto de todos eles usando suéteres de Natal combinando. Até o cachorro. E aquilo é um coelho? Sorrio e o enfio atrás do vaso enorme que era da tia-avó de Edward.

— Alguma coisa para mim?

Ouço a porta da frente se abrir e Edward aparece na cozinha usando cachecol e gorro. Ele segura um copo térmico e um tapete de ioga e está com aquela expressão que as pessoas só têm quando estão acordadas desde as seis da manhã fazendo aula de hot ioga.

Não, não me refiro a uma expressão convencida. Quero dizer saudável.

— Cartões de Natal. Aqui, tem um pra você. — Eu lhe entrego um envelope.

— Obrigado.

Eu me volto para a cafeteira.

— Bom, já recebi cartões melhores.

— Nada pode ser pior que os suéteres de Natal combinando — rio, moendo meus grãos de café.

— Humm... bom, é menos Feliz Natal e mais Feliz Divórcio.

— Oi?

Eu me viro e o vejo segurando um pedaço de papel em vez de um cartão.

— É a averbação do divórcio.

— Ah, merda... quer dizer, uau.

Não faço ideia do que dizer para alguém que recebe os papéis finais do divórcio.

— Melhor que o dos suéteres combinando.

Mas tenho quase certeza de que não é isso.

— Sim — ele assente, mas a expressão dele é indecifrável.

— Tudo bem? É bom... não é?

— Bem, não tenho certeza de que um divórcio pode ser descrito como bom, não quando tem crianças envolvidas.

— Desculpa, eu não quis... — Sinto que fui insensível. Repreendida. Idiota.

— Não, você tem razão — Edward diz rapidamente ao ver minha expressão. — Fizemos a coisa certa. Fico feliz por nós dois. — Ele sorri, mas não sei por quem. — Estamos livres para começar uma nova vida agora. Seguir em frente.

— Sim — assinto, e me pergunto se ele está se referindo à mulher com quem está saindo. Quero perguntar, mas algo me impede.

— O que você vai fazer no Natal? — E agora mudamos de assunto.

— Meus pais...

— Ah, claro. — Ele assente.

— Meu irmão e a esposa vêm com a bebê; a casa estará cheia. Vou convidar minha amiga Cricket também.

— Preciso conhecer essa sua amiga um dia desses — comenta, despejando mingau orgânico em uma panela e acrescentando leite de aveia.

Edward realmente deveria ter Instagram.

— Sim. — Sorrio. — Precisa mesmo.

E agora me pergunto se eu deveria convidá-lo também. Não quero que ele passe o Natal sozinho.

— Vou levar os meninos para esquiar.

— Ah, vai ser divertido — digo com entusiasmo. — E é bom que vocês passem um tempo juntos.

— Sim, eu, eles e os iPhones deles. — Edward sorri.

Que bom que não o convidei. Teria sido constrangedor perguntar se ele gostaria de dormir no sofá dos meus pais quando ele provavelmente vai ficar em um resort chique cinco estrelas.

— Sophie vai viajar com o namorado.

— Uau, que rápido.

— Na verdade, acho que não foi tão rápido assim. Já estamos separados há muito tempo. — Ele não está olhando para mim enquanto mexe o conteúdo da panela. — Desperdiçamos tempo demais. A vida é muito curta.

Edward me encara. Desde que voltamos para Londres, nenhum de nós falou do que aconteceu no hospital. Eu mal o vi. Tenho andado tão ocupada, e ele ficou fora por conta de milhões de demandas de trabalho de final de ano. Mas agora que olho para ele, não preciso dizer nada. *Ele estava lá.* É como ter uma marca indelével feita em alguma parte escondida de mim, que mais ninguém pode ver, só ele.

Penso em Ethan. Naquele momento no quarto antigo do meu irmão, em que Edward disse que de agora em diante nós dois deveríamos sempre dizer o que estivéssemos pensando. Olho para ele ao meu lado, a centímetros de distância, e penso em todas as coisas sobre as quais quero conversar. Coisas que preciso dizer.

— Seu café está pronto...

— Ah, sim... obrigada.

Mas não digo nada.

Sou grata por:

1. A gráfica rápida perto de casa, onde faço meus próprios cartões de Natal com uma selfie minha e de Cricket na frente; aquela que tiramos na praia na Espanha este verão, na qual tomamos vários negronis e estou sorrindo feito boba de biquíni. A mensagem que escrevo tem um pouco do que aconteceu na minha vida este ano, incluindo notícias sobre o meu podcast, a peça, e ter sido desclassificada da Corrida Maluca na escola, além de algumas fotos legais de Arthur e um texto desejando a todos um Natal muito feliz e um Ano-Novo incrivelmente bagunçado e gloriosamente sem filtro.

2. As notícias de amigos de Houston me contando que todo mundo está feliz e saudável, inclusive o coelho. Embora eu não tenha certeza de que uma atualização sobre o desfralde do pequeno Jimmy fosse necessária, é bom ficar sabendo que ele finalmente conseguiu. Vai lá, Jimmy, e Boas Festas!

3. Edward.

Líbano e mirra

Se você não tem filhos, é fácil se sentir excluída no Natal, então fico muito feliz quando Fiona me convida para ver Izzy se apresentar na peça de Natal da escola. Aparentemente, a nova diretora introduziu uma política de neutralidade de gênero, e o presépio deve refletir essa escolha. Por isso, Izzy vai ser um dos reis magos, e Lucas, um dos anjos.

O que é uma mudança e relação aos meus dias de escola politicamente incorretos nos anos 1970, quando só garotas loiras e de olhos azuis podiam ser anjos, então minha melhor amiga, Sameena, e eu fomos relegadas a sermos "viajantes". Eu me lembro pouco do dia, exceto que as fantasias pinicavam muito e que minha mãe disse que eu não tirava o dedo do nariz. Diferentemente de Rich, é claro, que anos depois conseguiu o papel principal de José e se dedicou tanto para decorar as falas que ficou pregado no fim da peça.

Na verdade, pensando no contexto da apresentação, provavelmente esta é uma péssima escolha de palavras.

Mas, de todo modo, eu estava realmente ansiosa pela peça de Natal, e quando entro no grande auditório não há como ser mais natalino. Tudo foi decorado pelas crianças; guirlandas de papel colorido estão penduradas atravessando o teto abobadado, há exibições de obras de arte natalinas e uma enorme árvore coberta de ouropel e estrelas de papel está no lugar mais importante do ambiente, ao lado do piano.

— Você está linda, amei o vestido!

Fiona me vê e vem correndo na minha direção, de braços abertos.

— É do eBay, foi só dez libras. Você também está ótima!

Sério, Fiona está maravilhosa. Mais que isso... está revigorada, essa é a palavra.

— Estou parecendo uma mulher que não dorme há semanas desde que começou no trabalho novo, porque só consegue pensar nele.

— Ah, uau, como estão as coisas?

Ela não consegue parar de sorrir.

— Incríveis. Eu devia ter feito isso há anos.

— Que máximo, fico muito feliz.

— Sim! Eu estava tão preocupada com tudo, mas não poderia ter dado mais certo. E não só pra mim: David diminuiu a carga horária agora que eu também estou trabalhando, então ele consegue chegar em casa num horário em que as crianças ainda estão acordadas e passar mais tempo com elas.

— Viu? Eu sabia que ia dar tudo certo.

— Não sabia, não. — Ela ri. — Mas agradeço por você me incentivar a aceitar o emprego.

— Não há de quê. — Sorrio.

Seguimos na direção de nossos assentos e topamos com Annabel.

— Oi! — Ela dá um sorriso, parecendo perfeita como sempre em um conjunto de terninho branco.

Só Annabel poderia usar uma roupa dessas; se fosse eu, o conjunto estaria coberto de pingos de café e pelo de cachorro em dois minutos.

— Oi! — Sorrio e damos dois beijinhos na bochecha, enquanto Fiona conversa com ela sobre coisas da escola; a decisão de banir o plástico na cantina, o uso de um drone para filmar algumas das cenas da peça, o papel de Clementine como Maria (ou "o papel principal", como Annabel fica falando). Clive também é mencionado; ele saiu de casa e alugou um imóvel perto, ela vai ficar com a casa, ele já tem uma namorada nova. Mas, em vez de ficar chateada, Annabel parece aliviada e ilesa depois de tudo. As coisas estão como sempre.

Dito isso, mesmo que o cabelo dela esteja escovado e superliso e os lábios e as unhas estejam pintados de um vermelho festivo combinando, é como se ela tivesse perdido um pouco o brilho.

— Sabe, eu ouvi seu podcast — ela comenta quando Fiona corre para o banheiro antes que a peça comece.

Eu me preparo.

— Motherfucking Monday.

— Oi?

— Você estava falando das hashtags, Throwback Thursday e Flashback Friday, e eu queria dizer que estou mergulhando totalmente na Motherfucking Monday.

Sorrio.

— Gostei de saber.

Ela sorri, então se vira e vai se sentar na primeira fileira.

Claro.

*

Quanto à peça de Natal, foi exatamente como deveria ser. A cabeça do menino Jesus caiu e rolou para fora do palco. Um dos anjos fez xixi na calça. Clementine fez uma Maria maravilhosa, sem dúvida uma que será lembrada por muitos anos, mas ela cometeu minha gafe da natividade e decidiu não tirar o dedo do nariz a peça inteira. E, durante o gran finale, o drone se enganchou nas cortinas de veludo e precisou ser resgatado por um dos pais, que, aparentemente, é divorciado e fez a diretora ficar um pimentão quando eles se enroscaram sem querer nas cortinas mencionadas anteriormente.

E, como uma madrinha muito orgulhosa, posso atestar que Izzy e Lucas foram incríveis. É claro. Amei particularmente o fato de que Izzy falou "olíbano" errado e deu para o menino Jesus o Líbano de presente.

E eu chorei um pouquinho em "Noite Feliz". Lógico.

Sou grata por:

1. *Minha afilhada incrível Izzy, que me fez sorrir e dar risada e me encheu de orgulho e medo de que meu coração fosse explodir quando ela cantou o solo.*

2. Meu corte de cabelo novo, as luzes e o vestido lisonjeiro quando dei de cara com Johnny, que estava na peça da natividade para ver o sobrinho Oliver.

3. Minha resposta extremamente sagaz quando ele me disse que eu estava ótima e me perguntou como estavam as coisas.[*][**]

4. Minha habilidade de reencenar as conversas na minha mente e torná-las melhores da segunda vez.

5. Annabel, que mais tarde mencionou, na barraca de vinho quente, que na verdade tinha sido o Johnny que tinha dado em cima dela, e não o contrário, acrescentando assim uma prova de que ele me fez um grande favor ao me dar um ghosting. #escapei #nãoprecisodeprovas

---

[*] Porque é claro que não pensei em uma resposta extremamente sagaz. Na verdade, não pensei em resposta alguma, nem sagaz nem de nenhum outro tipo: em vez disso, troquei gentilezas educadas antes de pedir licença para ir ao banheiro. Onde, é claro, pensei em um monte de coisas inteligentes que eu deveria ter dito, mas aí já era tarde demais.

[**] Mas quem se importa? Porque mais importante que isso é o fato de que quando o vi não senti nada. Exceto, talvez, uma leve irritação. E a percepção de que ele estava usando jeans de cintura alta.

O pesadelo antes do Natal

Também conhecido como compras de Natal.

Em um esforço para apoiar o comércio local, decido não fazer as compras online e, em vez disso, aventurar-me pela rua principal. É o caos. As lojas estão cheias de lantejoulas e consumidores exaustos, e o aquecimento está em uns cem graus, então o tempo todo fico tirando o casaco e pondo de novo conforme entro e saio das lojas tentando riscar *qualquer* coisa da minha lista.

Ainda assim, há vantagens. Não se tem toda aquela loucura festiva quando se está em casa fazendo compras pela internet, certo? Embora, para ser sincera, eu não esteja achando muita loucura festiva nos corredores da loja de departamentos do bairro. Mas encontro alguns homens com expressão preocupada ouvindo um vendedor sussurrando para eles a notícia de que acabaram as velas perfumadas.

Sinto empatia. Também não estou achando fácil, mas maridos e namorados parecem ter bem mais dificuldade no que se refere a saber o que comprar no Natal. No andar de cima, vejo o marido de alguém olhando um conjunto de panelas, e sei que em algum lugar vai haver uma esposa extremamente desapontada. Nenhuma mulher, por mais prática que seja, quer acordar na manhã de Natal e encontrar uma frigideira embrulhada para presente debaixo da árvore. Acho que é Liza que costuma dizer que presentes deveriam vir em embrulhos pequenos.

Eu me aproximo e o conduzo na direção da Le Creuset. Bom, se vão ser panelas, pelo menos que sejam as caras.

Todo ano tento ser criativa com meus presentes de Natal. Diferente de Rich, que compra um vale-presente e sempre parece se safar. Talvez seja só eu, mas não consigo evitar pensar que vales são o último recurso. No ano passado, comprei para a família toda aqueles testes genéticos, o que achei muito legal, até ler um artigo sobre as pessoas descobrirem mais do que esperavam. Menos "dez por cento da Península Ibérica" e mais "minha mãe teve um caso com o carteiro e ele é meu pai biológico".

Hesitei um pouco.

— Você está falando sério? — Meu irmão riu, apontando para nossos narizes quando comentei com ele. — Mana, não acho que a gente precise se preocupar com a nossa genética. Não tem como negar que nós dois herdamos o que é conhecido na família como "O Nariz dos Stevens". — E argumentou que não precisávamos de um teste para provar.

Mas foi provado, é claro. Junto com o fato de que minha mãe é um por cento Neanderthal, o que meu pai nunca mais a deixou esquecer.

No entanto, este ano está se provando um pouco mais desafiador. Mamãe e papai compram tudo que querem, e revirei meu cérebro em busca do que dar para Freddy, meu afilhado. Do que raios meninos de dez anos gostam hoje em dia? Além de aterrorizar as babás, e acho que não vendem isso em tamanho P. Além do mais, não consigo encontrar os outros itens da minha lista.

Será que eles têm vale-presente?

Sou grata por:

1. *Amazon Prime.*

2. *Ser solteira; pelo menos é um presente a menos para comprar.*

Véspera de Natal

Alugo um carro para ir para a casa dos meus pais com Cricket no banco do passageiro e Arthur no banco de trás. Pareceu mais fácil (e mais barato) que pegar o trem. Cantamos junto com as músicas natalinas no rádio, pegamos engarrafamentos e comemos muitos lanches embalados em plásticos nos pontos de parada. Edward me mataria.

Por fim, saímos da estrada e começamos nosso caminho passando por algumas das minhas partes favoritas de Lake District enquanto o sol se põe. Bem a tempo de ver a luz no lago Windermere e as cores das planícies conforme costuramos por uma colcha de retalhos de samambaias e musgo. Há previsão de neve, mas por enquanto só está frio e úmido, com fumaça subindo pelas chaminés de ardósia.

O Natal nunca pareceu Natal na Califórnia. No início, eu adorava a novidade. Passar a véspera de Natal na praia, tomar sol em uma toalha listrada e passar o dia de Natal comendo sushi. Mas tudo logo deixou de ser novidade e eu estava gastando uma fortuna para viajar para casa nas férias.

Ethan veio comigo na primeira vez. Disse que queria que ficássemos juntos e que seria divertido. Mamãe fez disso um grande evento. Papai o levou para o pub. Rich arranjou para ele um ingresso para o jogo. Ele pareceu amar, quando não estava tremendo ou com dificuldades para conseguir sinal de 4G (estamos no interior; honestamente, considere-se sortudo se conseguir sinal de celular) ou tentando encontrar um chai latte vegetal.

Não era culpa dele. Podemos até falar o mesmo idioma (embora ele tenha achado bem difícil entender qualquer palavra dita por alguém da cidade), mas basta tentar explicar nossa tradição britânica muito peculiar da pantomima natalina para um americano perplexo para ver como somos diferentes. Acho que a estranheza passou bem rápido.

Ah, não, não passou!

De qualquer maneira, foi a primeira e a última vez. Ethan nunca mais veio; desde então, passamos o Natal separados, ele com a família dele na Califórnia e eu aqui. Exceto o do ano passado, que eu passei sozinha no apartamento empacotando o resto das minhas coisas. Mas este ano estamos nós dois deste lado do Atlântico para o Ano-Novo. O restaurante de Londres tem um grande evento planejado e ele está ajudando com os preparativos. Ele vai voltar em alguns dias...

— Ah, isso aqui não é uma graça? — Cricket exclama quando faço a curva para entrar na casa.

A casa está decorada com luzes brilhantes e mamãe já está acenando na janela. Dou uma buzinada quando estacionamos, e Arthur começa a latir. Papai aparece de muletas e abre uma janela, e eu ouço a TV ligada e mamãe gritando para ele não deixar o ar frio entrar.

É Natal! Estamos em casa.

Sou *grata por:*

1. *As tortas de frutas de mamãe.*

2. *Baileys.*

3. *O fato de que as calorias do Natal não valem.*

O dia de Natal

Passamos o dia de Natal em uma névoa de Baileys e queijo Stilton. Como sempre, mamãe se recusa a se sentar e passa a maior parte do dia na cozinha, conduzindo uma orquestra de panelas borbulhantes, enquanto o resto de nós fica entrando e saindo, oferecendo ajuda enquanto nos servimos de mais Baileys. Papai, por outro lado, passa a maior parte do tempo sentado no sofá, com as pernas esticadas sobre a mesa de centro. Levantando-a e abaixando-a como se fosse a Tower Bridge quando alguém quer passar.

Evie, é claro, é a estrela do evento. Ela tem apenas algumas semanas, mas já conquistou a atenção total de seis adultos. Nunca imaginei que seria impossível se cansar de ficar olhando os dedinhos minúsculos ou admirando todas aquelas expressões faciais engraçadas — que fazem com que todos nós paremos o que quer que estejamos fazendo e nos reunamos ao redor dela para olhar e soltar exclamações — ou debater de quem ela puxou as orelhas ou o cabelo ruivo.

— Deve ser da família da Nathalie — afirma Rich com convicção, até que mamãe surge com uma foto da nossa avó quando era adolescente, com um cabelo longo e castanho-avermelhado.

— Mas eu sempre me lembro dela com cabelo loiro e cacheado — ele diz, em choque.

— Ah, aquilo era peruca — interrompe papai. — Ela dizia que sempre se imaginou loira.

— Boa, vovó. — Nathalie sorri, dando um beijo em Evie quando termina de amamentá-la e depois a passando para Rich para ele trocar a fralda.

Nunca vi meu irmão mais feliz do que quando o vejo trocando uma fralda suja. Quando pega a filha diligentemente, ela vomita no ombro dele, na camisa novinha. Rich só ri. Gostei dessa nova fase.

Como é tradição na nossa casa, trocamos os presentes de manhã, nos entupimos de chocolate com licor até o meio-dia e estamos sentados para o jantar de Natal a tempo do discurso da Rainha. Este ano estamos apertados ao redor da mesa, mesmo abrindo a mesa extensível. Tia Verity voltou para a Espanha, mas temos duas convidadas: Cricket e Nathalie. E a pequena Evie, é claro. Além de Arthur, que se embola nos pés de todos debaixo da mesa, mas se recusa a sair de lá, para o caso de um pedaço de peru acabar escapando.

Mamãe finalmente concorda em se sentar, enquanto papai corta e serve o peru. Rich faz um brinde às famílias antigas e novas e vejo Cricket mergulhar em lembranças e em seguida propor um brinde a Monty também. Não somos dados a discursos muito emotivos na nossa família, mas todos sabemos da perda dela. Mamãe lhe passa as batatas assadas e Cricket sorri agradecida. O que se pode fazer por alguém que está passando o primeiro Natal sem o amor da sua vida a não ser lhe oferecer batatas assadas?

Mais tarde, depois do jantar, quebramos o chocolate em formato de laranja da Terry's e ligo para Liza pelo FaceTime. Ela está passando o Natal com a família em Austin, no Texas, e Tia foi junto. Sei que Liza estava nervosa em relação a apresentar os pais à sua nova namorada, mais quaisquer medos que ela tivesse eram infundados.

— Não consigo tirar Tia e mamãe da cozinha. — Ela sorri. — E o tio Frank está completamente apaixonado por ela... mas não posso culpá-lo.

É ótimo ver minha amiga tão tranquila e feliz. Desde que nos conhecemos, os relacionamentos dela sempre foram cheios de problemas e desentendimentos. Mas com Tia tudo mudou.

— Não tenho nada para contar, simplesmente é fácil com ela — Liza comenta sempre que nos falamos pelo WhatsApp. —

Somos muito entediantes. — E então ela ri e sei que ela não está falando sério, mas, de verdade, acho que é aí que muitos de nós erramos. Erramos em pensar que um relacionamento fácil é entediante. De pensar que os dramáticos é que são emocionantes. Quando, na real, é o contrário.

Mamãe está cochilando na poltrona. Eu encho a lava-louça. Ao passar uma água nos pratos, sou tomada pela percepção de que Edward não está aqui para me dizer onde colocar as facas. Estou livre para colocar tudo onde bem entender. A ironia é que, no final das contas, eu me pego querendo fazer como ele me ensinou, e, pela primeira vez, percebo que, de diferentes maneiras, acabei pegando o jeito dele.

Então papai exclama:

— Olhem lá fora!

Começou a nevar. Flocos de neve enormes e fofos giram e dançam ao redor dos postes de luz, passam pelas chaminés e pelo vale abaixo.

— Olha, Evie, a primeira neve da sua vida — cochicha Rich.

E quando todos nós nos reunimos à janela, penso que esses são os momentos verdadeiros na vida. Os momentos pequenos e inesperados, que não precisam de fotografias nem likes; esses são os momentos que importam.

Sou grata por:

1. *Meias. (Algo que uma pessoa jovem jamais diria, mas agora cheguei em uma idade em que elas não são um presente chato; o que prova, se é que alguma prova era necessária, que envelhecer sempre tem um lado bom. E meias nunca são demais.)*

2. *Mamãe, porque honestamente, ela É o Natal.*

3. Evie, que passou no colo de todos nós e que fez o maior sucesso com Cricket, que mais tarde confessou que, embora nunca tenha desejado filhos, teria adorado ser avó, "porque você pode devolvê-los".

4. O presente de Natal de Fiona, que deu para mim, Michelle e Holly camisetas com os dizeres "Fodida de quarenta e tantos" estampado na frente.

5. O fato de que grandes mentes pensam parecido, e a foto que Fiona me enviou usando o presente de Natal que mandei para ela: uma camiseta com os dizeres "F**a-se o avocado toast" estampado bem na frente.

6. A família, que deveria ser redefinida simplesmente como "pessoas que você ama".

7. O fato de que faltam 365 dias para as próximas compras de Natal.

O dia depois do Natal

Praticamente a mesma coisa que ontem, mas com mais queijo stilton.

Os dias no meio

No dia 28, volto para Londres com Cricket e Arthur. Depois da magia da neve de Lake District, Londres parece um pouco cinza e molhada e normal. Mas tudo bem, tenho muito a fazer.

Edward ainda está fora esquiando, então aproveito a oportunidade para dar uma boa faxina. É incrível quanta coisa conseguimos acumular em um ano. Eu me mudei para este apartamento trazendo poucas malas e alguns livros, mas nesse ritmo vou precisar de um caminhão para levar tudo embora.

Encontro uma pilha de fotografias antigas. Fotos impressas de Ethan e eu assim que nos conhecemos. O voo dele sai amanhã. Combinamos de jantar hoje.

Minha mente se adianta, mas a puxo de volta. Como eu comentei, tenho muito o que fazer aqui. Ano-Novo, novos começos e tudo mais.

Para: Ethan DeLuca
Assunto: Nós

Querido Ethan,

Você me disse para tirar um tempo para pensar a respeito, então assim o fiz. Para ser sincera, não pensei em outra coisa desde que nos vimos algumas semanas atrás. Quando você me disse que ainda me amava e que queria que tentássemos de novo, a princípio pensei que minha resposta seria óbvia. Por muito tempo, você e eu e o nosso futuro juntos eram tudo que eu queria. E senti tanto a sua falta no último ano que houve momentos em que essas palavras eram tudo que eu queria ouvir você dizer.

Mas as coisas mudaram. Eu mudei, e não posso voltar a ser o que era antes. Não sou mais a pessoa que eu era, e não quero ser. Fico feliz que finalmente tenhamos conseguido conversar sobre tudo — deveríamos ter feito isso há séculos —, mas, se nós dois formos honestos, as coisas já não estavam bem entre nós mesmo antes de perdermos o bebê. Isso foi só a gota d'água.

Demorei um pouco para escrever porque queria ter certeza de que estava tomando a decisão certa. Mas a verdade é que sempre houve apenas uma decisão. Não vou voltar, Ethan. Aquela não é mais minha casa. Minha vida é aqui. Mas nunca duvide de que eu te amei muito e nunca vou esquecer nossos bons momentos ou a sua puttanesca 😊

Sinto muito por decepcioná-lo em relação ao jantar, mas não parecia fazer muito sentido. Acho que nós dois já dissemos tudo que havia para dizer.

Só te desejo coisas boas. Se cuida.

Nell

Então, pela primeira vez na vida, não releio o que escrevi antes de enviar.

Para: Penelope Stevens
Re: Oferta para o apartamento 2 na Princeton Avenue

Cara srta. Stevens,

É um prazer informar que sua oferta de compra para o apartamento 2 na Princeton Avenue foi aceita! Os proprietários ficam fora até o Ano-Novo, mas gostariam de lhe dizer que estão muito felizes e garantem que estão ansiosos para proceder rapidamente com a venda. O escritório estará fechado até o dia 2 de janeiro, mas eu queria dar a boa notícia antes de mandar o contrato oficial da venda, para o qual o seu advogado pode começar as análises necessárias.

Meus cumprimentos e desejos de um Feliz Ano-Novo!

Marcus Brampton,
Gerente de vendas da Imobiliária Brampton & Proctor

Véspera de Ano-Novo

Não acredito. Como já chegamos aqui?

É véspera de Ano-Novo e, embora ter quarenta e tantos tenha seus desafios, hoje é um dos lados bons. Quando eu era mais nova, sempre sentia tanta pressão para sair e encontrar a melhor festa e me divertir pra caramba. Tinha FOMO elevado à décima potência. Mas aqueles dias estão no passado. Agora eu tenho JOMO e fico igualmente feliz em casa com um bom filme e uma garrafa de vinho. Na verdade, fico empolgada.

Mas não, este ano fui convidada para uma festa!

— Bem, não é exatamente uma festa — explico para Cricket enquanto damos uma olhada no balcão de queijos da delicatessen perto da casa dela. — Meus amigos Max e Michelle que vão cozinhar um curry e chamaram todo mundo.

— Parece o Ano-Novo perfeito. — Ela faz uma pausa para prestar atenção em um queijo Brie. — Será que posso experimentar uma fatia? — Ela pede ao vendedor.

— É um triplo creme do vale do Loire. — O homem lhe entrega um pedaço.

Cricket parece estar nas nuvens.

— Maravilhoso. Vou levar um desses, por favor.

— Então, quem é essa mulher que te convidou para hoje à noite?

No caminho para a loja, Cricket estava me contando sobre um jantar de Ano-Novo para o qual foi convidada, e que "todo mundo sempre leva alguma coisa doce, mas acho que um queijo bom e maduro diz muito sobre uma pessoa".

— É minha vizinha de cima. Viúva como eu.

— Uau, que ótimo... bom, você entendeu o que eu quis dizer — acrescento rapidamente, mas ela ri.

— Parece que há muitas de nós por aí. — Ela assente. — Ah, e vou querer um pouco desse doce de marmelo delicioso.

— Quem mais vai?

— Não sei muito bem. Acho que ela tem muitos amigos. É um pouco mais nova que eu. — Ela entrega o cartão de crédito. — Chegou a mencionar que ia convidar um homem que perdeu a esposa no ano passado. Ela acha que temos muito em comum. Ele era ator.

Trocamos um olhar significativo.

— Não estou interessada. Estou feliz solteira.

— Nunca se sabe.

Cricket faz uma careta.

— Não quero ver um velho de cueca.

O vendedor lhe entrega uma sacola com as compras e o recibo.

— Maravilhoso, obrigada.

— Monty era um velho de cueca — comento enquanto vamos saindo da delicatessen.

— Verdade — ela assente, então sorri. — Mas ele era o meu velho.

*

Convidei Edward para hoje à noite. Ele voltou da viagem esta tarde e não tinha nada planejado.

— Eu ia só ficar em casa e comer um curry — disse ele, sem mencionar a garota com quem estava saindo.

— Perfeito, porque é exatamente o que vamos fazer — respondi, então ele foi para o banho.

Levamos Arthur também. Não podemos deixá-lo em casa por causa dos fogos de artifício, além disso, comemorar sem ele não seria a mesma coisa. Michelle prometeu trancar o gato no quarto. "Vai ser divertido", ela disse, animada. "E quer dizer que finalmente vamos conhecer esse seu senhorio misterioso."

— Sem pressão, então — diz Edward quando batemos na porta. Ele fez as azeitonas recheadas especiais dele e parece incomumente constrangido.

— Nenhuma. — Sorrio, e a porta é aberta por Max usando chapéu de chef e avental.

— Oi! Entrem, entrem, não quero vocês parados aí congelando até a morte. — Ele nos chama para dentro. — Se bem que tem gente que gosta, né? — Ele ri, piscando para Edward, enquanto eu me arrependo profundamente de ter contado a ele sobre a Batalha do Termostato.

O resto da turma já chegou. Fiona e David deixaram as crianças com a babá de sempre e Holly e Adam contrataram uma só para hoje.

— É um encontro — ela me informa quando lhe dou um abraço. — A psicóloga disse que é importante a gente se lembrar do que gostava um no outro no começo.

— E está funcionando?

Ela lança um olhar para Adam. Ele está com Freddy, que está lhe mostrando alguma coisa no celular.

— Acho que sim. — Holly observa o marido e sua expressão é de carinho. — Acho que não quero mais matá-lo.

— Que notícia boa, Nell! — Somos interrompidas por Max, que se aproxima para encher nossas taças antes de voltar para o fogão, onde há duas panelas com alguma comida deliciosa borbulhando. — Sobre o apartamento, a Michelle me contou. Parabéns!

— Ah, obrigada. — Sorrio.

— E como vai ser perder sua inquilina? — pergunta David, olhando diretamente para Edward, que estava absorto em uma conversa com Michelle sobre novas fraldas ecológicas.

Contei a ele mais cedo que minha oferta tinha sido aceita; ele não podia ter ficado mais feliz por mim.

— Bom, não vou sentir falta da conta de gás. — Ele sorri para mim, e retribuo.

— Os homens podiam viver todos juntos, por favor — sugere Fiona, voltando do banheiro. — Sinceramente, David é igual. Vamos deixá-los congelando juntos.

— Só porque você está sentindo ondas de calor, meu bem, não quer dizer que todos nós precisamos sentir o mesmo — diz David, e Fiona lhe dá um tapinha carinhoso.

— Aposto que você vai sentir falta da Nell — Fiona afirma, com lealdade.

— Sim — Edward assente. — Arthur também vai.

— Estaremos a um ônibus de distância — digo rapidamente. — Ainda podemos sair pra passear e eu posso cuidar dele quando você estiver no trabalho.

— Acho que você precisa dar umas dicas para o Adam e eu. — Holly sorri, e Adam levanta os olhos.

— Ah, não sei, não estamos assim tão mal, estamos?

Vejo-os trocarem um olhar.

— Ah, eu achei incrível — diz Michelle. — Espero que você faça um belo open house e convide todo mundo.

— Acho que não vai caber todo mundo.

— Mas é incrível o que você é capaz de fazer. Quem teria pensado que caberiam seis de nós nessa casinha pequena?

— Casa pequena, vida grande — exclama Max, sacudindo uma colher de madeira coberta de dhal. — Se bem que, se eu conseguir esse trabalho novo para o qual estou fazendo entrevistas, a gente bem que poderia comprar uma casa um *pouquinho* maior.

— Quantas entrevistas até agora? — pergunta David.

— Seis. Só falta uma.

— Nossa, eu fiquei noivo depois de menos encontros — diz Edward, então franze a testa. — Se bem que, pensando bem, talvez não seja uma boa comparação, considerando que agora estou divorciado.

— E você está saindo com alguém? — pergunta Fiona, encontrando uma oportunidade de entrar na conversa.

Oh-oh. Lanço um olhar para ela, mas ela está firmemente se recusando a fazer contato visual comigo. Quando Edward e eu chegamos juntos, ela me deu Aquele Olhar, e quando me encontrou sozinha, questionou por que eu não tinha mencionado como ele é atraente.

— Não. — Ele balança a cabeça.

Sinto um choque de surpresa. Não? Fiona me encara. Ela faz a expressão dos Olhos Arregalados, aquela que ela sempre acha que é sutil e que ninguém mais percebe, e é claro que todo mundo sempre percebe.

— Ah, achei que a Nell tivesse mencionado que você tinha um encontro... algo assim.

De repente, fico muito ocupada ajudando Max com o arroz.

— Ah, eu jantei com uns amigos. — Ele sorri. — Eles tentaram me juntar com alguém...

Dá para perceber que Edward está tentando amenizar a história, mas Fiona não vai cair nessa.

— E aí, o que aconteceu?

Tigelas. Precisamos de tigelas.

— Ela era perfeitamente agradável, mas não pra mim... nem eu pra ela, acho.

Então é isso. Não tem outra mulher.

— Ah, não sei, hein, você parece um ótimo partido...

— O jantar está pronto! — interrompo em voz alta. — Quem vai querer *poppadom*?[*]

*

A comida indiana está incrível. Max é um baita chef; comemos *chana masala* e um dhal delicioso e picante, e para quem come carne, há *chicken tikka masala*. Além de todos aqueles chutneys deliciosos e picles de limão e o molho raita que comemos com o resto do pão, mesmo quando parece que não vamos aguentar comer mais nada.

---

[*] Também conhecido como "paparis", é um tipo de pão indiano. [N. E.]

Mais tarde, afastamos as mesas e Max coloca sua playlist de Ano-Novo e nós dançamos Prince e nos perguntamos pela milionésima vez como alguém talentoso como ele pode não estar mais entre nós. Dizemos isso sobre David Bowie e Tom Petty e George Michael, e as crianças nos perguntam de quem estamos falando e olham para nós como se fôssemos velhos e bobos. Porque acho que somos. Velhos e bobos.

Então nos apertamos na sala de estar, onde ligamos a TV para assistir ao programa anual *Hootenanny*, de Jools Holland, e esperar os fogos de artifício sobre o Parlamento, e agora estamos fazendo a contagem regressiva para o Ano-Novo: vinte, dezenove, dezoito...

Mas Adam começou a contagem regressiva na hora errada e na verdade já é: três, dois, um.

Todos estamos nos beijando e nos abraçando e desejando Feliz Ano-Novo, e os fogos estão estourando sobre o Big Ben na tela da TV, e Adam está com os braços ao redor de Holly, e Fiona está desabando com David no sofá e derrubando a bebida, e Max está sumindo na cozinha para pegar uma fralda de pano e esquentar uma mamadeira enquanto Michelle está se servindo de mais tequila.

E Edward está me beijando e estou me perguntando por que demoramos tanto.

O dia do Ano-Novo

As primeiras horas do dia

Não sei a que horas fomos embora, mas nem sequer tentamos chamar um táxi. Em vez disso, caminhamos ao longo do rio com Arthur, ainda bêbados e tontos, até que depois de um tempo ficamos em silêncio e Edward pega minha mão. E eu seguro a dele. Como se fosse a coisa mais natural do mundo, continuamos de mãos dadas, com apenas o barulho das nossas botas no chão e a água batendo nas margens do rio.

É raro encontrar um silêncio confortável com alguém, e me faz pensar em papai. Eu liguei mais cedo para desejar um Feliz Ano-Novo para ele e para mamãe. Houve um momento em que temi que jamais fosse fazer isso outra vez. Naquela noite, quando desabei na capela do hospital, pensei que fosse perdê-lo. Nunca vou esquecer isso. Eu estava em um lugar muito sombrio, mas foi aí que se as luzes finalmente se acenderam. E elas brilharam intensamente sobre o que era importante na vida. Amor real e verdadeiro, do tipo em que você faria qualquer coisa pela pessoa. Em que você nunca, jamais quer que ela vá embora.

É isso. Nada mais importa.

Quando vi Edward no estacionamento na manhã seguinte, foi como acender um interruptor. Algo havia mudado.

Ou era eu que tinha mudado?

Porque, em vez de ver Edward, vi esse homem gentil, maravilhoso, altruísta e incrível, e eu sabia que nunca mais ia querer viver sem ele. E percebi que, bem quando você acha que finalmente entendeu tudo, nem sequer começou.

Tanta coisa aconteceu nesses últimos dozes meses. Aprendi tanto, principalmente que tudo bem não saber a resposta. Encontrei amizade e alegria nos lugares mais improváveis. Descobri uma força que nunca soube que tinha, e um senso de humor que nunca falhará. Percebi que não estou sozinha, que ainda não tenho a menor ideia do que estou fazendo, e adivinha só? Ninguém tem.

E me apaixonei.

Mas não foi só naquele estacionamento — foi pela minha vida. Não a vida que eu tinha imaginado ou planejado, mas a que estava sempre ali esperando por mim quando eu tivesse coragem suficiente para abraçá-la. Minha vida bagunçada, errática, perfeitamente imperfeita.

— Edward, você se lembra de quando a gente falou que devia sempre ser honesto um com o outro...

Paro de andar e solto a mão dele. Nós nos viramos um de frente para o outro.

— Eu sabia. Você odiou as minhas azeitonas recheadas.

— Não... — protesto, então começo a rir. — Bom, elas estavam bem horríveis. Tipo, eu amo azeitona, mas com *pasta de amendoim*?

— São a especialidade da casa.

— De quem? — pergunto, e ele também começa a rir.

— Então tá, se não é sobre as azeitonas...?

Ele ergue uma sobrancelha, e não sei se é o ar gelado da noite ou o que estou prestes a dizer, mas de repente me sinto sóbria outra vez. Enterro as unhas na palma da mão, e meu peito parece que vai explodir com tudo que tenho mantido guardado nessas últimas semanas.

— Acho que eu te amo.

Pronto. Falei. Porque o que eu percebi é que o amor verdadeiro, real, é o tipo mais romântico em que se pode pensar.

Edward olha para mim, a expressão ilegível. Espero a reação dele. Ai, meu Deus, de quem foi essa ideia idiota de falar a verdade?

— Bom, que sorte, porque acho que te amo desde o momento em que você entrou na minha cozinha.

Choque. Alívio. Alegria. E então indignação.

— Gente, mas e todo aquele papo de sinceridade? — exclamo.

— Bom, teria parecido um pouco esquisito, você não acha? Não sei se você ia querer alugar um quarto lá se eu tivesse te contado.

— Tem razão. — Abro um sorriso.

— Então...

— Então...

Trocamos um olhar.

— O que acontece agora? — ele pergunta em voz baixa.

As pessoas sempre falam em finais felizes, mas acho que deveriam ser começos felizes. Quem quer falar de finais quando há um ano novinho em folha diante da gente? Um ano cheio de possibilidades infinitas e oportunidades novas e maravilhosas e decisões para tomar e dúvidas para ter e um monte de amor para ser explorado.

E uma pessoa de quarenta e tantos que ainda está improvisando conforme a vida acontece.

— Não sei — admito, e ele sorri e me puxa para perto. E então me beija de novo, direito dessa vez.

Lista de gratidão deste ano (revisada)

1. ~~Meu marido amoroso, que diz todo dia o quanto me ama me dando flores frescas e sexo de tirar o fôlego.~~ Meus amigos amorosos, poder comprar flores para mim mesma e ótimo sexo com Edward quando não estamos exaustos demais e o termostato está em vinte graus.

2. ~~Fazer carinho no nosso pequeno milagre, que mostrou aos avós orgulhosos que a mamãe não era uma fodida de quarenta e tantos para quem o tempo finalmente acabou.~~ Fazer carinho na minha sobrinha, que mostrou à orgulhosa Tia Nell que a perda faz parte da vida, que o amor é infinito e que ninguém sabe o que vai acontecer no futuro, mas o que quer que seja, vai dar tudo certo.

3. ~~Uma carreira meteórica de sucesso que proporciona tanto satisfação quanto um salário anual de seis dígitos, que gastarei em roupas maravilhosas que vejo em revistas, sem ter que passar horas tentando encontrar versões mais baratas no eBay.~~ Todos os ouvintes queridos do meu podcast, a peça de Monty, que vai estrear no West End no verão, meu papel no projeto das Minibibliotecas de Monty que Cricket está desenvolvendo e minha coluna no jornal. Não é como eu definia uma carreira meteórica de sucesso, mas elementos diferentes que amo e que me dão uma sensação de propósito e que ainda pagam meu financiamento e me permitem procurar roupas no eBay, porque sério, quem é que paga aqueles preços absurdos das peças de grife?

4. ~~Uma casa digna do Pinterest onde posso oferecer muitos jantares maravilhosos e maduros para todos os meus amigos, que ficam impressionados com meu tino para design de interiores e para preparar refeições deliciosas e nutritivas, e que me chamam, para me provocar, de Deusa do Lar.~~ Meu pequeno apartamento, no qual pretendo apertar todos os

meus amigos para um open house quando finalmente pegar as chaves, e onde eles vão soltar exclamações por causa da minha mistureba inteligente de itens de brechó e da Ikea enquanto comem delivery de pé, porque nunca vou ser uma Deusa do Lar, e foi por isso que Deus criou o Deliveroo.

5. ~~Essa sensação de força e calma que surge quando faço ioga usando minhas roupas novas da Lululemon e de saber que finalmente estou onde gostaria de estar e que não vou morrer sozinha usando sapatos de jornal.~~ Essa sensação de força e calma que surge quando percebo que nunca vou realmente saber o que raios estou fazendo, mas que nunca é tarde demais para recomeçar.

Porque é só quando você está pronta para abrir mão da vida que achou que fosse ter que você finalmente recebe a vida que sempre esteve destinada a ter.[**]

---

[*] E ela não envolve ioga.

[**] Mas envolve Edward, que me disse para parar de me preocupar com sapatos de jornal, porque sempre posso pegar as galochas dele emprestadas.

Obituário de uma fodida de quarenta e tantos

Nell Stevens, que travou uma longa e corajosa batalha contra se sentir uma fodida de quarenta e tantos, morreu. Nunca dada a medir palavras, Stevens, amante de gim-tônica e salgadinho de queijo, foi uma mulher que jamais soube realmente o que raios estava fazendo ou como diabos foi parar ali.

Quando era jovem, sua vida parecia tão cheia de potencial. Após graduar-se com honras pela Universidade de Manchester, recebendo um diploma de bacharelado em Literatura Inglesa, Stevens encontrou um emprego em uma editora renomada, onde rapidamente foi promovida a editora de aquisições sênior no departamento de livros infantis, um cargo que a levou para as luzes brilhantes da cidade de Nova York.

No entanto, apesar de sua vida profissional ser um sucesso, o amor parecia evitá-la, até que um encontro casual com o bem-sucedido chef Ethan De-Luca, enquanto ela atravessava desabalada e em pânico os trinta e muitos, resultou em um noivado e em uma subsequente mudança para a Califórnia. O final feliz parecia garantido; infelizmente, um negócio falido, uma dívida enorme no cheque especial e um noivado encerrado puseram um fim nisso e a fizeram voltar para o Reino Unido, onde sua inabilidade para conseguir um financiamento, fazer qualquer pose de ioga ou encontrar alegria ao organizar a zona que era sua vida a levou a alugar um quarto, começar a usar blusinhas de manga e a chorar em cima do iPhone.

Certa vez, ela foi citada dizendo que sua vida poderia ser resumida em apenas três expressões: Comer. Rolar o feed. Chorar.

Nunca casada, sem filhos e sem o bom-senso de ter comprado um imóvel nos anos 1990, em grande parte Nell Stevens parecia atravessar a vida aos tropeços. Diferentemente de todos os seus amigos casados e com filhos, ela passou por uma variedade de relacionamentos e uma série de encontros terríveis oriundos de aplicativos de namoro, que se provaram conteúdo útil para seu podcast, mas resultaram no que ela via como fracasso.

No entanto, essa mulher de quarenta e tantos tinha determinação e uma habilidade de rir no caos, e no último ano de sua vida ela fez novos amigos e encontrou novos caminhos que levaram a uma felicidade repentina. Sua sensação de que as coisas não saíam como ela esperava, de que o tempo estava acabando e de ter uma vida que não se parecia nem um pouco com a de nenhum de seus amigos (ou com aquelas retratadas nas redes sociais) e um corpo que não se parecia mais com aquele dos seus vinte e poucos a levaram a começar um podcast de mesmo nome, que acabou se tornando um enorme sucesso.

Além disso, a recente produção da peça premiada de Monty Williamson, editada por ela, e o projeto de sucesso Minibibliotecas de Monty, do qual ela foi cofundadora, fizeram com que essa fodida de quarenta e tantos anos parecesse não ser uma fodida de maneira alguma. Na verdade, enquanto aproveitava os prazeres de se tornar proprietária de um imóvel e escolher almofadas para seu novo e lindo apartamento, também encontrou aquilo que a evitara por tanto tempo: amor real e verdadeiro, com Edward Lewis, proprietário de uma empresa de software sustentável de sucesso, que descreveu Nell como "uma luz brilhante — literalmente, porque ela deixa todas as luzes acesas".

No entanto, apesar de sua batalha ao longo de um ano para mudar as coisas, a causa da morte dessa fodida de quarenta e tantos não foi o fracasso, e sim se apaixonar pela própria vida. Uma vida que, em seu leito de morte, ela explicou que só descobriu quando teve coragem suficiente para abraçá-la.

Além do mais, embora essa nova vida possa ter parecido, em suas muitas recentes entrevistas para revistas, ser um sucesso, ainda era confusa e cheia de falhas e complicada. Em seus últimos episódios do podcast, Stevens afirmou que sem dúvida haveria muitos outros momentos em que ela sentiria que estava fazendo merda e fracassando, em que faria uma curva e depararia com O Medo, em que se olharia no espelho e pensaria "pelo amor de Deus"; porque a vida é assim.

Como sua querida amiga Cricket, que a visitou antes que ela desse seu último suspiro, declarou:

A fodida de quarenta e tantos está morta. Vida longa à fodida de quarenta e tantos.

*Nell Stevens deixa para trás seus orgulhosos pais, Carol e Philip, o irritante irmão mais novo, Richard, a linda sobrinha Evie e seu senso de ironia em relação a essa coisa doida chamada vida.**

---

* Correção: desde que esta edição foi para a gráfica, foi confirmado que essa fodida na verdade não está morta, como foi inicialmente reportado, mas vivendo sua melhor vida de fodida de quarenta e tantos. As mais sinceras desculpas a todos os envolvidos.

Agradecimentos

Um enorme obrigada para minha fabulosa e talentosa editora, Trisha Jackson, e à incrível equipe da Pan Macmillan. Desde o começo, eles *entenderam* Nell e a história dela, e sou muito, muito grata pelo entusiasmo e pelo trabalho árduo de todo mundo. Estou nas nuvens por meu livro ter encontrado uma casa tão maravilhosa.

É preciso uma aldeia inteira para publicar um livro, e gostaria de agradecer especialmente a Sara Lloyd, Stuart Dwyer, Hannah Corbett, Leanne Williams, Sarah Arratoon, Natalie Young e, na equipe de Direitos Autorais, Jon Mitchell, Anna Alexander e Emma Winter. Um enorme obrigada também para Jayne Osborne, por toda a ajuda inestimável, e Mel Four, por criar uma capa tão linda.

Como sempre, um grande, grandessíssimo obrigada para minha agente Stephanie Cabot. Nem acredito que já faz vinte anos desde que entrei pela primeira vez no escritório dela, e sou eternamente grata por sua lealdade, seu encorajamento e sua sabedoria. Obrigada também a Ellen Goodson Coughtry, Will Roberts e a todo mundo da The Gernert Agency, em Nova York.

Agradecimentos especiais à minha amiga e também autora Chris Manby por seu incansável incentivo quando mais precisei.

Obrigada ainda a Elizabeth Gilbert por permitir que eu usasse suas palavras maravilhosas como epígrafe deste romance. Ser escritora é um trabalho estranho, criar personagens e histórias a partir da sua imaginação e ousar esperar que outras pessoas gostem deles também. Gostaria de agradecer a cada um dos meus leitores em todo o mundo. É por causa de vocês que consigo fazer o trabalho dos meus sonhos. Vocês não fazem ideia de como fico feliz ao receber todas as suas mensagens de carinho.

Por fim, ao meu amado AC, por seu amor e seu apoio contínuos e por sempre acreditar em mim; à minha mãe e minha irmã, que me encorajam e me inspiram dia após dia; ao meu pai, cuja fotografia está na minha escrivaninha me animando; e ao resto da minha comunidade: obrigada do fundo do meu coração. Eu não seria capaz de nada disso sem vocês.

Também sou grata por:

- *Minha lareira do tipo salamandra e o uísque, por me ajudarem a passar pelo inverno trancafiada escrevendo.*

- *Elton, por não mastigar mais as almofadas e ser a melhor companhia canina que um autor poderia ter.*

- *O caos.*

FONTES Formula, Literata
PAPEL Hylte 60 g/m2
IMPRESSÃO Imprensa da Fé